千金归来

云上 作品

重庆出版集团 重庆出版社

图书在版编目（CIP）数据

千金归来 / 云上著. —重庆：重庆出版社，2015.11
ISBN 978-7-229-09935-0

Ⅰ.①千… Ⅱ.①云… Ⅲ.①长篇小说–中国–当代 Ⅳ.① I247.5

中国版本图书馆CIP数据核字（2015）第108750号

千金归来
QIANJIN GUILAI

云上 著

出 版 人：罗小卫
责任编辑：王　淋
责任校对：郑小石
封面插画：口　君
封面设计：艾瑞斯数字工作室 clark1943@qq.com
版式设计：BOOK 诗意书装工坊 1372763304@qq.com

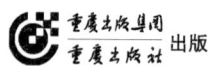
重庆出版集团
重庆出版社 出版

重庆市南岸区南滨路 162 号 邮政编码：400061 http://www.cqph.com
自贡兴华印务有限公司印刷
重庆出版集团图书发行有限公司发行
E-MAIL:fxchu@cqph.com　邮购电话：023-61520646

重庆出版社天猫旗舰店
cqcbs.tmall.com

全国新华书店经销

开本：890 mm×1280 mm　1/32　印张：10.875　字数：371 千
2015 年 11 月第 1 版　2015 年 11 月第 1 版第 1 次印刷
ISBN 978-7-229-09935-0
定价：32.00 元

如有印装质量问题，请向本集团图书发行有限公司调换：023-61520678

版权所有　侵权必究

千金
归来

目录

楔子　时光无涯，爱情有岸 / 1
第一章　让我可以遇见你 / 3
第二章　我没有想象中爱你 / 22
第三章　等你找到下一个人 / 47
第四章　你看不到的我爱你 / 70
第五章　下一位挚爱 / 91
第六章　谢谢你没有爱过我 / 111
第七章　喜欢一个人 / 134
第八章　请与我相恋 / 156
第九章　你温柔了岁月 / 175
第十章　与回忆共眠 / 194
第十一章　我愿给你全世界 / 211
第十二章　让我可以遇见你 / 232
第十三章　有一点想你 / 253
第十四章　把秘密放进你的眼睛 / 276
第十五章　我的世界找不到你 / 296
尾声　不如看他骑马归来 / 313
番外一　回家 / 322
番外二　关心则乱 / 337
番外三　三年 / 339
后记 / 341

楔子　时光无涯，爱情有岸

这是在J市的远郊。

都说六月的天是孩子的脸，明明是大中午却天色晦暗，乌云低得好像触手可及，远处似乎有大片黑云席卷而来。狂风阵阵，将树都吹得七零八落，胡乱摇摆，地上的垃圾也被吹得到处都是。

一个黑色的塑料袋在空中飞舞，像只丑兮兮的风筝，时高时低，最终落到一个带着护栏的窗户上。

一辆黑色锃亮的车正在狂风中开往它的目的地。

那是一幢不大的楼，一共才三层，外面的墙壁是乳白色的涂料，却因积年累月的风吹雨打变成了浅灰色，有不少脏污的雨水顺着墙壁晕开来的黑色痕迹。一面墙上长满了爬山虎，密密麻麻。大门紧紧地关着，旁边是竖着下来的几个烫金大字，蒙上了灰尘，写着"宁安精神病院"。

林纾坐在窗边，看到了那个被风吹过来的黑色塑料袋，只是缓缓地移开头，抚着略微凸起的小腹走开。

她是精神病院里的异类，除却特殊时候，不哭不闹，安静得仿佛不存在。

活动范围就是这个几平米的房间，一张床，一张桌子，一张椅子，仅此而已，她通常会在床上度过大半时间，然后偶尔起来走上几圈。

她又躺下了，却没办法闭上眼睛，因为黑暗来袭，那些可怕的回忆便会涌入脑海：陆恒！

铁门忽然被敲响，一直照顾她的护士透过门上用铁丝网盖住的窗户看进来："林纾，有人来看你！"

她猛地坐起来，双眼死死地盯着那小小的玻璃窗。

下一秒，那张她曾经深爱过、如今却恨入骨髓的脸便出现在那里，清俊的面庞被铁丝网分割成很多份，露出轻蔑又嘲弄的笑容。

她站在窗边，眼神凛冽，像是能射出尖刀。

而陆恒，却带着笑意，上下逡巡过她的身体，视线最终停在她微微隆起的小腹，脸上没有吃惊的表情："真的有了啊，我的，前妻。"

她无法抑制内心的怒意，冲上去："陆恒，你不得好死！"

"大概要让你失望了，我活得好好的，作为林氏帝国的执行官，倒是你，小树，我没有碰过你，你肚子里的孩子，又是从哪里来的？"他说着，脸上笑意逐渐隐去，"婚前不接受性关系的林家千金，原来也是这么不知检点的荡妇吗？！"

大火熊熊燃烧在她的胸臆，将她所有的理智都焚烧殆尽，她咬着牙，一字一句："那你呢？现在的陆总，原来不过是谁给钱就是爹的乞丐，是依靠女人上位的软脚虾，不是吗？！"

　　他一怔，随即恢复正常，笑着："那又怎么样，坐拥林氏帝国的，还是我！而你……会带着你的野种在这里过一辈子！"

　　他转身离开，她的脸贴着窗，吼叫着，泪流满面："陆恒！总有一天你会遭到报应的！"

第一章　让我可以遇见你

"小树，嫁给我！"

金港大厦顶层的旋转餐厅里，一个西装革履的男人手里握着个红色绒布盒子，单膝跪在地上，微微仰着头，满眼都是那个激动得捂住唇的女人。

林纾没有想到陆恒会在她生日的今天求婚。

眼中雾气弥漫，她看不清楚陆恒的脸，只能看到那枚戒指正闪着耀眼的光芒。

周围还有别的客人，见到有求婚都转过头来看，见女方迟迟不答应，有人还叫了一声："快答应啊！"

林纾太激动，竟然一句话都说不出来。

陆恒笑着，眼中满是温柔的笑意："小树，嫁给我。"第二遍。

林纾只能用力地点头。

她答应嫁给这个她从十几岁就爱着的男人！

陆恒将戒指戴上她的无名指，而后放在唇边轻轻一吻，满含情意："谢谢你，小树。"说着起身，拥抱她。

她的脸贴在他的西装上，眼泪在他笔挺的衣服上染出了痕迹。

餐厅里掌声响起，陆恒笑着对大家说谢谢，扶着泣不成声的林纾出去。

陆恒没有带她回家，而是开车到了郊外，笑着拿出一条黑色丝带罩住她的眼睛，让她等一下，自己却跑出去，不知道在忙什么。

林纾有些紧张，轻声叫："陆恒？"

没有人答应。

她有些慌，刚想把丝带扯下来，车门忽然被打开。

她忙伸手过去，陆恒温暖的大手抓住她，而后在她颊边吻一下："再等一下。"

他跑出去，又跑回来，坐进车里。

她还没反应过来，眼前的丝带已经被扯掉，刚想说话，却听到一声巨响，她被吸引过去，只见眼前的夜空中绽放起灿烂烟火。

她不敢置信地看向身侧的陆恒。

陆恒笑着说："幸好你答应我，不然这些烟火就得浪费了。"

她心里甜得仿佛喝了蜜，他凑过来，将她压在椅背上吻她，手不知不觉就放到了她腿上，逐渐往上……

林纾浑身一僵，眼睛蓦地睁开，伸手按住他的手，退开："陆恒，不行，结婚前不行。"

"我已经向你求婚了，你也答应了，这样也不行吗？"陆恒抚着她的脸，"小树，给我吧。"

林纾只是坚决地摇头，满眼哀求："结婚后好不好？结婚后……"

陆恒深吸一口气，终于坐直身体："好，我送你回家。"

一路上，陆恒的表情都不怎么样，林纾觉得做错事，但又不能越过底线，所以只是在下车前给他一个吻，低声说："对不起，陆恒，再等我一下，好不好？"

陆恒点头，等她走进家门才远去。

手机铃声响起，他接了，嘴边是桀骜不驯的笑："媛媛，我去你那边，等我。"

时间已经不早，林纾小心翼翼进门，生怕被爸爸发现她这么晚回来。

可她一开门，客厅里的灯瞬间都亮了起来。

她惊惶，一抬眼就看到了坐在沙发上的林凯。

她尴尬地吐舌头，走过去轻声叫："爸爸，我回来了。"

林凯抬头看她："回来了？"然后一眼就看到了她无名指上那枚耀眼的戒指，一怔，"陆恒求婚了？"

她坐到他身边，挽住他的胳膊靠上去："嗯。"

"小树，你确定了？"

林纾抬起头来，不解地看他："爸爸，你不喜欢陆恒吗？"

"小树，我只是怕你将来后悔。"林凯轻叹一声。

林纾忙摇头："不会的，爸爸，陆恒会对我很好，我相信。"

"希望吧。"

林纾不知道为什么林凯忽然不看好她和陆恒，但筹备婚礼这段时间，她已经快把父亲的担忧抛在脑后，因为她相信陆恒，就像相信自己。

她一直在布置婚房，本来希望陆恒也一起，可他最近刚担任了林氏的执行总裁，事务繁忙，所以只能由她来全权负责。

林纾发现小区里有一个怪人，她每天都会看到那个怪人两次，不管早晚，他都穿着休闲服，戴着一顶鸭舌帽，遛着一只养得很好的边牧。

她很喜欢狗，却因为那个主人所以一直不敢上前去问候。

林纾的婚期是陆恒定的，他说越快越好，已经等不及地要将她娶回家，所以婚礼就定在两个月之后的五月。

林纾是珠宝设计师，工作本来就自由，又是在林氏集团下属的公司工作，倒也没人敢说她这个林氏千金的婚假太长了。

可是越到婚期，林凯的心情便越来越低落，林纾当然也发现，赖在他的身边说："爸爸，你是不是舍不得我嫁出去啊？以后我也会经常回来的，我一辈子都是爸爸的女儿。"

林凯只是叹着气抚摸她的头发："希望他能对你好。"

林纾觉得爸爸杞人忧天，便故意说笑话逗他笑。

婚礼前一天，林纾穿着婚纱从楼梯上下来给林凯看，林凯看得湿了眼眶。

"好看吗？"

"我的小树当然最漂亮，你明天会是最美丽的新娘。"

第二天，林凯却迟到了，打他的手机也是无人接听，她想从现场逃跑，她的叔叔林岳却匆忙赶到现场。

林岳和林凯的关系不好，却对她说："你父亲临时有点急事。"

她想放弃婚礼，可林岳却说她爸爸希望婚礼顺利进行。

最后是林岳将她送到陆恒手上。

她终于成为陆恒的妻子，却没有预料中的开心，一结束就拉着林岳问："我爸爸究竟怎么了？"

"他被警察带走了！"

"什么？"

"这件事你问陆恒大概会更清楚。"

还在宴席中，林纾却找不到陆恒。

她快把酒店的每一个地方都找遍，依旧找不到他。

她穿着红色的晚礼服来到了酒店门口，终于看到了陆恒。

他在把什么人送进出租车，远远地只看到他探进车里，而后出来，将门关上。

她迈一步，竟没注意到脚下的楼梯，踩空，直接摔坐了下去。

尾椎隐隐地疼，那股疼痛逐渐蔓延到四肢百骸，可她在陆恒转身过来的那一瞬间匆匆低头，把泪花憋回去，扬起头来依旧是灿烂的笑脸："陆恒……"

陆恒有些意外："你怎么在这里？"他过来将她扶起来，"怎么摔了？"

"不小心。"顿了顿，她问，"陆恒，你知道我爸爸怎么样了吗？"

陆恒的脸色微凝，而后浅浅一笑，抚着她的后背："没什么，就是公司的一些事情。"

"我爸爸,他会没事吗?"她死死地揪着他的衣袖,眼睛灼灼看他。

陆恒拍拍她的手,只说别担心。

接下来,林纾便有些心不在焉,敬酒时也不过是强颜欢笑。

等结束之后,她让陆恒送她去警局。

陆恒帮她联系好之后就接了个电话,说是有急事便先走了,林纾单独去见父亲。

不过是一天,林凯已经憔悴不堪,林纾忍不住落泪:"爸爸……"

"我没事。"林凯只说,和陆恒说的那些话差不多,"只是公司出了些事情,很快就能出去的。"

林纾不知道他是不是在安慰自己,默默地落泪。

"别哭,小树。"林凯的声音逐渐低下去,"希望陆恒能给你幸福。"

林纾的眼泪更加汹涌,他好像是在交代后事。

探视的时间有规定,没说几句话林纾就被请了出去。

她脸上依旧化着新娘妆,防水的,所以尽管哭了这么久,依旧看上去楚楚可怜,没有半点狼狈。

怕陆恒有事不能过来接她,她便自己打车回家去。

车子停在小区外。

新婚之夜,她一个人走回她的新房。

明明是新小区,可路上的路灯坏了,她莫名胆寒,分明是夏天,却出了一身冷汗。

她加快步伐,却隐隐听到有脚步声逐渐靠近。

她心惊肉跳,吓得腿都要软,但不敢回头看,走得越来越快,忽然,她的腿被什么东西碰到,她当下惊得不敢动,叫出声来。

她闭着眼睛叫完,才意识到她以为的那些惨烈事迹全都没有出现。

她缓缓睁开眼睛,看到了一个一身黑衣、还戴着黑色棒球帽的人站在面前,看不到脸。

她差点又惊叫出声,只是下一秒,就听到了一声清脆的汪,低头看去,她才发现原来刚刚碰到小腿的居然是这条边牧。

她终于反应过来,这个男人就是她曾经见到过的小区里带着边牧的怪人。

林纾放下心来。

林纾见过怪人几次,却没有一次见过他的真容。

现在也是。

她想说什么,才开口,就听到他先一步说话,声音清冽,像是抚过海面的凉风。

"Clever,你知道要是你吓死了人,负责任的是我吗?"

林纾怔愣,直到听到边牧汪了一声,才意识到那个男人居然是在和狗说话。

"这种不经过大脑的事,我不希望下次再发生。"偏偏他还说得这么认真严肃,一丝不苟。

尽管她刚刚的心情还是低落的,沮丧的,这会儿却忍不住笑出声来。

怪人显然是听到她的笑声,顿一顿,也笑,不过明显是鄙夷地嗤笑:"呵……"他幽幽的,笑完之后直接带着边牧离开。

林纾站在原地,见他走的方向和自己是一致的,忙不紧不慢地跟在他身后。

虽然他是怪人,但至少有人同行比一个人走夜路好上许多。

她一抬头就能看到他的背影,一米八多的个头,比陆恒还要高,但是很瘦。

有人陪着,这段路就显得那么短,一抬头就发现已经在楼下。

她愣住,明明记得这个怪人不住在这栋。

果然,走在前面的那个男人停一下脚步,直接带着那条聪明懂事的边牧往隔壁那栋楼走去……

他那一转身,她隐约看到了他的侧脸,似乎长得清俊帅气。

她心头一暖,进了楼。

Clever忽然汪了两声。

他不悦地低头看它:"闭嘴,Clever。"

Clever更欢快地叫了两声。

他顿一顿,啧一声,没有再说话。

林纾坐上电梯,从镜中看到了自己的模样,头发散乱,眼眶红肿,糟糕透顶。

她对着镜子理一下自己的头发,尽量地让自己笑出来。

站在新房门口,她习惯性地敲敲门,而后才意识到陆恒大概还没回家,拿过包,翻找钥匙。

这个新房是她一手布置起来的。

装修是早就做好的,因为林纾早就对陆恒说过自己的梦想,她想要一个不大的公寓,普普通通的一个家,后来陆恒便给了她这样一个真实的梦,只是一直都没添家具,婚前这段时间便是她在布置,家里的每一个小物件,都是她亲自头来摆放的。

她刚刚拿出钥匙，还没来得及开门，就听到门锁咔嚓一声，从里面打开，她勉强露出笑容，抬起眼，说："陆恒，你已经回……"

话没有说完，因为开门的不是陆恒，而是一个陌生却又带点熟悉的女人。

林纾退了一步看门牌，发现没有走错，透过门缝看向家里的摆设，也没错……一切都没错，那么，错的究竟是什么？

明明是女主人，这会儿却异常憋屈地讷讷问："你……怎么在我家？"

"林纾。"她穿着她的拖鞋，笑着侧过身让她进门。

林纾进门，抬头，终于看到正在走过来的陆恒。

陆恒走过来站在云媛的身边，两人天造地设，天生一对，天作之合，就像是刚刚结婚的小夫妻，而她，却像是误进了别人新房的傻瓜。

林纾等着陆恒给她一个解释。

在她为了入狱的父亲百般伤心的时候，为什么家里会有别的女人出现？

而且这个女人不是别人，正是跟了陆恒几年的秘书，云媛三年前毕业进林氏，不过几个月就成了陆恒的秘书。

陆恒忙碌，送给林纾的节日礼物基本上都是云媛挑选，也曾听过别人劝诫，但她却一心一意只信那个男人。

就算现在，她也愿意先相信他，相信他会给出一个完美的解释。

"陆恒……"她轻声叫，她的父亲已经不会像以前那般保护她，她可以依靠的就只剩下陆恒而已。

两个女人齐齐看着陆恒，像是在等待他作出一个抉择。

陆恒轻笑，对她说："小树，你回来了，进来吧。"和往日一样的态度，让林纾松了一口气。

她坐在细心挑选的沙发里，云媛居然去厨房倒了一杯水给她，仿佛是女主人，她应该怒斥的，可却一句话都说不出来。

陆恒去了一趟房间，两个女人坐在沙发的两端，遥遥对着。

他出来的时候坐在中间，将一份文件放在了茶几上。

林纾莫名其妙，他把文件袋推过来，她还是慢慢地拿了起来。

"这是什么？"她问，声音里有无法抑制的颤抖。

陆恒没说话，只是在笑。

不知道什么时候，云媛已经坐了过来，就倚在陆恒的身边，亲密无间。

林纾咬牙，缓缓垂下眸子，将那份薄薄的文件取了出来。

直到放在眼前,她依旧不敢相信自己的眼睛,那上面的几个大字,真的写的是"离婚协议书"!

"陆恒。"林纾抬眼,看向陆恒,手在颤,唇在颤,浑身都在颤。

她不敢多看一个字,抬起眼来:"这是什么?"

"你看不出来吗?"陆恒还是带着笑,就是那种惯有的,温和明朗,像是可以融化一切的笑,嘴里却那样残忍地说出了她最不想听到的几个字,"离婚协议书,小树,我们离婚吧。"

"不……我们今天才结婚!我们昨天才刚刚去领了结婚证!"

那本又红又小的证书,她妥帖放着,却没想到保质期只有一天。

"陆恒,为什么?"林纾强忍着不哭,眼眶泛红,"是因为她吗?"

"嗯。"他淡淡说,"她才是我爱的女人。"

她是你爱的女人,那么,我是什么?我和你这些年的感情,全都是假的吗?

林纾很想抓着他的衣领,真真切切地问一句,可是她没问,因为有些让她觉得无法理解的问题在这一刹那忽然就有了答案。

她那样冷静,冷静到她自己都觉得可怕:"我爸爸的事情,也是你做的?"

陆恒笑得那么完美:"你总算聪明一次了。"

"为什么?"她比收到离婚协议书更加觉得痛,"我爸爸对你那么好!你的一切全都是我爸爸给的!"

"如果你觉得,做他的走狗也算是好的话,如果……"他顿一顿,低头一笑,"让你伤心了,实在是对不起。"

云媛将脸靠在他的肩膀上,亲昵地说:"阿恒,你怎么可以这样说话,林小姐会多难过。"

陆恒转过头去,捏一捏她的脸:"那你希望我怎么样?抱抱她,亲亲她?你不会吃醋吗?"他们就这样当着她的面打情骂俏。

林纾眼眶干干涩涩,心里痛得毫无知觉,她爱了那么多年的男人,在新婚之夜给她的居然是离婚协议书,居然是她父亲的锒铛入狱,居然是他从来没有爱过她的事实……

她爱他那么多年,从他刚被爸爸带到林家,只是一个落魄的少年,她看着他逐渐成长,逐渐步步高升,以为他会爱她一辈子。

可现在,美梦就这样破碎。

她闭了闭眼,唇边有了笑:"陆恒,你一点点都没爱过我吗?"

"是。"他说，斩钉截铁。

她自取其辱，还笑得出来，拿过那份离婚协议书，迅速在最后那栏签上她的名字，然后用力地扔在了陆恒的脸上。

看着一张张白色的纸张飞散，她一个字一个字从嘴里蹦出来："陆恒，我不会原谅你！我会让你什么都得不到！"

她说得这么狠绝，转身就走，狠狠地摔上门。可当冲出了大楼，她却失去了浑身的力气，再也站不住，瘫坐在地，原本干涩的眼中泛起湿意，大颗大颗的泪珠滑落……

不知道什么时候打起了闷雷，周围的风声渐大，带着即将下雨的潮湿。

她却一动都不动，像是一个傻子，坐在原地，直到大雨倾盆而下，将她浑身浇湿。

过去的二十几年，她过得无忧无虑，爸爸疼着，陆恒宠着，就算是没有妈妈，她也以为能得到别人都有的幸福，可现在，她的爸爸被她最爱的人送进了监狱。

她伸手捂脸，哭得无法自抑。

夏天的雨水依旧冰冷，她的妆容终于被冲得狼狈、仓皇的时候，忽然感觉有人碰触她的手背。

她怔然，放下手，出现在眼前的竟然是一双圆溜溜的眼珠。

Clever……

被雨淋得满身湿透的 Clever 正站在离她不过几厘米的地方，见她抬头，汪了两声。

明明就只是一条狗，林纾却像是找到了依靠，抬起手抱住了它："Clever……"她低声叫。

Clever 乖乖地又叫两声。

林纾坐在地上，靠着 Clever："Clever，你说，我该怎么办……"

"Clever！"不远处，忽然有人高声叫。

那声音很清亮，在雨中就那么直直地穿透过来，像是在耳边响起。

Clever 猛地一缩，转头看过去。

林纾也看过去，怪人没撑伞，就这样站在不远处，看着这边。

Clever 看一眼怪人，又看一眼林纾，汪了两声，有点为难的样子。

怪人走了过来，又叫了一声，颇有些严厉。

Clever 咬了咬怪人的衣袖，又咬一咬林纾的衣服，然后委委屈屈地汪……

怪人哼一声，转身就走。

Clever 咬着林纾的衣服，直接拉着她要走。

林纾却是不知道能去哪里了，她呆呆地跟着 Clever 走着。

怪人就住在隔壁的那栋楼，林纾跟着 Clever 走了进去，没想到那个怪人一身湿衣，还站在电梯前。

林纾以为他在等电梯，没想到走近了才看到电梯停在一层。

她浑身湿透了，哆嗦着站在他旁边，忽然异常尴尬，她总不可能真的去这个才认识的男人家里，说了声对不起就转身走开。

Clever 又叫了一声，她当作没听到，直直地走进了雨里。

雨又大了一些，打在身上不仅冷，而且疼，她慢慢地走在雨中，仰头看向她原本应该在的新房，里面灯火通明，她闭上了眼，已经分不清楚脸上的是泪还是雨……

林纾想要离开，可脚步却越来越慢，眼前泛黑，竟就这样倒了下去。失去意识之前，她似乎看到了朝她飞奔而来的影子，耳边有 Clever 熟悉的叫声。

Clever 的确跑了过来，围着林纾打转，不停地叫，还用舌头去舔她的脸。

盛维庭觉得 Clever 有时候也算得上很会惹麻烦，就像现在。他居高临下地看着以一种很不雅的姿势躺在地上的女人，红色的晚礼服此时紧紧地贴在身体上，头发散乱，实在是没有任何美感可言。

如果放任她在这里继续淋雨，那么很有可能会高烧不退，而高烧不退有可能得脑炎……

基于一个医生的专业态度，他深吸一口气，扫了眼正可怜巴巴看他的 Clever，随后掏出手机，打电话给保安室。

保安是个二十出头的年轻人，撑着伞过来，看到盛维庭之后问："你好，请问有什么事吗？"

"把这个女人放保安室。"盛维庭十分淡然地说出这句话。

保安愣了一下，明明是个人，怎么说得就跟寄存东西一样。"哦，不好意思，这位住户，她是你的……"

"我不认识她。"

"啊？那你怎么会……"

盛维庭就知道会出现这种状况，他又低头看了林纾一眼："算了，你抱着，跟我来。"

小保安很委屈，也不忍心让这女人继续淋雨，只好蹲下身将她抱起来，跟着盛维庭往里面走。

电梯依旧在一层，等都不用等，直接就上去，在五楼停下来，小保安目不斜视，抱着林纾跟着盛维庭进去。

开了门，盛维庭在门口停下来，顿了顿，从鞋柜里拿出一双新拖鞋扔在地上。

小保安换了鞋子跟着他走进去，问："把她放在哪里？"

盛维庭走到卫生间，指着浴缸说："那里。"

小保安愣住，见他一点都不像是在开玩笑，这才走进去将林纾放下。

小保安离开了，盛维庭先走到门口将那双拖鞋扔进垃圾桶，然后站在卫生间门口看浴缸里的林纾，略一犹豫，转身走到客房，找了条还没用的毛毯扔在了她身上。

他去洗了个热水澡，发现身体不大对劲，大概是淋了雨，瞪了一眼作乖巧状的 Clever，拿出感冒药吃了。

他这才想到卫生间里还有一个可能会感冒的人，带上医用手套，拿出温度计给她量了体温，温度果然略高，他掰了一颗药出来塞到她嘴里，她居然吐出来。

来回几次他便没了耐心，直接将胶囊丸掰开，把里面的粉末倒进水里，摇晃一下，抓住了她的下巴灌了进去。

她喝了进去，咳嗽得惊天动地。

但这已经不在盛维庭的考虑范围之内。

他已经感觉到了头晕，知道这是感冒药的副作用，于是将卫生间的灯关掉，直接回了房间，躺进床里睡觉。

林纾是被硌醒的，睡到半夜忽然发现背后硬得让她受不了，而且也觉得冷，模糊之间她便从浴缸爬了出来，像梦游一样开门出来去找卧室。

她已经不记得是在哪里了，只觉得这和她布置的新房格局一样，很容易就找到了主卧。

站在床边，她觉衣服黏湿不舒服，直接脱下扔在一旁，便掀开被子躺了进去。

这才是床的感觉。

林纾翻了两个身，总算觉得舒服，根本没注意到不远的旁边有一个人睡得正熟。

林纾的睡相一向都不好，所以她在躺到床上之后便又像以前一样，滚到了中间。

只是，她的床上什么时候多了一个人？

她又靠近了些，神志模模糊糊，竟以为是陆恒，眼前闪现出陆恒对她说的那些话，竟又忍不住哭了起来。

她将脸抵在他的肩膀上，把所有眼泪全都抹到了他的睡衣上，低泣："陆恒，你怎么可以这样对我，我不相信你会这样对我，陆恒，你有什么苦衷对不对？你告诉我……"

她低喃许多，可那人却直挺挺躺着，没有半点反应，她撑着床坐起来，没坐稳，一下子扑到他身上，他的脸近在眼前。

她泪眼朦胧，看不清楚，脑中也不知在想什么，直接亲了上去……

一切都迷乱而混沌，林纾甚至不知道究竟做了什么，只觉得浑身酸痛。

直到第二天早上醒来，发现身旁还躺着一个陌生男人之后，她才吓得差点惊叫。

她难得早起，也是因为实在太不舒服，他还没醒来，眉心微微皱着，像是睡得不好。

林纾捏了一把脸，这才发现不是在做梦。

那这个男人，究竟是谁？

她在脑中搜索了一圈，也没想起来有这样一张脸在记忆中。

男人长得清俊，可总有种让人无法触及的感觉。

林纾不敢再待下去，也不敢去想昨天晚上究竟发生了什么，匆忙下床，套上扔在床下的衣服就逃了出去。

在客厅里看到正坐在门口的狗，林纾怔了一下，忽然反应过来那个男人是谁。

他就是那个带着Clever的怪人。

可她昨天明明没有跟他回来……

林纾百思不得其解，却也不愿意再深想，她怕他醒来，更加不想面对那可能降临的场景，急忙离开，她关门之前Clever还叫了两声，她吓到，逃得飞快。

靠在电梯里，林纾的脑子终于清醒了一些，昨晚上发生的一切终于逐渐成形。

方才的仓皇和慌乱已经消失无踪，她脑海中只有陆恒对她说的那些话，如果昨天是不敢置信的话，那么今天就是绝望透顶。

陆恒不只是将她玩弄于股掌之间，更重要的是他将她爸爸一生最重要的林氏也抢走了！

曾经对他有多爱，那么现在对他就有多恨！

昨天离开那里的时候说的话不只是说说而已，她绝对不会原谅他！

林纾对着电梯里的镜子理了一下头发，决定再去一趟警局。

只是她才刚刚走出小区门口，就见有人迎上来拦住她。

她往后退一步："你们干什么！"她认识他们，是陆恒的人。

"大小姐，对不起了。"两人走过来，直接抓住她的肩膀将她押进了车里。

林纾莫名而恐慌，可这车就像是牢笼，左右各坐一个壮硕男子，她连动弹的余地都没有。

知道逃不脱之后她只能冷静下来，厉声问道："你们想干什么？陆恒呢？"

两人不说话，仿佛石像。

"是陆恒让你们这么做的？"林纾怒道，"停车！我要见陆恒！"

"大小姐。"终于有人说话，"不要让我们为难。"

她放过他们，那谁来放过她？

"你们都是林氏的人，是林氏养着你们，不是陆恒！"

没有人回应她，哪怕是一句话，林纾眼睁睁地看着车子驶往一个未知而可怕的地方。

从城市到郊区，路上的车辆愈发的少，连路都开始崎岖不平，她被震得难受，再加上淋雨的后遗症，头晕目眩。

车子终于停下来。

林纾还没来得及看，就已经被拉了出去。

总算呼吸到新鲜空气，她抬眼看过去，一眼就望到了那栋白色的有些年头的楼房，最引人注目的便是那几个字——"宁安精神病院"。

刚刚还有些乏力的身体顿时清醒过来，趁着那两人没抓住自己的时候，连忙转身逃。

陆恒想把她关到精神病院去，而且是远在郊区，无人问津的地方！她不能留在这里，绝对不能！

所以她跑了，虽然知道逃跑只是垂死挣扎。

才跑出几十米她就被拦住："大小姐，我们走吧。"

林纾拼命挣扎："放开我！"

她的挣扎就像是玩闹，他们不费一点力气就将她送进了医院。

大概是早就已经联系好，她进去之后就有医生护士迎上来，领着他们走向走廊的最深处。

"哐当"一声，带着铁栏的门被锁住，她趴在门上，用力地往外吼："让陆恒来见我！他有本事做这种事情，怎么连见我都不敢！"

没人理她，她只能听到中年女医生正在同他们说话："转告陆先生，我们会好好看管的，绝对不会让她逃出去。"

林纾还能说什么？

顺着门逐渐跌坐在地，冰凉的地板让她打了个哆嗦，身上依旧是那件红色的晚礼服，如今却显得这样可笑。

她狠狠地撕扯着领口，大口地喘气，眼中干涩难忍，却唯独没有眼泪，绝望已经让她连哭泣都不会了。

她用头撞了一下门，发出沉闷而悠远的响声，她大笑出声："陆恒，你够狠！"

林纾的病房在最角落，常年阴暗不见天日，连被褥都带着潮意，她看向窗外，昨晚下了大雨，今天却已经是晴好，可这里除了阴森之外别的什么都感觉不到。

门上的铁栏忽然被打开，一套衣服被扔了进来："这是你的病号服，换上吧。"

林纾猛地站起来，抓住了那个护士的手，紧紧的，连指甲都要扣到她的肉里："我没有病，你们放我出去！"

小护士被她抓得疼了。

在这里的护士当然得有些力气，不然怎么制服那些不听话的病人，林纾一下就被甩开了，她没站稳，头撞到了墙上，隐隐地疼。

小护士冷哼一声，"既然已经到了这里了，还敢说自己没有疯？"

林纾怔怔的，那嘲讽不屑的表情像是一根根尖针，直直刺进她的胸膛。

铁栏被用力地关上，锁住，声响依旧在房间里回荡着……

她看着那被扔在地上的病号服，双拳紧握，那为了婚礼而做过的指甲用力地掐进了掌心。

鲜血点点滴滴，落在地上，逐渐晕开一片，就像是她的心，血肉模糊。

原来有时候痛到极致，便是什么都感觉不到。

林纾一动都不想动，呆呆地坐在地上，眼前有些迷蒙，因为感冒而发出来的热度终于开始影响她。

她头昏眼花，甚至连坐都坐不住，缓缓躺下来，蜷缩起来，抱住自己，像是在母亲的腹中。

她不敢闭上眼睛，因为那样她便会看到多年前，她还那样清晰地记得那一天，她的父亲把陆恒带回来的那一天。

那天阳光很好，她正在院子给花浇水，她养了不少花，宝贝得很，连林凯都不敢随意碰。

听到有声音传来，她抬起眼，叫："爸爸，你回来了？"

可入眼的除了林凯还有一个陌生的男孩，年纪大概比她大一些，穿着白色的衬衫，此时却沾满了泥土和血迹，就连脸上也带着不少伤口。

她"嗳"一声，走过去，"爸爸，他是谁啊？"

林凯的脸上带着笑意："他叫陆恒，从此以后就是你的哥哥。"

"哥哥？"林纾眯着眼睛笑，像是只慵懒的猫，"哇，我一直说要哥哥，爸爸你真的给我带回一个哥哥！爸爸你真好！"说完，她跳起来，不管手里还有水壶，直接搂住了林凯的脖子，在他的脸侧亲吻一下。

林凯哈哈笑着也抱了一下她。

林纾眉眼弯弯，从他身上下来，看到陆恒脸上的伤，从口袋里摸出了手帕，沾湿后抬起手，轻轻地触上他的脸："哥哥，我替你擦一下。"

才刚刚碰到他的脸，他却忽然抓住她的手，有点用力，那是一只男人的手，带着热度，有点粗糙。

她莫名地骤然心动，脸红得无法抬头。

本能地握住林纾的手之后，陆恒马上反应过来，松开手，带着歉意说："对不起，我……"

林纾再次抬头，泛着红晕的脸上像是蒙着一层光彩："没事。"说完，她眼中漾起涟漪，不敢和他对视，就这样替他擦了擦脸。

这些画面一帧一帧在眼前闪现，那样清晰难忘。

曾经她好好珍藏着，如今却变成了一个笑话。

她以为是心动的开始，在他眼中，就单单只是算计而已。

算计呵……

在精神病院的时间里，林纾度日如年。

最开始的那会，她总想找机会逃出去，但每次都连这个房间都逃不出去，她唯一能抗拒的只是每天例行的镇静剂。

这个精神病医院存在很久，又在偏远的地方，其实并不怎么正规，医生护士们想怎么来就怎么来。

这里的病人不算多，却也不少，却没几个是真正得病的，有不少是和她一样被人关在这里，日复一日，也就真的疯了。

总会有护士来打针，每当那个时候，她便会拼命挣扎，以死威胁，大概她们也怕她死了，也就不再管她，她不敢再做出太过激的行为，安安静静的，就像是不存在。

林纾其实很怕，很怕自己什么时候也变得跟那些人一样。

越怕，她便越恨，恨的有许多，最恨的却只有那一个。

只有陆恒。

他是罪魁祸首。

是他将她美好的世界全盘打碎，她摸不到未来，未来那样模糊不清，所有的时间都停滞在这一刻，那样的痛苦和悲伤。

每晚都是听着别人的叫声入眠的，半夜或许还会被惊叫声或者哭声给惊醒。

她却一滴眼泪都没有流，她从来不知道自己原来可以这么坚强。

一切的变化在一个多月之后发生。

她像是生病了，吃什么吐什么，护士发现之后便找医生来看，到底不能让她在这里出什么事。

林纾不敢让那些医生碰，可她已经好多天都一直持续这个状况，虚弱得连挣扎都没有力气，只能任由医生检查。

医生的表情有些凝重，甚至还让护士带着她去做别的检查。

她不知道怎么了，可她怕死，因为死了就不能报仇，她死了，陆恒就会一辈子志得意满！

她不甘心！

一系列的检查之后，她虚弱地问护士："我到底怎么了？"

小护士有些不耐烦："我怎么知道，报告不是还没出来吗？"

报告终于出来，小护士交给医生看，医生抬头看了她两眼。

林纾心惊肉跳："我……得了绝症？"

"不。"医生说，"你怀孕了。"

林纾在听到这四个字的时候，脑袋停止思考了几秒。

她怀孕了？

还没反应过来，她便再次被关进了从没有阳光会降临的房间，她呆愣地坐在床上。

孩子……

隐隐约约能听到外面有说话声。

"她平日里有打镇静剂吗？有的话孩子是不能留的。"

"没有打过，因为她反抗得很厉害，后来看她没什么过激行为就算了，要不要和陆先生说一下？"这是小护士的声音。

"当然要说一下，如果这孩子是……"

声音逐渐淡下去，林纾知道她们走远了。

她已经从震惊里逐渐回过神来，双手缓缓覆上了依旧平坦的小腹，这里，居然会有一个孩子？

她很清楚这个孩子不是陆恒的，在如今这种境况下，她能做出的最好选择就是把孩子打掉。

可是孩子……

那真是一个温暖而又柔软的存在，虽然如今她自身难保。

小护士又过来，开门，一步步朝她走过来。

林纾猛地抬头，心里头莫名地慌乱起来，往后退了好几步，手已经下意识地护住了最脆弱的地方。

"走吧。"护士说。

"去哪里？"

"陆先生说，让我们把孩子打掉。"小护士冷着脸，淡淡地说。

她其实知道保住孩子不切实际，换做是她作决定，也不一定会选择留下，但是被强迫不一样，她胸臆间燃起浓浓的保护欲。

"他是谁，他有什么权利决定我孩子的去留！"林纾已经被护士抓住胳膊，"你放开我！我不去！放开！"

"走吧。"护士冷着脸，拉着她走。

林纾低头，一口咬住她的手，她终于放开，林纾往后躲了躲："我要亲自和陆恒说！"

小护士很生气，可不敢真的对林纾动手，和主管商量一番之后，真的将手机拿了过来，拨通了陆恒的号码。

"听说你怀孕了？"林纾拿起手机，放在耳边，就听到了这句似笑非笑的话。

"你有什么资格打掉我的孩子。"

"这种来路不明的孩子，你想留着？"陆恒呵一声，"小树呵，我是不是把你想得太单纯了一点？"

"陆恒你混蛋！"林纾咬牙切齿，"不要以为能把我关一辈子！总有一天我会出去！"

"不要生气，小树，要是想留你就留着吧。"他笑，"事情真是越来越好玩了。"

听筒里已经变成了嘟嘟声，林纾却没有放下来。

陆恒，我对你剩下的那么最后一丁点感情，到这一刻也已然全都化为灰烬，剩下的只有恨。

林纾无法定义时间过得究竟是快，还是慢。

如果说快，怎么她还会觉得那么痛苦？

如果说慢，怎么她的肚子像是吹了气那般鼓了起来。

自从查出怀孕之后，林纾便安静下来，成为了医院里最不言语的人。

陆恒在她怀孕三四个月的时候来过一次，那个时候她肚子微微隆起，他也不过就是想来羞辱她。

她骂了回去，可心里一点都不觉得舒服。

没事的时候她便总是抚着小腹，轻声地念叨。

她也不会念叨些别的，左右不过是对不起。

她对不起他，居然要让他出生在这种全都是疯子的地方。

可她能怎么办呢？她什么都做不了，除了好好地将他生下来以外。

孩子是在春天的时候出生的。

那时她的肚子已经大到可怕，她唯一的念想就是孩子出生，每日每夜都数着那一天的到来。

那天她从下午就开始阵痛，小护士对她一向都是不理不睬的，可她疼得厉害，便靠在门边用力地敲门。

小护士随便过来瞧了一眼，见的确不对，便马上走开去打电话，过不了多久，一个专业的妇产科医生就赶了过来。

这里也没有专门的产房，之前检查过林纾的胎位什么的一切都正常，是预计顺产的，所以就直接在病房里待产。

她躺在病床上，疼得浑身都快要僵硬，手紧紧地抓住被单，眼睛却是看着窗外。

春天快来了，已经有枝条染上了绿意。

可她什么时候才能出去呢？

疼痛逐渐让她的意识开始混沌，连叫都快叫不出来，声音全都堵在喉咙口，憋得她不止浑身痛，连心口都像是被撕开了裂缝。

好几次她都想，直接就这样睡过去了其实也不错，所有的痛苦和磨难全都与她无关了。

但是不行，爸爸还在狱中，孩子还未出生，恨意还没有消，她怎么可以就这样死……

她咬舌尖，满口都是浓厚的铁锈味道，疼得她心里发颤，只听到那个医生说："头已经出来，再用力……"

她的灵魂像是飘在半空，只隐约感觉到滞痛的感觉在一瞬间消失，一声清脆的婴儿哭啼响起。

她差点热泪盈眶：她的孩子，出生了。

她没有力气再睁开眼睛，黑暗逐渐侵蚀，她的世界漆黑一片，寂静得让人害怕。

好像有人在笑，带着嘲讽和讥诮，那么像是陆恒的声音。

她蓦然醒来，下腹依旧坠痛，她依旧在这个一年到头都不见阳光的房间，和以往每一次醒来都一模一样。

可是她的肚子已然瘪下去。

那么，孩子呢？

林纾掀开被子，直接光着脚下来，踩在冰凉的地砖上，寒意入侵，她丝毫不在乎，直接跑到了门边，用力捶门："来人！来人！有没有人！"

门是铁的，声音清亮而悠远，又是在凌晨，平常总会疯喊的人都进入了睡眠，整栋楼安静得只听见她的喊叫声。

她腿有些软，站不住，死死地把着门框，往外面看去："人呢？来人！"她喊得声嘶力竭。

一直照看她的小护士终于打着哈欠走过来，满脸不耐："干什么？大半夜的叫什么叫！叫鬼啊！"

林纾双眼都快瞪出来，咬牙切齿："我的孩子呢！孩子呢！"

小护士斜她一眼："死了呗！你难产，生出来就是个死婴，真是晦气。"

死婴？

怎么可能！

"不！不可能！"林纾把手从栅栏中伸出去，抓住小护士的胳膊，大口呼吸，"我听到他的哭声了！我听到了！他不可能死的，不可能！你骗我，你在骗我，对不对？"

"谁骗你？死了就是死了，你那会儿都昏过去了，能听到什么？"小护士把她的手扳开，又强调了一遍，"孩子死了。"

胸口像是被划开了一道大口子，心被割了一刀又一刀，鲜血汨汨地流出来，流得她满身都是。

怎么可能……

她的孩子，她辛辛苦苦才把他生下来，却连一面都没有见到，就被告知是个死婴。

不，她不能接受！

以为早就冻结的泪腺像是又活了过来,眼泪落个不停,点点滴滴都掉在衣襟上,晕染开来:"是个男孩,还是女孩?"

小护士想要走,又被她抓住:"男孩子。"她说,"孩子火葬了,也算是对得起你了。"

林纾呆呆愣愣地靠在门边,满脸都是泪,空洞的眼中都是绝望。

她穿得那样单薄,初春的凌晨那样冷,脚趾都被冻得发紫,她却无知无觉,眨着满是泪光的眼睛。

她的孩子死了?

不会的。

她的孩子不会死。

即使小护士说得那样笃定,她依旧不信。

那声啼哭是那样悦耳,那样震撼,那是一个新生命来到世上的证明,她是听见之后才会松一口气,才会失去知觉的。

即使所有人对她说,孩子死了,她也绝对不会信。她的孩子肯定没有死,肯定还活着!

她哆嗦着重新走回了床边躺上去,被子里已经冰凉一片。

侧身看向窗口,她总算知道为什么这样冷了,窗户不知道什么时候打开了一条不大不小的缝隙,连带着那米色的窗帘也被吹了起来。

可冬风再冷,又怎敌得过她的心冷?

第二章　我没有想象中爱你

厚厚的米色窗帘在夏天的时候换成了略薄一些绿色的窗帘，等到了冬天的时候，又换了回来。

等再一个冬天的时候那条米色的窗帘破了个洞，被换成了暗褐色的。

房间里显得更暗了。

林纾都不敢相信，她居然在这种地方待了快三年。

自从孩子出生之后，林纾每个月都会试图逃出去，可每一次都会被抓回来，而后被锁在床上至少三天。

那是一种极度屈辱的姿势，双手双脚呈大字型张开，分别用手铐锁在床的四个角上。

刚开始的时候她会挣扎，挣扎到手腕脚腕全都破皮流血，化脓腐烂……

没有人会在意她受伤，小护士只会嫌她麻烦，随便给她包扎一下就念："真是麻烦！"

所以她学聪明了，她不再挣扎，不再让自己受伤，不再做这种仇者快，亲者痛的事情。

被锁起来了，她便呆呆地躺着，一动不动，眼神里满满的只是空洞，望着天花板，可以许久都不眨眼睛。

陆恒每两个月会过来一次，来展现他如今过得多好。

每次都只在门口看她一眼，说起最近公司发展得如何，说起她的父亲林凯在狱中得病……

她已经学会充耳不闻。

有一次他来的时候，她刚好逃跑未果，被锁在床上，那是陆恒第一次走进这间病房，他站在床边，带着笑容居高临下地看她。

她睁着眼睛，看也不看他。

他不知道发什么疯，居然伸出手来，轻轻地抚过她的面容："小树，你的脸变得粗糙了……"

他的指腹逐渐移到了她的唇角，她忽然猛地张开嘴，一下将他的手指咬住。

她咬得那样用力，几乎想要将他的手指直接咬下来！

她把所有的恨意全灌注进去，恨不得她咬的是他的动脉！

血腥味逐渐蔓延开来，她却一点都不害怕，反而有噬血的快感，神色狰狞。

这样就疼了吗？你根本不知道，我有多疼！

陆恒一向能忍，不然也不会在林凯身边蛰伏这么久，所以即使她咬得那么厉害，他也只是淡定地捏住了她的下颚，让她使不出力气，而后将手指从她口中抽出来，在她的病号服上擦了擦。

"小树，我看你是不想再出去了！那样也好，这里不错，管吃管住，你就好好待着吧！"

陆恒走了，林纾只是冷冷一笑，像是毫不在意。

这次她被锁得久了些，竟然一直锁了五天，吃喝拉撒都在床上，她甚至被穿上了纸尿布，自尊什么的她也早就已经没有。

终于被放下来，林纾没有像之前一样休养生息，而是在当天晚上就走到了窗口，扯下了窗帘，也拿出了藏在窗台后的铁棍，一顿摆弄之后，直接撬开了防盗窗！

铁棍是她之前逃跑的时候捡到的，至于防盗窗，因为这栋房子实在是老旧，防盗窗里面没有钢筋，大概也没人想到会有人从窗户逃出去吧。

林纾稍微费了些力气就撬开了防盗窗，而后将窗户打开，义无反顾地爬了上去，她庆幸在一楼，可以毫无顾忌地跳下去。

窗户外面是长长的荆棘丛，她顾不得疼，直接伸手扳开，而后钻了出去。

刺刺的枝条从她身上脸上划过，她却像是无知无觉，只想要逃出去。

再快一点就能逃出去了！

她要离开这里，她要找到她的孩子，她要将她的父亲救出来，她要让陆恒付出代价！

她跌跌撞撞地跑出去，她被锁在床上的那些天，连食物也减量了不少，算是惩罚，所以他们绝对不会想到她会在今天晚上就逃出去！

但也因为这样，她体力有限，跑的时候太过吃力，像是腿上绑了铅块，每一步都跑得困难。

她已经跑出了大门，眼看就要跑出去了，可医院里居然传出骚动，居然有人追了出来！

林纾吓了一跳，腿都软了，差点跌出去，好不容易才站稳，回身看去，果然，一群人拿着手电筒跟了上来！

她不信命！不相信自己就真的逃不出去！不相信她就要在这里待一辈子！就算是垂死挣扎也好，她也要试一试！

她没有再回头看去，用尽全身的力气往前跑。

只要可以遇到人，她就可以求救了！

可大晚上的，又是荒郊野岭，要遇上人实在是无比困难！

可偏偏，就有一个人，在这种晚上出来遛狗。

盛维庭在医院被病人投诉了，结果他几句话把人家给气得脑溢血。

医院向着他的，可毕竟这件事情闹得挺大，总得做出一点姿态，所以就放了他几天假。

其实他并不知道医院放他假是因为这件事情，因为助理和他说："医院觉得你受到了不公正的待遇，为了补偿你，所以让你休息几天。"

助理怎么敢和他说真话，忽悠是最好的办法。

他觉得这样的安排简直不能再合理，自从他到医院之后就一直没有长假，所以他趁着这个所谓的假期跑到郊区休养了。

他住在这边的农家乐，装修得古色古香的，因为不是旅游旺季，所以没什么人，他倒是十分满意。

他一向都会在傍晚带着 Clever 出来放放风，这天也不例外。

附近有家精神病医院，他也是知道的，之前从来没有往这边来过，可是这天不知道怎么回事，Clever 居然非要往那里去，甚至还挣脱了他，直接跑了过去。

盛维庭觉得 Clever 简直是越来越目无主人了，心里盘算着等回去就让它面壁思过。

身后追着的人越来越近了，林纾的喘息声也越来越粗。

她绝望得想要大哭，可一滴眼泪都落不下来，为什么上天要这样对她？为什么连一丝希望都不给她？

胸口溢满了春日里冰凉的空气，每呼吸一次都像是要爆炸。

好几次都想放弃，想要停下来，可她没有办法，那个冰冷可怕的病房，她已经待了三年！

三年啊，一千多个日夜，每一天都仿佛是在地狱。

她蓦地闭了闭眼睛，感觉到了眼角的湿意。

就在那一个瞬间，眼前忽然一团黑影闪过，她还没反应过来，已经听到了身后剧烈的叫声。

那是狗叫声，那么凶狠厉害。

她不敢置信地回身看去，刚刚从她身边闪过的那条狗居然替她挡在那群人面前，毫不畏惧地大叫着。

她觉得狗有些眼熟，却记不起来。

她又看到了生机，转身蹒跚地跑，眼前已经混沌，她隐约看到一个高大的身影逐渐从黑暗中走出来，像是在沙漠中看到绿洲，她用尽力气跑过去，连他的脸都没有看清就抓住了他的衣角："求求你救救我……"

她快要站不住，不停地喘气，耳膜像是快要炸开，耳边嗡嗡地响。

眼前是一双很漂亮的手，修长而又白皙，骨节分明，可就是这双手抬起来，用大拇指和食指，捏住了她的手腕，甩了开去。

绿洲变成了海市蜃楼。

林纾扬起头来，双眼朦胧，"求你……"

她的话说到一半就看到了他的脸，那张脸不算熟悉，却也并不陌生。

像是有一个响雷在脑中爆炸，是他！

那个经常在小区里遛狗的怪人！

也是……她孩子的父亲！

尽管过了三年，他的样貌在她的脑海里依旧清晰，眼中顿时满是泪水，一眨便滑落："求你救我，我没有病，他们要把我关进去，求你帮我……"

惨然的表情和绝望的语调，她似乎抓住了救命稻草，再也不愿意放手。

盛维庭和林纾一样，一开始也没有认出来，因为这个女人实在是太脏了！

身上穿着病号服不说，连手上都满是泥土，而且抬起头来，脸颊上都是划开的伤口，有血滴不停地渗出来……

虽然上一次见她的时候，她也不见得正常，但也不至于这样狼狈。

可这个女人在他的印象中异常深刻，他的记忆力又一向好，眼前逐渐浮现出那天晚上的场景……

居然是那个女人！

盛维庭在烦恼要不要管闲事。

其实这也算不上什么闲事，毕竟这个女人和他有过那么一点说不清道不明让他有点难以启齿的事情。

他没什么别的优点，就是特别护短。

就比如他可以随便骂Clever蠢成猪，但绝对不能有别人说一声这狗真是蠢毙了！

但 Clever 是他的狗，是他养大的狗。

那这个女人呢？

他在分析这个女人算不算是他的所有物，从某个程度来讲，好像的确是这样的。

Clever 毕竟是一条狗，怎么抵挡得住那群人，很快就已经有人跑过它的防线追了上来，看到有外人也有些意外，但料想这里的村民应该早就习惯了这些场景，于是就说："先生，这个病人是从医院逃出来的，你也知道，有些人明明有病，却总会说自己没病。"

一般人对精神病患者都有莫名的恐惧感，这些话一撂，必定不会有人管闲事。

可偏偏盛维庭不按常理出牌，听了这话之后反而忽然有种想管闲事的欲望了……

"是吗？"他幽幽地开口，缓缓抬头，用那双清亮却又慵懒的双眸看向站在面前的人，"你确定她是病人。"

"是啊，在医院三年，疯得越来越厉害了。"

"呵……是吗？"盛维庭的笑声中带着讥讽。

难得会碰到这样难缠的人，来人一时不知道该怎么办。

盛维庭又看了林纾一眼，而后嫌弃地移开了眼神，说："我从来没见过这么正常的精神病患者。"

"有些病人就是这样。"那人耐不住性子，想过来抓人了。

林纾本能地躲到了盛维庭的身后，手还揪住了他的衣角。

盛维庭皱皱眉，想开口，犹豫下还是憋了回去，看向越走越近的人："你们难道不觉得这种情况下，有必要进行一下评估吗？"

那些人面面相觑，而 Clever 不知道什么时候又跑到了盛维庭身边，摇头摆尾的。

"你不要给脸不要脸，这是我们医院的病人，交给我们就是了，啰唆什么！"

"呵……"盛维庭又懒懒一笑，"医院的人原来这么没有素质吗？"

"你是什么人？管什么别人的闲事！简直有病！"

林纾忐忑不安地看了盛维庭一眼，怕他忽然不管她。

盛维庭抬眼看了一下不远处的医院："我怀疑你们这里不正规，不，我确定你们这里并不正规，我有必要把这个女人带走。"

"你这人真是有病吧！"为首的那人骂咧，"凭什么把人带走？她是你的谁啊？"

"呵……她是我的女人，怎么样？！"

不仅仅是那群人,连林纾都被震惊了。

大家都噤声了几秒,画面像是停滞。

盛维庭说完之后微微蹙眉,但是幅度很小,马上恢复正常,一脸"就是这样,你能拿我怎么样"的表情。

"你的女人?"终于有人回过神来,"开什么玩笑,谁不知道她已经结婚了?她的丈夫可不是你。"

林纾看到盛维庭转头不悦地看她,她马上掏出一直贴身放在身上的一个小本子。

那是离婚证。

某一次陆恒来看她的时候扔在了她的脸上,对她说:"不好意思了,小树。"

盛维庭在看到离婚证的时候,表情愈发不好。

林纾忐忑,不时看他的表情。

好在盛维庭没有走人,把离婚证在那些人面前晃了晃:"你们都识字吧,如果连这几个字都不认识,我大概要推翻对你们的认识了。"

这一切都出乎意料,他们竟不知道如何反应。

当然最主要是他们知道,林纾并不是病人,只是陆恒一句话送来,而这里还要继续经营下去,所以不能硬碰硬。

盛维庭从口袋里拿出一双医用手套,戴上去之后握住了林纾的胳膊,看都没看那群人一眼,转身就走。

Clever甚至还不服输地冲他们又吼了几声。

林纾对怪人出门在外还会随身携带医用手套的习惯有些莫名,但这都不是重点,重点是她终于逃离了那家医院!

等走得比较远了,林纾吸着鼻子闷声说:"谢谢你。"

等她说完这句话,盛维庭顿时放开她:"我不认为他们还会再追上来,所以我的闲事已经管得差不多了。"

"我,"林纾咬唇,"我不知道去哪里……"

"哦。"盛维庭微微抬头,整了一下头上的黑色棒球帽,眼神锐利,"你的意思是要跟我走吗?"

"你,帮人帮到底,求你了……"林纾也说不出别的话,说什么都只是强词夺理,可她除却求助于他不知道还能怎么办。

她无处可去,身上也没有一分钱,虽然不觉得他好说话,但毕竟他刚刚帮了她。

而且,还有那一层无法言说的关系在,让她多少有了点底气。

"我从没见过求人求得这么理直气壮的。"盛维庭又呵了一声,却最终没有放弃她,随口说了一声"跟着"就先一步往前走去。

他走得并不快,可林纾因为体力耗尽,还是跟得有些吃力。

反倒是 Clever,一直都慢悠悠地跟在她身边,不时地叫一声。

林纾怕黑,可在这样漆黑的夜里,因为前面有人领路,竟没有想象中的怕。

盛维庭一直在她前面几步的位置,她一抬头就能看到他的背影。

他生得很高大,身材却有些削瘦,总觉得有种营养失调的感觉。

林纾抿了抿唇,感觉到唇上干裂的粗糙,似乎还有血腥味,她伸手抹了放在眼前一看,才发现手心里有血。

她竟然都察觉不到痛。

"喂……"她低声叫,声音嘶哑,喉咙还带着痛意。

盛维庭停下步子,回头看她,没有说话,只是挑了挑眉,像是在问她想说什么。

林纾咬唇,略略垂下眸子:"我叫林纾,树林的林,纾解的纾。你,叫什么?"

她和他缘分不浅,不管是三年前,还是三年后,可到方才她恍然发现,她居然连他叫什么名字都不知道。

她在心里默默地叫他怪人,总不能直接这样叫他。

"盛维庭。"他开口,将名字撂下。

林纾来不及说话,盛维庭已经转身,继续往前走去,步子迈得更大了一些。

不知道是不是她的错觉,她竟然从他的背影里看到了不爽……

她也不知道又是什么地方得罪了他,只能撑着追上去。

林纾大概永远都不会知道,盛维庭之所以不爽,是因为她居然不认识他。

不认识他……

走了没多久就到了盛维庭落脚的农家乐,装修得古色古香,却有些荒凉萧条的感觉,两人来到客房区。

盛维庭走到前台,原本昏昏欲睡的前台妹妹顿时站起来,带着得体的笑容:"你好,盛先生。"

盛维庭点点头,然后说:"再给我开一间房。"

前台妹妹露出为难的神色:"盛先生,实在是不好意思,因为是淡季,所以我们的客房都在装修,没办法住人。"

盛维庭怔了一下,不愿意接受现实:"那我的房间呢?"

"您住的房间是我们这里的总统包房，装修都是最好的。因为打算提高酒店的档次，打算将别的客房也重新整修一下，所以……您的房间还有间客房的，您看……"前台妹妹殷切地看他。

他回身看了一眼浑身破烂的林纾，手指在柜台上轻轻地敲着。

前台妹妹被这声音搅得心里慌慌的，可更惶然的是林纾。

尽管他已经把她带到这里来了，她还是怕他丢掉她，他对她没有责任。

盛维庭许久都没有说话，前台妹妹又叫一声："盛先生……"

他抬起眼："好吧，请问能不能帮忙买套衣服。"

他可不想看着她穿那套丑毙了又脏透了的病号服在他的房间里转悠，谁知道有多少病菌！

前台妹妹又遇到难题，皱着脸对盛维庭说："盛先生，您刚也去外面逛了，这边优点是偏僻，缺点也是偏僻，真的没有地方可以去买，就算有也已经关门了。"

盛维庭的脸黑了黑。

林纾忙凑上去，急匆匆地说："我没关系的。"

盛维庭的脸色更黑了："可是我有关系！"

林纾会错意，尴尬地咬着唇退后一步。

前台妹妹搞不准这两人是什么关系，但看到林纾身上的病号服便知道是附近精神病医院的患者。

不过客人的私事她无权过问，她只说："那这样，盛先生，如果您是要给这位小姐穿的话，我可以拿一套我的衣服，您看可以吗？"

盛维庭皱了皱眉头，说："新的。"

如果说前台妹妹对这个长得帅、脾气坏的男客人一开始还有非分之想的话，这会儿已经烟消云散了，她点头："好，我有一件还没穿过的连衣裙，如果，您不介意的话。"

事到如今好像也只有这个解决办法，盛维庭点点头，前台妹妹去房间里拿了一个纸袋出来，送到他手上。

盛维庭接过，留下一句"记在账上"就转身离开。

林纾小步地跟在他身后。

酒店里的确没有别人，所以电梯依旧停在一楼，林纾见他已经进去，忙也跑了进去。

盛维庭住在顶层，顶层也只有那一个房间，面积是很可观的。

林纾打小就是被富养的，而且林氏第二大的产业就是酒店，她以前也在生日的时候约了朋友去总统包房举办生日派对。

林氏名下的万凯酒店是J市少数几家白金五星级酒店，装修十分奢华，总统包房就更不用说，所以即使走进房间，她也没有什么别样的表情，只是一直注意着盛维庭的表情，连坐都不敢坐。

盛维庭将纸袋扔到她身上："赶紧洗个澡把衣服换上。"他依旧满脸嫌弃，"客房里有卫生间。"

林纾慌乱地抱住，低着头走进了客房。

好久没有这样畅快地洗一个热水澡，洗完之后，她便将纸袋里的衣服拿了出来。

除了衣服还有内衣裤，里面有张纸条，是前台妹妹写的，说内衣裤是全新的，她洗过没穿过，让她放心穿。

来自陌生人的善意，林纾心里头暖了下。

林纾洗澡后才将那件前台妹妹口中的"连衣裙"拿了出来。

看着这件展开的连衣裙，她有点不知所措。

这也有点……太贴身，太短，太露了吧？

林纾之前就不喜欢去酒吧，也不喜欢穿这种衣服，所以不知道该怎么穿上去，可病号服是绝对不能再穿上身的，就算她能接受，盛维庭大概也会把她赶出去。

但这件连衣裙……

盛维庭看到后会不会也把她给赶出去？

林纾犹豫许久，最终还是将裙子穿了上去。

前台妹妹比她胖一些，她穿着不至于太贴身，但是"又露又短"这个事实，大概无论如何都改变不了了。

偏偏客房里连浴袍和毛巾都没有。

这些本来都是必备，林纾后来才知道是因为盛维庭不想用酒店的东西所以早就让人提前收走了。

她只能穿着那件裙子小步走了出去。

盛维庭坐在沙发里看资料，Clever在玩飞盘，让盛维庭扔出去，它屁颠颠地跑出去咬回来，放到他腿上又让他扔。

盛维庭也不嫌麻烦，一边看资料，一边和Clever玩。

Clever在咬回飞盘之后就发现了林纾站在沙发后不远处，立刻就忘记了飞盘，颠颠儿地往林纾这边跑过来蹭她光溜溜的腿。

盛维庭没注意到Clever跑开，再一次把飞盘扔出去，居然听到了飞盘落地的闷响。

他皱皱眉，直接说："Clever，你最好能解释一下为什么这么简单的事情你都没有做好！"

Clever听到盛维庭叫自己的名字，好像能听懂他的话一样，不满地叫了两声。

声音的方向有点不对。

盛维庭终于肯抬起尊首，循着声音看过来，然后他就看到了伸手遮着胸口，满脸不自在的林纾。

因为衣服偏大，胸前露得有点多，不遮着的话，她不知道该怎么面对他。

盛维庭的眉心越皱越紧，最后用不敢置信的语调说："你不要告诉我，那个女人说的连衣裙就是这块布料？"

林纾尴尬地点头。

盛维庭看着那件吊带暴露而且还镶着无数亮片的裙子，觉得三观又被刷新了。

他想到会丑，可也不至于那么丑吧？他嫌弃地收回眼神，不想再多说一句话。

林纾不知所措，想来想去还是略微往前走一步："谢谢你。"

盛维庭低着头，没有吭声。

"还有，对不起……"林纾咬咬唇，她从来也不会脸皮厚到这种地步。

果然是在那个可怕医院里的三年，让她改变了太多。

盛维庭依旧没有说话，林纾也觉得冷了，想回客房，没想到Clever居然咬着飞盘凑到了她面前，用殷切的眼神看着她！

林纾从前没有养过宠物，因为爸爸林凯会对宠物的毛发过敏，后来打算和陆恒结婚后，她还曾经对他说："以后家里养一条狗好不好？"

那时候陆恒宠她疼她，她说什么他都说好，甚至说："你想养什么就养什么。"

可是后来，陆恒来羞辱她的时候，她才知道，原来陆恒也是对毛发过敏的。

他那时候说得咬牙切齿："林纾，你敢说你真的爱我吗？你连我对宠物毛发过敏都不知道？你有什么资格说我！"

她的确不知道这件事情，但她不承认他说的，她也不爱他。

她曾经很爱他的，爱到迷失。

是他一直将她隔绝在他的世界以外，他所做的，只是给她看到他希望她看到的。

在精神病医院的三年，林纾想通了，或许她爱的不是他，爱的不是那个人，爱的只是他想要给她看的样子。

可即使这样想，她也一点都不好受，她无法否认，她的确爱过他，而如今，她也的确恨着他。

她的神思恍惚，Clever没想到她会忽略自己，又去蹭了蹭她，林纾这才回过神来，知道Clever是想让她陪它玩。

虽然她有些冷，但看着Clever圆溜溜的眼睛，不忍心拒绝，于是拿过飞盘，坐在沙发另一端，往空处扔了过去。

也好在房间够大，盛维庭还让人把东西都移开了，才能让Clever这么玩。

Clever欢悦地跑出去接住，又跑回来，献宝一样地把飞盘放在她的腿上。

她一次次重复，不是不累，只是不舍得让Clever觉得自己不喜欢它。

她不只累，还很冷，这会儿算是初春，房里没开空调，她又穿得少，寒意逐渐从她裸着的肌肤侵袭入体，她打着寒战却不敢说。

他能收留她就已经很好，怎么还敢提出要求？

她原本以为能忍，没想到还是忍不住打了个喷嚏。

不仅是吓到了Clever，还吓到了正在全神贯注看资料的盛维庭。

林纾马上道歉："不好意思。"

盛维庭抬起头来，看到她单薄的衣服和苍白的脸颊，微微蹙眉："不冷？"

林纾咬唇，没有说话。

"不会把被子拿出来盖一下吗？居然懒成这样。"说完话，他又继续低下头去看他的东西。

林纾不知道是什么心情，想说自己不是懒，可解不解释又有什么区别，只是默默回去把不算薄的被子拖出来围在身上。

Clever看到她的造型很欢乐，汪了两声，然后继续要求她和它玩。

林纾以为会和Clever玩上半宿的飞盘。

没想到盛维庭在看完手中的资料之后抬起头来叫："Clever，你是在折磨客人！"

Clever好像听得懂，居然从林纾面前离开，来到盛维庭身前。

盛维庭用那只戴着医用手套的手摸摸它的脑袋："不早了，你应该睡觉了。"

Clever呜咽了两声，往他手底下蹭了下。

"没有商量。"

看着他们一来一往，林纾竟然觉得有趣，倒也不觉得困了。

最终失败的是Clever，乖乖垂着头，跑到角落那个临时的窝趴了下去。

盛维庭淡淡地哼了一声，随即看向林纾："还想继续和它玩？"

"不是……"林纾低着头回一句,"那我就先回房间了。"
她走了两步,却又轻轻地说了句谢谢,说完后匆忙跑回了房间,将门慢慢阖住。
盛维庭原本低着头,在听到关门声之后缓缓地抬起头来,看向那扇房门,好像是能看透一样盯着看了好一会,最后轻飘飘地呵一声,和Clever打个招呼,回房间去了。

盛维庭这次出来还带了好几套床单被套,洗好澡之后,躺在带来的黑色床单上,他挺直身体,默默地闭上了眼睛。
原本他都能在五分钟之内入睡,可这次不知道为什么,五分钟之后眼前居然出现了她穿着那身丑毙了的病号服跑到他面前,脸上脏兮兮都是血的模样……
他蓦地睁开眼睛,忽然从床上坐了起来。
林纾关上房门之后就呆呆地坐在了床上,离开了医院之后,她有太多问题要面对。
比如她能去哪里?比如她要怎么把爸爸救出来?比如她要怎么才能让陆恒受到报应?比如她要怎么才能找到那个护士说已经死掉的孩子……
明明很累,这会儿却睡不着了,只是坐在那儿发愣。
笃笃笃!
忽然传来敲门声,她吓了一跳,一时之间以为还在医院,竟不知道如何反应。
敲门声又响起,她恍然醒悟,忙说:"请进。"
咔嚓一声,门被打开,盛维庭手里拿着一个方形的东西跨进来。
林纾不知道他来干什么,不明所以地看着他。
他忽然把手里那个方形的东西扔过来,她慌忙接住,才看到那是医药箱。
盛维庭懒懒地说:"里面有软膏,自己处理一下脸上的伤口。"
林纾还来不及说谢谢,他就继续说道:"要是留疤岂不是更难看?"
林纾已经到嘴边的话顿时噎住了,盛维庭看都没看她一眼就转身带了门出去,只剩下她站在原地。
她忍不住站在了镜子面前,摸了摸自己的脸,这三年她瘦了太多,看上去那么憔悴。

林纾抹好药膏之后就躺进了床里。
医院里的床都是硬板床,就算是冬天,底下也不过就是薄薄的一层棉絮。
她习惯了那样冷,那样硬,躺在软软的床里居然还有些不适应。

习惯果然是一种可怕的东西。

她二十几年都衣食无忧，被宠着惯着，要什么有什么，只不过被折磨了三年，她就已经像是换了个人。

窝在温暖软和的床褥里，睡意再次侵袭，睡着前，她还念着，等回到J市，她要做的第一件事就是去看望爸爸。

陆恒曾经对她这样说："你知道吗？你最爱的爸爸被判了无期，他一辈子都得待在那个方寸之地，一辈子都走不出那个牢笼！"

林纾不知道陆恒究竟有什么深仇大恨要将她，要将林家害到如斯田地！

"为什么！"她曾经咬牙切齿地问，"我们林家究竟是有什么对不起你的！"

陆恒留下了一句"总有一天你会知道"就飘然远去。

至少是现在，林纾还不知道。

不知道陆恒为什么要做这种事情。

他二十岁的时候来到林家，那时候他一无所有，是林家给他一切……

总有一天，她会把她受过的一切痛一丝都不落全都给他！

晚上睡得并不好，虽然已经逃了出来，却一直做噩梦，梦里总有孩子呜呜咽咽在哭，可她怎么都找不到孩子。

她在同一个地方兜兜转转，周围黑漆漆的什么都看不到，她大喊，却根本听不到声音，孤独而无助。

她忽然被一阵响动给惊醒了。

猛地坐了起来，浑身都是汗，连额发都被浸湿，她大口地喘气，似乎还沉浸在梦中。

惊醒她的是狗叫声，Clever 又叫了一声，声音清晰，应该就在她门外。

门外，Clever 又叫了几声。

林纾看了下时间，居然已经七点多，她下床去开门。

Clever 的确在门外，但却不是在她的门外。

因为盛维庭和她的门是相邻的，这会 Clever 正在他的门外叫着。

看到林纾开门，Clever 吐着舌头跑到了她面前，仰头一副求抚摸的样子。

林纾在它的头顶摸了摸，轻声说："早安啊，Clever。"

Clever 好像很喜欢她，走近一点咬她的裙脚，居然把她从门内拉了出来。

这件裙子领口处本就松泛，开得很低，被 Clever 这样一拉，差点就扯了下去。

林纾好不容易才遮住身体："Clever，你想干什么？轻一点。"

Clever 还没松嘴巴，主卧的门就已经打开了！

"Clever，你一大早就开始荷尔蒙过多了吗？知不知道……"盛维庭的话还没说完，就顿了一下，"噢，一大早这是在干什么！"

林纾当然知道这是在说她，可她顾了后面顾不上前面，偏偏 Clever 不肯松口，她慌乱："对不起，我不是故意的……"

话还没说完，已经有一条毛毯把她从上到下都盖住了。

她怔了一下，好不容易才把头探出来，看了眼身上这条棕褐色的毛毯，有些愣愣的。

盛维庭走过来说："这是 Clever 的毛毯，还没用过，它应该不会介意你用了，到时候记得洗干净还给它。"

居然是 Clever 的东西。

林纾已经看出他有洁癖，只是没想到居然这样严重。

因为她没有外套，所以盛维庭带着 Clever 出去散步的时候她没有一起去。

她一个人待在空荡的房间里，一切声音都被扩到很大，总觉得有种可怕的感觉。

忽然传来敲门声，林纾以为是盛维庭回来了，快步走到门口，手才握上了门把手，却忽然有种奇异的第六感。

她默默地收回手，从猫眼里看了出去。

果然不是盛维庭。

是几个黑衣人，也正是精神病医院的保安们，专门抓逃出去的病人。

林纾十分紧张，心脏跳得异常剧烈，仿佛就要从胸口蹦出来。

她不知道前台会不会保留总统包房的门卡，如果有的话，他们就能开门，而现在盛维庭也不在，这里又是顶层。

她逃无可逃。

后背贴着门，寒意从背脊逐渐扩散到四肢百骸，她忍不住打了个寒战，心里急切盼望着盛维庭能赶紧回来！

那群人一直在门口不走，一次又一次地敲门，最后直接开始叫人："林纾！林纾！"

她总有一种错觉，下一秒他们就能推门而入！

林纾什么都做不了，只能等盛维庭回来。

她知道自己不该这样依赖别人，而且是一个并不熟悉的男人，她想要依靠自己，可她却没有一点能力，那么可悲又无奈。

门外忽然传来异响，她再一次从猫眼看出去，是盛维庭带着 Clever 回来了。

她不知道盛维庭和他们说了些什么，在看到他的那一刹那，她就转身跑回了房间，怕在外面给他惹麻烦。

她站在房门边，听到外面大门开关的声音，这才将门开了一条缝隙看出去。

外面只有盛维庭和 Clever，那些黑衣人并没有跟进来。

她松了一口气，开门出去，低低叫了他一声。

他只是将一个纸袋扔给了她："快把你身上那件有伤风化的裙子换掉。"

林纾接过看了一眼，隐约能看出是一套衣服。

她不知道该说什么，只能又说了句谢谢，然后回房间换衣服了。

盛维庭买的衣服比较正常，一套运动外套，还有一件棉 T 恤，而且刚巧是她的 SIZE，这种天气穿正好。

换好衣服后她开门出去，盛维庭正给 Clever 倒狗粮，她便站到了沙发边静静地等着，没想到盛维庭根本不理她，倒好狗粮之后他就直接坐在沙发里，拿过放在茶几上的电脑，直接浏览起来……

连 Clever 都在专心致志地用餐，林纾就有些尴尬。

而更尴尬的是，她饿了，肚子还叫出声来，声音不小，至少她确定盛维庭能听见。

盛维庭当然听见了，所以他抬起头来看了一眼因为害羞而低下头的她，直接拿起座机打了个电话。

他在叫客房服务送餐。

林纾脸红得不像话。

盛维庭又瞧她一眼，淡淡说一句："你喜欢站着？"

她怔了怔才意识到他是在让她坐下，忙坐下，过了一会儿又说了句谢谢。

光谢谢，她就已经不知道对他说了多少。

送餐的人很快就过来，林纾想去开门，盛维庭却快她一步站了起来。

他开门，将餐车推了进来，到她面前，说："荠菜馄饨。"

林纾愣愣的，他是因为怕外面还有那些黑衣人所以才会主动出去的吗？

林纾没好意思问出口，而是端着那碗热腾腾的馄饨吃了起来。

汤水很烫，烫得她的舌头都麻了，可她已经许久没有吃到这样正常的食物。

因为知道她们这种人是被遗弃的，所以也不见得会怎么上心，只要没有死，别的一切都没关系。

林纾永远都不会忘记，那个寒冷的冬天，她因为生病好几天都没吃饭的时候，护士送来的是一碗冰凉的粥。她竟然也全吃了下去。

所以从来没有什么是做不到的，只是没有去做而已。

因为太饿了，林纾将这碗馄饨吃得很干净，连汤水都全喝了。

吃完东西之后，她又有些坐立难安，想问问盛维庭，却不知道该怎么开口。

盛维庭却好像还有一双眼睛，一边打字一边说："我下午回J市，你有什么打算？"

林纾双手在腿上交握着，她身上没有钱，没有手机，什么都没有，以前的林家也已经回不去……

她犹豫了一下，问他："可以，借一下你的手机吗？"

盛维庭抬起头，看她一眼。

那眼神有点复杂，林纾说不清楚是什么意思，只是又恳切地说："我想给我朋友打个电话，我……"

盛维庭伸手从口袋里掏出一样东西，她看过去，本以为是手机，没想到居然是手套！

林纾怔了怔，他已经把手套扔过来："戴上。"

她忙戴上。

盛维庭这才把手机放到茶几上："打吧。"

林纾有两个最要好的朋友，邵仪一直在国外，连她的婚礼都没有回来，辛安因为有工作，所以就在她的婚礼上露了个面就去了云城。

自从她被陆恒送进医院之后，就再也没有和她们联系过，也不知道陆恒是怎么对她们解释她的失踪的。

虽然邵仪在国外，她却先打给了她，因为两人的关系更好一些，是从小一起长大的。打过去许久之后终于有人接起，她忙叫："阿仪？"

那头愣一下："Sorry？Who's that please？"

那是一个男声，林纾有些没反应过来，又说："I am looking for Zoe."

"Sorry, I do not know."那头说完这句就挂断了电话。

林纾拿着手机发怔，邵仪换号码了？

盛维庭忽然看过来，她回过神，忙又拨出一个号码，这次没多久就被接起来："小安？"

"小树？"总算是对的人，辛安顿了顿之后惊叫一声，"小树？是你吗？"

林纾鼻尖一酸，差点就落下泪来："是我，小安。"

"你在哪里？"辛安说，"听说你家出事了，知不知道我很着急？"

"我明天回J市。"她说，忍着眼泪，"你在J市吗？我，我没有地方去。"

泪珠虽然没有落下来，可眼中的水光，任谁都能看出来。

辛安说："我还在云城，这样吧小树，你去我的那个单身公寓，钥匙就在原来那个地方，你还记得吧？"

林纾说记得，看到盛维庭正看着她，以为是他觉得自己通话太久，便不敢多说。

"等我回了J市就去看你。"

"好，谢谢你，我还有事，先挂了。"林纾说完之后双手将手机递过去。

盛维庭接过，随手扔在茶几上："借到钱了？"

钱？

林纾傻傻地回："我找到住的地方了。"

盛维庭继续看着她。

她便想到他说的话，钱？

对了，她忘记借钱了……

林纾缓缓抬头，满脸的小心："你能借我一点吗？"

盛维庭忍不住伸手揉了揉脑袋，喃喃自语了一句。

她隐约听到他是在说："就知道救了一个麻烦。"

脸皮薄有什么用？

能活下去吗？

不能，她知道的。

所以她只能继续厚着脸皮求他，也不知道为什么，她总觉得他会答应她。

他拿出钱包从里面扯了张卡出来："里面是十万，密码是654321，"看着她接过去，他又说了一句，"不用还了。"

不用还了？

林纾皱着眉头看他。

他正低着头收钱包，耳廓上居然有那么一丝红。

林纾一时之间没反应过来，垂眼看向手中的卡，一个念头忽然升腾而起。

他该不会是因为那个晚上才会说不用还的吧？

她当下就直接回："不，我会还的。"

盛维庭抬头看她，刚想说随便你，她就已经继续说道："那天晚上的事情，是我不对，你……"

林纾也说不下去，脸红得一塌糊涂，不敢看他，只能低头看着自己苍白的指骨。

许久之后，盛维庭才冷笑一声："呵，随便你。"

林纾总觉得他这声笑和以往的有些不一样，难道是她的话惹他不开心了？

她小心翼翼地抬起头去偷瞄，他已经专心地对着电脑屏幕了。

她也不好意思打扰，只能呆呆地坐在那里，好在 Clever 在吃完狗粮之后就跑过来跟她玩了，也不至于太尴尬。

吃过午饭后，盛维庭就开始收拾东西，他事无巨细都是自己动手，林纾没见过比他还要挑剔的男人，可偏偏又挑剔得不会让人讨厌。

明明就来住了几天，他居然有两个大尺寸的箱子，而且全都装满了，她能做的只是亦步亦趋地跟在他身后，坐上了车。

她坐在后座，Clever 坐在副驾，他终于将车启动。

林纾将车窗下移，看着这个陌生又熟悉的地方，心里像是沉着一块巨石。

快到市区时，盛维庭问她："哪里？"

林纾正在出神，没听清楚他说什么："啊？"

盛维庭的脸色黑了黑："或者你希望我现在停车把你放下来？"

林纾这才意识到他是在问自己去哪里，忙说："去第 15 监区。"

盛维庭从后视镜中看她一眼，见她神情认真而坚决，这才确定没有听错。

老实说，盛维庭并不知道她是什么人。

一共也就见过那么几次，他难道还要去查她究竟是谁吗？

只是盛维庭居然将车停在了一家医院的楼下，是 J 市很有名的三院——精神病医院。

林纾直起身子："我没有疯！"

她双眼定定地看着盛维庭，一字一顿地说。

盛维庭回头看她："但是有人说你疯了。"

"你也不信我吗？"林纾哑着嗓子问，"盛维庭，那你为什么要救我。"

"我凭什么相信你？作为一个医生，当然不能只听病人的片面之言。"

"你是医生？"

"是，虽然不是精神科的。"盛维庭说。"下车吧。"说完，他直接开门下车。

林纾知道避无可避，只能下车，却直接抬腿就跑。

她当然跑不过他，没几步盛维庭就站在了她面前，拦住她。

林纾双手握成拳，垂在身侧，不甘示弱地看着他。

盛维庭双手抱胸，看着一脸怒气的她，开口："既然你说得你没有疯，那又何必在意检查？"

林纾没有说话。

"如果你不做评估，那就没有证据表明你是正常人，或许是你还想被抓回去？"

身侧的拳逐渐松开，她眨了眨眼睛，看向依旧平静而淡然的盛维庭，所以他是想帮她？她垂下了脑袋，低声说："对不起……"

盛维庭轻笑一声，率先在前面走进了医院，林纾亦步亦趋地跟了上去。

林纾乖乖地做了一系列的评估，结束后医生将评估表递给盛维庭，没想到盛维庭一侧身，示意了林纾一眼。

林纾忙接过来，她看不懂，只能听医生说："评估结果精神上没有问题，至于你说的那个医院，我也有所耳闻，不正规，很多有钱有势的人会把仇人关进去，不过有人罩着。"

林纾低着头不说话。

盛维庭点头："麻烦你了。"说着看向林纾，"走吧。"

重新坐进盛维庭的车里，林纾手里依旧拽着那份评估表。

盛维庭看了她一眼，见她在发呆就提醒一句："安全带。"

"哦，好。"林纾忙系好安全带。

盛维庭在小事上也有他的原则，比如不管是坐在前面还是后面，都必须系安全带。

15监区有些远，如果说宁安精神病医院是在J市的南边的话，那么15监区就是在J市的北边。

到那边的时候已经是傍晚，林纾匆忙进去，也忘记和盛维庭交代一声让他先走。

不过盛维庭将她送到目的地之后，当然就是完成了超额的任务，他觉得对她已经足够耐心，他微微侧头看向Clever："我们回家。"

Clever居然汪了两声，叫声绝对不欢快。

盛维庭不满它发脾气，但这会他更想做的是回家洗个热水澡在舒服的床上睡一觉，也就不教育它了，直接踩下油门准备离开。

没想到Clever越叫越厉害，眼睛还盯着林纾离开的地方。

盛维庭终于踩下刹车，对着它说："我能理解你现在荷尔蒙分泌过多，但请你搞清楚对象，OK？"

Clever不管，继续汪两声，更加不满了。

"所以你想干什么？"

"汪汪。"

"不行，该回家了。"

"汪汪，汪汪。"

"既然你这么喜欢她，那以后跟着她吧。"

"汪汪，汪汪汪。"

"OK，我知道了，我等不就可以了吗？"盛维庭怒道。

"汪汪汪汪汪……"Clever终于欢快地叫出声来，还往他身上蹭了过去。

"你再过来我就真的走了！"

林纾等在会见室的隔离玻璃外，眼巴巴地等着林凯出现。

会见室里很安静，静到她能听见逐渐走近的脚步声，还有那哐啷作响的手铐脚镣碰撞声，她蓦地站起来，手撑在桌上。

门终于被打开，一个老得不像话的男人被人扶着进来坐到了椅子上。

林纾的眼睛顿时就红了，眼泪落下来："爸爸……"

林凯没什么精神，一直低着头，甚至没有抬头看她一眼。

而他的头发居然已经花白一片。

她还记得她结婚前夜，他依旧是满头黑发。

她拿过话筒，伸手拍玻璃，希望能吸引他的注意，不知道过了多久，他终于抬起头，在看到泪流满面的林纾之后也震到了。

他颤抖着双手去拿话筒，甚至还不小心掉在了地上，他慌忙捡起来："小树？"言语中是不敢置信和惊喜。

"爸爸……"她叫他，眼泪早就将脸颊全都染湿，"爸爸是我，我是小树，我来看你了，爸爸，你怎么变成这样了……"

"小树……"林凯站起身来，靠近玻璃，仔细地看她。

林纾瘦了太多，林凯心疼地落下眼泪："小树，是爸爸没有保护好你。"

"不。"林纾摇头，"是我要和陆恒结婚，都是我的错！"

"陆恒说他把你关起来了，你是怎么逃出来的？安全吗？"林凯急急地说道，"不要相信任何人，所有人都可能会害你！"

林纾点头："好，爸爸我知道，我会好好保护自己，也会为你讨回公道，我不会让陆恒得意下去的，我一定要让他付出代价！"

"不！"林纾没想到林凯会剧烈反对，他喘着粗气说，"小树，你不要再掺和，你走，你还记得爸爸和你在美国的时候住的地方吗？你去那里，不要再回来！"

"爸爸！"林纾不敢置信，"我不走！陆恒把我们家害得这么惨，我怎么可能放过他！"

"小树，你听爸爸的，离开这里，去美国吧！去那边好好生活，把这里的一切都忘了！"

"爸爸……"林纾抹着眼泪，"你还在这里受苦！陆恒还在得意！我怎么能忘记这一切去好好生活！爸爸，我做不到……"

"小树……"

因为刚刚林凯一直没有抬头，探监的半个小时在他们没说上两句话就要结束了。

林纾说："爸爸，你相信我。"

林凯叹了一口气："你去找祖盛集团的徐祖尧，或许他会帮你，不过，小树，保护好自己！别让爸爸担心！"

林纾出去时像失了魂魄，双眼没有焦距地看着远处的天空。

天色暗了下来，林纾眼前依旧是林凯刚刚被带走的样子。

他的背佝偻了，想到以前那个意气风发的父亲，林纾又忍不住掉泪。

只是眼泪刚刚滑落脸颊她便抬起手用力地擦去。

不哭了，她不能再哭，哭永远都解决不了任何事情。

她应该坚强起来，去面对一切可能会面对的困难！

当然现在第一个困难是，她要怎么从这里回到城区。

她四下环顾，居然看到了一辆熟悉的车子，她眼睛一亮，小跑过去，趴在车窗上，轻轻地敲敲。

车窗缓缓移下，里面果然是盛维庭，脸色不算好。

林纾没料到他还会在这里等着，万分感激："原来你还没走啊，谢谢你！"

她开了后座的车门坐进去："谢谢。"

盛维庭看了她一眼，眼睛红肿了不少，却没他想象的颓态。

他踩下油门，说："要谢的话，你就谢 Clever。"

林纾以为是他听厌了"谢谢"，探身摸摸 Clever 的脑袋，特别真诚地说："谢谢你，Clever。"

Clever 很是开心，舔了舔她的手，叫了两声。

盛维庭轻咳了一声："哪里？"

林纾简直对他感恩戴德，他实在是帮了她太多。

她把辛安所在公寓的地址报了一下："盛维庭，谢谢你。"

盛维庭啧了一声，没有说别的。

林纾从后视镜里看他的样子，他长得高大帅气，让人安心。

车子停在公寓楼下。

林纾下车前和盛维庭说再见，最后关门前又说谢谢。

盛维庭没有说话，只是扫了他一眼。

林纾转身离开，上楼之后找到钥匙进去。

门被她打开，里面黑漆漆的，她刚想关门，却忽然听到奇异的声音，像是有人在呼吸……

她怔了一下，房间里有人？

"小安？"她叫。

没有人回答。

她的心脏怦怦跳，猛然意识到什么，直接推门而出，幸好电梯还在这个楼层，门开之后就冲了进去，电梯门快要阖住的时候，她看到了有几个黑衣人从辛安公寓的门里冲了出来。

她连站都站不住，差点就要软倒，怎么会有人在？

除了辛安没有人知道她会来这里……

果然和她爸爸说的一样，不能相信任何人……

因为楼层不高，就算在电梯里，林纾也依旧紧张。

电梯门一开她就匆忙跑了出去，刚出公寓就听到身后的脚步声，他们从楼梯跟下来了！

如今夜黑风高，他们将她抓走关起来，她又能怎么办？

她什么都做不了！

林纾没想到会看到盛维庭的车正在逐渐远离，她想也没想就直接冲了过去，追着跑，用尽浑身的力气大叫着："盛维庭！"

话音刚落就被地上的石块绊了一脚，因为是下坡，她重重摔在地上之后还往下滚了一段。

衣服穿得不厚，身上疼得她差点叫出来，刚想爬起来的时候便见他的车停了下来。

驾驶座的车门打开，盛维庭迈步出来，皱着眉看在地上撑着要站起来的林纾。

他走近，实在无法理解她这又是在演什么戏码："你又……"

话还没说完，他就看到了正在追过来的几个黑衣人，他难得骂了一句脏话，然后说：“还不快点起来！”

林纾当然不奢望他会扶她，忙站起来，跟着他重新坐上了车。

盛维庭看上去稳当冷静的模样，没想到居然也会飙车，没一会儿就把身后那群追着跑的黑衣人甩得不见了人影。

车速慢了下来，林纾依旧回身看着后面，生怕他们追过来。

盛维庭从后视镜中看了她一眼，出声：“现在可以解释了吗？”

林纾转过身来，气息还不稳，轻声说：“他们在公寓里。”

只说了这一句，难道要她说，她那么信赖的好朋友也出卖了她？

可偏偏盛维庭就是那么不饶人，他低笑一声：“呵，你那失败的人生啊。”

他一点都没有口下留情，直接赤裸裸地说出了真相。

林纾心头剧痛，却没办法反驳。

她的人生真的就这样失败吗？

她默默地垂下了头，口中蔓延开一丝涩意，到最后，竟然只是汇聚成一声苦笑。

她人生已经这样失败了，还能继续失败下去吗？

不能！绝对不能！

她想得很好，可盛维庭的一句话就把她打回原形："你去哪里？"

"我……"林纾闷闷的，怯怯的，"我没有地方可去……"

说完，她偷偷地看了他一眼，正好和后视镜中他看向她的视线对上，莫名慌乱，而后移开眼神。

盛维庭理解了一下这句话，有些不敢置信地开口："难道你的意思是，想去我家？"

林纾怎么还好点头，只是把头越垂越低，越垂越低……

"你不觉得这个玩笑有点大吗？"

林纾攥着衣角，侧脸看向路边，咬咬唇，忽然下定决心："就在前面停吧，我下车。"

如果是别人，大概会问上一句："你有地方去吗？"

可盛维庭不是别人。

所以他一句话都没说，将车停在了前面可以停车的地方，然后对着林纾难得友好地说了一句："再见。"

林纾依旧说了句谢谢，然后下车。

她没有回头看，怕忍不住向盛维庭求助。

现在的她不敢去找任何曾经的朋友亲人，只有盛维庭，对她来说值得信任，可他没有理由一直这样无条件地帮她。

所以，她不能看他。

盛维庭原本以为是扔掉一个包袱，可看着她削瘦的背影一步步往前走的样子，他居然许久都没有踩下油门。

夜已深，她再往前走便要消失在黑暗之中——路灯的光没有想象中的那么亮。

Clever一直盯着外面，忽然叫了一声，对着窗外，而后又看向盛维庭叫了两声。

盛维庭看了它一眼，终于踩下了油门……

林纾走得很艰难，有时候想象和现实总是有差距。

在她的想象里，她总是可以通过努力报仇的。

可在现实里，她却连下一步该怎么做都不知道。

往常她从来没有接触过林氏集团的内部，因为以前有爸爸，以后有陆恒，她只需要做她的设计就好了，什么都不用管。

也正因为如此，她什么都不知道，如今想来很后悔。

世上永远都没有后悔药，所以林纾只能咬碎牙齿合血吞，向来都是种什么因，得什么果，所以她只能向前看。

她不知道以后该怎么办，有些神游太空，所以直到车喇叭响了三遍她才醒过来，转头看去。

在路边慢悠悠地跟在她身旁的居然是盛维庭的车。

她惊异，停住了脚步。

盛维庭将车停下来，移下副驾的车窗，脸有点黑："你的耳朵如果不是聋了的话，我不能解释你为什么听不到车鸣！"

Clever居然还附和着汪了一声。

林纾有点尴尬："有事吗？"

盛维庭的脸更黑了一点："上车！"

林纾以为听错："什么？"

"我不想再说第三遍，上车！"

"可是，我……"

"上车！"盛维庭皱眉看她。

林纾不知道他忽然为什么这样，但她知道他绝不会害她，所以她乖乖打开车门坐了进去。

"盛维庭，为什么……"话还没说完，盛维庭就猛地将车开了出去，好像是在拒绝她的问题。
　　林纾莫名其妙，却还是忍住了。
　　直到车子开进了林纾曾经以为会有她幸福生活的小区。
　　盛维庭的家也在这个小区。

第三章　等你找到下一个人

这个小区林纾闭着眼睛都能走，因为实在是来过太多次。

如今三年过去，这个小区没什么变化，只是路边的树大了些，而那些坏掉的路灯被修好了。

她忍不住朝窗外看去，心里泛着疼。

最开始来的时候，她是幸福而又快乐的，因为心中有梦，三年前最后一次出现在这里，却是满满的痛苦。

陆恒直接将那不堪的现实打在她的脸上，她措手不及，她痛不欲生。

林纾缓缓收回视线，垂下了头，喉间有一阵刺痛，忍不住咳嗽出声，咳嗽两声后又忍不住去看盛维庭的脸色。

盛维庭没看她，直接将车开进了停车场。

林纾跟着他和Clever走到电梯面前，莫名慌乱。

她不是第一次来这里，其实和上次没什么区别，都是那样狼狈不堪。

她有些畏缩，只是这次没有走，而是跟着他上了电梯。

电梯一路往上，不算宽敞的空间里只有Clever粗粗的喘气声，说不上来是不是尴尬。

她又觉得喉咙痒，忍不住咳嗽。

她站不稳，就趁着他看不见在一旁靠了靠，头有些昏沉，却在开门的那一瞬间又站直了身体。

盛维庭开门进去，林纾却站在门外，她知道他有洁癖，怕直接进去触到他的禁忌。

盛维庭拿了双拖鞋扔在地上，看她一眼："不进来？"

她换上鞋子，然后又犹豫了，站在玄关处进退两难。

林纾上次走得急，没有仔细看，这会儿扫眼看去，才发现房型和她曾经布置许久的房子是一样的。

不然，那天晚上她也不会那么顺利就走进了他的卧室……

想到这里，林纾顿时脸红，更加不敢进去。

盛维庭从厨房拿了一瓶冰水出来，旋开喝了一口，皱着眉看向像是石膏人像一般定在玄关不动的她，直接说："我不觉得那里有好到让你留恋不舍。"

林纾尴尬，小步走进去站在沙发旁不敢乱动。

盛维庭指了指沙发的一块区域："那里是我的地盘，你不能坐。"顿了顿，直接走进储物室拿出一堆手套扔给她："在公共区域，我希望你能戴着手套。"

林纾点头说好。

盛维庭走到客房外，打开门："你睡这里。"

她并不觉得陌生，原先她也将那个房间装成了客房，还抱着陆恒说："以后要是生了孩子，就改造成儿童房。"

她不敢多想，看过去，那个房间布置得很简单，床上有被褥。

把门一关，客房安静到可怕。

林纾洗了个澡出来觉得更冷，浑身都在发抖，虽然很快就缩进了被子里，她却忍不住又咳嗽两声，嗓子眼更痒了，唇瓣也干得快要裂开，浑身都难受到不行。

林纾如今算是借居别人家中，做什么都小心翼翼，所以即使难受得整个人都快要昏厥也不敢吭声。

只是忍到最后实在是克制不住，她想喝杯水润一下干裂的双唇和又疼又痒的喉咙，终于还是挣扎着起床了。

因为要出房间，她居然还不忘记戴上手套，这才开门出去。

客厅的沙发边亮着一盏落地灯，此时散着氤氲的光，她扶着墙一步步挪到厨房，打开冰箱看到水，也顾不得别的，打开就喝了一口。

冰凉彻骨的水滑过她干渴的喉咙，整个人舒服了不少，她喝了不少后才将水瓶拿着往房间去。

只是因为这一系列的动作，她的力气消耗得厉害，走都快走不动，走上两步就停下来大口地喘气。

Clever 不知道什么时候醒了，居然跟在她身边，用脑袋蹭了蹭她的腿。

她脑袋昏得厉害，居然还记得和他打声招呼，这才继续往房间走去。

腿蓦地一软，她没扶稳，直接扑到了地上，水瓶啪一声落在地上，咕噜咕噜滚远了。

林纾想要爬起来，却一点力气都没有。

忍不住又咳嗽，脑仁疼得整个人都快昏过去。

Clever 一直在她周围打着转，用舌头舔她，她慢慢失去意识……

只似乎听到 Clever 骤然叫起来，很刺耳。

Clever 一向很乖，根本不可能做出半夜叫嚷的事情来。

所以盛维庭在被吵醒之后的第一反应就是家里进贼了，他迅速穿戴整齐出门，发现了 Clever 身边那团黑色人影。

真的是贼？

盛维庭慢步走了过去，越来越觉得不对，直到发现那个人娇小玲珑，一看就是个女人。

他怔了怔，明白过来这是那个被他带回来的女人。

但是他是没给她床睡吗？睡在外面的地板是怎么回事？

既然带回来了，又不能不顾死活，于是他走近了，用脚尖碰碰她："醒醒！"

她一动不动。

盛维庭是医生，瞬间就反应过来，他不忘找到一双手套戴上，而后蹲下将她翻过身。

她双眼紧闭，呼吸急促，嘴唇干裂，他伸手触碰，感觉到灼热的温度。

他简直是骂出声，怎么每次冲动把她带回来之后都会遇到这种莫名其妙的事情！

他直接把她拖到了一旁铺着毛毯的地方，去拿药的时候还踩到了不知道怎么会出现在地上的水瓶。

一切都那样的不顺心，而他居然还要给她喂药！

他像上次一样给她喂，她还咳嗽出来，溅他满手的水。

哦 SHIT！能把人赶走吗？！

盛维庭恨恨地去把那双沾上她的口水药水等混合物的手套扔了，重新换一双，直接捏了她的下巴把药给灌了进去。

她又咳嗽起来，他怕她把药水咳得到处都是，忙伸手把她的嘴巴捂住。

她依旧咳嗽，热热的气息扑在他的手心。

他分明不怕痒，可那一瞬间，竟然感觉有羽毛在他心里扫过。

他蓦地站起来，将她的被子拿过来扔在她身上，不小心把她的头给埋住了，他又不得不蹲下身去把她的头给挖出来……

在病中的人大概都特别依赖别人，所以当林纾感觉到一双温暖的手从脸颊划过的时候，她下意识地就将脸蹭了过去，贴住。

她自然不会察觉到手的主人那瞬间的僵硬，只觉得松一口气，有种她并不是一个人的感觉。

　　盛维庭身体恢复行动能力之后就用力把手给抽了出来，没想到因为用力过猛，手肘一不小心撞到了茶几……

　　砰的一声闷响，他连骂人都不想骂了，匆匆转身离开，褪下手套，用洗手液洗了几遍手，又换下睡衣之后躺回床上。

　　可是他居然又睡不着了，他把这归咎于手肘的痛，虽然没有出血，但刚刚他已经看到了瘀血，撞得不轻。

　　他在床上翻了几个身，莫名其妙地又坐了起来，戴上手套去客房把枕头拿出来扔在她脑袋边。

　　他在她身边等了一会儿之后，又蹲下身来拎着她的头发把她的脑袋抬起来一些，把枕头塞到了她后脑下。

　　做好这一切，他重新回到房间躺下。

　　闭着眼睛翻了两个身，依旧睡意全无。

　　他继续起床，戴上手套摸了摸她的温度，皱着眉去拿了一个冰袋放到她额头上。

　　他再一次回到了房间，这次连眼睛都没有闭上，只过了三分钟又起身走了出去。

　　冰袋居然被她甩到了一边！

　　他暗骂一声，又把冰袋重新放上去，这次还没等他走，她就伸手挥开了。

　　盛维庭忍着心中的怒气，又放上去。

　　两人僵持一会儿，他干脆一直按着，她挥不掉，只能忍着。

　　等盛维庭终于回到床上睡觉的时候，终于确定自己真正是找了一个大麻烦。

　　真的不能把她赶出去吗？

　　林纾梦中昏昏沉沉，一阵冷一阵热，总觉得有人跟她反着来，她怎么都敌不过他，最后只好妥协。

　　等她晕乎乎地睁开双眼，差点被眼前那张毛茸茸的脸给吓得失了魂魄。

　　Clever 倒是很欢喜的模样，叫了两声！

　　林纾抬手摸了摸 Clever 的脑袋，轻轻地叫了一声，喉咙依旧疼得厉害，声音嘶哑无力。

　　Clever 凑过来蹭了蹭她的脸。

　　林纾缓缓坐起来，靠在沙发上，缓了会总算适应过来，也想起昨天晚上出来想喝水的结果摔在地上就再也起不来了。

　　那现在……

她坐在毯子上，身上还盖着被子。

除了盛维庭不可能会有别人。

她抬起酸软的手，触了触额头，热度还有，头昏脑涨，嘴巴干渴。

刚想起来去找水喝，却见茶几上摆着一瓶像是被捏扁了的水瓶，正是她昨天喝过的那瓶。

她拿过来，旋开喝了一口。

喝下去之后倒是舒服了许多，她想起身回房间，可试了下才发现一点力气都没，只能继续靠在原地。

Clever 一直陪在她身边，圆溜溜的眼睛看着她，忽然叫了一声。

她知道现在还早，不想吵醒盛维庭，所以对它做了个"嘘"的动作，没想到 Clever 越叫越起劲。

没一会儿，盛维庭就从卧室出来，看也不看就直接说："Clever 你知不知道现在几点？"

Clever 居然还应和着叫了一声。

盛维庭觉得一切都脱离轨迹了，自从遇到林纾之后，连 Clever 都敢和他顶嘴了！

他走出来，一眼就看到了已经坐起来的林纾，眉心微皱："你好了？"

林纾不好意思："好点了。"说着又忍不住咳嗽了两声。

盛维庭走开，拿出一个电子体温计扔给她："自己测一下温度。"

林纾慌忙接过，测了一下，居然还有三十九度，怪不得头这样晕。

盛维庭已经坐在了他的专属座位上，十分优雅地打了个哈欠，问："几度？"

"三十九度……"林纾低声说。

盛维庭低声骂了一句，看了下时间，说："起来，去医院。"

"啊？"她还犯晕，没反应过来。

"难道你想要继续这么烧下去？起来。"

虽然和盛维庭交集不多，但林纾知道他嘴硬心软，硬撑着起来，跟在他身后一起往楼下去。

坐上车之后她便一直靠在车窗上，眼睛微眯着看向外面。

世界模模糊糊，她却偏偏看到了那样熟悉的身影一闪而过。

林纾原本微眯的眼睛顿时瞪大，趴在车窗上死死地盯着那个方向。

不是别人，正是陆恒，还有他身边的云媛。

就算化成灰她也不会认错。

盛维庭车开得不快，他们还是逐渐消失在了她的视线中。

在转弯之前，林纾隐约看到一个小人跑进了云媛的怀里，她还想要看，却怎么都看不到了。

她怔了一会儿，重新坐回来，握紧了双拳。

这三年来，她过得那么痛苦和难熬，而陆恒却和云媛住在了原本是她婚房的地方。

那个孩子，是他们的吗？

林纾下意识地将手缓缓放在了小腹上，这里，也曾经孕育过一个孩子。

可她这个做母亲的，却连一眼都没有见到。

眼中泛起了湿雾，林纾缓缓抬起头来看向驾驶座上的盛维庭，他在认真开车，没有看到她。

她从来都没有想过要将这件事情告诉他，孩子曾经存在过的事情，她知道就好了。

她咬了下舌尖，却感受不到疼痛，大概是因为心里太疼了，所以身体上的疼已经算不了什么了吧。

一路上她都有些恍惚，脑袋越发昏沉，不知道什么时候整个人都躺在了座位上，没了意识。

总算到了医院，盛维庭下车开了后车门，却看到了瘫软蜷缩在座位上的林纾。

他差点骂出声来，把门关了去找人。

盛维庭进了医院就看到同医院的心脏外科医生秦年，像是看到救星，忙叫："秦年。"

秦年停下脚步，看到他便说："你不是还在休假中吗？怎么过来了？"

盛维庭懒得解释，直接说了声"帮个忙"就先一步出去。

秦年跟着出去，只见他开了后座车门，指着里面的那个女人说："抱出去。"

秦年在确定没听错之后问："你没有手吗？"

"难道你让我抱？"盛维庭一脸的不敢置信。

"不应该？本来就是你带过来的，她是谁？我是有妇之夫，怎么可以抱别的女人？"秦年正直的模样让人都不忍心说他。

盛维庭不跟他废话："那你去叫人出来把她抱出去。"

"难道你就不能抱一下吗？"秦年说，"这事儿我不管，反正也是你带过来的人，我就先走了。"说完居然真悠悠然转身走了。

盛维庭看着他的背影差点没扑上去。

当然他忍住了，他先去副驾将 Clever 放了出来，思索了一下将林纾放在 Clever 背上的可能性。

盛维庭终于认命，戴上手套将她从车里拉了出来。

林纾很瘦，原本就不胖，在医院的那三年让她愈发瘦，估摸着连八十斤都不到。

她因为惯性的作用靠向他的胸口……

那削瘦的脸颊轻轻地撞上了他心脏的位置，他僵住。

林纾没有醒来，盛维庭有那么一瞬间想把她扔出去。

可她浑身烫得就算隔了衣服都感觉得到，他要是再把她扔出去的话……

盛维庭终于将怀里的林纾抱起来，以公主抱的形式。

原本以为会十分难以接受，但他似乎很快就适应了角色——搬运工，十分自如地将林纾抱进了医院。

盛维庭是医院的明星人物，没有人不认识他，就像所有人都知道地球围绕太阳公转。

大家也都知道盛维庭是一个洁癖到可怕的人，而这样一个人，此时正抱着一个身份不明的女人，自若地在医院里行走。

看到的人都忍不住揉了揉眼睛，捏了捏腿，确认一下这是不是现实。

林纾虽然烧得晕过去，倒也没有大问题，盛维庭却决定让她住院。

在林纾输液的时候，盛维庭把秦年找出来鄙视了一下他不肯帮忙的行径。

秦年却贼兮兮地说："你看，你不是突破自我了吗？所有人都看到你抱着一个妹子进来了。"

盛维庭忍不住怒气，踢了他一脚骂了一声滚。

秦年很轻易地躲过，顺便问一句："那个女人是谁？你身边居然也会有女人？不觉得十分的，Magical 吗？"

秦年好奇那个女人是怎样的，所以跟着他一起去看了一眼。

他居然一眼就认出来："林纾？我和她见过，当初我的求婚和结婚戒指都是她设计的。"

"设计？"盛维庭的声音里有些疑惑。

"你不知道吗？她是一个珠宝设计师，曾经是 Sapling 的大小姐，不对啊，她不是结婚了吗？"秦年不敢置信地看他，"盛维庭你居然染指有夫之妇？"

"她离婚了！"受到莫名的指控，盛维庭显得很淡定。

但林纾的过往，他的确不知情，统共就只见过那么几次，他什么时候会主动去了解别人了？

秦年想了想："我记得她丈夫，不，前夫说她因为受刺激得了精神疾病？"

盛维庭皱了皱眉："她很正常。她那个莫名其妙的……前夫把她关进了精神病院。"盛维庭说着看到里面林纾动了动，"你先走吧。"

他开门想进去，秦年忍不住说："刚刚我碰到院长，他知道你过来了，说想找你聊聊。"

"等我有空。"他潇洒地留下这四个字，直接把门关上。

林纾睁开眼睛便看到了站在床边的盛维庭，脸色不算好："醒了？"

她咳嗽一声，点头，环顾一圈才发现已经在医院，怯怯地说："对不起，我刚刚忽然就很困……"结果睡过去之后就没有了任何意识，根本不知道发生了什么。

盛维庭呵了声："那就继续睡吧。"说着走到沙发旁就歪了上去。

他昨天睡得太少，完全没有达到他的睡眠标准，他必须得补眠！

林纾见他眯了眼睛便也就不敢再说话，连呼吸都放轻了。

可他才刚刚入睡就被一声响亮的"盛教授"给惊醒了！

他猛地坐起来骂了一声，一脸恼怒地看向来人。

林纾有些不好意思，轻声说："我来不及说你在睡觉……"他就进来了……

进来的是一个中年谢顶的男人，看到盛维庭满脸的激动，也不顾他面色恼怒直接就走了过去："听秦年说你回来了，怎么不过来找我？"

在他靠近之前，盛维庭伸手出去挡住："停！"

中年男人停在离沙发一步之遥的地方："盛教授，维庭，你回来得正好，有一个患者指名找你……"

盛维庭懒懒抬头："可我还在休假期。"

"人正等着呢，走吧？"

"院长。"盛维庭说，"休假期不谈工作，我是以病人……家属的身份过来的，不是来工作的。"

钱院长这才注意到床上的女人，愣一下："你老婆？"

林纾根本来不及解释，盛维庭已经接过话："重点是你刚刚吵到我睡觉了！"

林纾在一旁欲哭无泪，"我不是……"她小声说，可完全被院长的声音给压下去："好吧，我知道了，那你先睡，等睡好了再工作？"

盛维庭哼了一声之后躺了下去，不再说话了。

钱院长给林纾使了个保重的眼神,轻手轻脚出去了。

安静到只有两人一狗呼吸声的病房里,剩下林纾和Clever相对无言。

林纾看一眼微皱眉心在睡觉的盛维庭,再一次将呼吸放缓,不敢扰到他。

只是他穿得很少,这样睡不会着凉吗?

林纾犹豫了半晌,还是轻轻地下了床,拿了一旁的毛毯,移动着输液杆慢慢走到了沙发前。

醒着的盛维庭是张扬而不可一世的,睡着的他却无害而可爱。

他睡姿很固定,乖乖地躺着一动不动,甚至不会蜷缩起来,她忍不住扬起唇来,用一只手小心翼翼地将毛毯放到他身上。

可没想到盛维庭的防备心那样强。

毛毯刚覆到他身上,他就睁开眼睛,一把伸手甩了开去。

他的力气很大,林纾没反应过来就被甩开的毛毯绊了一下,整个人站立不稳,直接往前倒了过去。

而前面,不是别的,正是盛维庭!

盛维庭眼睁睁地看着林纾倒过来,马上做好防御措施,伸出手来!

盛维庭的确正要阻止林纾倒在他身上,可是他的手却放在了不该放的地方。

那不算软的触感……

他怔愣了一秒,顿时松手。

而后林纾就直接压在了他身上,他闷哼一声,气愤而恼怒。

他坐起来,皱着眉头将她推开,她红着脸站在旁边,不知所措的模样倒是楚楚可怜。

"你想干什么?"盛维庭依旧有怒意。

"我只是怕你冷……"林纾咬着唇,没想到事情会演变成这样。

她知道他有严重的洁癖,而她居然倒在了他身上,他的手还……

分明是她吃了亏,可她居然怕他生气。

这个世界大概已经不正常了。

"对不起……"林纾道歉。

人家都道歉了……

算了吧。

盛维庭摆摆手:"回床上去,不要管我。"

林纾捡起地上的毛毯,也不给他了,东西都掉在地上了他这种性格怎么会要?

她拿着转身走回病床,却听到盛维庭忽然叫住她:"等一下!"

她恍然回头："什么？"

盛维庭站起来，走到她身前："把左手抬起来。"

林纾把手抬起来才发现针头移位了，手背都肿起来，跟个馒头似的。

盛维庭连骂都不想骂了，直接按铃叫了护士过来，又敷药又插针，好不容易才搞定。

他靠在沙发里，看着护士出去，躺下之前还不忘对林纾说一句："你什么都不要做就是最好的！"

林纾不敢再给他添麻烦，连忙点头。

盛维庭哼一声，这才重新躺下。

林纾看着他又像个孩子一样闭上眼睛，忍不住多看了一眼，其实他好心又细心，至少在她看来，他是个好人。

这次再也没有人打扰，盛维庭好好地补了眠。

虽然也就睡了两个小时。

他体内好像自带闹钟，在两个小时过去之后自动坐起来，脸上没有半点不清醒的神色，让还没有输完液的林纾震惊了。

一再过来看盛维庭起来没有的钱院长再一次过来，见他终于醒来，敲门进来："维庭，醒了？"

盛维庭皱眉："医院里没别的医生了吗？不要忘了我在休假，而且这个假期是你给的！"

"病人就是因为你才来的，不让别人手术能怎么办？"钱院长一脸无奈，"先去看一下吧，就今天一次，接下来还是继续休假。"

再不答应大概他的耳朵都会起茧。

病人是脑血管畸形，没到很严重的地步，根本用不着他出手，医院里其他的神经外科医生也能轻松解决。

盛维庭有些不耐，但在专业领域上还是认真的，还是主刀做了手术，当然很成功，病人家属想要感谢一下他，他却早就不见了人影。

结束手术之后他就去了林纾的病房。

林纾已经输完液，大概等得太久所以侧躺在床上睡着了。

他一点都不怜香惜玉，走进去之后直接踢了一下床。

林纾被惊醒，一脸茫然地坐起来，等看到面前的盛维庭才清醒过来，揉了揉眼睛说："你手术结束了吗？"

"嗯。"盛维庭说着转身,"走吧。"

林纾忙下床跟了上去。

盛维庭走得不快,她不远不近地跟在后面,蓬头垢面的,完全没了以前的模样。

回家的路上,盛维庭忽然说话:"你是珠宝设计师?"

林纾怔一下,忙回:"嗯。"

原来的生活仿如隔世,林纾有些恍惚,她在精神病院无聊的时候也会想要重新拿起画笔。

但她脑子里什么都没有了。

原本她的灵感如同泉涌,可三年的禁锢让她的灵感被冰冻,如今什么都画不出来。

她不免落寞,父亲以她的名字命名那家珠宝店,而她却不再是以前那个会设计的小树了。

她看向窗外,那样巧,正好经过Sapling,依旧门庭若市,有不少顾客进进出出。

曾经父亲说她是Sapling的灵魂,有她才会有Sapling。

但其实不是的,瞧,Sapling没有她也照样运作得这样好。

她虽然也是Sapling的大股东,但是不参与经营管理,所以对它一点了解都没有,也落在了陆恒手里。

但是总有一天,她会一样一样把属于林家的东西全都拿回来,一点都不落。

她忽然低声说,"你说我能做到吗?"

盛维庭隐约听到她说话:"什么?"

她摇头:"没什么。"

盛维庭并没有直接回家,而是在附近的商场边停车,也不说什么就直接下车走了。

林纾不敢出去,只能坐在车里等着,幸好有Clever做伴,倒也不觉得很孤单。

盛维庭很快就回来,手里提了一个纸袋,坐进来之后就扔到了后座她怀里,也不解释,直接开车离去。

林纾自然会莫名,看了一眼便知道这是个手机,她抬头看向驾驶座上的他,忍不住叫他:"这是,给我的吗?"

"当然不是。"盛维庭斜斜地看她一眼,"给Clever的,如果它会用的话。"

她脸一红,"对不起……"林纾闷声说,"谢谢你。"

盛维庭没有说话。

林纾便将手机拿出来，是最新款，乳白的颜色仿佛牛奶，她将盛维庭的号码存下，里面也只有那一个号码而已。

回到家，林纾便用手机上网搜索了一下父亲口中的徐祖尧，是祖盛集团的董事长，与父亲早年相识，甚至还拥有林氏不少股份。

既然父亲让她去找徐祖尧，那必定有他的道理，只是她要怎么样才能见到他？

看到一条最近的新闻，说徐祖尧因为生病前往美国治疗，她懊恼地抓了一把头发，这该怎么办？

徐祖尧还有一对儿女，徐得宁和徐得静。

徐得静是女儿，之前在国外进修，回国之后开创一个服装品牌，经营得有声有色，并不依靠祖盛，林纾和她一样是设计师，但也有不一样的地方，徐得静会亲自涉及经营管理，而她却从来都被养在温室里。

因为都是设计师的关系，从前也偶有见过，算是点头之交，可徐得静和祖盛没有交集，而且看到新闻说她因为一个秀去了法国，不会那么快回国。

那么，也就只有徐得宁了。

徐得宁是祖盛的总经理，徐祖尧去国外治疗之后便把大权都交给了他，可他是J市有名的花花大少，女人不断。

林纾往常最鄙视这种男人，可如今没有办法，只能找到他。

一周之后，祖盛举办了一个商务酒会，为了庆祝祖盛成立四十周年，原本徐祖尧也要参加，但去了国外估计回不来。

林纾知道平常肯定见不到徐得宁，如果想见到他，只能在那个时候找机会，可既然是大型酒会，陆恒也不可能不参加。

所以她要做的就是，在陆恒没有察觉的情况下找到徐得宁。

她知道和陆恒狭路相逢的结果，那就是重新被关进那暗无天日的医院。

她绝不会回去！

为了能去徐得宁举办的商务酒会，林纾做了许多准备，可到最后却发现原来她连接近的可能都没有。

徐得宁将酒会举办在游轮上，所有的工作人员都会有专门的工作证件，所有的宾客都要凭借邀请卡才能在酒会开始之前进入游轮。

林纾不可能成为宾客，想假扮成工作人员也那么困难。

她不愿意放弃，去了趟协助举办酒会的酒店，想要寻找机会。

好不容易等到了负责人，是一个三十几岁的半秃顶男人，可话刚说出口，他就皱着眉头挥手："捣什么乱，我们的工作人员都是酒店员工，不会外聘。"说完就匆匆走开，林纾不甘心，又跟了上去。

他对于林纾的死缠烂打有点厌烦，刚想骂上几句却听到手机铃声，只能先接起来。

他没听几句就怒骂起来："什么？手怎么受伤了？不知道只有三天的时间了吗？你让我去哪里找一个会竖琴的？算了，我再想办法。"他说完就气得抬脚踢了一下，嘴里暗暗骂了几声。

正恼怒的时候，忽然感觉有人扯了扯自己的衣角，他不耐："又怎么了？说了不外聘！"

林纾缩着脖子，微微抬头，脸上的表情看上去楚楚可怜，她轻声说："我，我会竖琴。"

她刚刚听到负责人的电话就大约猜到原本弹竖琴的人手受伤不能去表演了，这对她来说是绝佳的机会，她不能放过。

"你？"负责人不相信，毕竟现在的林纾穿着简单的运动服，而竖琴这种乐器很贵，没有多少人会去学，就凭她？有资本去学吗？

林纾忙用力点头："是，我会。"

虽然母亲早逝，但林凯又当父亲又当母亲，从来不会错过她任何方面的培养，小时候让她选择一样乐器学习，她指着竖琴说要学这个。

直到三年前她被陆恒送到精神病医院，这才彻底和竖琴再见。

她不敢肯定能和三年前一样出色，但如果给她几天时间练习一下，她相信她不会比任何人差。

负责人也是病急乱投医，看林纾这么坚定，想着让她试一下也不是不可以，便带她去了存放竖琴的房间。

她抚摸着琴弦，就好像是抚摸着自己久别重逢的爱人。

坐下来，双手缓缓抬起，柔软的手指在琴弦上拨动，她演奏了一曲林凯最喜欢的《冬季初雪》。

林纾一向很喜欢竖琴的声音，神秘梦幻，悠远空灵，仿佛进入另外一个世界。

她原本以为会手生，可当手指触上琴弦才知道，原来有些东西是永远都不会离自己而去的。

她弹完一曲，缓缓收回手来，站起来看向负责人："这样可以吗？"

负责人被惊呆了，因为他实在是没有想到林纾居然真的有这样一门好手艺，甚至于比他原本找的那个人更好，方才那动作，那表情，仿佛高贵的公主。

他回过神来，慌忙掩去方才的恍惚，又恢复了臭脸："还行吧，那就你了，至于工资，给你和之前那人谈好的价格，不会少了你，记得中午就过来，到时候千万别出什么乱子，不然我可不会放过你！"

林纾满脸地欣喜，连忙点头保证道："不会的，不会出乱子的，谢谢你给我这个机会。"

林纾没有直接回去，而是去了一趟商场，虽然说酒会那天会有服装提供，但她一直都只有一套衣服，总不能不换了。

往常她哪会这样用心看价格，来到店里便会有服务员把新品拿过来任她选择，她只不过签上名字就能带走。

而现在，她一身幼稚的运动服来到商场，没有服务员会来询问，也不敢随便挑，因为瘦了太多，还是得试过，在试衣间的时候忽然听到外面服务员阿谀的讨好声："云小姐，你好久没来了，女儿长大不少啊。"

"有新品上来吗？拿给我看看？"

那声音很熟悉，熟悉到林纾一听到就立刻知道那是谁。

她偷偷将试衣间的门打开，从缝隙中看出来，来人果然是云嫒，她和三年前没什么区别，或者说是更加美丽了。

是啊，怎么能不美丽，她有爱情，她有陆恒。

而在云嫒身边，正有两个穿得一模一样的小女孩正在玩闹，林纾一怔，忆起方才服务员那句话。

女儿？

这是云嫒和陆恒的女儿？

林纾死死地盯着那两个小女孩看，应该是双胞胎，可长得一点都不一样，一个眼睛圆圆大大的，皮肤白嫩，还有一个眼睛小了不少，皮肤略有些黑。

看着两个孩子跑来跑去闹着玩，云嫒皱着眉头叫了一声："陆千言，陆宛语，给我过来。"

林纾不敢被云嫒看到，轻轻将门重新阖上。

可她不过拿了一套衣服，时间太久便有服务员来敲门，语气不悦："请问你试好了吗？"

怎么会不尴尬，可她只能哑着嗓子说："不好意思，还没有。"

她能听到服务员不屑的冷哼，转头又对云嫒笑着："云小姐你看好了吗？要不要试试?"

"不用了,帮我包起来吧。"云媛起身,将卡拿出来。

服务员笑着接过:"好的。"

云媛总算带着两个孩子离开,林纾又等了一会儿才出去,将那套衣服递给服务员:"就这些。"

或许是她和云媛的对比太明显,服务员把衣服往纸袋里一装就推了过去,有口无心地说了一句:"欢迎下次光临。"

经过那三年非人般的生活,这些言语已经完全伤不了她分毫,她甚至可以微笑着对服务员笑一下,然后说一句:"谢谢。"

林纾买好东西就打算离开,没想到走了没几步就感觉有人抓了她的衣服,她停下来回头看,却见一个小女孩儿站在她身后,仰着脸用特别灿烂的笑容对着她。

她觉得眼熟,愣了一秒就想起来,这不就是云媛带来的那对女儿中的白嫩嫩的那个吗?

对于云媛的孩子,她该是痛恨的,可想着自己的孩子若是活着,那大概就是这般大小,心便狠不下去,甚至还温柔地蹲下身来问一句:"怎么了?"

"包包,包包掉了。"她说话有些模糊不清,肉肉的小脸格外可爱。

林纾往地上看去,地上什么都没有啊?

她还来不及抬起头,就看到小女孩居然坐在地上哭了起来:"欺负我,阿姨欺负我。"

林纾顿时就愣住了,这里人来人往的,不一会儿就有人看过来。

她有些慌,不知道这小女孩怎么会忽然这样,"你别哭啊,别哭,你怎么了?"

她抹抹眼泪:"糖,我要吃糖。"

林纾哭笑不得,她做这一切难道就是要吃糖?

林纾将她扶起来,拍拍她衣服上的灰尘,又给她擦眼泪:"好,我给你买糖。"她无法抗拒这个小女孩的哭声。

给她头了糖,小女孩脸了儿口终于露出了笑容,还对林纾说:"谢谢。"

林纾冲她笑笑,想把她带到服务台,没想到却听到身后有声音传来:"陆千言?"

是云媛。

她不敢再多留,生怕被发现,对着陆千言笑了一下就匆忙跑开。

林纾依稀能听到云媛的声音,大致是在说不能随便和陌生人走,她心头泛酸,多希望自己也有机会可以和孩子说这样的话。

因为这个插曲，林纾情绪低落，却不忘回家之前在超市买了一些食材。

她在盛维庭家里蹭吃蹭住，好歹也要作点贡献。

虽然和他相处不过几天，但她也发现了他的一些喜好，比如他喜欢吃虾，而且是虾仁，绝对不吃葱姜蒜，香菜芹菜茄子等，反正就是一个很挑食的人。

于是林纾买了一堆虾仁和一些蔬菜回去，盛维庭早上就出门了，说是去大学做讲座。

她对他并不熟悉，但也知道他在专业领域十分出名。

到家的时候盛维庭还没回来，他每次出门都会把 Clever 带出去，所以家里空空荡荡。

林纾戴上手套便去了厨房准备晚餐，她几乎没有下过厨，偶尔几次也是在林凯或者陆恒生日的时候给他们惊喜，那会儿还有保姆阿姨会教她，这会她就只能按照菜谱一点点来。

她动手能力还算强，倒真的让她鼓捣出了几道菜，虽然不算好吃，但至少也能下咽，盛出来的时候还特地分了两份，因为盛维庭不喜欢和别人共食。

刚做完就听到门口传来一阵熟悉的叫声，她出来，果然是 Clever 叫着跑进来，她笑起来，叫了它一声。

盛维庭跟在 Clever 身后进来，一抬头就看到了站在厨房门口的林纾。

不长的头发被她松松地扎了起来，颊边有几缕乱发，脸上溢满了笑容，温暖漂亮，穿着简单的家居服，戴着围裙，一切都很美好。

盛维庭居然看呆了一瞬，直到林纾尴尬地叫他一声："你回来了。"

他恍然回过神，随口嗯一声就大摇大摆走进来，回卧室换衣服去了。

林纾转头看着他的背影，他穿着平常不会穿的西装，虽然瘦但是穿着很有型，宽肩窄臀，很吸引人。

林纾将做好的晚饭拿出来放在餐桌上，等盛维庭开门出来就笑着走上前："我做了晚餐……"

盛维庭看到了餐桌上的几个盘碟，嗯一声，走过去。

模样倒是很好，没有他不喜欢吃的，而且虾仁格外多，他很满意，坐下来吃了一口就顿住了。

林纾还没吃，看到他的样子忍不住问："不好吃吗？"

"我大概没有办法说假话。"盛维庭皱了皱眉头，"这些虾仁真是……太惨了。"

"啊？"

盛维庭看她一眼："因为遇到了你。"

林纾颇为尴尬:"对不起,我不怎么会……"

"算了。"他艰难地把嘴里的东西咽下去,"下次就不要挑战了。"

林纾不免尴尬,却依旧点点头,既然他不喜欢,那她就不做了。

第二天盛维庭没有出门,林纾却约了负责人去练竖琴,出门的时候盛维庭正坐在客厅里翻看一本格外厚的书,连头都没有抬起来。

林纾犹豫着还是和他报备了一声:"我出门了。"

盛维庭没有回话,她也不期待他会回答,刚转身却听到他懒洋洋的声音:"去哪里?"

"去……"林纾没有说实话,"见个朋友。"

他忽然冷笑两声:"你确定那个朋友不会出卖你?"

林纾微怔,心里酸涩,她轻声说:"嗯。"

盛维庭抬头看他一眼,见她低落的样子沉默一秒之后问:"要不要送你?"

话一出口他就希望时间倒流,她出去关他什么事!

不过林纾的脸皮显然比他想象的更薄一点,她摇摇头:"不用了,谢谢你。"

林纾出门了,盛维庭继续低头翻看手中的专业书籍。

嗯,和以前的日子一模一样,安静的环境,还有在一旁乖乖趴着的Clever,可他为什么忽然觉得有些烦躁……

他猛地将书合上,觉得大概是昨天晚上没有睡好,他还是去补眠吧。

在盛维庭去补眠却又睡不着的时候,林纾去了酒店练习竖琴,因为喜欢的缘故,就算练习 整天她都不觉得累。

刚刚走出酒店,她便看到一辆车飞速地停在门口,从副驾上下来个熟悉的人影。

林纾往后退一步藏好,看着辛安拉着从驾驶座上下来的男人在说话,一脸甜笑讨好的模样。

她知道辛安,为了爱可以放弃一切,难道辛安出卖她也是因为这个男人吗?

林纾不敢让辛安看到自己,怕她又告诉陆恒。

原本还算好的心情莫名地就低落下来,回到家的时候开门忽然闻到一阵香味。

她猛地抬头,便看到Clever不知道什么时候已经来到了她面前,冲她汪了两声。

她看过去,能看到厨房里那个隐约的身影。

盛维庭在下厨?

林纾走进去,盛维庭刚好从厨房出来,手里端着两盘菜放在桌上,见她回来,微微挑眉。

她忙放下东西帮他，一时之间忘记戴手套，他看到了，居然没什么异样，她心里讶异，却还是把手套戴了上去。

因为盛维庭做菜全都放在一个盘子里，林纾知道他洁癖，便又端了盘子拨出来一些，奇怪的是他做的菜竟然都是她之前曾经做过的。

两人坐在桌边吃饭，倒是有种和谐的味道。

林纾吃了一口之后才发现盛维庭一直没动筷子，眼神灼灼地看着她。

她的动作一顿，忽然意识到，难道盛维庭想要她的夸奖？

说实话，盛维庭的厨艺真的很不错，她当然不会吝啬："你的厨艺真好。"

盛维庭扬起唇角，得意："那是自然。"

她没有说话，微微低头，唇边泛着清浅的笑意，至少世界上还有盛维庭。

于是吃的每一口，都像是放了满满的蜜糖，甜得她想要哭。

饭后自然是林纾洗碗，从前完全没有做过的事情现在得心应手。

由于心情舒畅，盛维庭在傍晚去和Clever散步的时候还叫了她一声："你要不要一起去？"

林纾怕遇到陆恒或者云嫒，还是摇摇头。

盛维庭耸肩，说了声OK，叫了Clever就出门了。

林纾已经洗好碗，忍不住站到了窗口，低头就能看到楼下，盛维庭刚好带着Clever出去，Clever欢快地在前面跑，盛维庭站在原地，约莫是叫了Clever一声，它便又屁颠屁颠跑了回来在他身边绕着转。

林纾看着一人一狗逐渐走远，不知为何心里竟觉得十分温暖。

祖盛的游轮商务酒会举办那日天气很好，林纾一早就出了门往酒店赶过去。因为属于工作人员，所以她也先去游轮上做准备。

傍晚的时候有祖盛的人过来检查了一下，徐得宁却没有出现，林纾只能继续等着。

很快就有宾客入场，她的位置在角落，大家入目基本只能看到体积庞大的竖琴，她又一直微垂着脸，倒是没什么人能看到她。

酒会开始她便弹竖琴，只不过是做背景音乐，不会有人在意，所以她凑着空档去寻觅徐得宁。

她果然看到了徐得宁，穿一身黑色的西装，满脸笑容地在宾客中走来走去。

林纾不知道该怎么才能接触到徐得宁，心思有些恍惚，一个失神就弹错了音，幸好没人在意，她忙调整过来，再抬头就看不到徐得宁了，她四处寻找，竟被她看到了陆恒！

徐祖尧是林氏的大股东，陆恒既然接手了林氏，自然也会要和祖盛打好关系，这种好机会怎么会错过？

再之后便是舞会，林纾终于能休息，去休息室换了衣服后便偷偷跑了出来找徐得宁。

不知道是不是运气太好，林纾刚出去就看到了徐得宁的背影，走过去想叫人却发现徐得宁正搂着女明星在调笑，她不上不下。女明星已经看到了她，想从徐得宁怀里躲出去。

徐得宁直接搂着女明星："你是？"

林纾有些尴尬，却还是厚着脸皮说："徐总，我能和您单独聊一聊吗？"

徐得宁见多了女人凑上来，便笑着说："不好意思，你不是我喜欢的类型。"

林纾的脸腾地一下红了起来，她往常也听过徐得宁的一些传言，说是花花大少，没想到他竟然能直接当着别的女人这样对她说。

她说话顿时就磕绊起来："不是，我是，是有别的事情。"

"哦？别的事情？"徐得宁笑起来，觉得她欲盖弥彰，"那你倒是说说，你有什么事情？"

林纾看一眼依旧被他揽在怀里的女明星，硬着头皮说："我是林……"

话还没说完就听到徐得宁忽然看着她的身后道："真没想到你居然也大驾光临。"

林纾当然知道这不是在对她说，刚想回头看便听到了熟悉的狗叫声，那是Clever！

果然下一秒，她就听到了盛维庭熟悉的冷哼声。

林纾下意识地不想让盛维庭知道自己在这里，不等他靠近，先一步匆匆跑了开去。

徐得宁有些莫名其妙，可他什么事情没遇到过，此时也只不过是轻轻一笑，随后便对上了没有什么好脸色的盛维庭。

林纾匆匆跑走，也忘了看路，生怕被盛维庭看出来。

她顾了后面就忘了前面，一个不小心就撞了人，鼻尖隐隐发疼，低头说了句对不起就要走。

可胳膊却被人握住，一个熟悉到刻骨的声音响起来："小树？"

林纾蓦地抬起头来，一怔，下意识便挣开他的禁锢，逃了开去。

陆恒反应过来，忙追上去，不过几步就追到了，林纾被逼得靠在栏杆上，身后便是墨蓝色荡漾的海水。

"别过来。"林纾叫。

陆恒笑着，站在离她两三步距离的地方："没想到你居然会出现在这里，玩够了吗？是不是该回去了？"

"我不会回去的！"林纾瞪着他，咬牙切齿，"我绝对不会回去！"

"还没玩够吗？"陆恒走近一步。

"别过来！"林纾大声叫道，海风吹进嘴里，有些涩意，头发被吹得散乱不堪，蒙在脸上，眼睛都差点睁不开。

"小树，你逃不了。"陆恒说，"乖，过来。"

林纾瞥了一眼被黑夜染成墨色的海水，又看一眼又走近了一步的陆恒，咬咬牙，一闭眼，直接翻了下去。

陆恒没想到林纾居然会做出这种事情来，虽然已经是春天，但晚上的海水还是足够冰凉，而且她不会游泳！

林纾掉进水中的时候浑身都闷闷地疼，可更难受的是水往她的五官涌来，她本能地挣扎着。

徐得宁的女伴忽然惊叫一声："天哪，有人落水！"

徐得宁和盛维庭都下意识地往海里看去，只见一个小小的脑袋在水中沉浮……

徐得宁忙去叫救助人员，盛维庭的眼神一直都没有离开，总觉得那个脑袋熟悉得很。

他忽然反应过来，那不是林纾吗？

她怎么掉海里去了！她又是怎么来游轮的！

他好不容易把她从那个莫名其妙的精神病院带出来，难道就看着她死在海里？

他长叹一声，下一秒，他已经脱下外套，直接从游轮上跳了下去，往她沉浮着的地方游去。

盛维庭没有看到的是，在他跳下去的同一瞬间，有另一个身影也跳了下去。

他对自己的游泳技术十分得意，即使是在冰冷的海水中，他依旧保持了高水平，极快地往林纾游去。

他很快就抓住了她一直挣扎的手，而林纾沉浮太久，终于找到了依靠，直接就趴在了他身上……

盛维庭由她抱着脖子，直接往游轮游过去，已经有救助人员在准备了。

林纾整个人都贴在他的身上，脸靠着他的肩膀，呼吸全都喷在他的侧脸和脖子，酥酥痒痒，她的衣服浸湿之后跟没穿一样，瘦弱但又有点料的身体紧紧地靠在他的身上……

正因为她的靠近有些烦乱，不知道从哪里冒出一只手搭在了他的肩膀上，他下意识就踹了过去。

刚刚追上盛维庭的陆恒就这样被踹开了。

救助人员已经将橡皮艇放下来，盛维庭带着林纾上去之后才好心说了一句："海里好像还有一个。"

至于那个人是谁，怎么样了就不在他的思考范围内了。

徐得宁有些意外洁癖严重的盛维庭居然愿意下水救人，而且任由她这么紧紧地抱着他……

这个女人不就是说要和他单独谈谈的那个？

徐得宁看着扳不开她的手臂只能把浴巾盖在她身上的盛维庭，忍不住勾唇一笑。

不想这个笑容正好被盛维庭捕捉到，他云淡风轻地瞥他一眼，将林纾抱起来："帮我安排一个房间。"走之前还不忘又留下一句："不要告诉任何人我们在哪个房间。"

盛维庭总算把林纾扔在了床上，她的衣服紧贴在身上，身材曲线毕露，有点小性感。

他一怔，忽然有点不好意思地撇开头，把浴巾扔了上去。

反正抱也抱了，他也不在乎什么手套不手套了，直接上手做了一下CPR，他还担心要人工呼吸，幸好按了几下心脏她就吐出了水，咳嗽起来。

他拍拍手坐在一旁，把被子往她身上一放，以为她醒过来，哼一声："你真够可以的，居然跑到水里去了，不知道自己不会游泳吗？要求死的话早点说，我也不必白费力气。"

他说完好一会都没有回应，他不禁觉得难堪，转头看去，见林纾依旧闭着眼睛，根本没有醒过来。

盛维庭忍不住暗骂一声，伸手去试了下她的脉搏，见一切正常才松一口气。

盛维庭坐在床边，看着林纾被裹在被子里依旧瑟瑟发抖，蹙眉，出去找了个女服务员进来替她换了衣服。

徐得宁刚好过来，看到他站在门口便轻轻一笑："女朋友？"

"呵……"盛维庭冷笑一声，"和你有关系吗？"

徐得宁也不以为忤，耸肩："刚刚林氏的陆恒问起救上来的女人去了哪里，我可是替你打发了。"

盛维庭轻哼一声。

刚好替林纾换衣服的服务员出来，看到徐得宁便微微弯腰示意。

"她怎么样？"盛维庭开了金口。

"还昏睡着，有些发热，但不是很明显。"服务员十分恭谨。

"你认识她？"盛维庭皱眉，实在是想不通这个女人是怎么混上来的！

"之前没有见过，是舞会开始前弹竖琴的。"

盛维庭点点头不言语，直接就转身进了房间，砰一声将门关住，完全不管门外还有一个人在。

徐得宁笑了笑，好像是已经习惯他，挑眉走开，没几步就见到了头发还没擦干的陆恒，陆恒见到他又问："刚被救出来的女人真的不知道在哪里吗？"

徐得宁对那个女人的好奇心越来越重，居然能让盛维庭和陆恒都这般在意，看来不是等闲之辈啊。

不过他也无意惹上麻烦，微微一笑："的确不知道，直接被人带走了，不知道陆总和她是什么关系？居然这样关心？"

陆恒脸色一滞，尴尬浅笑："是我不小心吓到她，她才掉下水，想亲自见面道歉。"

"没想到陆总还把这样的小事放在心上，没关系，我会让人帮你去查。"徐得宁打着哈哈。

陆恒只能点头应下，随着他一起回到了正厅。

房间的隔音很好，盛维庭进了房间之后便不知道外面发生了什么，缓步走到了床前。

林纾睡得并不安稳，一直皱着眉头，总有冷汗沾湿她的脸，她忽然翻身，裹在被子下的身体便暴露在空气当中。

那个女服务员给林纾换的是单薄的睡裙，好像是房间里准备着的，有什么用途可想而知。

她侧躺着，睡裙紧贴在她的身体上，显露着她的好身材，只过臀的裙摆因为她的动作露出了些许春意，风光大好。

换做别人大概已经忍不住。

可盛维庭不是别人，所以他面不改色地上前，而后拎起被子，将她重新盖得严严实实。

松手时不小心碰到她的脸颊，果然烫，他不免记起她前阵子半夜发烧的事情。

盛维庭起身去卫生间弄了毛巾替她擦了擦冷汗，刚想收回手，不想她竟然速度极快地抓住了他的手。

这种肌肤相近的感觉有些新奇。

盛维庭很不适应，但却没有特别反感的情绪，难道是因为曾经有过更加亲密的接触，所以产生免疫了？

盛维庭很是好奇，低头看向她的手，瘦弱纤细，指节分明，指甲大概是刚剪过，干净清爽，不会让人觉得不舒服。

她的手握得很紧，用力地掐着他的手，青筋都暴了出来，他忽然忍不住缓缓地伸出另外一只手去，犹豫着慢慢放在她的手上。

他小心翼翼的，生怕产生严重的抵触情绪，但事实证明，他居然没有半点不适。他更加意外，甚至用手轻轻抚了抚，心里微痒，仿佛是蚂蚁在爬。

他的视线从她的手逐渐移到她的脸上，有不少头发全都散在了她的侧脸，让人看不清楚。

他鬼使神差地伸出手去，将她脸上的头发一一捋开，还小心翼翼地不碰到她的脸颊。

她清秀美丽的侧脸就这样逐渐出现在他的眼前，因为瘦的关系脸颊都凹了下去，皮肤倒是很好，很透很白，牛奶般的色泽让人看着很欢喜，眼睛轻轻闭着，长长的睫毛在眼下打下半圆的阴影，轻颤着，似乎能颤到人心底。

他头一次这般看一个女人，用一个男人的眼光。

盛维庭承认自己就是个以貌取人的人，所以这样看着她心情竟然还很愉快。

他将这定义为看到了美好的事物，毕竟他看到美丽风景的时候也会很开心。

他拒绝去思考为什么他对于她的碰触没有任何抵触，也拒绝去思考为什么忍不住去看她的脸。

他不自觉地看着她，竟然忘了时间，直到林纾幽幽地睁开眼睛，露出那一对澄澈仿佛海洋的双眸，似是能让人溺毙在其中。

第四章　你看不到的我爱你

林纾脑海中的记忆只到在海中沉浮为止。

她的确不会游泳，也是被逼急了，一时冲动才会做出这种事情。

掉入水中之后她便万分后悔，隐约看到陆恒依旧站在远处，低头看着她。

她仿佛能看到他得意的笑容。

随后便没了别的意识，只觉得眼前逐渐变黑，感觉似是抓到浮木便不顾一切地贴了上去，死活都不松手，那时她神志不清，根本不知道发生了什么。

直到她清醒过来。

一睁眼便看到了刺眼的灯光，闪着无数的光辉，她还活着。

逐渐适应刺眼的光亮，出现在眼前的便是那张熟悉的脸。

他也看着她，不知道为什么脸上竟然有些诧异和尴尬的神色。

她想要说话却咳嗽起来，刚想抬手却发现手被人紧紧握住了。

这个房间里除了盛维庭就没有第二个人。

视线下移，她果然看到了盛维庭的手正握着她的，惊魂未定的同时忽然心口一阵颤动。

盛维庭看到她的视线往两人交握的手看过去，顿时将她的手甩开，色厉内荏：“下次再敢随便抓我试试！”

林纾和他相处久了自然也知道，所以只是看着他：“是你救我的吗？”

"不然呢？难道是你自己爬上来？不会游泳居然还敢到水里去，你是真的不要命了吧？"

"对不起……"林纾垂着眸子，轻声说。

看她这么诚恳地承认错误，盛维庭只冷哼一声。

"刚刚我撞见了陆恒，所以一时有些冲动和混乱……"林纾说，"他呢？"

听她提起别的男人的名字，不知道为什么他觉得浑身不舒服，皱起了眉头："我怎么知道他？"半句不提他让徐得宁不告诉陆恒他们住处的事情。

林纾依旧担心："他找过来怎么办？我……"

"你就这么怕他？"盛维庭打断她的话，神色有些冷，"应该是他怕你才对。"

林纾被他一句冷言说得心头大震。

她的确怕他，陆恒如今变成了洪水猛兽，想起来便觉战栗，她怕在医院里可怕的三年，怕他不知道又会想什么办法对付她……

林纾迷蒙着双眼看向盛维庭。

盛维庭微微侧过脸："你们如今没有任何关系，你又何必怕他？相反，他应该怕你把他做过的事情说出去，这战战兢兢的模样实在是让人看不顺眼！"

的确如此。

盛维庭说的话虽然难听，却直白得让林纾清醒过来。

"我知道了，谢谢你。"她咬着唇，"也谢谢你救了我。"

他随口应一声，转开的脸上却分明有些许的笑意。

游轮已经出海，要到第二天清晨才会回归港口，所以大家都必须在船上待一夜。

林纾刚醒来的时候不觉得，过了一会儿便觉气氛尴尬。

盛维庭依旧坐在床边，两人相隔很近，她微微抬头便能看到他的侧脸，他不知道在想什么，脸上没有表情，也没有发现她的视线。

林纾犹豫着叫他："你……不出去吗？"

盛维庭嗯一声："没意思。"

他都这样说，林纾只能应一声不说话了，她连呼吸都不敢用力，尽量放浅，怕他在思考什么，而她的动静会打扰到他。

即使她尽量放轻了呼吸声，但依旧会有无法控制的声音响起，比如肚子咕噜咕噜的叫声……

她午饭之后便就没有吃过东西，午饭也吃得不够多，早就饿了，因为一连串的插曲让她忘了这件事情，但一放松便没办法控制。

按照平常来说，这声音也并不算大，可偏偏这是一个安静到连呼吸声都那么明显的房间……

林纾尴尬地捂住了肚子。

盛维庭已经听到，转头看她 眼："饿了？"

"没……"才说了一个字就见他一脸的了然，她也不好面子了，不好意思地轻声说："嗯。"

盛维庭再没有别的话，直接转身出去。

林纾看着他离开的背影，忍不住抓了一把头发。

盛维庭出去之后便想找服务员，没想到竟然在外面看到了陆恒。

不知道为什么，看到他便没有好心情，盛维庭决定忽视他，直接从他身边走过去。

不料陆恒看到他居然还和他打招呼："盛教授？"

如果是一般人，大概肯定会停下来和他打声招呼。

可盛维庭并不是一般人……

所以他直接当作没听到，走了开去。

偏偏陆恒还快走几步，来到他面前："盛教授。"

盛维庭不能再视而不见，却用鄙视的眼光看他："你是谁？"

陆恒在J市算有点名气，也就盛维庭敢对他这个样子，他尴尬之后便缓过来，依旧笑道："盛教授在神经外科很有名气，我有些问题想要咨询一下，不知道您现在有空吗？"

盛维庭冷冷地呵了两声："没空。"

陆恒微微蹙眉，大概是没想到盛维庭这么不好相与："那请问您什么时候有空？"

"我什么时候都没空！"盛维庭干脆利落。

陆恒还想说话，盛维庭直接道："请直接到医院去挂我的门诊，有事先走！"

他看也不再看陆恒一眼，转身走了开去。

陆恒看着盛维庭走开的身影，实在是没料到他这么不近人情。

盛维庭和陆恒分开之后心情便不是很好，随意吩咐服务员给他准备一份吃的，拿到之后便大步回去，打开房门一看到眼前的场景，他暗骂了一声背过身："林纾你可不可以去卫生间换衣服？"

林纾坐在床上，手里还拿着刚刚脱下来的单薄睡衣，一脸的无措和慌乱。

她也有些发蒙，他才出去一会儿就有服务员将她烘干的衣服拿了过来，因为没想到他会这么快回来，便直接脱了衣服换。

谁知道才刚刚把睡衣给脱了他就直接进来了！

林纾简直欲哭无泪，虽然两人有过比这更亲密的接触，但她这样坦荡荡地被男人看到身体可是结结实实的第一次。

她慌忙把衣服给套了上去，脸红得像是能挤出血来，换好了也低着头不敢说话。

过了一会儿盛维庭又发话了："所以你是要我这样站到天长地久吗？"

她反应过来，连忙说："我换好了。"

盛维庭一脸发黑地走过来将餐盘放在了床边，转头就看到她红着脸不敢看他的羞怯模样。

脑中忽然浮现出方才进门来第一眼闪现在眼前的她雪白的身体，一愣，一时没有反应过来。

一直被忽略的Clever忽然叫了两声，将盛维庭的神志重新拉了回来。

他表面淡定，内心尴尬地直起身来，走到Clever面前："怎么了？"

Clever又叫了两声。

盛维庭却好像听懂了："你已经吃过晚饭，不能再吃了，你不看看你现在有多胖！"

林纾看着一人一狗在一旁无厘头的对话，逐渐将方才的难堪忘却了，她觉得盛维庭应该不会在意他看到了什么。

她吃了点东西便忍不住试探："你认识徐得宁？"

原本在和Clever玩飞盘游戏的盛维庭动作一滞，而后十分干脆地回："不认识。"

不认识怎么会来这里？

林纾也懒得问，既然他不想说，那就绝对不会说的。

林纾这一问倒是让盛维庭忽然想起了一件事情："你怎么会出现在这里？"

说起这个，盛维庭想到今天一整天都没有看到她，原本以为她一直在房间，出门前居然还傻傻地朝她的房间说了声"我出去了"。

简直是不能忍。

林纾知道自己在他眼中已经脸皮厚到极致了，但有些事情她却依旧不好意思和他说。

她想了想，说："我之前出门看到酒店在聘会弹竖琴的，我从小学这个，就去试了试。"

盛维庭倒是没有怀疑，点点头，觉得或许她大概是也想自食其力吧，这对她来说可能难以启齿的，于是也就没有再问下去。

林纾松了一口气。

Clever已经把飞盘咬了回来，满眼期待地看着盛维庭。

盛维庭刚想接过来，手机铃声却又响了起来，他直接对Clever说了声去找林纾之后就拿出手机接电话。

偏偏Clever听得懂，居然真的跑了过来。

林纾和它玩过，也算得心应手，便代替他和Clever玩耍起来。

盛维庭也不避讳她："嗯，我过来了，他不在。你觉得他在的话我还会来吗？嗯，我知道了，你操心得太多，我目前并不想这个问题，你就算这样威胁我也没有用。

我绝对不相信你会回国……等下,你不是说真的吧?好吧,妈,再见。"

　　林纾也不想听,可他声音虽然不大,但在这只有两人的房间里依旧十分清晰,她甚至能隐约听到电话的那头是一个女人的声音。

　　她难得听到他这样耐心地和女人说话,一开始的时候心里居然有些发慌。

　　难道……

　　还没等这股情绪酝酿得更深刻一些,林纾就已经听到了盛维庭叫出了"妈"。

　　原来和他通话的是他的母亲。

　　她竟然长长地舒出了一口气,仿佛是压在心口的石头瞬间被人搬走了,呼吸都顺畅了不少。

　　盛维庭挂了电话之后,本能地向着林纾的方向看了一眼,却不料正好看到林纾在看着他。

　　那样的表情有种让人移不开眼神的魅力。

　　她的唇角微微勾起,眸中满满的都是他,这种感觉实在是太奇妙。

　　盛维庭忽然开口:"林纾。"

　　林纾微怔,醒过神来,啊了一声,声音有些微哑的朦胧。

　　"你喜欢我吗?"他那么直白,没有半点弯弯绕绕。

　　林纾没想到他会忽然问出这么一句话来,脸顿时涨得通红,耳根子都热辣辣的,她忙摇头摆手:"不是,我没有……"

　　"我不够好?"盛维庭皱眉:"怎么可能会有人不喜欢我?"

　　林纾刚才还是难堪别扭,等听到他这句话,忍不住笑出来。

　　他啊,要不要这么自信?

　　他这话一说,让林纾缓解过来,深吸几口气,将方才的尴尬情绪抛在脑后,十分正经地说:"不,你很好。"

　　"那你为什么不喜欢我?"盛维庭居然还作出了费解的表情。

　　林纾有些无可奈何,却还是认真解释:"我刚刚理解错误,我以为你说的,嗯,是那种喜欢,男女之间的喜欢,所以我才……"

　　盛维庭特别正经地打断她的话:"我的确是那个意思。"

　　林纾无言以对,好不容易褪下去的红晕又重新泛上脸颊……

　　"你还喜欢那个游泳没我厉害的男人?"盛维庭蹙眉。

　　她莫名其妙:"嗯?谁?"

　　游泳没他厉害,那是什么意思?

　　"陆,恒?"盛维庭不大记得他的名字,只是徐得宁说那个被他在海中踹开的男人就是陆恒，这才留心记了一下。

"我没有……"林纾略略低着头，轻声说，"我没有还喜欢他。"

盛维庭哼了两声："没有就好，你之前的眼光也不知道怎么这样差，不过幸好……你最好提高一下审美能力。"说着指了下自己的脸，"来，你认真说，我和他，谁比较好？"

这也要比？

对于盛维庭提出的这个十分无厘头的问题，林纾却认真而又严肃地回答了。

她说："你。"

盛维庭很满意她的回答，心情也很不错，倒是没有再追问好在哪里这种话。

毕竟，他赢不是很理所当然的事情嘛！

这种开心的心情一直持续到了和林纾已经回到家中。

如果开门之后没有闻到房间里弥漫的焦味，没有看到那个一脸灰的女人，没有听到她抱歉地说不好意思差点把你厨房给烧了的话……

盛维庭觉得开心大概会持续得更持久一点。

"盛怡！"他皱着眉头闷声喊道。

在这种莫名情况发生的时候，林纾站在盛维庭身后。

盛怡不好意思地笑了笑。

"你怎么在这里？"

盛怡走过来，脸上脏脏的，却掩不住浑身散发出来的美丽："我不是说会回来吗？一直催你结婚，你也没有消息，所以我帮你物色了一个，带了回来想给你看看。"她眼睛发亮，"是我千挑万选的，明天和我去见见？"

盛维庭的眉头皱得更紧。

林纾更不敢出来了，她能猜到这个看上去只有三十几岁的女人就是盛维庭的母亲，毕竟两个人长得很像。但是他们的话题有些太私密，并不属于她可以参与的程度。

"怎么了？"盛怡看着盛维庭的表情，笑着，"我可以保证那个女生不错，你看你都已经三十几。"

盛维庭忍不住朝天翻了个白眼："William呢？"

"就我一个人回来的，他工作室比较忙。"盛怡说着招呼他，"快进来，一直站在门口干什么？"

Clever从林纾身边跑开，扑了进去，盛怡十分兴奋，蹲下来抱住了他："哇，Clever都长这么大了，哥哥有没有欺负你？"

Clever 在她的怀里蹭来蹭去，一副十分享受的模样。

盛怡摸着 Clever 的毛，说："你客房空着吧，我就住那里就好。"

林纾也已经进来，有些不知所措，公寓是两房，也就一个主卧和一个客房，如今她占去了客房……

她颤颤地抬头看向盛维庭，只能看到他高大的背影。

他没有回头，直接说："你去住酒店，客房有人住。"

盛怡不敢置信地抬起头来："有人住？谁？"

话音刚落，她就看到了一直躲在盛维庭背后的林纾，微微一怔就忽然清醒过来，马上走了过来："哎？阿庭，这个女孩子是……"

林纾很不好意思，只能低着头叫了声阿姨，任由她抓住了自己的手。

盛维庭微微侧头看了林纾低头可怜的模样，想到盛怡方才说的事情，话说得十分顺口："我不会去见你说的女人，我有女朋友。"

女朋友？盛怡一时没反应过来。

说完那句话，盛维庭抓住了林纾的胳膊，顺手将她往身边拉了拉："就是她。"

盛怡难以置信，一向有严重洁癖的儿子居然能这么顺溜地抓住女人的手，在不戴手套的情况下。

林纾更难以置信，他怎么忽然对他的母亲说那般让人误解的话……

就连盛维庭在那一瞬间也有些难以置信，可说出来之后却忽然觉得轻松，甚至还思索了一下这个问题的可行性。

其实的确不失为一个好主意！

他之前怎么没有想到呢？

于是盛维庭愈发理直气壮，又重复了一遍："嗯，她就是我女朋友。"

至于林纾会不会答应，这根本不是他考虑范围内的事情好不好。

像他这种有能力又有相貌的男人，多少人都只能看着，怎么可能会有女人不愿意做他女朋友。

林纾受到了惊吓，转头看他，他却气定神闲，连脸都没有半点红。

事情怎么忽然就发展到这个地步了？林纾有些搞不明白了。

偏偏盛怡还一脸"原来如此"的样子："怪不得我刚刚看到客房收拾得那样干净，想着你没事怎么可能会收拾，原来是这样。"

林纾忐忑不安，想要解释："我，我不是……"

"不是什么？"盛怡张大了眼睛，一脸关切地看着她。

林纾不知道怎么说，只能看向盛维庭。

盛维庭无视了她求助的眼神："饿了？我去厨房看看。"干脆就直接把林纾和盛怡丢在了一起。

林纾哭笑不得，已经被盛怡拉着在沙发坐下："来，我们别管他，厨房让他弄，你叫什么名字？和阿庭认识多久了？"

林纾还能怎么办，只能据实以告，说起和盛维庭认识多久，她犹豫了一下，说："三年了。"

没想到盛怡一听就拍了一下沙发，把她给吓了一大跳："居然三年了？阿庭半点都没有和我透露过！"

林纾真的不知道该如何解释了，但想着盛维庭大概是希望她替他挡一下吧，所以没有反驳，只说："还是我去住酒店吧，您住在这里就好。"

"那怎么可以！"盛怡眼珠子一转，忽然想到了什么，"你和阿庭睡不就行了？反正是男女朋友。"

林纾忙说不行。

正好盛维庭出来，盛怡问他："听说你们在一起都三年了？了解得也差不多了，应该打算结婚了吧？"

盛维庭愣一下，顺口应了一声。

盛怡便笑："那找时间就把证领了？"

这节奏是不是有些太快了一点？

林纾马上说："太快了，我们还……"

"哪里快了？"盛怡说，居然还挺有道理，"你们都在一起二年了。"

林纾觉得她大概是挖了个坑把自己给埋了进去，想要脱身而出似乎并不轻松，只是还得试一试："我们只是认识了三年。"

三年都没有见过。这话叫她怎么说？

盛怡拍她的肩膀："认识三年也足够了解对方。我很开明，只要阿庭喜欢就好，你也知道他想找个女朋友多困难。"言语中竟然有一种终于把滞销货物给卖出去了的愉悦感……

林纾无言以对。

不过盛怡说的话是事实，虽然盛维庭非常优秀，但他的性格注定了他身边一直没什么女人。

林纾也是误打误撞才和他扯在了一起，她有时候倒是会觉得他挺可爱的。

盛维庭十分不满："我找女朋友困难？那是因为我不愿意，如果我愿意……"

盛怡一脸无奈："好，是你不愿意，那林纾呢？是你自己找的吧？"

他忍不住看了林纾一眼，她温柔地挨着盛怡坐，居然让人觉得异常美。

盛怡看到他的眼神便笑："看来是很满意了，那就找个时间领了证，我也就放心了。"

盛维庭哼了一声不说话。

盛怡自动将林纾列入盛维庭妻子的行列，拍着手说："阿庭，你们都打算结婚了，就用一个房间吧，我不想去住酒店。"

林纾差点就跳起来："他有洁癖的，我……还是出去住吧。"

盛怡满脸的不同意："难道你们以后就不睡在一起了？那还做什么夫妻！"说着看向盛维庭，"阿庭你刚刚不是抓林纾的手了嘛，我看你这病不是治不好，要看对象是谁，是不是？"

其实盛维庭也觉得神奇，碰到她的时候不仅没有反感，反而觉得很舒服，于是他再一次无视了林纾的意见："好吧，就这样决定。"

林纾欲哭无泪，又想着盛维庭帮了自己那么多，当挡箭牌也不是多困难，只能任由着被塞到了盛维庭的房间。

林纾不敢随便坐，也不敢随便碰他的东西，只是怯怯地站在墙角，说："我知道你是想要个挡箭牌，阿姨在这里的时候我会帮你的，我……睡地上吧。"

"林纾。"盛维庭坐在床上，看着她，意味不明，仿佛是在忖度。

林纾仰头，清澈干净的眼睛看着他，等着他接下来的话。

盛维庭一直看着她的眼睛，似乎要看到她的心里去，说："我们结婚吧。"

一片沉默，好像他什么都没有说过。

盛维庭重复道："我们结婚吧。"

林纾以为听错，仓皇出声："什么？"

他便十分镇定又自然地再说了一遍："我们结婚吧。"

结婚这种事情决定得未免也太快又太匆忙了吧？

她不敢置信地盯着他看，想从他脸上看出开玩笑的痕迹来，可她半点都看不出来，他看上去那么认真肃然。

不知道为什么，林纾想起了三年前，陆恒在金港顶层的旋转餐厅，单膝跪在她面前，笑着对她说嫁给我的模样。

曾经的甜言蜜语，海誓山盟便都成了让人笑不出来的笑话。

而现在，盛维庭随便将结婚这两个字眼说出口，原本应该觉得受到了轻视和怠慢，可她竟然相信这是盛维庭由心而发的想法，相信他并不是在开玩笑，甚至相信他会对她好。

事实上他那么好，也该拥有更好的妻子，而不是她这个麻烦不断，总是厚着脸皮贴上他的女人。

"是因为阿姨说的话吗？"林纾缓缓低下头，轻声说，"在阿姨走之前我会帮你的，你不用担心。"

"不想和我结婚？"

林纾犹豫了半晌还是默默地点头："对不起，我会当你在开玩笑。"

盛维庭沉默一会才说话，声音和往常不同，似是喉咙紧绷着："我当然不过是在开玩笑而已，她在的时候你不要露出马脚，啧，女人就是麻烦。"

是她先拒绝的，可听到盛维庭说的话心里却闷闷地疼，像是有一盆冷水哗的一下全都浇了上来，冰凉彻骨。

她笑得像个傻瓜："我不会的。"

"那你就睡地上，等她走了再搬回去。"盛维庭说着便拿了换洗衣服进了卫生间。

卫生间的灯光比外面更要亮上许多，盛维庭对着镜子看了又看，自觉十分完美。

盛维庭出去没有看到林纾，走了几步才发现被床挡住的她的瘦弱身影。

她果然躺在地上，地上铺了一层厚厚的绒毯，并不会冷，她将被子遮到了下巴，整个人蜷缩起来，小小的一团。

他只不过扫了一眼就收回了视线，如同往常一样直挺挺地躺在了床上。

不知道为什么就睡不着了，他叫她一声："林纾！"

林纾却没有声响。

盛维庭坐起来，探过头看一眼，她睡得死死的。

他看了几眼之后直接躺下来想要睡觉，可就是睡不着，无论如何都睡不着。

他猛地起来，又看向林纾，觉得她就是罪魁祸首。坐在床沿，他低着头看她，她只露出半张脸，上面还带着淡淡红晕，手握成了拳抵在唇边，看上去十分紧张。

眼前忽然浮现出他不小心看到的她的身体。当时并没有什么反应，不过就是一个女人的身体而已，他学医，对人体的部位熟悉得不能再熟悉，哪会有什么异样。

可这会儿居然就让他心里说不出是什么样的难受，从未有过这种感觉，所以盛维庭有些迷惑。

为什么呢？

他还没想明白过来，就看到林纾忽然翻了个身，他怔一下，下意识地躺了回去。

闭着眼睛装了一会儿，他才发现她根本就没有醒过来。

他学着她翻来覆去了许久，终于还是决定起身，下了床。

他蹲在她面前，她的脸比方才更加红了一些，大概是有些热了。

哎……

盛维庭长叹了一声。

果然有些事情就不能开始，因为一旦开始，就再也无法停止……

林纾做了个漫长的梦。

梦中她在金港顶层的旋转餐厅，和一个看不清脸的男人在吃饭。饭后，他起身走到她面前，蓦地单膝跪地，拿出戒指，仰头看着她，说："我们结婚吧。"

她慌乱地看着他，那张原本模糊不清的脸逐渐变得清晰起来，轮廓，眉眼，鼻梁，唇……

是盛维庭。

仿佛知道这是在梦中，她伸出了手，他将戒指戴上她的无名指，起身拥她。

他的怀抱如她想象的那般结实而又温暖，让她不想离开，他松开她，看着她的双眼，缓缓靠近。

她那么紧张，呼吸急促，唇上逐渐传来柔软的触感，湿漉漉地让她难以忽视……

林纾忍不住睁开眼睛，便感觉嘴巴和脸又被湿漉漉地舔了一下，她皱着眉头，还没有从梦中清醒过来，那湿润的触感再度袭来，她终于有空定睛看去，居然是 Clever 站在床前对着她胡乱舔着。

她怎么会做那样的梦？难堪到想回到梦里把一切都消除干净。

因为保持同一个姿势有些累，她捂着脸转了个身，忽然又感觉到了灼热的鼻息。

可 Clever 不是在另外一边吗？

那么这边是……

她一点点将手放下来，看到了那张放大的俊脸。

不是盛维庭还有谁？

盛维庭微微侧着，脸靠向她那一边，林纾逐渐醒过神来，她昨晚是在地上睡的，可如今身下异常柔软，明显就是在床上。

难道她又半夜摸上床了？

她正满心纠结，盛维庭缓缓睁开眼，他的声音微显嘶哑："醒了？"

他和她离得那么近，她浑身起了鸡皮疙瘩，赶紧往旁边挪了挪，低着头小心地说："对不起，大概是我梦游了……"

盛维庭也坐起来，靠在床头，打断她："谁说你梦游了？"

"啊？"林纾不解，呆呆傻傻的。

盛维庭忽略心口的莫名感觉，装作不屑一顾地说："是我把你抱上来的！也不知道你怎么会睡得这么死……"

林纾吓一跳："可是，你……"

"难道你要让我睡地上？你还在不满意什么？"

"不是，我……"林纾还能说什么，只能咬着唇，"谢谢……"

盛维庭这才骄傲地扬起头，哼了一声："不用谢。"

林纾刚想下床，却听到敲门声，还来不及说什么就有开门声传来，抬头看去，盛怡探进脑袋，冲着他们笑："起来了？我刚出去买了早餐，出来吃啊。"然后十分满意地关门出去了。

林纾反应过来，抚额无奈。

盛维庭倒是一点异样都没，如同往常一般去了卫生间洗漱。

林纾的洗漱用品还在客房里，出去后和盛怡打了个招呼便去了客房。

等她出来的时候，盛维庭已经坐在了餐桌旁，正在吃着什么。

她尴尬地走了过去，盛怡拉她坐下，道："我买了小笼，快吃。"

林纾连忙道谢，然后坐在盛维庭对面，慢条斯理地吃了起来。

盛怡已经吃过，坐在上首，说："林纾，我今天要去见个朋友，你也一起去吧？"

盛维庭先一步开口："你哪里来的朋友？"

"我昨天不是说了吗？"盛怡略微有些小尴尬，"我在国外认识一个女生，很谈得来，这次一起回来的，本来想介绍给你，谁知道已经有了林纾，但约了今天见面，怎么好放她鸽子？"

盛维庭点了点头："林纾，那你一起去吧。"

"啊？"林纾简直连拒绝的机会都没有。

看着盛怡满脸期待的表情，她只能点了点头。

盛怡很开心："和她约了下午茶，我们先去逛下商场？年纪轻轻的，也穿得人老气了。"

长辈邀请，她自然只能说好。

没想到盛怡下一秒便将手摊在了盛维庭面前："卡。"

盛维庭习惯了她的行事作风，直接拿了张卡出来放在她手心。

她欢喜接了过去："就该生个儿子和女儿，拿着儿子给的钱去和女儿逛街，简直就是我的梦想。"

林纾没想到盛怡这么好相处，心里松了一口气，虽然她担心两人骗盛怡的事情会被戳穿。

盛维庭正好要去医院销假，便送两人去商场。

盛怡温柔体贴又会聊天，林纾心里原本的隔阂也逐渐消失，不一会儿便和她亲昵起来。

"小树啊……"她也知道了林纾的小名，"阿庭他个性是有些不好，你和他在一起多包容。"

"他很好。"林纾不好意思，在她看来，他那么好，比世界上所有的人都好。

盛怡笑，十分欣慰："阿庭他和我不亲，应该说是和所有人都不亲，以后有你，我就放心多了，我真怕他打一辈子光棍。"

林纾低着头羞怯地笑。

盛怡十分安慰，带着林纾刷了不少，林纾一直说不用，她却理直气壮："怎么能不用呢？反正是刷他的卡，用他的钱，给女朋友打扮得漂漂亮亮的还是为他好，你别管，听我的。"

她们逛得累了，便先去了下午茶的地方等盛怡的朋友。

盛怡出去打电话，林纾在店里等着，正低头看着手机，忽然就听到有人叫她："林纾？"

她猛地抬起头，叫她的人正站在桌前，居高临下地看着她。

林纾死都不会忘记她，曾经被陆恒揽在怀里的云媛，大概真的是冤家路窄。

"果然是你。"云媛微微一笑，"你居然还敢出现在J市？不知道陆恒正在找你？"

林纾站起来："那你会和他说吗？"

云媛笑起来："真替你可惜，弄成现在这副德行也就算了，偏偏你连为什么都不知道，不过怎么办呢，看到你这副样子，实在是让人很开心。"

她克制住颤抖的双手："那你呢？你又过得有多好？只能做他暗地里的情人的感觉怎么样？"

"你！"云媛被她的话刺中，眼神狠厉。

林纾却不害怕："我倒要看看你会不会去和陆恒说！"

盛怡刚好走回来，看到两人剑拔弩张地站在一起，试探着问："怎么了？小树，是你朋友吗？"

不等云媛说话，林纾已经看向盛怡："不，不认识的人。"

云媛嘲弄地勾了勾唇，走向不远处的两个小孩。

盛怡也一把年纪，一眼就看出了两人之间的不对劲，不过也不好多问，只说：

"没事吧?"

林纾只能笑着说:"嗯,没事的,那个女生过来了吗?"

"嗯,在路上了,说是堵车,已经在附近,马上就到。"

林纾微微点头,说好。

正失神,忽然腿被人轻碰,她一愣,低头看去,居然是那个陆千言。

虽然对她的父母都没有好感,可罪不在孩子,林纾冲她笑了笑:"怎么了?"

陆千言没有说话,只是将手中的东西塞到了她手心,然后匆匆跑开了,她还很小,跑起来不稳,好像要摔倒。

林纾的视线收回来,看向手中,居然是一根棒棒糖,她忍不住笑起来。

缓缓抬起头来,她却看到盛怡一直盯着陆千言离开的方向看着,不由得叫了一声:"阿姨?"

"啊?"盛怡回过神来,有些不好意思。

"怎么了?"

"那个小女孩是谁?"盛怡问道。

林纾不愿意说起陆恒他们:"我也不认识,之前见过一次。"

"是吗?"

"怎么了?"

"没什么。"盛怡笑,正好看向门口,起身,"这边。"

林纾顺着她的视线看过去,一眼就看到了正在走过来的高挑美女,她不自觉地站了起来,眼中含泪。

盛怡迎了上去,拉她的手走过来:"今天再给你介绍一个小姑娘,你们年轻人可以聊。"

"盛阿姨,难道你和我聊天的时候不开心吗?"她笑着,抬起头来,看向站在身前的女人。

她也惊住,话都说不出来,嘴巴微张,许久之后才叫:"小树?"

林纾的眼泪落下来:"阿仪……"

盛怡愣一下:"敢情你们认识?"

邵仪回过神来,眼中也有些微湿,说:"是啊,我们从小一起长大,好几年没见了,没想到会这样见到。"

"居然有这种缘分!"盛怡点点头,"那我倒是带对了人,你们可以叙叙旧。"

邵仪忙凑上去替林纾擦眼泪:"哭什么?我们能重新见到是开心的事情。"

林纾却忍不住眼泪:"那你怎么也在哭?我给你打过电话,可那个号码是别人的。"

"我不是早就发了短信告诉你我换号码了吗？你没有看到？"

林纾以前的手机早就不在身边，没有看到短信也情有可原，便没有再说下去，三人坐下来。

邵仪一直在国外，只知道林氏出了问题，却并不知道林纾也出了事，只当她依旧和陆恒好好在一起，直接说："当初你结婚我正好有事赶不回来，没想到就听到你家出事的消息，小树，对不起那个时候我不能在你身边。可是，你怎么会和盛阿姨在一起？陆恒呢？"

林纾心头一震，下意识地看向盛怡。

果然，盛怡微微皱起了眉头。

这个世界果然没有永远的秘密。

林纾为难地看了邵仪一眼，邵仪才意识到恐怕说错话了。

林纾自然不可能再瞒下去："阿姨，对不起，有些事情没有和你说，我结过婚。"她低着头，甚至不敢看盛怡，怕看到她嫌恶的表情，"是三年前，结婚典礼之后，我父亲就被他送进了监狱，我被他送上了离婚协议书，他说我得了精神疾病，被关在医院差不多三年，是盛维庭帮了我……"

她放在桌上的双手忽然察觉到了温暖，她迷蒙着眼睛抬起头来看，是盛怡和邵仪，两人的手都覆在了她的手上。

"对不起，我应该早点说的，可是，我不知道该怎么说……"林纾看着盛怡，"阿姨，对不起……"

盛怡眼里已经满是泪花："我又不是不明事理，这种私事不愿意说也是应该的，每个人都有秘密，算得了什么？我不古板，可不会因为这么一点旧事就拆散你和阿庭。"

邵仪原本还在点头，听到最后一句话，身体一僵，小心翼翼地问："小树，你和盛维庭在一起？"

在盛怡面前，林纾也不敢否认，倒是盛怡说："是啊，倒是很巧。"

盛怡说话有分寸，之前也没说要介绍她和盛维庭相亲，不然成不了的话未免会尴尬，只是隐约谈起过盛维庭而已。

邵仪听言，嗯了一声，没有多说什么。

这事一说，气氛便有些尴尬，盛怡说了些当初和邵仪在国外认识的趣事，倒是缓解了不少。

林纾也笑了出来，竭力将方才的事情抛在脑后。

聊得正酣畅的时候，林纾的手机忽然响起来，她的号码如今只有盛维庭知道，她急忙接起来："喂？"

他在那头趾高气扬："我正好回去，把你们也带回去吗？"

林纾不能做主，便掩了话筒，轻声问盛怡："阿姨，盛维庭说要不要过来接我们？"

时间也差不多了，盛怡点点头："让他过来吧。"

林纾说了之后便挂断电话，盛怡在对邵仪说："阿仪，你是怎么过来的？让阿庭把你也送回去吧？"

邵仪十分大方："好啊，我也是打车过来的，那就麻烦了。"

"有什么麻烦的？"盛怡笑。

林纾问她："阿仪，你留在J市了吗？还是要去国外？"

"后天就要过去，把那边的事情结束之后再回来，然后长期留在J市了。"邵仪笑笑，"小树，到时候我们就可以和小时候那样在一起了。"

没多久，盛维庭就过来了。

他长得高大帅气，走进来时吸引了不少目光，林纾也忍不住多看了两眼，不得不承认他好像原本就该在聚光灯下的，天生自带光环，让人无法忽视。

连盛怡都啧啧两声："我儿子真好看。"

这话让林纾醒过神来，忍不住笑起来。

盛维庭走到桌前："走了？"

盛怡点头，拿出卡买单。

邵仪和盛维庭第一次见，她落落大方地起身介绍："我是邵仪，和盛阿姨在美国认识，从阿姨那里听过很多你的事情，很高兴认识你，盛维庭。"说着伸出手。

盛维庭懒懒地说了一句："既然她和你说起过我，应该没有忘记说，我有洁癖吧？"

邵仪略有尴尬，却是一笑置之，笑："不好意思，是我一时忘记了。"

盛怡看不过去："阿庭，怎么这么说话？"

"我对每个人都是这么说话的，不是吗？"他微皱眉头，"可以走了吗？"

盛怡拿他没办法，只好对邵仪说："你看，脾气就是这么臭，千万别介意。"

邵仪笑着摇头："当然不会。"

几人一起出去，男帅女美，继续吸引着旁人的目光。

林纾不知不觉走到盛维庭身边，想着他说有洁癖拒绝了邵仪的手，又记起昨天晚上他与自己同床共枕……

　　神思有些恍惚，便没有看清楚路，她绊到门槛，一个趔趄便往前扑去，她以为要出丑，却不想有结实的手臂在瞬间拦在了她的腰腹，一个用力就将她拉了起来。

　　她惊魂未定，脸色不悦的盛维庭说：“你在想什么？走路都能摔？”

　　"对不起……"林纾很是尴尬。

　　盛维庭哼了两声，直接伸手抓住她的胳膊：“除了说对不起，你能说点别的吗？真不知道你的眼睛长来是干什么用的。”

　　林纾已经习惯他这样的说话方式，倒是盛怡看不下去：“阿庭，怎么这么对小树说话呢？”

　　林纾忙摆手：“没事的。”

　　几人继续往停车场走去，林纾却发现盛维庭没有再放开她。

　　他的手一直抓着她的胳膊，不算很用力，但十分坚定，没有半点要松开的意思，他手心的温度好像逐渐蔓延到了她的心脏，热度逐渐上升，然后沸腾……

　　她忍不住抬眼看向盛维庭，他眼神向前，十分坚定，侧脸很好看，她的心脏莫名跳快好几拍。

　　他忽然侧头看她，正好和她的视线对上，直接问：“好看吗？”

　　她没有反应过来。

　　"我问，我的脸好看吗？"他十分认真。

　　林纾不禁红了脸，不敢再看他，本来还想离他远些，可他依旧抓着她的胳膊，她又不敢挣脱，只能继续贴在他身边走着，她微微转脸，便看到邵仪正看着她，她有些不好意思地笑了笑。

　　邵仪也扬起了唇角，露出一个温暖的笑容来。

　　在车上，邵仪和林纾交换了号码，说了以后常联系。

　　盛维庭先将邵仪送回了家，却没有开车回去，反而开了回头路。

　　盛怡不解：“不是回家吗？去哪里？”

　　盛维庭从后视镜中看了她们一眼：“难道你又想烧了厨房？我今天不想下厨，至于林纾的厨艺……我劝你不要有期待。”

　　"去吃晚饭？"盛怡说，“早知道刚刚直接去了多好，正好叫了阿仪一起。”

　　盛维庭微微皱眉：“有必要叫一个外人一起吃饭吗？”

　　"你这小子，阿仪是我的忘年交，也是小树从小到大的朋友，吃个饭怎么了？”

盛怡有些不满，"我原本的确是想把她介绍给你的，可这不是悬崖勒马了嘛？用得着这么介意？"

林纾便安抚她："阿姨你别生气。"

盛维庭呵了一声："你也知道我不喜欢和不认识的人一起吃饭。"

盛怡赢不了他，只能摆手："算了，反正你就这死样子，也就是小树能忍你。"

盛维庭居然冷哼了一声。

林纾从后视镜中看到他一脸不爽的模样，觉得他幼稚又好笑，忍不住低头笑起来，或许许多人看到他这副样子都会觉得讨厌，可她却不觉得，她只觉得他真是可爱。

盛维庭想要说话，却无意间看到了她低头轻笑的模样，恰似一朵水莲花不胜凉风的娇羞……

他忽然就忘记了自己想要说什么，算了，他能忘记的事情，应该也并不重要。

盛怡太久没吃家乡菜，盛维庭倒是细心，带她去了老店吃好味道，三人都吃得不错，中途盛怡去了一趟洗手间，林纾便觉得两人在一个房间的感觉特别异样，不说话更奇怪，便想找话题，想来想去，她道："阿姨知道我结过婚了，我都和她说了。"

"嗯。"盛维庭像是在听她说午饭吃了什么一样，根本没有任何反应。

"盛维庭，我们要装到什么时候？"她说，"我怕阿姨失望……"

"你怕什么？"盛维庭靠在椅子上，满是无谓地说道，"她很快就会回美国。"

"可是……"林纾不知道想说什么，总之她心里有着很强大的负罪感，压得她喘不过气来。

"可是什么？"盛维庭直起身来看她，"或者你也可以考虑一下我之前的提议。"

"嗯？"林纾一时没有反应过来。

盛维庭居然微微勾起了唇角，像是在笑："我们结婚。"

林纾愣住。

"难道不值得你好好考虑一下吗？"盛维庭说，"你可以从现在开始重新考虑一下。"

其实这对于林纾来说是一个无比诱人的提议，她可以一时冲动地答应了，但之后呢？她要把家里那些麻烦的事情全都推给他吗？他已经帮了她太多，她脸皮再厚也不能做出这种事情来。

林纾缓缓垂头，刚想说话，包间的门却被打开，盛怡进来了，感觉到那尴尬的气氛，便笑着说："怎么了？一句话都不说？还是我打断你们了？"

林纾舒出一口气，笑："没有。"说完一转头就看到了盛维庭那若有所思的脸，一时觉得待不下去，便匆匆起身，"我也去一下洗手间。"

盛怡看着她慌忙走开的背影，很是诧异："你们不会是吵架了吧？"

盛维庭皱了皱眉，没有说话。

盛怡却以为猜对，道："不要仗着小树脾气好就欺负她。"

"你还不是仗着William脾气好就欺负他？"盛维庭瞥她一眼。

被儿子顶了嘴，盛怡觉得很不开心，却又说不出话反驳，哼一声。

"什么时候回去？"

"你就那么希望我走？"盛怡瞪他。

"我是替William问的。"盛维庭淡定自若。

"我也就回来三天，马上就走的，你和小树的事情要是定了，记得通知我，我可得喝我儿子的喜酒。"

盛维庭不知道为什么有点不耐烦，大概是想到了林纾方才那一副为难地不知道如何拒绝的样子，啧一声："知道了。"

林纾去了洗手间，洗了个手，冲了下脸，平复了心情就出来了，她有些恍惚地往回走，却忽然看到个熟悉的背影，一怔之后马上追上去。

她气喘吁吁地跑到了那人的前面："徐，徐总……"

林纾拦住的人是徐得宁，他身边依旧揽着一个女人，和上次游轮上的不是同一个，一样长得娇俏动人。

徐得宁喝过酒，脸有些微红，笑得十分荡漾："哦，你啊，这么巧？又要和我单独谈谈？盛维庭知道吗？他答应了？"

林纾实际上有些尴尬，可却依旧坚持了下去："是，我有事想和你单独谈。"

徐得宁笑着看向身边的大美女："听到没有？这位美人说要和我单独，谈谈呢？"单独这两个字被他咬得特别重。

那位美女倚在他的怀里："徐总可真是有福气。"

徐得宁扶着她的肩膀让她站直："你先过去。"

美女没有一点生气的样子，依旧笑着，点了点头，在他的脸颊亲了一下便翩然远去了。

林纾其实不确定找徐得宁是不是有用，可不管怎么样，也要试一试不是吗？

徐得宁做了一个邀请的姿势，请她去了酒店一楼的咖啡厅坐下。

面对着一直支着下巴，满眼笑意看着她的徐得宁，林纾好不容易才鼓起勇气："我叫林纾。"

"原来是林小姐。"

"我的父亲是林凯，林氏集团曾经的董事长。"林纾抬头看向徐得宁，"我是陆恒那个传言得了精神疾病在休养的妻子。"

徐得宁脸上从未消失过的笑容忽然滞滞，重新认真地审视起林纾来，他对美女的记忆度一向很高，所以脑海中依旧有着林纾大致的眉眼轮廓，和面前的她比起来，除了瘦了一些似乎并没有很大的区别。

不过，徐得宁挑了挑眉眼，说："你是林纾又怎么样？"

"您的父亲徐董是林氏的大股东，也是我父亲的朋友，我父亲让我来找徐董。"林纾不敢贸然把事情全都和盘托出，毕竟她对徐得宁并不熟悉。

"既然是去找徐董，你又为什么会找到我？"徐得宁笑，喝了一口水，"我和林氏可没有任何关系。"

"听说徐董在国外，徐总，求你帮帮我。"

"找我帮忙？"徐得宁转了转中指上的戒指，轻轻地笑，"为什么舍近求远？不去找盛维庭？"

"嗯？"林纾有些不明白，"什么？"

徐得宁却没有再说下去，只是笑："如果帮你的话，我能得到什么？"

"你想要什么？"林纾看着他。

徐得宁便盯着她的眼睛，许久之后，在她忍不住移开了视线，他轻声笑："你。"

林纾怔愣，抬起头来盯着他看。

他虽然笑着，却没有半点解释的意思。

林纾没想到他会说出这样的话来，一时手足无措，不知道该如何回应。

"看来你需要好好考虑一下，"徐得宁也没有逼她，拿出一张鎏金的名片递过去，"正好我也需要考虑一下，考虑好了就打给我。"

林纾只能接过来放进身上的口袋，还在发愣，手机铃声忽然响起来，让她清醒过来，连忙掏出手机，是盛维庭的号码。

糟了，她说去洗手间却出来这么久，他们不知道是不是等急了，林纾对徐得宁说了声先走之后，连忙起身赶回去。

刚刚跑回楼上，她便看到盛维庭正在走廊里打转，一脸的不耐，林纾忙跑过去，低着头："对不起，我回来了。"

盛维庭深吸一口气，竭力压抑内心的怒火："在几分钟之前，我真怀疑你会不会浑身臭味地出现在我面前。"

林纾又道歉："对不起，刚刚遇到了一个认识的人……"

"你可真忙。"盛维庭很不开心，说话一点都不顾忌，"确定那个人不是想把你关到医院里去？"

林纾咬着唇："对不起，以后我一定和你说。"说着，她下意识地便伸手抓住了他的衣袖，扯了扯，竟然像是在撒娇。

盛维庭下意识地就要甩开，可才微微抬起胳膊，却看到了林纾那泫然欲泣的表情，他头一次回过神想了想，刚刚的话是不是真的伤到她了？

原本用力抬起来的手，慢慢地放了下去，由着她小心翼翼地抓着自己的衣袖，他冷哼一声："不要再有下一次！"

林纾感觉到了他的缓和，自然得趁此机会连忙保证："是，我不会了。"

盛维庭这才转身回包间，盛怡自然在里面，看到林纾进来也有些急："没事吧？我还以为你出什么事了呢！"

林纾再度抱歉："对不起，刚刚遇到了个认识的人，所以多说了几句，竟然忘记了时间……"

"没事儿就好。"盛怡拍拍她的手，"谁都会有疏忽的事情，阿庭没有说你吧？他脾气太差了。"

林纾当然摇头说没有。

第五章　下一位挚爱

因为盛怡在，林纾自然又被赶进了盛维庭的房间。

她已经继续做好了睡在地上的准备，甚至把被子也拿了下来。

盛维庭看到她的小动作，忍不住皱眉："你更喜欢睡地板？"

"不，不是……"林纾将被子抱在手里，"只是……"她讷讷的，不知道该怎么说。

盛维庭直接走过来抢过她的被子，扔在了床上："别担心，我不会碰你。"

他这话一说，林纾便满脸通红，她并不是这个意思，只是怕他不习惯并且不喜欢和别人躺在一张床上，可既然盛维庭都不介意，她还能说什么？

睡觉的时候，她躺在了最边缘，用背对着他，只是一时之间睡不着，这个房子和她原先想做婚房的房子格局一模一样，所以她三年前才会莫名其妙地摸到了卧室，然后……

林纾的脸热热烫烫，印象中似乎是她主动，那会她还以为只要努力还可以争取，以为那是在自己家，以为床上的人是陆恒……

大灯已经关了，只剩下一盏角落的昏黄台灯还亮着，将房间里照得氤氲模糊。

林纾睡不着，却又不敢随意翻身，僵硬了许久，一点都没有听到身后盛维庭的声音，便以为他睡着，缓缓地换了个姿势，翻身面对他，却不想盛维庭在她转过身的那一瞬间，蓦地睁开眼睛。

四目相对。

周围寂静得连一丁点的声音都听得到，谁都没有先移开视线。

林纾慌乱地看他，昏暗中他的轮廓更加明显，他的眼神更加深邃，仿佛是一汪深井，将人震慑。

"林纾。"盛维庭忽然叫她，声音微微有些暗哑，却更加迷人。

她蓦然觉得害怕，不敢再看他，猛地闭上了眼睛，直如掩耳盗铃。

盛维庭怔愣一秒，失笑："林纾你还真是……"他顿了顿，"够幼稚的。"

她小声反驳："我才没有。"

"你要装睡就装得彻底一点，破绽百出简直让人不忍直视。"

"我是真的想睡了。"她闷声说，"很晚了。"

盛维庭沉默了一会，忽然问她："你在怕我？"

林纾偷偷睁眼看他，他的表情平静，看不出是什么意思。
　　既然已经开始说话，林纾也不装睡了，只是依旧不敢明目张胆地看他："很多人都怕你。"
　　"哦？"他轻笑，"因为我脾气不好？"
　　"不是……"林纾闷闷地说，"我也不知道，我不是他们。"
　　"那你呢？我问的是你。"
　　"我……我也不知道。"林纾开始回忆脑海中的盛维庭。
　　她怕他吗？一开始是有些的。
　　他嘴巴毒，随便一句话就能刺得人心口疼；他没有同情心，尽管旁人再怎么悲惨都和他没有关系；他冷淡，对不认识的人不愿意多说一句话；他有洁癖，不愿意让任何人碰他；他很骄傲，觉得自己是最厉害的，看不起所有人……
　　这样的他会让很多人都不喜欢，甚至害怕。
　　可她呢？
　　逐渐和他相处下来，她已然习惯了和他的相处方式，他没有再要求她戴手套，收留了无处可去的她，虽然依旧说话狠毒却句句都是为了她好。
　　她是感谢他的，感谢他在她人生最低谷的时候出现，将她从无间地狱中拯救出来，获得了新生。
　　"我最讨厌模棱两可的答案。"盛维庭显然很不满意。
　　林纾便轻声说道："谢谢你。"
　　盛维庭啧了两声："这答谢也未免太草率了一些。"
　　他虽然这么说，林纾却知道他是接受了，脸上忍不住扬起一个笑容来，原本丝毫不在的睡意忽然汹涌而至，眨了眨眼睛，打了个哈欠。
　　盛维庭也不和她多说，躺平了身体："我睡了。"
　　林纾看着他笔挺又僵硬的姿势，忍不住无声地笑了下，这才闭上眼睛。
　　这次，没有多久她便沉沉地浸入了梦乡，一夜都睡得格外安稳。

　　她睡得太熟，第二天一早竟然睡过了头，等醒来的时候，房间里已经空无一人，盛维庭睡过的那一半，床单铺得平平整整，连被子都已经叠好。
　　林纾拍拍脸，起床将窗帘拉开，温暖的阳光便全都倾泻进来，洒在身上暖暖的。
　　她开门出去，只有盛怡坐在沙发里拿着 ipad 不知道在说着什么，盛维庭和 Clever 都不在，大概是出去玩了。
　　林纾原本以为盛怡是在看视频，可走近一些才发现她竟然是在聊视频电话，慌忙走远，没想到盛怡已经看到了她，忙叫她过来："小树，快过来。"

盛怡都这样说，林纾只能走过去，被她拉得坐在了沙发上，她的身边。

盛怡把 ipad 拿起来，对着画面里那个年纪略有些大的外国男人用英语说道："William，她即将是我的儿媳妇，漂亮吗？"

林纾异常尴尬，脸上都泛起了红晕。

William 看上去慈眉善目，满脸温柔，对着盛怡宠溺地笑："是，的确很漂亮。"

盛怡便让她和 William 打招呼，她有些不好意思，却还是镇定自若地说了几句。

盛怡和 William 说了声再见便收了线，将 ipad 放在一旁，笑着对林纾说："William 也觉得你很好。"

林纾只能低头笑着。

盛怡："你是不是奇怪我的丈夫是外国人，阿庭却并不像是混血？"

她尴尬地笑了笑。

"因为阿庭不是我和 William 的孩子，我和他说好了不要孩子，这一辈子，我就只有阿庭一个孩子。"她浅笑，"我也离过婚，阿庭是和前夫的儿子，我后来才遇见 William。"

原来如此！

盛怡拉着她的手，温柔坚定："所以我知道，一个女人得遇到好男人，这一辈子才能过得顺利。我并不介意你以前结过婚，谁没犯过错？你看我也犯过，知错就改就好。阿庭虽然脾气不好，但我敢保证他是个好男人，你应该能知道的吧？"

林纾很感动，眼眶里都泛起了眼泪，连连点头："我知道，我知道他是好人，我很庆幸可以遇见他。"

盛怡笑了笑，替她擦眼泪："我可不是王婆卖瓜。"

林纾扑哧一声笑出来，原本的伤感气氛被散得差不多了。

盛怡在 J 市只待了三天，因为盛维庭已经恢复工作，所以剩下的日子都是林纾陪着她出去逛。

两人的感情倒是越发好了，离别的时候那样不舍，盛怡拥了拥她："等你们结婚我肯定会回来，所以你们快点结婚吧。"

林纾不好意思，没有接话。

一旁的盛维庭不满地哼了一声："你不知道她很害羞吗？"

"知道知道。就你不害羞！"盛怡瞪他一眼，见时间已经差不多，便也不再磨蹭："你们回去吧，我登机了。"

从原本的愧疚到现在的亲昵，林纾从未和女性长辈相处得这样好。

她有记忆的时候，脑海里便从来没有母亲的痕迹，盛怡让她感受到了母亲的味道。

回去的路上，林纾坐在后座，摸了摸副驾驶座上Clever的脑袋，看向认真开车的盛维庭，忍不住说："谢谢你。"

"你究竟要对我说多少声谢谢？"盛维庭没有回头看她，"你没有说腻，我也已经听腻了。"

林纾笑起来，说："是，我没有说够，还有很多谢谢要和你说。"

盛维庭啧了一声，居然没有再说话，倒像是应了她的话。

Clever叫了两声，林纾又摸摸它的脑袋，低声笑起来。

车子进入市区，车子正好到一个红灯处停下，林纾看着窗外，路边居然是一家Sapling分店，她忍不住看去，店里人来人往，络绎不绝，店门口的玻璃门上却贴着一张广告。

林纾眼神好，一看便看清楚了。

Sapling举办了一个设计比赛，有位富豪拿出一个深蓝色的宝石寻找最美的设计稿，想为他结婚五十年的妻子送出一份最珍贵的礼物，而他将这个任务交给了Sapling，可Sapling却拿不出让富豪满意的设计稿，只能举办了这样的比赛。

林纾刚刚看清楚，红灯便已经过去，盛维庭将车开远，她的神志却还停留在那个比赛上。

如果她去参加那个比赛会怎么样？现在所有人都以为她得了精神疾病，如果她通过匿名参加这次设计比赛，并获得了认可，那么，陆恒还敢对人说她患有精神疾病吗？

她越想越觉得靠谱，整个人都沉浸在自己的思绪中，连盛维庭叫她都没有听到。

"林纾！"他高声叫。

林纾被他吓了一大跳："什么？"这才看到盛维庭牵着Clever站在车边，已经打开了车门。

盛维庭皱着眉心："你究竟在想什么？到了！快下车！难道还要让我亲自抱你下去吗？"

林纾哪里敢，忙从车里下来："不好意思，我刚刚想得入神了。"

盛维庭哼一声，没有理她，径直牵着Clever在前面走。

林纾忙跟了上去。

她依旧想着在Sapling店外看到的那则公告，觉得可以一试，便去网上搜了一下具体的要求，网上也有这则消息，她看了一下截止时间，只剩下半个月都不到。

林纾有些为难，不确定能不能做到，如果是以前，她不用考虑都绝对自信，可她已经三年都不碰设计了，所有的灵感全从脑中消失了。

她还能做到吗？

她一整天都郁郁寡欢，在盛维庭带着Clever出去散步的时候，她终于决定拿出图纸试一下。

她太久没有碰笔，十分生疏，不要说灵感，就连画出已有的设计都那么生涩。

她画了一稿又一稿，全都在重画自己曾经画过的设计，可一点都不对，不是这种感觉，她撕掉了一张又一张纸，全都被她团起来扔在地上，心里闷得想要大吼，最终却只是抱着膝盖坐在了地上。

她就算再想成功又有什么用？她做不了以前的自己了。

当她还是学生的时候，她是老师的得意高徒，每次都是被称赞的对象，当她是Sapling的设计师的时候，她的每一个设计都会收到顾客的喜欢，甚至有许多人慕名而来求她的设计稿。

那个被那么多人羡慕，被那么多人喜欢，被那么多人称赞的林纾，已经不在了。现在的林纾是一个一无是处的女人。

她抱着腿，不肯抬起头来，眼中晕开了泪，逐渐落下来，晕湿了裤子，她无法克制，所有的委屈都在这一瞬间爆发。

盛维庭带着Clever回去，进了门刚想喊她，就被眼前看到的场景吓了一跳。

客厅怎么会到处都是纸团？！他走进去，吼出声来："林纾！"

林纾坐在茶几后面，整个人蜷缩着，因为这一吼受到了严重的惊吓，猛地抬起头来，连脸上的眼泪都来不及擦。

盛维庭刚想把她犯的错误历数一遍，话才刚到喉咙，却猛然看到她红彤彤的眼睛和满脸的湿润。

话全都梗住，憋了许久居然只憋出一句："你知不知道你现在这个样子简直丑死了！"

林纾愣了愣才反应过来自己满脸泪痕的模样被他看到了，也来不及说什么，忙捂着脸逃回了卧室。

盛维庭看着她那颓丧的身形简直无语，不过不知道为什么，刚刚的气愤和不悦到这会儿居然消散得差不多了，走到沙发上坐下，他随手拿过地上的一个纸团，展开来看了一下，是还没有成型的设计图。

他又多捡几个,都是设计图,不是画了几笔的,就是还没有成型,全都被她给扔掉了。

盛维庭这才记起来林纾原先是一个珠宝设计师。

正在看的时候,房间门又被打开,已经收拾过的林纾走了出来,觉得异常难堪,可两人住在一个屋檐下,又不可能从此不见,所以她在房间里挣扎了许久还是出来了。

林纾一眼就看到了盛维庭手里的那几张纸,她竟然直接伸手过去将那几张纸抽了出来,只是她还没来得及收回手,手腕就猛地被他握住了。

她根本挣脱不开。

他微微一用力,她便站不稳,一不小心就摔坐在了沙发上,他的腿上。

半个身体都窝在他的怀里,靠得那么近。

林纾一惊,什么都忘了,本能地抬起头来,盛维庭正低着头,她便看到了他的眼睛。

他眼中有她,一脸的惊诧和无措。

林纾的心脏有些失控,莫名乱跳,紧张又慌乱,可根本抑制不住,只能偷偷垂下了眉眼,不敢看他,只是她忘记了她的手腕在他的手心,她稍微有异动,他便能察觉出来。

他却不知道为什么很开心,连唇角都扬了起来,原本和人稍微接近都厌恶的他,此时却不愿放手,将她禁锢在自己怀里,低声说:"林纾,你知道吗?"

他故意压低声音,有些沙沙的厚重感,一下就打中了人心。

林纾更加慌乱,紧张得整个人都快要蜷缩起来,哪里还敢说话。

"你知道你的心跳得很快吗?"盛维庭像是在玩,居然还模仿着她的心跳声,"怦怦怦,怦怦怦怦,怦怦怦……"

林纾不知道有多难堪,用尽全力挣开了他,站起来,眼睛都有些红:"你……"

盛维庭看到她那羞愤欲死的模样,难得地思考了一下自己是不是太过分,或许女人总是比较容易害羞?他还是决定安抚一下:"生气了?"

林纾背过身去不愿意看他,也为了遮掩自己泛红的双颊,心脏都快从胸口蹦出来了,无法自控的感觉让她觉得很是恼人。

盛维庭居然抬脚蹭了蹭她的腿:"这么开不起玩笑?"他说在开玩笑。

林纾脸上原本的红晕逐渐变浅,被惨白所替代。

盛维庭又用脚勾了她一下:"难道要我道歉?可我说的是实话,你的心跳真的很快。"

林纾不再理他,不想让他的话和动作再来扰乱她的心,干脆蹲下身子去捡地上的纸团,盛维庭看着她瘦弱的身影,忽然说:"你画不出来了吗?"

林纾的动作一顿,随后恢复正常,没有说话,继续捡。

盛维庭犹豫了一下,忽然说:"我后天会去X市,你,要一起去吗?"说完之后他就后悔了,凭什么邀请她一起去?他最近真是病得不轻。

林纾怔了一下,她知道X市是一个旅游城市,散散心或许对灵感有好处,盛维庭大概也是因为这个才会邀请她。

盛维庭看她一脸纠结犹豫的模样很是不悦,他都已经提出来了她居然还敢不答应?"就这么决定了,明天记得收拾一下行李。"他霸道宣布,不给她任何反对的机会。

是一早的飞机,同行的还有两个神经外科的教授,他们早从盛维庭那里听说会有人同行,看到林纾便笑着说:"盛教授,这莫非是女朋友?"

盛维庭对人一向比较冷淡,倒也没有解释。

但是林纾却觉得不能让人误会,便笑着和他们打了个招呼,解释:"我不……"话还没说完呢,盛维庭已经打断,直接硬邦邦地说:"是。"

林纾吓了一跳,不敢置信地看向他,拉了拉他的衣袖:"盛维庭……"她低声叫他。

盛维庭不为所动,让林纾简直无可奈何。

连方才问话的那人都笑了:"原本还想保密吗?好了,我们肯定会保密的,这次研讨会的时间比较空,你们就趁机玩玩吧。"

林纾只能赧然地笑,总不能在他同事面前驳了他的面子。

等到了飞机上,旁边没人,林纾总算能问他:"为什么要对他们撒谎?我们明明……"

"你不觉得他们很烦吗?"盛维庭说,理所当然的,"不过是一个身份而已,你真的这么介意?"

林纾被他的话给堵了,讷讷的,许久才说出话来:"不是,我只是觉得,没有必要。"

"对你来说或许没有必要,可对我来说,却不一样。"盛维庭滔滔不绝,"和盛怡有相同想法的人实在太多,觉得我这个年纪应该娶妻生子,再不济也应该有个女朋友,其实他们的话不能影响到我分毫,只是你不觉得如果每个人都问你同样的问题，会让你心情变得奇差无比吗？"

盛维庭已经三十几岁，这样年纪的男人的确应该娶妻生子，可林纾怀疑的是，盛维庭这样冷峻，居然也有那么多人不知死活地去问这种明显他会很讨厌的话题？

不过林纾没有多问，只能点点头，原本以为装他女朋友的事情在盛怡离开之后就已经结束了，没想到现在却无限期延续了下去，实际上林纾也并没有非常排斥，大概因为那个人是盛维庭吧。

研讨会是明天举行，所以到了X市之后只需要安顿自己就好。

几人赶往酒店，到了之后才知道盛维庭只有一间房，而且是大床房……

林纾有些尴尬，看了一眼盛维庭："再订一间房吧？"

前台的说法是，因为晚上将会过来一个旅游团，而且人数很多，另外的房间全都被订走了，根本没有空房间，原以为也可以换家酒店，可研讨会就在这家酒店举行，位置又有些偏，住到别家的话不免就有些不方便。

盛维庭直接下了结论："就这样吧。"

林纾还想坚持一下，盛维庭已经说："去房间吧。"

"盛维庭……"林纾拉了他一把。

盛维庭低声说："上诉驳回。"

林纾哭笑不得，只能跟着他回了房间。

房间很大，是海景房，盛维庭进去之后便把窗帘唰的一下拉了开来，灿烂的阳光便全都洒了进来，照得人身上暖暖的。

定睛看向外面，便能看到一大片蓝色，那是澄澈的大海，在微风下泛着浅浅的波浪，看上去平静又温和。

林纾放下行李之后便站在了落地窗前，满眼赞叹地看着窗外，她也不是没有见过海，当初在国外念书也和朋友一起出去玩过，或许是心境不同。

因为已经是中午，两人稍微收拾下便去了酒店的餐厅吃饭，参加研讨会的教授们很多都已经到了，这个时间段餐厅里就有不少。

盛维庭引起了大家的注目，他一向是这行业中的翘楚，年纪轻却又成就大，还长得好，简直是打遍天下无敌手，唯一的缺点就是他傲骄冷淡的性格，大家都知道只可远观不可近玩，不敢随意和他搭讪。

盛维庭旁若无人，带着林纾走到空着的座位坐下，他难得绅士一下，把菜单递给了她。

下一刻就有人走过来，林纾低着头，只听到一个干练的女声："Victor，没想到我们这么快又见到了。"

林纾恍然抬头,看到一个身穿黑色连衣裙的女人站在桌边,她下意识地往盛维庭看过去。

盛维庭懒洋洋地喝了一口水才笑了下,略带嘲讽:"你会不参加研讨会?不要用这种意外的语气说话。"

女人并没有在意,反而看向林纾,问:"她是……"

"她是谁大概和你没有关系吧?"盛维庭瞥了她一眼,"难道连女人你都想抢?"

她依旧轻笑着,丝毫不将他带刺的话放在心里,对着林纾伸出手:"你好,我叫杨世艾,你应该不会像Victor那样有该死的洁癖吧?"

林纾便有些尴尬,但总归不能失礼,起身轻轻碰了一下她的手心:"你好,我叫林纾。"

"Victor,她真可爱。"杨世艾笑。

盛维庭不耐,伸手握住了林纾的手腕将她的手扯了过来,直接说:"坐下,别管她。"

林纾进退两难,但终究还是随了盛维庭,坐了下来,而后对杨世艾微微一笑。

杨世艾脸上露出了些许震惊的表情,他居然那么顺手地握住了林纾的手腕,这让她不得不重新开始审视这个叫作林纾的瘦弱女孩。

的确还算漂亮,可实在是太瘦,而且她可没有看出什么能让盛维庭差别对待的原因。

"我记得你并没有与众不同的倾向,但是如果你再用那种眼神看她的话,我就不得不怀疑了……"

杨世艾笑了笑,微微挑眉:"林小姐这么漂亮,你怀疑得也有道理。"

正好服务员过来上菜,她便顺势道:"我也没吃,不知道有没有荣幸拼桌?"

盛维庭除了拒绝不会有第二个答案:"对不起,你没有荣幸。"

杨世艾并不生气:"OK,那祝你们用餐愉快。"她转身离开,坐了回去,同桌也有人,想必刚刚说的什么要拼桌吃饭只是说着玩。

林纾有些好奇:"她是……"问完之后又觉得似乎太多事,正想把刚刚的话取消,盛维庭已经无谓说道:"以前的师妹而已,一个狠毒的女人。"

吃过午饭之后,杨世艾还过来问林纾要不要和她一起逛,林纾自然不会答应,客套了几句便拒绝了。

盛维庭还很不满意她的做法,说:"你直接就说不愿意就好,她能拿你怎么办?"

林纾便有些无可奈何,她承认盛维庭的办法的确简单得多,但不是什么人都可以这么理直气壮,毫不犹豫地说出"不"字的。

总不会在酒店里休息一下午,可林纾看盛维庭似乎没有想出去的念头,她便说:"我出去逛逛。"

没想到盛维庭忽然起身:"好啊,走吧。"

林纾愣一下,她原本是想自己出去的,他反应这么快,她都还来不及反应呢。

所以最后就变成了盛维庭在前,林纾在后,两人沿着路边慢悠悠地走,根本没有目的地。

林纾原本也就是想到处走走,所以觉得这种慢步伐也很不错,十分享受。

手机铃声忽然响起来,居然是邵仪,她笑着说:"我下个月就能回来了。"

"是吗?"林纾也很兴奋。

正好要过马路,在等红绿灯,林纾在和邵仪说话,见变成了绿灯便要走过去,手臂却忽然被人抓住,她一个惊呼便已经被人拉回了路边。

她吓得好一会儿才反应过来居然在盛维庭的怀里,她喘着气,依旧有些恍惚。

他停顿了好几秒才猛地将她松开,脸色有些不自然,哼一声:"你的眼睛长着是当摆设的吗?没看到有车?"

"已经绿灯了我才……"林纾惊魂未定。

"这个世界上不守交通规则的人那么多,你没有学过过马路要左右看?"盛维庭用格外鄙视的眼神看着她。

手机还握在手里,邵仪在那头叫:"小树,你怎么了?"

林纾忙回她:"我没事,你刚刚说什么了?"

邵仪也愣了愣:"没什么,你没事就好。"顿了顿,她又试探着问,"你和盛维庭在一起?"

"啊?是……"林纾莫名地脸红起来。

"你们,真的在一起了?"她问。

林纾听到"在一起"这三个字便立刻红了脸庞,不知不觉就看了盛维庭一眼,他走在前面,和她隔了几步的距离,应该不会听见,她这才舒出了一口气。

"不是,没有……"林纾有些慌乱地解释,反而像是在"此地无银三百两","只是他一直在帮我而已……"

"真的？那你喜欢他吗？"邵仪小心翼翼地问。

林纾再度抬头看向走在面前的盛维庭，大概是嫌弃她走得太慢，回头看了她一眼，微微皱眉："乌龟都比你走得快。"

她默不作声，不知道该如何回答。

电话那头忽然说："小树，你可以不要喜欢他吗？"

林纾一怔。

"小树，我喜欢他，喜欢他很久了。在美国的时候我出车祸，主治医生就是他，他不记得我了，可我不会忘记他。"邵仪轻声说，"你可以不要喜欢他吗？"

林纾的步伐忽然顿住，许久都不能言语，找回声音之后问的第一句却是："那阿姨她，也是你……"

"那是巧合。"邵仪笑了笑，"我想这或许是老天给我的机会，所以我会回国的。"

"原来是这样啊……"林纾低低叹道，抬头看着十分不悦，朝她走过来的盛维庭，对邵仪说："好。"

盛维庭的不开心全都能从他的脸上看出来，他臭着一张脸："你究竟还走不走？"

林纾将电话挂断，心里不知为何有微涩的苦意，笑着，却说："对不起，我有点累，想先回酒店了。"说完便转身离开，走得那么快，她不敢回头，怕一回头就功亏一篑，只能匆忙地逃开，像是逃开了一个魔咒，她不至于再度沉沦。

他看着林纾那莫名其妙逃走的背影，简直觉得不知所谓，前一分钟还好好的，不过打了个电话就累了？

林纾在匆匆逃出盛维庭的视线之后，终于松了一口气。

邵仪说喜欢盛维庭，那她呢？

也是有好感的吧，怎么会没有呢。

在她最艰难的时候是他挺身而出，她像是重新抓住了浮木，死死地拽着，不敢放手，其实她也知道，她不可能永远都依赖着他，但总想再靠一下，靠得太习惯了，她多怕以后不能及时地抽身而出。

邵仪其实算是再一次提醒了她，不能对盛维庭太过依赖，他总会有自己的生活，自己的爱人，而她，不过是他人生中的一个过客而已。

她慢步走回酒店，却不想在楼下遇见了同样回来的杨世艾。

都已经遇到，当然不能不打招呼，更何况杨世艾主动走到了她面前："林小姐，这么巧，你也刚回来？"

林纾有些不好意思，毕竟之前还拒绝了她的邀请，点点头说是。

杨世艾便邀请她一起喝杯咖啡，她拒绝过一次，这次再拒绝便实在过意不去。

两人去了酒店附近一家简单文艺的咖啡馆，坐下之后，林纾便点了一杯美式，杨世艾也同样点了美式。

"你和Victor认识多久？"杨世艾浅浅地喝了一口咖啡，仿佛不经意地问道。

林纾手里捧着热乎乎的咖啡："很久了。"

"是吗？"杨世艾说，"肯定没有我认识他久吧，不知道他有没有和你说起过我，我是他学校的师妹，也是他在美国就职时的同事，仔细算算，至少有七八年了吧。"

"是吗。"林纾并不在意。

杨世艾继续说道："你和Victor是什么关系？"

林纾喝了一口咖啡，苦味在舌尖弥漫开来，到最后反而觉得醇厚，"这是我的私事，恐怕不是很方便和你说。"

林纾有些坐不下去，刚想说先走一步，却已经有人走过来，冷哼着说道："林纾，我认为你做了一个错误的选择。"说完，盛维庭便用一脸"不要让我失望"的表情看着她。

原本压抑的心情在看到盛维庭的脸和他熟悉的声音之后，不知道为什么就升腾起来，好像忽然变得轻松愉悦起来，甚至忘了方才是她匆忙逃了回来。

盛维庭看向杨世艾，"你该不会真的改变性向？"

杨世艾淡淡一笑："又有什么不可以，林小姐难道已经佳人有主？"

林纾才刚张嘴说了一个"不"字，就听到他迅速道："是，不行吗？"林纾想要解释，但她根本就插不了话。

"不知道林小姐的男朋友是谁？我又有没有幸认识一下？"

"我并不想和你认识，研讨会结束直接回美国吧，留在这里简直是污染空气。"

林纾觉得他有些过分，终于往前走了一步，对杨世艾说："不好意思，他在乱说，我哪有什么男朋友。"

这话让杨世艾笑了起来，却让盛维庭的脸顿时黑了，他皱了眉头，不敢置信地看向林纾。

林纾却没有看他："不好意思，我有点累了，先回房间休息。"说着也不管盛维庭，直接就绕过两人回去了。

她走进电梯，按下楼层，刚刚站直身体便从门缝中看到了大步走过来的盛维庭，那满脸的怒气让人不容忽视。

林纾一怔，不知为何竟然有些心惊，门在阖上的前一秒，她看到他的手伸了过来，原本要阖上的门便重新打开了。

盛维庭走进来，站在她前面背对着她，没有半点要说话的欲望，她靠在角落，偷偷看他的背影，他高大挺拔，站在她的身前仿佛是一座山，他不说话，林纾当然也不会说话，只是静静地站在他的身后。

电梯到了楼层，他率先一步下去，刷房卡进去，然后在她进入之前砰地将门给关住了。

林纾差点被关上的门撞到了鼻子，怔在原地愣了一下，忽然笑了起来，她靠在门上，并不在乎有陌生人经过的时候他们异样的眼神。

她在想该怎么样才能和他撇清关系，想来想去似乎都没有可能，他们早在不知不觉的过程中仿佛藤蔓般缠绕在了一起，而且一直都是她在依赖他。

她的困难并不是她把他当作救命稻草的理由，她真的该学会慢慢独立，所以，她绝对要参加这一次Sapling举办的比赛，并且赢得第一，她才有资本可以独立。

她又开始思考该如何设计那款吊坠，一时间便有些放空，什么声音都听不到了，只感觉身后忽然一空，她本能地往后倒，清醒过来便意识到是盛维庭开了门。

还没感觉到坚硬的地面，她便已经看到了出现在脸前的那张瞬间放大的脸庞，他凑得很近，她几乎可以感觉到他热烈的呼吸。

她心跳又乱了，他一直保持在落地之前拦住她的姿势，没有动。

林纾逐渐清醒，便想从他怀里躲开去，压抑着颤抖的声音低声说："放开我。"

盛维庭也是下意识的动作，听到了林纾这句话，直接松手，对着那个躺在地上的女人拍拍手，转身回去了。

其实不是很疼，她并没多在意，起来之后便帮他将门带上，小心翼翼地走了进去。

盛维庭正站在落地窗前，以背影对着她，看着窗外那美妙的风景。

林纾慢慢走过去，站在他的身后侧，犹豫了许久都不知道要怎么开口，手攥在一起，手心都冒出汗来，她终于深吸一口气："我……"

可不过说了一个字就见他忽然转过身来，和她同时间说起话来："你……"

林纾把话憋了进去，一脸虔诚地看着他，仿佛在等他训诫。

她的这种表情让他的心情好了不少，方才一直压在心头的大石也逐渐松动，却不想让她看出改变，依旧冷着脸："你确定你刚刚在别人面前反驳我的这件事情，做得对吗？"

"我只是，不想让更多人误会。"林纾说，"盛维庭，大家都误会我和你……的话，那些喜欢你的女人不都会望而却步吗？我不想……"

"我实在不愿意把这句话理解成,你觉得我不够资格成为你名义上的男朋友。"

"不是的!"林纾忙解释,"是我不够资格,是我……"

盛维庭打断她的话:"算了,不用解释,总之我很不开心,而且暂时不想和你说话,所以你……"他做了一个姿势,把手指放在了唇上,"暂时不要说话。"

他都这样说,林纾自然不敢再说话,犹豫了一下,还是默默地退了开去,坐到了角落里。

盛维庭依旧站在窗边,转了个身继续看窗外。

气氛便不免尴尬,到了傍晚,盛维庭直接打电话叫了一份餐上来,而后出了门。

留在房间里的林纾许久之后才意识到那份餐是给自己订的,吃东西的时候心里酸涩难忍,眼中不知不觉就起了雾气。

其实盛维庭脾气虽然不好,但对她却是好得没话说,这次他大概是真的生气了吧。

林纾把他订的东西全吃完了,他没有回来。

她洗了个澡,拿了床被子躺在沙发上之后,盛维庭依旧没有回来。

房间里安静得让林纾觉得可怕,他不回来她便不安心,无论如何都睡不着。

沙发狭窄,她睡得并不舒服,可更不舒服的是她的心,仿佛浸泡在沸水中,一刻不停地翻滚着,让她不得安宁,到底还是睡不住,她拥着被子坐起来,走到了落地窗旁往外看去。

原本湛蓝清澈的海水如今漆黑黯然,仿佛随时都会有怪兽冲出来一般。

她站了好一会,然后重新躺回沙发里。

盛维庭依旧没有回来,不知道去了哪里,是不是还在生气,睡意不知道什么时候便浓浓袭来,不知不觉就睡了过去。

梦中却依旧见到了盛维庭,他冷着脸问她,他是不是真的这么不好,让她急着在别人面前撇清他们的关系。她说不是,说他在她心中是最好的人。

可他不信,说她是白眼狼。她忽然哭起来。

梦中的他那么温柔,居然露出了惊惶的表情,而后替她擦去眼泪。

她不知道哪里就有那么多泪水,可偏偏停不住,他开始还手忙脚乱替她擦眼泪,后来见根本擦不完,干脆吼她,说别哭了,再哭就把她扔出去,扔到海滩上去,说晚上的海滩很可怕。

她依旧有些哽咽,问他怎么知道晚上的海滩很可怕。他忽然就不说话了,好一会才说,反正我就是知道。

她觉得他是在骗她，又哭：那你把我扔到海滩上去好了。

没想到他居然真的把她抱了起来，她怕掉下去，却又不敢去搂他的脖子，看到他一脸阴狠的表情，她就又哭了，说自己错了，不想去海滩。

可他还是将她扔了下去，她吓得差点惊叫，却没想到身下软软的，根本没有想像中的硬。

她有些昏昏沉沉的，他问她为什么哭。

她理直气壮地说："因为是在梦里，所以我想哭就哭了，哪里要什么理由。"

他气得都不知道说什么好。

她也不理他了，翻了个身，觉得越发舒服，又觉得困顿，便说我想要睡觉了，你不要吵我。

梦境随着睡意的袭来逐渐消失，眼前漆黑一片，仿佛刚才发生的一切都只是错觉。

而盛维庭站在床边，看着那个这会儿沉沉睡去，脸上还带着泪痕的莫名其妙的女人，气得直咬牙。

大概是因为睡得好，所以第二天也醒得早，天不过蒙蒙亮，她便有了意识，揉着眼睛缓缓睁了开来。

窗帘没拉好，已经有暖暖的阳光透进来，微微刺眼，习惯了又觉得很舒服。

她觉得眼睛胀痛得厉害，睁开都有些痛苦，稍稍侧了个身忽然发现不对。

自己哪里是在沙发上？分明就是在床上。

而这张人床上只有她一个人侧躺在中间。

林纾愣了一下，她记得自己并没有梦游的习惯。她缓缓地抬起上半身，往沙发那处看过去，上面果然躺着一个人，半条腿架在沙发背上，狼狈又好笑。

不是盛维庭是谁？

林纾拥着被子坐了一会儿，等着脑中清醒了些许，这才悄声地下床，蹑手蹑脚地进了卫生间。

将门关住之后，她靠在洗手台前，恍惚着抬头看向镜中的自己。

甫一看到便差点被自己吓了一跳，整个人憔悴不说，眼睛居然红肿到只能睁开一条细缝，难不成她真的像梦中那样哭了许久？她顿时觉得窘然。

洗脸之后，她还不忘用冷水浸了毛巾，敷了一下红肿不堪的眼睛。

她依旧悄声出去，生怕吵醒好眠的盛维庭，可没想到刚迈出去就看到了盛维庭已经坐了起来，仰着头靠在沙发背上，眼睛倒是依旧虚眯着。

林纾小心翼翼地走到了床边坐下,时不时看上他一眼。

盛维庭又休息了一会儿之后才抬起脸来,正好林纾抬起眼睛看他,他轻咳了一声,瞥她一眼:"床上的感觉如何?"

"我可以睡沙发的……"

简直是不识好人心,盛维庭又生气了:"一定要和我唱反调?"

"不是……"

盛维庭气还没消,起身去了卫生间洗漱。

他早上还有研讨会,洗漱换了衣服便要出门,林纾一直不敢和他说话,坐在床边看着他。

他在出门之前回身把多出来的房卡扔在她面前:"不知道什么时候结束,等会出去玩的时候不要把自己弄丢了。"

他的关心也总是带着刺,她却能明白,温柔地说了声是。

盛维庭这才哼了一声,开门走了。

盛维庭走后,她便也换了衣服,带好了必要物品,出门去了,林纾并没有目的,只打算慢悠悠地走走。

从酒店出去不远就是沙滩,不少游客都坐在沙滩上玩耍,她反而靠在了路边的石栏上,感受着微咸的海风和温暖的阳光。

正想走下沙滩,忽然有人走过来,却是一个身穿黄色袍子的光头男人。

他迎上来便直接说:"姑娘我帮你看看面相吧。"

林纾还没来得及摇头拒绝,他已经自顾自开口:"姑娘,我看你以前过得很好,可是近几年是不是遇到了困难?不过看样子你是遇到了贵人啊。"

林纾不料他说得竟然还算准,原本想走的步伐就顿住了:"那之后会怎么样,能看出来吗?"

那人又仔细看了一会,说:"看来是这个贵人帮你带旺了运势,基本上都是不错的,当然也会遇到小困难。"说着就从包里掏出一个符来,说可以保佑她以后的日子顺风顺水,让她看着给点钱。

林纾对方才差点相信很是后悔,可既然都已经这样,她还是拿了十块钱出来,不想那人竟然还嫌少,说至少再给十块。

林纾便有些恼了,刚想说话,却见不知哪里走过来一个头发花白的奶奶,冲着那和尚说:"不要得寸进尺,看着人家小姑娘年轻就乱要钱,人家给了就不错了。"

那和尚也不愿意和人吵起来,撇撇嘴就走远了。

"谢谢奶奶。"林纾满脸的感激。

"是第一次来吧？"

林纾有些不好意思："嗯，是的。"

"这边有不少这种骗钱的和尚，不要理就好。"那老奶奶拉着她的手，笑道。

林纾便随着老奶奶坐到了海边的石头上，居然就聊了开来。

说起林纾是怎么来 X 市的，她犹豫了下说是和朋友一起。

老奶奶便像是看穿了她，笑着说："不是和男朋友？"

她想起盛维庭，不知道为什么就脸红了："不是，就是朋友。奶奶，你呢？"

"我啊，家就在附近，如今就我一个人，没事儿就过来晃晃，以前我老伴还在的时候，我们总来这里散步，他走了，我一个人也来走走，好像他还在我身边一样。"

"对不起，奶奶，我不知道……"

老奶奶倒是一副无所谓的模样："太多年过去了，也就是偶尔会想起来。"

林纾坐在她身旁听了她讲年轻时候的故事，平淡真实却又很感动。

这样平淡的爱，才是真正的爱吧？就算那人已经随风而逝，但想起来的时候依旧可以唇边含笑，那才是真正让人幸福的感情。

老奶奶拍拍她的手："你看上去心事重重的，有些事情其实不要多想，还不如跟着心走，你还那么年轻，错了也有时间可以让你从头来过，可不像我这个老太婆，都不剩多少时间了。"

不过是萍水相逢，林纾却十分感激和老奶奶的遇见，临别的时候说谢谢，有些依依不舍。

道别之后，林纾往酒店走去，路过昨天差点被车撞上的路口，脚步不知为何就停了下来。

她傻傻地站在原地，似乎四周的一切全都消失，只有她一个人，直到有声音在耳边响起，空荡的街道才重新填满了一切。

"你在路上发呆的功力真是越来越强了。"

林纾猛地转过头去看，他就站在身后，一脸不耐，可眉眼中却似是透露着一丝轻松。

轻松逐渐化做一丝笑意，温柔了整个气氛。

林纾也不知道自己是怎么回事，看到盛维庭的瞬间，仿佛也放下了心中的大石，"你怎么出来了？"林纾跟在他的身后，慢慢地往回走，小心翼翼地问他。

盛维庭哼了一声："如果我不出来，又怎么会看到你在路边发呆的傻样子？"

林纾抿着唇，继续跟在他身后。

他轻咳了一声，有些不自然地开口说道："关于你昨天故意在别人面前不给我面子的事情……"

"我只是……"林纾想要开口，被他忽然回身一个瞪眼又把话咽了下去。

盛维庭这才继续说："我决定原谅你，虽然我依旧无法理解。"他转过身，一本正经地看着她："但是我觉得，或许我不该从我的角度去思考你的问题，毕竟，我们有很大的差距，我是指智商方面，你应该没有异议吧？"

"嗯，是。"林纾说，唇边噙着笑意，低着头不让他看到，"谢谢你能原谅我。"

他再度高傲地冷哼一声："我可不是一个小气的人。"

林纾唇边的笑意便更深了一些，她走近他一些，想起那个老奶奶对她说的，跟着自己的心走。

林纾微微仰头看向自己身前的盛维庭，从他的侧脸能看出他的心情不错，她的心情便也好了起来，至少这段日子，让她继续和他的平淡又温暖的相处。

研讨会还有一天才会结束，林纾在盛维庭有工作的时候便会去沙滩坐一整天，可是她却没有再遇见那个老奶奶。

她依旧想着 Sapling 的比赛，比起前段时间的滞涩，来到 X 市之后明显好了许多，看着眼前开阔湛蓝的海，仿佛思维也如同这片大海一般蔓延了开去，原本打结的思路也逐渐畅通起来。

因为太过入神，她便不小心忘记时间，差点就忘记和盛维庭约好去吃晚饭。

本来是说她先去那边等他的，这会儿她到的时候，盛维庭已经抱着胸坐在位子上，一脸的不悦。

林纾跑过去，都不敢坐下，先道歉："对不起，我来晚了……"

盛维庭抬眼，淡淡地瞥她："你迟到了三十三分钟。"

她越发愧疚："对不起……"

"你知道我的时间有多宝贵吗？"盛维庭说，"还不坐下？三十四分钟了！"

林纾慌忙坐下，便有服务员走过来："先生您好，可以上菜了吗？"

盛维庭说："等下，请把菜单拿过来，我需要改一下菜。"

服务员应下了。

林纾一直没敢说话，偷偷地看着他低头点菜的严肃模样。

她能听到他的声音，所以一下子就反应过来，盛维庭居然把她喜欢吃的菜替换成了她不喜欢的。

服务员走开之后，盛维庭便一脸淡然地说道："对你的惩罚。"

林纾原本的紧张情绪全都化作了笑容,他可真是……

菜很快就上来,对于她不喜欢吃的菜,林纾也都吃了几口。

正好盛维庭点了一瓶酒,她偷偷喝了两杯,她酒量不大,喝了两杯就已经觉得晕了,倒是不敢再喝,怕被他看出来,一直装得很正常的样子。

吃饭的地方离酒店也不远,所以两人打算走回去,顺便消消食。

林纾的脚步不稳,但她勉力支持着,生怕被他看出什么异样。

盛维庭自然看到了林纾的小动作,他实在太高估她的酒量了!

她一直走在他身后,居然撞到他的后背,他猛地往旁边闪了开去,倒在他背上的林纾直接扑倒在了地上。

他看着她四肢张开的模样,简直是无话可说。"起来!"见她许久都没动,他忍不住叫她。

她扬起头,脸上泛着淡淡的红晕,居然傻傻地笑:"我脚疼,起不来。"

盛维庭忍下胸口怒气,走上前蹲下,咬牙问她:"你不要告诉我你喝醉了?"

听到"喝醉"两个字,林纾忙摆手摇头:"没有没有。"

总不能真的把她扔在这里,盛维庭抓住她的胳膊轻轻一拽就将她拉了起来。

可她整个人软趴趴的,一只脚好像还扭到了,根本就站不稳,盛维庭更气:"你该不会想让我背你吧?"

"不用!"林纾怎么敢,马上表示可以走,可是刚刚脱离他走了两步就感觉脚腕一阵疼,眼看着就又要扑到地面上去。

胳膊再一次被人抓住,盛维庭已经在她身边,长长地叹出一口气:"算了。"他半蹲下身子,回头瞪她一眼:"上来。"

她还挣扎,他忍不住,直接吼:"还不快上来?信不信我把你扔在这里,自己回J市!"

她犹犹豫豫地俯下身去,靠在了他的背上。

盛维庭看上去很瘦,可实际上却并不是,至少她感觉到了他结实的后背和宽阔的肩膀,她将头歪在了他的肩上,侧脸紧紧地贴着,忽然笑了一声。

盛维庭听到她的笑声更加气恼:"再笑一下试试?信不信我把你扔下去?"

这次她不信了,依旧将脸贴在他的肩膀,摇摇头,轻声说:"我不信,盛维庭,反正我不信。"

不信?

盛维庭故意颠了一下,假装要将她扔下去,她紧紧地抱住他的脖子,闷声说:"你要是想把我扔下去,我早就掉下去了,所以我知道你不会。"她这样紧贴着他,温暖微香，带着酒意的鼻息喷在他的脖子上，竟让他觉得莫名的舒服，便也任由她去了。

他在不经意间便放慢了步伐，稳稳当当地往前走去。

周边的喧嚣和他们的安静形成鲜明的对比，明明在同一个空间，却像是在两个世界。

林纾忽然想，如果那个陪她一起长大的人是盛维庭该多好？

他自傲幼稚，她大概总会去哄他，他应该不会领情，可嘴硬心软，可惜不是他。

林纾微微地闭上那双不知何时泛起泪光的眼，湿润又酸涩。

他走得慢又稳，晚上的夜风凉爽，她泛着晕，不知什么时候竟然沉沉睡去。

直到回到房间，盛维庭才发现背后那个女人居然睡着了！

他气得想直接把她扔上床，可微微转头看到她恬静的睡颜之后，动作一顿，已经本能地将她轻轻放在床上。

看到她微微磨蹭了一下便侧身蜷起来的模样，他忍不住微微一笑，见她那脏兮兮的鞋子就要往床单上蹭，赶紧抓过她的脚踝，把鞋子给扯了下来，这才放心。

盛维庭顺便还看了一下她的脚腕，没有明显的红肿，应该摔得不厉害，准备等她醒了再说。

时间也已然不早，盛维庭去洗了个澡就像昨天一样半靠在了沙发上，他左靠右靠都觉得不舒服，昨天他一晚上都没睡好，今天他可不想再睡沙发。

盛维庭下一秒就做出决定，反正床这么大，一起躺着又怎么了？

于是他坦然地躺到了大床的另外一边，总算是舒服了，睡意汹涌袭来，他不一会儿便睡了过去。

第六章　谢谢你没有爱过我

刺眼的阳光透过玻璃，洒在乱七八糟的床上，空气中有胡乱飞扬的灰尘。

林纾觉得头疼欲裂，好不容易才醒了过来，只是身上的触感却有些不对，她眯着眼睛摸了两下，心口便立刻狂跳。

她猛地坐起来，一眼就看到了笔挺地躺在床上的盛维庭，而刚刚的她，正趴在他的胸口，睡得正好，他胸口的睡衣甚至还有些许的濡湿。

她的动作算大，盛维庭动了动，眼见着就要醒过来，林纾还没做好面对他的准备，居然重新躺了下去，背对着他不动，她能感觉到盛维庭慢慢坐起来，她闭着眼，身体都要僵硬。

盛维庭坐起来，揉了揉头发，只觉得浑身酸痛，他侧脸看了一眼林纾，她如同昨晚一般蜷缩着，他低头想理一下衣服就发现了胸口那摊不大的濡湿痕迹……

他稍稍一愣，立刻就醒过神来，他再度转头看向身边的林纾，看着她僵硬的睡姿，从大怒到无奈。

盛维庭稍稍靠近，拿起她的一小撮头发，用头发梢在她的鼻下蹭了蹭。

她猛地一颤，打了个喷嚏，偏偏还要装刚刚醒过来，揉着眼睛一副迷蒙的样子，说：“怎么了？”

盛维庭忍住了没有拆穿她，起身去洗漱了，进卫生间前却又忍不住对她说：“把你嘴角的口水擦一擦，实在是太明显了。”

林纾顿时捂住了嘴巴，眼睛瞪得大大的，一脸无措的模样。

盛维庭忽然大笑起来，然后走进了卫生间。

林纾伸手放在怦怦跳着的胸口，呆呆地坐在床上，甚至连盛维庭出来都没有发觉。

盛维庭走过来便用枕头拍了一下她的胳膊：“你要发呆到什么时候？”

林纾恍然醒过神，忙跑下床，利索地冲进了卫生间，砰的一声关上了门。

她出去的时候盛维庭已经换好衣服坐在沙发上看手机，听到她出来的声音头都没抬，说：“今天天气不错。”说着站起来，状似不经意地说：“我要出去走走。”说着瞥她一眼。

林纾愣一下，犹豫着点了一下自己：“我也去吗？”

盛维庭挑眉："既然你这么想去，那我就大发慈悲。"

林纾哭笑不得，却没有反驳他，轻轻柔柔说了一声好。

这两天以来，林纾一直只在附近逛，今天和盛维庭一起打车去了港口，通过游艇前往附近的小岛。

那个小岛本来就是一个适合走路的地方，两人悠悠地漫步，几乎走遍了半个小岛，累了就随便进了街边的咖啡馆休息，两人坐在二楼的靠窗位置。

咖啡店里人少，二楼只有他们一桌客人，很安静也很舒适。

盛维庭说去卫生间，林纾便坐在窗边看着外面，来这里玩的情侣很多，她和盛维庭在别人的眼中，会不会也是一对情侣呢？

林纾收回视线，为一时的异想天开而觉得懊恼，桌上有折成正方形的纸巾，还有一本记录了许多游客絮语的小本子，一支笔。

她拿过笔，拿过一张纸巾，脑中忽然浮现出什么，在纸巾上熟稔地画了起来。

盛维庭回来的时候便看到她的背挺得笔直，一动不动，手却在迅速地画着。

他逐步走近，站在她的身后不动，她正用水笔在劣质的纸巾上画出了一个吊坠的模样，虽然不过是初步的形状，至少线条流畅，一点都不僵硬。

他得意地勾了勾唇角，坐在她对面，她却没有发现他的到来，他不喜欢这种被忽视的感觉，想轻咳一声引起她的注意，可看到她唇边淡淡的笑容之后便忍住了。

服务员送咖啡上来，刚想说话便被他抬手叫停，示意服务员先把咖啡放在旁边的桌上，他拿过一杯，靠在椅背上，盯着面前的林纾，不时地喝上一口咖啡。

林纾总算画出草图，长长地吐出一口气，刚想伸个懒腰，手才抬起便看到盛维庭视线灼灼地看着她。

她的动作僵住，有些尴尬。

盛维庭把那杯咖啡拿过来，她忙说着谢谢接过，发现原本的热咖啡如今都已经快凉了。

林纾有些发愣，盛维庭却已经探过身体把她面前的那张纸巾给拿了过去，看了下，问她："你画的这个是什么意思？"

林纾又看了一眼，这才说："这是太阳，也是主石，是蓝宝石镶嵌，这是月亮，表面会用钻石群镶，日和月互相扶持，不是谁包容着谁，而是并肩在一起，寓意着夫妻。"

她抬头看向盛维庭，只见他一脸的不明白。

她便笑起来，重新将纸巾叠起来，仔细放好。

盛维庭也觉得没有意思,坐不住,让她再休息一会儿,自己却出去了。

林纾有些莫名,从窗户能看到他走出咖啡店的身影,可他没说去哪里,她也只能在这里等着他。

只是原本还很好的天气,在他出去之后便开始阴风阵阵,像是要下雨,那么好的天气谁会带伞,林纾一直盯着楼下,希望他快点回来,怕他被雨淋到。

天气越发阴沉,窗户上已经被沾上了雨珠,居然真的下雨了。

林纾再也坐不下去,同样起身去了楼下,结了账便在门口等着盛维庭,只是迟迟不见他的身影,她等得有些着急,雨已经下大,她站在檐下都能被雨水沾到。

她明明知道他不会抛下她,可不知为何心口却那么压抑,就仿佛他不会再回来了一般,因为被抛弃过,所以她更加害怕,害怕该回来的人,再也不会回来。

她惶惶,甚至不顾大雨冲出去,循着他离开的方向跑出去。

可一冲出去,倾盆大雨便让她什么都看不清楚,她无措地站在雨中,不知道何去何从,她仓皇走了两步,只觉得腿脚发软,差点就要蹲倒在雨中,胳膊却猛地被人抓住。

还未反应过来,她便已经被人拉回了咖啡馆的屋檐下,她站在里侧,外面的那人替她挡住了所有的雨水,她抬起眼睛,看到了盛维庭那满脸的不悦,在他还没说出话来就已经伸手从腰际将他抱住,用最大的力气。

她抓到了实物,切切实实地感受到了,他就在她的身边,他没有抛弃她!她将脸用力地埋在他的胸口,感受着他的温度。

盛维庭的双手微微抬起,脸上还带着诧异,"林纾?"他叫一声。

林纾依旧没有抬起脸来,闷声说:"谢谢你没走……"

盛维庭这才恍然明白过来:"你像个傻子一样走到雨里,难道是因为怕我走?"

"我怕你也丢下我……"林纾哽咽着,觉得自己傻乎乎的,想要松开他。

他将一直僵硬着的双手收回来,低头一看,便发现了她浑身已然湿透,连头发也是,此时正一滴一滴地往下掉着水珠。

这会儿已是春夏,穿的衣服不多,被雨淋湿后便显露出了她的身材……

盛维庭迅速地移开眼神,却没想到看到了刚进店的男人正看着林纾,他皱眉,挪了身体,严严实实地将她挡住,而后将自己的深色外套搭在她的肩上。

正好咖啡店里有雨伞卖,雨伞不大不小,刚刚好可以遮得住两人,可必须得靠得近一点。

林纾却不敢和他靠得太近。

方才那个拥抱是错误，等她清醒过来就已经认识到了，所以绝对不会再犯，也不敢再和他靠得近一点。

盛维庭怎么会察觉不到，如果是平常，他肯定把伞全都放在自己头顶，可看着她一脸可怜的模样，便将伞往她那里挪了挪，挪了又觉得不对，忍不住叫她："我都不介意和你撑一把伞了，你难不成还介意吗？"

林纾啊了一声，抬起头来看他。

盛维庭伸手在她肩膀上微微一揽，她往他这边倒，他轻咳一声："作为一个绅士不能让女人淋雨，可我也不愿意让一个绅士再淋雨了。"

方才的紧张和尴尬情绪慢慢消散而去，林纾忍不住低头笑了一下。

两人要从小岛回去，因为下起雨来便不能再坐游艇，等了轮渡，轮渡上人不算很多，两人找了个角落的位置要坐下来。

因为风大雨大的关系，船有些晃动，林纾还没坐稳就倒向盛维庭，重重地坐在了他的双腿上，这姿势有些尴尬和暧昧，她红着脸想要起来，却不想船又晃了一下，她居然又坐了下去……

她想死的心都有了，却还得解释："不是，我……"

"算了，我就大发慈悲让你碰一碰。要知道这个世界上想碰我的人可实在是太多。"他一脸"你赚了大便宜的模样"，让原本紧张的林纾失笑。

她慌忙起来坐到旁边的位置上："对不起，我不是故意的……"

"说对不起，还不如承认你对我的身体有欲望。"盛维庭瞥了她一眼，淡然自若。

好不容易缓过来的她再度脸红起来。

一路上，林纾都和他保持着安全距离，到酒店的时候，有熟悉却讨厌的女声在不远处响起："Victor，林小姐，这么巧，你们刚回来？还以为离开之前见不到你们了。"

盛维庭站直身体，脸上表情冷淡："真是不巧，居然还要再看到你。"

杨世艾并不在乎他的话，眼神从林纾身上的深色外套移到了她的脸上，疑道："淋雨了？小心生病。"

林纾点点头，不知道该说什么。

杨世艾又看向盛维庭："最近 J 市总医院对我提出了邀请，希望我也加入……"

盛维庭顿时皱起眉头："你是不是觉得，属于我的一切都格外好？"

杨世艾低头一笑："是，你的一切都格外好，包括你。我正在思考，说不定会回来。"

"不，你回来的话，走的人就是我。"盛维庭冷言。

杨世艾只当没听到他的话，笑了笑："是吗？那我们就拭目以待了，我还要赶飞机，那就先走，希望我们很快就可以见面。"她就这么甩甩手走人，却留下了一脸不悦的盛维庭。

林纾当然不知道盛维庭和杨世艾之间有什么过往，可她竟然会羡慕，羡慕杨世艾那么早就认识了他。

她有些失神，盛维庭叫她一声："还不走？"

林纾应一声，没有多问，也不想多问。

换了衣服之后，林纾还被盛维庭逼着吃了预防感冒的药，昏昏沉沉睡了过去，直到第二天上午才醒过来。

两人吃了午饭便前往机场，赶回 J 市。

不知道是不是因为昨天睡前吃了药，林纾倒是没有一点淋雨的后遗症，反而因为睡了长长的一觉，精神头足得很，反倒是盛维庭，居然有些蔫蔫的。

才回到家，盛维庭就接到电话，是医院找他，他回房间接的，她隐约能听到他的冷言冷语，却不确定他说的是什么。

她边陪 Clever 玩飞盘，边注意着房间里的动静。

不一会儿，盛维庭便拿着外套走出来，边穿边说："我有事去一趟医院，晚上回来。"

林纾应了一声，说："那我带 Clever 出去散步。"

盛维庭的步子一顿："如果你不担心遇到那个人的话，算了，你还是待在家里吧，等我回来再带它出去。"

在 X 市的日子过得太快活，她差点就忘记了身边还有一个定时炸弹，原本还很高昂的兴致顿时就低落下去。

她只能带着 Clever 在家里玩，可家里到底空间小，它又好几天没有和主人一起出去散步，一到时间便要出去，甚至直接咬了飞盘坐在门边等着她。

林纾无可奈何，看着 Clever 那满怀期待的表情，心想总不至于那么倒霉，便拿了外套出门。

Clever 对于能去外面散步表现得格外开心，率先跑在前面，林纾任由它去了，知道它就算走得再远也会知道回来，她慢慢跟在后面，看着 Clever 往小区游乐场那边去了。

她走得近了，才发现那边有两个孩子在玩，而且并不陌生，她一眼就认出了那是陆恒的两个女儿，每每看到那两个女孩，她便会想到那个连一眼都未曾见到的儿子。

她站在原地，恍惚起来，隐约看到Clever和正在玩沙子的陆千言闹在了一起。好像很熟的样子，Clever不喜欢陌生人，大概是因为在同一个小区的缘故吧，所以常常见到。

看着Clever和陆千言闹着，林纾忍不住幻想那是她的孩子，那是她梦寐以求的画面。

可她知道那不过就是一个梦，梦如同泡沫，一戳就破，脆弱无比。

就像现在，一个小女孩的怒吼声便能让她从梦中清醒过来。

是原本在滑梯的陆宛语也想和Clever玩，陆千言抱着它不放，她便不开心了，双手叉腰道："我也要和狗狗玩！"

陆千言把头一昂，十分得意的样子："狗狗喜欢我，不喜欢你！"

"才不是！是你不放！"陆宛语叫。

"我放了。"陆千言很是淡定，张开手，见Clever依旧在她身边蹭着，笑，"狗狗喜欢我。"

陆宛语听到陆千言的话便忍不住一下坐在了沙地上，哇哇大哭。

林纾站在旁边有些无可奈何，怎么会让两个小孩子单独在这里？

陆宛语哭得越来越厉害，林纾见的确没有人过来，便走过去将陆宛语扶起来，拍拍她裤子上的沙子："别哭了。"她不会哄孩子，语调有点僵硬。

陆宛语反倒哭得更厉害，就像是终于有人站在她这边了："姐姐坏，阿姨，姐姐坏……"

林纾轻轻地拥了拥她："好，别哭了。"

她看向陆千言，陆千言依旧昂着头，面露不屑："只知道哭。"

"陆千言。"林纾不悦地叫她一声，"她不是你妹妹吗？"

陆千言哼了一声："我没欺负她。"骄傲的样子竟然和盛维庭如出一辙，偏Clever还附和着叫了两声。

"妈妈……"靠在林纾怀里的陆宛语忽然叫，要从她怀里跑出去。

林纾一愣，顺着陆宛语张开手臂的方向看过去，竟然看到云媛正在走过来，而云媛身边的男人不是陆恒，还是谁？

她不想竟会这么巧，忙松开陆宛语，叫着Clever想走，可Clever居然腻在陆千言身边不走了，林纾只好先走远几步。

云媛和陆恒很快就走近，陆宛语跌跌撞撞地跑到了云媛身边，抱着她的腿号啕大哭："妈妈，姐姐坏……"

云嫒皱了皱眉，将她抱起来："怎么了？"

陆宛语只是哭着，别的就再也说不出来了。

陆恒已经走到了陆千言身边，蹲下来摸了摸她的头，陆千言扬起头来，笑着对陆恒说："爸爸，我可不可以也有只狗狗陪我啊？"

陆恒也冲她笑了笑："爸爸不是早就说过，爸爸浑身都会痒，言言希望爸爸变成那样吗？"

陆千言瘪瘪嘴："好吧，我知道了。"

"这只狗哪里来的？"陆恒问。

陆千言抬头看了一眼，看到往滑梯那边躲的林纾便叫："是那个阿姨的。"

陆恒转头看去，只看到那个身影一闪而过，莫名的熟悉。

陆千言站起来，拉着陆恒走过去，果然看到了林纾正背对着她站着："阿姨！"她大叫。

林纾浑身一僵。

"你好，请问那只边牧是你的吗？"陆恒问。

一如她知道的那个人，温文尔雅，待所有人都那么好，好到让她在他背叛之后依旧无法相信他会做出那样的事情来。

陆千言跑到她面前，叫她："Candy阿姨。"

林纾看着陆千言抬起头，唇角带着明显笑意的模样，绝对确定她是故意把陆恒带过来的。

是因为刚刚她站在了陆宛语那边吗？小孩子还真是记仇。

她有些无奈地扯了扯唇，就算不是现在，也总有一天，会有这种场景出现，她不可以一辈子都躲着他，她要做的是正面迎击，而不是一直瑟缩着躲在别人的身后。

她咬唇，鼓起全部勇气，转过身用她能想到的最自信的笑容看着他："是我的。"

他唇角露出一个讥诮的笑："我倒是没想到你会这么勇敢。"

云嫒也抱着陆宛语走了过来，叫他："陆恒，怎么了？"

"啊，没什么。"陆恒笑着，温柔地说话，"只不过遇见了一个熟人。"

"是吗？"云嫒走过来，在看到林纾的那一瞬间微微一怔，"林大小姐啊。"

陆恒笑着，看上去那么温柔，说出来的话却那么狠毒，"她现在可不是什么大小姐了。"

云嫒将陆宛语放在地上："不是想和狗狗玩吗？去吧。"说着看向陆千言，"千言,带着宛语去和狗狗一起玩好不好?"

陆千言皱了皱眉头,可见陆恒也朝她点了点头,这才一溜烟地跑走了。

角落里便只剩下了三个大人。

"主宰林氏的感觉怎么样?心安理得吗?"林纾咬牙切齿。

"有什么不心安理得的。"陆恒笑着,"我一直对得起自己的良心。"

她猛地上前两步,一把抓住了陆恒的衣领:"怎么说得出这种话!良心?你居然敢说你对得起自己的良心?你的心早就被狗吃了!所以你才会不记得我爸爸对你多好,你又是怎么对他的!"

陆恒抓住她的手腕,用力一捏,而后甩手,她便轻而易举地被摔在了地上。

云媛靠近,替他理衣襟,柔声道:"没事吧?"

陆恒轻拍她的手,全都是爱人之间的亲昵动作。

林纾跌坐在地上,仰着头看他们两人在她面前秀恩爱,睚眦欲裂。

陆恒忽然一笑,转而将云媛揽在怀里:"你其实最想问的是,我为什么那么对你吧?"

林纾咬唇,不说话。

或许他从来都没有喜欢过她,从他来到林氏便只是为了那个位置,和她在一起也不过是虚与委蛇,他抛弃她是因为她不再有任何用处。

"你知道为什么吗?"陆恒说,"因为我从来就没有爱过你。我不是没有心,只是我的心,从来都不属于你。"

他这样赤裸裸地说出真相,她原本还在苦撑,此时却瘫坐在地,方才的所有骄傲和自尊全都被他踩在脚下,丝毫都不剩下,原来,所有的一切都是笑话。

林纾忍住眼眶中的微湿,抬起头来,唇角是讥诮的笑容:"是吗?那你还陪我演了这么多年的戏,我该称赞一句,演技真好吗?"

陆恒面不改色:"谢谢,我很荣幸。"

"那你呢?云媛,"林纾转头看向温柔靠在他身边的女人,和新婚之夜一模一样,"你就这么心甘情愿在他身边当不见光的女人?你确定他对你不是演戏?"

云媛眉眼间露出些许疼来,看向陆恒:"陆恒……"她柔声叫,声音里像是藏了无数的委屈。

陆恒靠近,在她的额上亲吻:"你不信我吗?不要去听她的胡说八道,你说过会一直相信我的。"

云媛笑了起来,点头:"好,我知道。"

"他也曾经对我说这些甜言蜜语，说这个世界最爱我，可是你看，现在还不是把我踩到地上！他能骗一个，为什么就不能骗第二个，第三个！"林纾瞪着陆恒，恨恨说道。

她不甘心，不甘心曾经爱过的人竟然是这样的，可笑曾经的她还想过给他找理由，替他想出一千个一万个他不得不那么做的理由。

可是所有的理由都不如"不爱"。只要不爱，心便可以刀枪不入，她曾经爱过他，他是她的软肋，而如今，她不爱他了，他便是她的盔甲。

因为恨他，她可以变得更加强大。

"是我瞎了眼。"林纾笑起来，"怎么会相信男人的话，我谢谢你没有爱过我。"

陆恒没有说话，轻轻拍着云嫒的后背。

"我只问你一句话，我的孩子在哪里？我十月怀胎生下来的孩子，究竟在哪里！"

"孩子？"陆恒讥讽一笑，"你是说那个野种？护士难道没有告诉你吗？他生下来就死了。"

"陆恒你住嘴！"林纾撑着地站起来，摇晃地走近一步，"不可能，他绝对没有死，是你把他藏起来了是不是？"

刚好那边陆千言和陆宛语又因为什么吵起来，她抬眼看到那两个和她儿子年岁相近的孩子，忍不住直接冲了出去，抓住了离她更近一些的陆千言。

她太冲动了，冲动得忘记了陆千言其实不过是一个孩子。

"陆恒，你把我的孩子还给我！"

没人理睬。

陆千言不哭不闹，乖乖地靠在林纾的怀里，眨了眨眼看她。

陆恒皱眉，看了云嫒一眼，云嫒便绕到她旁边把陆宛语抱住。

"陆恒，我只想得到一个明确的答复，我的孩子在哪里？"林纾抓着陆千言的胳膊，一字一顿地问他。

陆恒重新对上林纾那绝望的双眸："你有没有想过，或许我会把他留在我的身边？"

他说得镇定又坚决。

林纾一愣，他身边？

她低头看向一动都不动的陆千言，手上的力气略松……

陆千言不过才两岁，很白很小的孩子，短短的头发在头上扎起了两个小小的马尾，直直地立着，脸颊白嫩嫩的，嘴唇却像是花瓣一般粉嫩，她心口忽然一软。

她究竟做了什么？

林纾无力地跌坐在地上："对不起，对不起……"

陆千言朝她走了两步，小手贴在了她的脸上："Candy阿姨，你在找娃娃吗？"

林纾抓住她的手："是，阿姨的宝贝不见了……"

陆千言转头看向陆恒："爸爸帮阿姨找好不好？"

陆恒顺势将陆千言抱到了怀里，退了两步："阿姨的娃娃去了天堂，再也找不到了。"

陆千言歪着头，似乎并不明白。

"我们回家吧。"陆恒摸了摸陆千言的脑袋，绕过林纾走向等在一旁的云媛。

仿佛被抽干了所有的力气，林纾坐在地上，根本没有力气站起来。

她从来不怕别人在背后捅她一刀两刀，可她怕在背后捅她的人，是她想要用心对待的人。

小时候父亲便告诉过她，作为林氏唯一的继承人，或许会有许多人想要讨好她，想要伤害她，她那时候说她不继承林氏，那么就不会有那些人了。

她那么信任陆恒，可没想到真心的交付，得到的却是背后的一刀，直直地戳进她的心脏，教她没有任何反抗的余地。

父亲一直都在隐隐地告诉她不要把所有的一切都压在陆恒身上，可她不听，以为他是自己的良人。

结果呢？她一败涂地，失去了所有。她现在什么都没有了，她也没有在乎的东西了，她就不信这样的她真的没有办法强大起来，尽管这条路会比较漫长，可她一定能做到的。

林纾抬起手来，用力地抹去脸上的泪水，眼神坚定而有力。

Clever不知道什么时候已经站在她的身边，冲她呜咽一声，她张开手臂将它抱在怀里："我知道还有你……"

Clever好像是知道在夸它，兴奋地叫着。

等林纾终于带着Clever回去，时间已经不早，打开门进去便看到了躺在沙发上休息的盛维庭。

Clever看到主人便要冲过去，林纾反应迅速，一下子就抱住了Clever，柔柔地抚摸了一下它的背，对它做了一个噤声、坐下来的动作。

Clever真的乖乖地坐了下来。

林纾悄声走上前，先蹲在沙发边上叫了两声，他没有半点反应，她试探着伸出手去碰了一下他的脸颊，烫得她皱起眉来。

她刚想把手收回来，却发现他不知何时有了一丝意识，居然抓住了她的手腕，他的手心滚烫得几乎都要灼烧她的肌肤，甚至还有隐隐的热汗。

"盛维庭？"她叫。

"还以为你把Clever拐跑了。"盛维庭撇了撇嘴，"你居然趁我睡着偷偷碰我。"

林纾简直是哭笑不得："你发烧了。"

"我？"盛维庭不信，非要坐起来，"我怎么可能生病。"

林纾忙压住他的肩膀让他躺着："你感觉不到吗？你烫得快烧起来了。"

盛维庭皱皱眉，抓过她的手贴在脸上："明明就是你刚从外面回来太凉了，我只是有些困。"

林纾对这样不讲理的盛维庭没有任何办法，也根本拦不住他。

他坐了起来，跌跌撞撞地跑回房间去了。

林纾一直都跟在他的身后，好不容易看他躺回床上，她才松一口气，只听得他说："私自把Clever带出去的问题，等我睡醒了再和你计较。"

林纾见他终于肯睡了，忙拿过被子替他盖上，可他嫌热直接踢走了，她找了药回来，盛维庭不肯吃，像个孩子一样，居然还说药太苦，她气得不行，直接把药往他嘴里一塞，而后把嘴巴给捂住了。

他没办法，只能吞了下去，他还有力气恐吓她："你这么对我，看我睡醒了怎么……"

林纾无奈又好笑，想替他将外衣脱掉，可他不习惯别人碰触，要替他脱衣服实在太困难，她都出了一身汗，好歹才把他的外衣给脱下来放到了一边。

她热，他更热，满脸满身的汗，头发都被汗水给浸湿了。

这样下去总不是办法，她去拿了冷水和毛巾出来替他擦拭，大概是太舒服，他轻哼了两声。

她正打算起身去拿温度计，却不想他抓住了她的手，尽管是在病中，他的力气依旧那么大，居然直接就把她给拽到了床上，她还没来得及挣扎，他就已经抬起双手，将她拥在了怀里。

她浑身僵硬，手脚完全不知道该放在哪里。

盛维庭却像是什么都没有发生，甚至还用热烫的脸颊蹭了一下她的，发出了舒服的轻哼。

是因为她身上比较凉吗？

她微微地抬起眼，便能看到他紧闭的眼，她的心脏一下 下跳得那么明显。

她，喜欢他吗？

与其说是喜欢，或许习惯的依赖更可靠吧？

在父亲离开她之后，她所能依赖的一切都消失了，而他恰好出现，不早不晚，刚好就在那个时候。

靠在他的怀里，林纾心情格外复杂，偏偏他还死死地抱着她不放手，她只能僵直着不动，不多会儿身上也出了一身的汗。

大概是觉得她身上不够凉快了，盛维庭总算不再抱着她，松开了胳膊。

林纾的身体僵硬发麻，好不容易才缓过来，马上翻身下床，坐在地上揉了一下酸麻的腿，这才起身去外面找了温度计。

盛维庭的体温倒是没有特别高，她也就放心，准备等明天如果没有好转，无论如何都要逼着他去医院。

林纾去给Clever喂食后便拿出纸笔画设计稿，因为怕盛维庭半夜有什么问题，林纾干脆去了他的卧室，坐在地上，在矮几上专心地画着，偶尔听到他的声音便抬头看一眼，不知不觉就快天亮。

她的设计稿完成了大致框架，她还算满意，只觉得头昏脑涨，腰酸背痛，忍不住打了个哈欠，累得直接趴了下去，想他应该也没有那么快醒。

大概是因为一整夜没睡，尽管姿势不算舒服，她刚刚趴下就失去了意识。

盛维庭一夜都没有睡好，就像是被人扔在了滚烫的热水中，想要挣扎却又无法挣脱，好不容易醒过来，他大口喘气，眼睛盯着屋顶，许久后才撑着床坐了起来。

一眼就看到了趴在矮几上睡觉的林纾。

她盘着腿，半个身体都靠在矮几上，脸朝着他的这边，半边都被压扁了，散发全都遮在她的侧脸，看不分明。

盛维庭看了一眼床头柜上的脸盆和毛巾，下床悄声走到她身边，她脸边就是那张设计稿，他弯腰拿起来，随手将它放到一旁，又看向睡得并不舒服的林纾。

没有犹豫一秒钟，他便蹲下身，将她打横抱了起来，放在了他方才躺过的床上。

林纾一睁开眼睛便发现自己居然是躺在床上，她环顾了一下房间，没有人，盛维庭出去了。

她依旧困倦，去卫生间洗了一把脸，洗完脸之后便走出了房间，看到正端着菜从厨房出来的盛维庭，他明明戴了女性化的围裙，却像是没感觉，满脸的一本正经:"醒了?"只有声音的略微沙哑依旧透露出了他不舒服的事实。

林纾应了一声,跟着他进了厨房,见他正在盛粥,忙迎上去帮忙,他便靠在一边看她做事。

"你没事了吗?还有热度吗?再吃一次药吧?"林纾问他。

他顿然拒绝:"我已经好了!"

林纾装作无意碰了一下他的手,根本就和昨天一样烫!

林纾难得强势一回:"你还在发热,盛维庭,你需要去医院,我们这就走。"

"我已经好了!我是医生!周末我绝对不去医院。"盛维庭抵死不从。

林纾简直拿这样孩子气的他没有办法:"可是你在生病?不去医院的话,吃药可以吗?"

盛维庭依旧满脸不悦的模样,刚想说不却看到了她满脸的关切,拒绝的话便怎么都说不出来。

盛维庭张嘴,居然说:"好吧。"

林纾听他应下,连忙起身去拿药顺便把水也准备好了放在一旁,细心道:"吃完了东西记得吃药。"

盛维庭刚想表露出些许不耐烦来,可看到了她那小鹿般的眼神,冷哼一声,装作恶声恶气的模样,说了声:"知道了。"

吃过感冒药的盛维庭没一会儿便觉得困顿,虽然竭力忍住,不想睡过去,可依旧抵抗不住,趁着林纾不注意便躺下来休息了。

他也不知道为什么要趁着她不注意,不过总觉得去脸,往常总是她出各种问题,如今轮到他,便不想被她看不起。

林纾哪里不知道,只是笑了笑,自顾自画设计稿去了。

时间越来越短了,她的压力也越来越大,近几天甚至都没有出门,一直窝在家里涂涂改改,总算在截止日期的前一日完成了设计稿。

林纾已经连着好几天都没睡好觉了,刚画完便觉得浑身都瘫软,差点就倒下去,她把设计稿扫描进电脑,发送到邮箱,这才终于松了一口气。

她不确定会有什么结果,但至少,她已经做到了她能做的最好,就算是不如预期,她也不能后悔和遗憾。

因为实在太累,她稍微洗漱一下便躺床上睡觉去了,打算睡个昏天暗地。

可才睡着没多久,刚做起美梦来,便听到有人在叫她,是盛维庭叫她起床,她尽管再不愿意还是爬了起来。

家里没有了存粮，于是盛维庭便带她出去吃，回来已经到了小区，他忽然急刹车，林纾没系安全带，撞到了前面的椅背上，头昏脑涨。

盛维庭已经下车走到了前面，蹲下身去，她看不清楚他在干什么，忙也下车过去看。

盛维庭面前坐着一个身穿粉色连衣裙，粉色小靴子，背着粉色小书包的小女孩，正和他大眼瞪小眼。

林纾有些意外，叫："陆千言？"

"你认识？"盛维庭满脸不悦地回头看她。

陆千言看到林纾，眼睛一亮："Candy阿姨！"林纾以为她经过上次的事情后会避她如蛇蝎的，可没想到，她居然还敢笑着叫她。

林纾对陆千言的心情有些复杂，一时间甚至没有上前。

盛维庭见林纾不说话，转而看向陆千言："这个时间，小孩子应该在家里睡觉，车子根本就没碰到你，不要再装了。"啧，这么小的孩子居然还会碰瓷！

陆千言见状，忽然蹭着腿哭起来："疼，车子撞到了，好疼……"

他被她哭得心烦意乱："Stop！"

陆千言睁着湿漉漉的大眼睛看他，一脸委屈的小模样。

"快回家！"盛维庭不爽地摆摆手，而后看向林纾，"你认识她，那把她送回家去！"

林纾为难，看着陆千言依旧默默掉眼泪的模样，忍不住问："真的没有碰到吗？要不要去一下医院？"

"她和车还有一米左右的距离，怎么可能碰到？"盛维庭都懒得解释，"她是谁家的孩子？"

林纾咬着下唇，低声说："陆恒……"

"陆恒，那……"盛维庭也发现了不对劲，顿了顿，"怎么偏偏是他家的孩子！"

陆千言趁着他不注意，伸手扯了扯他的衣袖："叔叔，我可以不回家吗？"

盛维庭下意识地甩开了手。

小孩子本来就坐不稳，他的力气又大，她直接被他甩到了地上，仰面摔倒了。这下是真哭了，呜呜咽咽，倒让人心里有点过意不去。

盛维庭显然也没想到这种状况，可又没办法伸手过去。

林纾很快冲了过来，将陆千言扶起来揽在怀里哄了哄："有没有摔疼？"

陆千言就算哭着还是哽咽着说："Candy阿姨，我不回家……"

林纾无可奈何，看了一眼盛维庭。

盛维庭给她一个"和我没关系"的神色。

"盛维庭，要不……"

林纾的话还没说完，盛维庭就已经意识到了她想说什么，连忙制止："不，你想都不用想，我坚决不同意！"

"可是她……"林纾不知为何狠不下心来。

陆千言很会看人眼色，她又哼着说："Candy阿姨，我能去你家吗？"

林纾看向盛维庭。

陆千言也实在是很聪明，忙学着她一起，看向盛维庭。

盛维庭一低头便看到了一大一小两张莫名相似的脸齐刷刷地看他，同样小鹿般可怜的眼睛，简直让人无法抗拒。

他在心里暗骂一声，不说这小女孩是陆恒的孩子吗？怎么会和林纾那么像！

他刚想说不，却看到陆千言眼角一滴眼泪掉下来，她却没有去擦，反而可怜巴巴地垂下了眼，仿佛是知道没有了希望，不再期盼了。

盛维庭不知为何竟会觉得异常罪恶，颇为烦躁地站起身来："还不上车！"

林纾和陆千言的眼睛都一亮，两人匆匆坐上了后座，乖乖地坐好，动作简直如出一辙。

因为盛维庭答应收留自己，所以陆千言显得十分兴奋，但同时又很懂事，知道在盛维庭那里得不到什么好待遇，所以一直靠着林纾。

因为陆千言刚刚摔在了地上，林纾一回家便带着她去洗漱。

陆千言那个小小的粉色书包里面居然真的有东西，是一套替换的衣服和一些糖果。

林纾从来没有给小孩子洗过澡，看着陆千言白白嫩嫩的身体，她不知道从何下手，很是无措。

陆千言倒是很享受的模样，坐在浴缸里笑着玩水。

虽然把她给带了回来，可林纾也不能不问现实问题："你爸爸妈妈不会担心吗？"

说出这句话，林纾便想到了陆恒和云媛在一起亲亲密密的场景，手上的动作一顿。

陆千言很是自在地抓住她的手，捏了捏："不会啊，爸爸妈妈不在家，带陆宛语看病了。"

看病？

林纾倒是不知道陆宛语居然在生病，但别人的事情不好多问，她便没有再说话，替陆千言擦身体。

　　陆千言怕痒，碰到她胳肢窝的时候便哈哈笑起来，往林纾怀里靠过去，她身上湿漉漉的就靠过来，林纾却下意识地伸手抱住了她。

　　身体软软嫩嫩，仿佛轻轻一碰就会弄伤她，林纾怕真的伤了她，可又不愿意放手，她这样乖乖地在自己怀里。

　　怀里的小姑娘伸手抓住了她的衣襟："Candy 阿姨，我不讨厌你了。"

　　"嗯？"

　　"Candy 阿姨想找到孩子才那样的，是爸爸不对。"

　　林纾却理解了她的意思，心里一阵难受，将陆千言抱得更紧一些："对不起……"

　　陆千言似乎有些累了，窝在她怀里打了个哈欠："Candy 阿姨，我想睡觉了。"

　　林纾忙将她擦干净，换上睡衣，而后抱上了床，她才刚刚触到床就翻了个身，蜷缩着大睡起来。

　　林纾松了一口气，坐在床边看着她，不知不觉竟然入了神，小小一个，脸颊鼓鼓的，泛着淡淡的红晕，让人忍不住想要亲昵。

　　每次和陆千言在一起，她总会忘记她是陆恒的女儿，叹了一声，替她掖了下被子，转身出去了。

　　盛维庭正坐在沙发里拿着一本书翻看，听到林纾出来的声音，眼皮都没有抬一下："你确定那是陆恒的孩子？"

　　"嗯？"林纾不解。

　　"如果不是你说她父亲是陆恒，我会怀疑她是你的孩子。"盛维庭抬眼看她，"我从没见过一个人能对仇人的孩子好成这样。"

　　"可她只是个孩子。"林纾说。

　　盛维庭撇撇嘴："但她是陆恒的孩子。我以为你也会恨他的孩子。"

　　林纾低着头绞手："我也以为我会讨厌她，可她那么可爱……"

　　"可爱？"盛维庭翻了个白眼，"大概也只有你会觉得小孩这种生物是可爱的吧。"

　　林纾犹豫了一瞬，坐在了沙发上，偷看他一眼，似乎不知道该不该说。

　　盛维庭看到她的小动作，啧一声："有话就说，看什么看？"

　　"你，真的那么不喜欢孩子吗？"林纾问，"不喜欢到完全不能忍受？"

　　"我为什么要娶一个智商绝对会比我低的女人，生一个不够聪明的孩子呢？你不觉得，这就像是污点？"盛维庭说完了之后，见她一脸茫然的脸色，不禁叹一声，

"算了,你大概不会理解这种感觉。"

"可是,如果那是你喜欢的人呢?是你很喜欢的人替你生的孩子呢?"

"假设不存在。"盛维庭直接说,"林纾,你怎么对这个问题这么的,持之以恒,难道你……"

林纾没有接话。

盛维庭转过头来看她。

他的眼睛似乎是一潭深水,没有涟漪,清澈透明,仿佛是能看穿一切。

林纾不知为何心口一跳,不敢看他眼中那个慌乱又无措的自己,她的声音像是被人夺走,尴尬得面红耳赤,只能低着头咬唇,竭力地想要找一个好的借口敷衍过去。

盛维庭直接叫她的名字:"林纾,你是不是有事情瞒着我?"

林纾吓得心都快要从胸口蹦出来,她摆手:"没,我没有……"

盛维庭还想说话,却听到一个软糯的声音在不远处轻声叫:"爸爸,妈妈……"

两人齐刷刷地转过头去看。

陆千言不知道什么时候开门走了出来,眼睛都没睁开,迷迷蒙蒙的,直接走了过来,大概是以为在家里,她直接扑进了盛维庭僵直的怀里:"爸爸,抱抱……"

盛维庭竭力忍住把她丢出去的欲望,看向已经愣住的林纾,压低声音叫:"还不快点抱走!"

林纾醒悟过来,慌忙伸手过去想把陆千言抱过来。

没想到陆千言居然紧紧趴在他怀里,小手拽着他的衣服,死都不放手,一扯她还哭着叫爸爸。

盛维庭手都不知道往哪里放,感觉到陆千言软嫩的脸颊和柔软的头发在他的胸口蹭着,他的鸡皮疙瘩都起来了,浑身都冒出了汗。

林纾低声说:"我也没办法,我一抱她,她就哭啊。"

其实林纾也庆幸陆千言及时出现,那个尴尬的话题可以及时叫停。

而且看着盛维庭这般无可奈何的模样,她心里忍不住偷笑,其实他应该也不是完全不喜欢孩子,至少也知道在这种时候,不能随便把孩子给扔到地上去。

"其实也没有那么可怕。"林纾竭力舒缓他心中的不喜,"你看,软软的,多可爱?"

盛维庭只知道孩子这种生物是他稍微用些力气就能受伤的东西,可他还是低头看了一眼,陆千言仿佛在他的胸前睡着了,头歪在他的肩膀上,粉嫩如花瓣的嘴唇微微张着,眼睛闭得紧紧的,因为方才的哭而有些眼泪,粘在她长翘的睫毛上,看上去很可爱。

他一点都不愿意相信这么个孩子居然是陆恒的女儿。

可他也没办法将她给丢下去，小孩子太脆弱了。

陆千言逐渐熟睡，盛维庭依旧保持着那个僵直的姿势冲着林纾无声地示意。

林纾试着想把她抱走，可只要一抱她，她便醒过来要哭，简直就是个小型炸弹。

她摊手表示没办法，小声地提建议：“要不，你就抱一抱她吧？”

"怎么……"盛维庭高声回道，感觉到怀里的孩子一动，连忙压低了声音，"怎么可能！"

他瞪了一眼林纾，可林纾没有办法，干脆说：“如果你希望她哭的话，就把她扔开吧。”

什么叫引狼入室？他这样的就是。

盛维庭试探着伸手放在了陆千言的身上，的确很软，和豆腐的手感差不多，但就像稍微用力就会碎掉一样，他根本不敢再碰，不过，也没那么难以接受。

林纾还在一旁鼓励他："其实也能接受的，不是吗？"

盛维庭瞪她一眼，却愈发小心翼翼地抱住了她，但总不能让她一直靠在自己怀里睡，他慢慢地站起来往林纾的卧室走去。

林纾想，或许他本能地排斥，但这并不妨碍他会成为一个好父亲。

盛维庭已经将陆千言放在了床上，只是陆千言依旧不肯放手，不知道是不是他身上太舒服，死死地拽着。

盛维庭又没办法起身，僵持在中间简直是快疯掉了。

林纾回过神来，见到这样子，忙迎上去。

可陆千言不肯松手，她也没办法，她只能提建议："要不你陪她睡一会儿？"

盛维庭想要扳开她的手，可手还没碰到，便停住了。

孩子的手小小肉肉的，攥成一个拳，手背上还有几个肉嘟嘟凹进去的小窝，让人不敢碰触，他叹一声，觉得自己简直越来越没有原则可言，他慢慢地坐在了床上，躺在了陆千言的身边。

陆千言立即迅速地找了个最舒服的位置，重新窝进他怀里。

林纾站在一旁，看着两人和谐的场景，忍不住低头轻笑，想要出去。

没想到才走了两步就被盛维庭叫住："你去哪里？"

"我去沙发睡。"林纾不解他为什么叫住自己。

"等一下！"盛维庭看了一眼窝在自己怀里的陆千言，"你还真打算让我陪睡一整晚？"

"哎？"

"她半夜要去洗手间怎么办？你不能走。"盛维庭说，"等她松手我就走，你就在这里等着。"

她只能乖乖应好，而后坐在了床的另一边。

她原本只是靠在床头的，不多会儿便觉得睡意阵阵袭来，她也和陆千言一样，自动寻找了一个舒服的姿势，躺了下去。

半夜里陆千言的确要上厕所，林纾被推了几下，像是已经习惯的那样在昏昏沉沉中抱着她去了卫生间，等她解决完又回到床上继续睡觉。

林纾把盛维庭抛在了脑后，抱着背对着自己的陆千言睡得格外香。

仿佛是近段时间内睡得最好的一次，她从孩子香香的脸边抬起头，刚想伸一个懒腰，却看到了近在咫尺的那张男人的脸！

她吓了一跳，连哈欠都忘了打。

他怎么还在这里？

林纾好不容易才压抑住想要惊声尖叫的冲动，轻轻地坐起来，忍不住看向躺在床上依旧好眠的两人。

昨天还对陆千言排斥得厉害，如今却将她轻轻拥在怀里，仿佛习惯了那般。

她看着两人紧紧地靠在一起，不知道是不是错觉，竟觉得侧脸那么相似，仿佛是一个模子里印出来的那般。

她悄声下床，没有吵醒一大一小，出去外面的卫生间洗漱，见他们还没有醒来，便直接去了厨房准备早餐。

厨房里已经没有什么食材，她只能烤了几片面包，又煎了鸡蛋，做完之后，她便洗了洗手，回房间看两人醒了没。

悄悄开了房门，她便看到一大一小都已经坐了起来，面对面瞪着对方看，莫名有些尴尬的样子。

林纾愣了一秒，轻咳一声："你们，醒了？"

听到熟悉的声音，陆千言瞬间转过头来，笑着朝她张开双手："Candy阿姨！"

林纾走了过去，自然而然地将她抱了起来，仿佛是做过许多遍的那般："睡得好吗？"

"嗯。"陆千言用力地点点头，忽然用力地嗅了嗅，惊喜道，"香，我饿了。"

林纾笑着捏了下她的鼻子："先去刷牙洗脸。"

"Candy 阿姨帮我。"陆千言撒着娇。

林纾点点头，将她抱了出去。

留盛维庭一个人坐在床上，头发还有些卷翘，看上去傻傻呆呆的，他昨天想着等那破小孩睡着就走的，可莫名其妙就睡着了，连半夜都没有醒过来。

一大早的时候，他感觉到他的脸被捏了又捏，原本还以为是Clever，他自然地伸手要甩开，可他的手伸出去便感觉到了柔软的触感，微微一愣，Clever那毛茸茸的触感去哪里了？

他猛地睁开眼睛，便看到一张不算熟悉的小巧又肉乎乎的小脸在面前，他一惊，坐起来，差点和她撞上。

陆千言倒是很灵活，匆忙往后退，小小的人儿就这样坐在他对面，瞪着闪闪的大眼睛看着她："坏叔叔怎么在床上？"

恶人先告状吗？

盛维庭顿时就气恼了，同样瞪着她："因为你昨天抓着我的衣服叫我爸爸！"

"不可能！"陆千言噘着嘴。

"谁说不可能！"盛维庭继续瞪她，"还非让我抱！"

"就是不可能！坏叔叔骗人！"

两人便大眼瞪小眼起来，幸而林纾进来解了围。

等她们出去之后，他也匆忙下床，跟了出去。

林纾正站在一旁帮陆千言洗脸，每一个小角落都不放过，洗得干干净净，盛维庭对陆千言说："你不是不相信吗？问你的Candy阿姨，昨天是不是你抓着我的衣服叫我爸爸，还一定要让我抱着。"

陆千言居然撇撇嘴，靠在林纾的怀里："Candy阿姨，坏叔叔好可怕。"

盛维庭气得连话都说不出来。

林纾还抱了陆千言，替她说话："你和她计较什么？"

盛维庭看到躲在她怀里的陆千言冲他做了个鬼脸，好不容易才压下怒气。

是啊，她就是个熊孩子，他和她计较什么？盛维庭冷哼一声，转身走出去。

离开卫生间的时候还听到林纾温柔对那熊孩子说："别害怕，叔叔是好人。"

等他洗漱好出来，林纾和陆千言已经坐在了餐桌旁，正在欢欢乐乐地吃早餐。

盛维庭坐下来，拿起一片面包，刚想去找他惯常吃的果酱，找了一圈没找到，刚想问林纾，居然看到陆千言正捧在手里，舌头也伸了进去……

他克制住生气的冲动："我的草莓酱！"

林纾一怔,这才看到陆千言不知道什么时候已经快把嘴巴都探进去了,连忙拿过来,看着陆千言满嘴红彤彤的样子,忍不住笑起来:"哪有这么吃的?"

陆千言伸出舌头舔了一下嘴边的果酱,嘿嘿一笑:"好好吃!"

"那是我的草莓酱!"盛维庭虽然不愿意和她计较,但涉及到自己最爱的草莓酱……

好吧,他真的不能忍!

陆千言又露出她的委屈表情:"Candy阿姨……"

"孩子吓到了……"

"可她吃了我的草莓酱!"盛维庭不依不饶。

林纾犹豫了一下,慢慢地将草莓酱移了过去:"还有呢,要不,你先吃?"

盛维庭看着那瓶被陆千言舔过的草莓酱,闹脾气:"你觉得我会吃被别人碰过的东西?"

林纾也拿他没办法:"那我等会儿去给你买。"

陆千言还眨着眼睛,可怜兮兮地说:"对不起,叔叔。"

盛维庭觉得一口气闷在心口,真是,太抑郁了。

所以在吃完早饭后,林纾说要去超市帮他买草莓酱,问他要不要一起去的时候,他坚定地拒绝了。

林纾倒也不在意,准备一个人出门的时候,陆千言也非要跟着去,便带了她一起去,超市就在小区外面,很近,不过走上几步路的距离。

陆千言很兴奋,在超市里拿了不少糖果,林纾看了下她的牙齿,担心她吃太多糖把牙齿弄坏了,好说歹说才让她少买了一些。

她一手拎着一个大大的环保袋,一手拉着陆千言,连步子都格外轻松。

陆千言嘴里含着棒棒糖,一蹦一跳的,也不喊累,一直乖乖地走着。

已经到了楼下,陆千言忽然顿住了步子,林纾不解,却也停下来,低头看她:"怎么了?走累了吗?"

陆千言却没有回她的话,呆呆地叫:"爸爸……"

林纾一怔,抬头看去。

不远处,正是陆恒,他带着不敢置信的面容,正看着她们。

林纾依旧紧紧地抓着她的手,不知不觉竟然用了力。

陆千言觉得痛了,轻轻地甩了甩:"疼……"

她这才回过神来,慌忙问:"没事吧?"

"嗯。"

陆恒缓步走过来，终于走到了林纾面前。

陆千言先一步抱住了陆恒的腿："爸爸，抱抱……"

陆恒将她抱起来，她便轻声说："是我找Candy阿姨的。"

陆恒微皱眉头："怎么可以随便走掉？难道不知道我们会担心吗？"

"对不起……"

陆恒摸了摸她的脑袋，将她放在地上："回家去，爸爸还有事要和阿姨说。"

陆千言看了林纾一眼，有些依依不舍，最后还是转身走进了楼里。

林纾见陆千言走开，也不愿意多留，转身就走，却不想让他知道自己住在哪里，想往小区外走去。

只是她还没走上两步，胳膊就已经被抓住，她毫无反抗力就被他重拽了回去，她被迫和他面对面，可她连他的脸都不愿意看到，侧了头，拼命地挣扎："放手！"

陆恒却将她拉近，直接把她抓到了身前，脸凑得那么近，近到呼吸可闻，她只觉得恶心，死死地别开头。

"为什么又来？"陆恒故意靠近，"这么频繁地出现在我身边，还接触我的女儿，会让我怀疑你对我还余情未了！"

"陆恒。"林纾笑了一下，满是讥讽的意味，"余情未了？这种话我听着都觉得恶心。"

"是吗？难不成你想找机会杀了我吗？"陆恒也笑，"你大概还没这个胆量。"

"你知道，我最后悔的一件事是什么吗？"林纾说，"我后悔我曾经喜欢过你，想起来都让人觉得恶心！"

"恶心？"陆恒的瞳孔一缩，靠得更紧一些，"难道是现在才觉得恶心吗？不，林纾，你从来没有喜欢过我，如果喜欢，你会连碰都不让我碰吗？"

她从来没有喜欢过他？如果不喜欢，她又怎么会坚持要嫁给他！

"原来你的喜欢这样异于常人。"陆恒凑近，鼻尖几乎顶着她的鼻尖，"我和你认识那么久，都快要结婚还不能碰你一下，你却能和不知道哪里冒出来的人一夜欢愉，林纾啊，你说我恶心，你才是真正的让人恶心！"

林纾垂在身侧的手蓦然握紧，抬手想要打她，却在还未碰到他的时候就已经被抓住胳膊。

他用力一甩，她往后跌了两步，眼看着就要摔倒在地，身后却忽然有一只有力的手臂揽住了她的腰。

她微怔，回头看去，盛维庭板着一张脸，扶在她的后腰，并轻轻地将她扶起来站稳。

她有些恍惚，也不知道怎么回事，像是有了依靠，原本一直忍着的眼泪在那一瞬间居然簌簌落下："盛维庭……"声音那么委屈无助。

盛维庭抓住她的手，轻轻地按了按，她的眼泪落得更凶，止都止不住。

盛维庭看不得她这怂样，一瞪眼："哭什么？"

林纾吸着鼻子想要停住，没想到眼泪却依旧止不住。

陆恒没想到盛维庭会忽然出现，一时的尴尬之后便微微一笑："盛教授怎么会在这里？"

"我？"盛维庭微微勾唇，"我家在这里，难道我不能出现？"

他故意转换了重点。

陆恒微愣："是。"说着他看向躲在盛维庭身后的林纾，心中不知为何有种莫名的感觉。

林纾，她和盛维庭认识？

"盛教授，您认识……"陆恒微微蹙眉，看到盛维庭居然伸手抓住了林纾的胳膊。

盛维庭扬眉，十分自然地倨傲，让人完全讨厌不起来："当然不会不认识。"

林纾有些慌乱，说道："你又是谁，我们认不认识又关你什么事！"说着扯了扯盛维庭的衣袖，低声说，"我们走吧。"

盛维庭显然不满意这个结果，他还想说话，可林纾揪着他的衣袖，用楚楚可怜的眼神看着他。

他莫名地有了怒气，一甩手，哼一声便先走开了。

林纾看也没看陆恒一眼，忙追了上去。

陆恒看着两人看似隔得远，却又有着默契的模样，自然费解。

他们又怎么会认识的？

难不成当初那个将林纾从精神病院救走的人，就是他？

陆恒蓦地瞪大眼睛，却又有些不敢置信，怎么可能，盛维庭怎么会管这样的闲事。

第七章　喜欢一个人

　　自从遇到林纾之后，盛维庭似乎便一直在管乱七八糟的闲事，搅得他原本正常平静的生活一团糟，偏偏他还适应了。
　　可是现在他很不开心，他挣扎了很久才说服自己下楼找她，没想到一下来就看到她被人搂在怀里。
　　于是盛维庭打算不理她，回到了家依旧不和她说一句话。
　　林纾眼巴巴地把草莓酱送过去："你最爱的草莓酱！"
　　他想一把甩开，可手都抬起来了，还是没能狠下心，犹豫了下，伸手拿了过来，哼一声："买个草莓酱都能花那么多时间！"
　　"刚刚，谢谢你啊。"
　　"呵，我还以为你不希望我出现呢。"盛维庭的语调怪怪的，"他的怀抱怎么样？是不是很舒服？"
　　"我也没想到会遇到他，我……"
　　"你什么？"盛维庭要是想说刺耳的话，绝对比任何人都成功，"你难道不是旧情难忘吗？他的怀抱那么舒服，就算被他甩开依旧很开心？我不出现的话你们是不是要和好了？林纾，你就没有羞耻心吗？他都和别的女人生了孩子！"
　　"我没有对他旧情难忘，我怎么会……"盛维庭说的话仿佛一把把尖刀，一下下刺进了她的胸口，快要疼得无法呼吸。
　　方才在楼下好不容易克制住的眼泪再度席卷而来，比刚刚还要汹涌："盛维庭，你就这么看我吗？"
　　盛维庭在看到她眼泪的瞬间便已经后悔，后悔说了那些伤人的话。
　　他一向都习惯了想什么就说什么，根本就没能克制住，说完才意识到说了什么。
　　可让他道歉？大概是比登天还难，他非要撑下去："如果不是对他旧情难忘，又为什么对他的孩子这么好？"
　　林纾可以任由所有人这样说她，她都可以不在意，可盛维庭不行。
　　他是那个把她救出泥潭的人，他是……
　　他是她喜欢的人。
　　从前她一直不敢相信，也一直都在逃避，不愿意去确认这一份已经这么明显的感情。

她对自己说不会再喜欢上一个人。

可他方才那些刺人的话却让她懂得，她喜欢上了他，如果不喜欢，那么他怎么说，她也不会痛。就像如今的陆恒，说伤人的话，她都不过把它当作耳旁风，因为她已经不喜欢他了。

原来爱总是伴随着疼痛而来。

林纾不知道该如何面对盛维庭，面对这个她终于承认喜欢，却将她说得一文不值的男人，她手里的环保袋倏地落地，转身就跑了出去，好像是在躲开野兽。

盛维庭站在原地看着她匆忙离开的背影，不知为何，竟有些茫然若失。

她就这样走了？是怪他说了那些话？她有地方去吗？

盛维庭在原地站了一会儿，忍不住走到了窗边，却没有看到她的身影。

他在房间里走上了好几圈，心里有些莫名的惴惴，他在为她担心？有什么好担心的？

他坐下来，决定看会书，可那些字像是长了翅膀，搅得他眼花缭乱，哪里看得下去，愤愤地将书扔在了一边，心烦意乱。

看到Clever站在一边呆呆地看着他，他忽然说："Clever，要不要出去散步？"

Clever像是听懂了，冲他汪汪叫了两声。

盛维庭的表情立刻明朗起来，起身就说："走吧！你可不要误会，我绝对不是去找她的，我只是带你去散步，只是这样。"说着，低头看了一眼Clever，"知道吧？"

Clever呜咽一声，竟然像是白他一眼。

他气得不行，居然连狗都这么无视他。

带着Clever在小区里转了好几圈，他终于忍不住骂了一声："靠，她究竟去哪里了？"

其实林纾并没有地方可以去。

她没有了家，也没有朋友，在这个城市，在这个世界，她唯一可以信任的人便是盛维庭。

她跑出来之后，失魂落魄地走出了小区，可面对十字路口，她却那样迷惘，走哪里都像是一个黑洞，即将要吞没她。

小区门口就有一个公交车站，她走过去坐下，这边本来就是高档小区，大多数都是开车出行，会坐公交车的屈指可数，站台上没有人。

她看着无数辆车从眼前开过,又消失,公交车会在她面前停下,前门打开,见她并没有要上车,便又关上。

循环往复……

就像有许许多多的人,都是她人生中的过客,经过又离开,偶尔会停留,却永远不会为你停下,可能早一些,也有可能晚一些,他们终究是会走的。

而她,终究还只是,一个人。

一个人来,便一个人走,人生本来不就是这样的吗?

可她为什么这么难受呢?大概是因为她有了想要携手一起走下去的人吗?

她已经不想再一个人走了,这种感觉太孤独,太寂寞,太可怕,她也想要有依靠,也想有人能一直陪在她身边,替她鼓劲,帮助她。

她原本以为陆恒会是那个人,可现实却给了她一记响亮的耳光,使她痛彻心扉。

她以为她再也找不到那么一个人可以让她全身心的信任,可他偏偏就这样出现,她根本无法控制感情。

理智上明白不可以,可情感上,她早就不知不觉地沦陷了。

原本已经停下的泪水不知何时再度落下,她伸手抹去,眼泪却又下来,她没有骨气地低头哭起来,眼泪簌簌地落下来,地上晕湿了一片,眼前是模糊的,她什么都看不清楚。

真的很疼,心口疼得快要了她的命,明明就认识了那么一段时间,她怎么就喜欢上他了呢?怎么就喜欢上了不可能喜欢自己的人呢?

她眼泪流下来也没有东西可以擦,她低着头不愿意抬起来,不想让人看到这样没有形象的自己。

可偏偏这种时候就会有人出现。

她看到出现在眼前的鞋子,微微挪了一下身体,就算是陌生人也不想被看到如此失态的她,可那个人站在这里不走了。

她偷偷想擦眼泪,可手还没抬起来就感觉一只纤长的大手蓦地出现在面前,她还未反应过来,下巴已经被人抓住,她不得不抬起头来。

她仓皇失措,脸上还满是眼泪,眼睛红肿得几乎张不开来,这样脏兮兮的她,她都无法直视。

来的人是盛维庭,没有任何表情,就只是静静地看着她,他的眼睛仿佛有魔力,要将人吸进去,她怔怔地看着他。

"真脏。"盛维庭撇撇嘴。

她惊了一下,猛然醒悟,吓得连忙推开他的手,垂下了头不敢给他看到。

盛维庭却又将她的脸抬了起来。

她避无可避，却不敢看他，垂下了眸子，闪闪烁烁。

"啧，居然搞成这个样子？"盛维庭说，用手指轻轻地触上她眼角的泪珠，竟是在替她拭去眼泪。

她也不知道哪里来的勇气，猛地站了起来，一把将他的手甩开，哽咽着喊："是，我就是这个样子，可是，你真的觉得我没有半点羞耻心？盛维庭，在你眼中，我就是那么没有自尊吗？"

看着她满是控诉的眼神，盛维庭竟有些慌乱，轻咳一声，颇为尴尬。

他刚才是气急，说完就后悔了，可他难道还真的和她道歉？

道歉这两个字是不存在于盛维庭的字典里的。

可看着林纾喊完话之后默默流着泪的可怜样子，他居然生出了一种"其实道歉也可以"的念头。

"我……"盛维庭试着想说什么，可发现舌头像是打了结，犹豫几秒之后说，"我又不是你，怎么知道你心里想什么？"说完之后他才意识到，他是不是把事情弄得越来越糟了？

林纾好不容易止住的眼泪再度落了下来，转身就走。

Clever比他快一步追上去，蹭在她的腿边轻声地叫，她实在太难过，没有力气去和Clever说话，只能大步往前走。

盛维庭见一人一狗越走越远，忍不住叫一声："林纾！"

林纾的脚步微顿，等他说话。

盛维庭又走近些："需要我告诉你一声，你现在无处可去吗？"

林纾哭得更凶了，再也不停顿，直接往前走，走到哪里算哪里。

盛维庭明白再度说错话，可若是让他道歉，还真不是他擅长的，站在原地酝酿了一下，依旧不知道该如何对她说。

他心里闷闷的，只能先跟着她走了过去。

林纾哭得根本看不清路，也不顾红绿灯，直接就要往前闯。

盛维庭见她明明是红灯还要往前走，而且是在有车已经开近的情况下，慌得连忙抓住她的胳膊将她拽了回来。

她好不容易才站稳，哭着蹲了下来，抱着腿呜咽。

盛维庭有些不知所措，"你，别哭了！"他只能用命令的语气对她说。

她怎么听得进去，哭声完全屏蔽了周围的一切声响。

Clever也在她的身边,伸出舌头去舔她的泪水,用脑袋蹭她的胳膊,好像是在安慰她。

盛维庭站了一会儿,终于也蹲了下来,可她埋着脸,根本看不清楚,他叫她:"你真的要继续哭下去?"

林纾没有空理他。

"喂。"盛维庭晃她的肩膀。

她终于有了点反应,抬起脸,眼睛是红的,鼻尖是红的,嘴唇被她咬得惨白,眼泪依旧不停落下来。

这眼神,让他有点不敢看。

他不知道该说什么,停顿一会:"别哭了。"

"我哭都不行吗?"

"你……"盛维庭叹了一口气,终于妥协,"我道歉还不行吗?"

林纾愣住,连哭都忘记了,怔怔地看着他。

他伸过手去,胡乱地在她脸上抹了几把,居然也没觉得脏:"我说我和你道歉!"

道歉?

这话真的是盛维庭说出来的?

"女人真是麻烦。"盛维庭撇撇嘴,哼一声,声音却是他都没想到的柔软。

"那,你还觉得我是那样的人吗?"林纾哽咽着,说都有些说不清楚,"觉得我没有,羞耻心吗?"

问题严重了。

盛维庭怎么还敢承认:"我都说了我道歉。"

林纾的眼泪好歹止住了,却依旧蹲着不动。

盛维庭叫她:"还不起来?"

"我……"她抬头,一脸委屈,"我腿麻了,站不起来……"

"真是麻烦!"盛维庭这样说,却伸手放在她面前。

她将手放在他的大掌里,他紧紧握住,用力一拉,她站起身来,眼前发黑,身形不稳。

盛维庭自然地扶住她,等她恢复过来。

林纾看见近在咫尺的他,不觉生出尴尬的情绪来,不知道该怎么面对他。

她原本失魂落魄地跑出来,如今跟着盛维庭满脸羞窘地走回去。

她回去后便关进了卫生间,一抬头就从镜子里看到了头发散乱,一脸难堪的自己,她连忙用冷水洗了一把脸,稍微整理了一下,可毕竟哭得太久,眼睛红肿却是没那么容易消失。

她只能就这样出去，盛维庭却不在客厅，不知道去了哪里，她犹犹豫豫坐在沙发上，懊恼地抓了一把头发。

"又怎么了？"

她用力睁开红肿的眼睛："没，没什么。"说完又默默地垂下了头。

"我承认我的确说得过分，但你是不是也做错？"

林纾点点头，闷声说："对不起……"

"你冷静一下，我再带 Clever 出去散步。"他叫了一声，Clever 便从角落蹿了过来在他面前蹭着。

房间里只剩下了她一个人，空荡安静，林纾叹了一声，绵长又无奈。

她怔怔地坐了好一会儿，忽然想起什么，找到手机，拨通了一个号码。

那头很快就接起来，声音轻快："小树，你怎么会打过来？"

"对不起，阿仪。"林纾深吸一口气，破釜沉舟。

"到底怎么了？"听林纾一本正经，她的声音也紧了紧。

"我和你的承诺，我大概没有办法遵守了。"

邵仪微怔，轻笑着："小树，你在说什么？"

"对不起，阿仪。"林纾说，"我喜欢上盛维庭了。"说完这句话，林纾松了一口气，原本的惴惴不安变成了坦然无惧。

她喜欢上了盛维庭，这就是事实，无可改变。

"小树，"邵仪声音嘶哑，"你说不会喜欢他。"

"阿仪，对不起。"

"我说过的话也不会收回。"邵仪冷了声音，"我会追他。"

"阿仪……"

"我们公平竞争，我势在必得。"邵仪坚定地说道。

"不管怎么样，"林纾说，"我为我曾经的信誓旦旦道歉。"

邵仪径直挂了电话。

林纾一时间没能回过神来，Clever 的叫声忽然在她的耳边响起，她惊到，手机都掉地上。

有一只手比她快一步，将手机捡了起来放在了她手上。

林纾依旧发愣，盛维庭是什么时候进来的？他听到了她和邵仪的对话了吗？

林纾心惊肉跳，都不敢看他，连声音都打颤："怎么，这么快就回来了。"

她偷偷地觑他一眼，想看他的表情有没有什么变化，可她看不出来，他和往常并没区别。

"Clever 不想走了。"盛维庭说，语气平静，"你在和谁道歉，和别人道歉这么顺口，怎么就对我这么的，强硬？"

林纾吓得被口水呛到，咳嗽起来，明知道他没有听到，却依旧心虚，幸而手机铃声再度响起，她匆忙接起来："你好。"说着走进房间，等门关上之后才敢放松，"请问，你是？"

"您是舒林小姐吗？"

她为 Sapling 比赛投稿的名字就是舒林。

"我是。"

"这边是 Sapling，关于您投的设计稿已经进入第二轮筛选，请您耐心等待结果。"

"好的，谢谢。"林纾抑制不住笑容。

她知道这次比赛的审核一共有三道关，这不过是第一道而已，可她依然很是开心，毕竟这给了她信心。

林纾差点就忘了方才发生的事情，开门出去便见盛维庭依旧站在原地，似是若有所思。

她被开心冲昏头脑，直接冲过去抱住他的腰："盛维庭，我的设计稿过了第一轮筛选了！"

"恭喜你。"声音依旧淡淡地。

她笑着扬起头，刚好看到他低下头来，眼中有她看不懂的东西。

林纾忽然一怔，意识到自己做了多不妥的事情，刚想要放手推开一步，却听到盛维庭说："林纾，有件事情我需要你的解释。"

"什么？"林纾莫名其妙。

"我觉得，你大概需要解释一下，什么叫作你喜欢上盛维庭了？"盛维庭低着头看她，距离很近，连呼吸都在眼前，"这个盛维庭，是我？"

声音温柔如许。

林纾只觉得头顶一个响雷炸起来，耳边只有嗡嗡嗡的声响，她好不容易才回过神来，磕磕巴巴："不是，是阿仪她说喜欢，喜欢你，我知道你，你一向都不喜欢别人接近，所以我就想，想说帮你……"她快要编不下去，急得脑袋上都是汗。

偏偏盛维庭还一脸认真："你的意思是，你为了帮我？"

她忙用力点头："是，是，她说，说不会放弃，说我没有资格这样说她，所以我才，我才……"

林纾脸红得滚烫,知道不该说谎话,可她不敢承认喜欢他,因为她怕被拒绝。

"所以……"盛维庭说,"你以为我会相信你说的鬼话?"

是啊,盛维庭是谁,怎么可能会看不穿她这样拙劣的谎言!

林纾趁盛维庭再说话之前,转身背对着他,快速说道:"是,我的确在说鬼话,你愿意怎么相信就怎么相信。"

"我愿意怎么相信就怎么相信?"盛维庭重复了一遍,"哦 GOD,林纾你是在害羞?也对,女人总是容易害羞,我理解。当然了,你喜欢我这件事情,我觉得很理所当然。你怎么可能不喜欢我,不是吗?"盛维庭说,得意地微扬下巴。

林纾原本紧张得浑身都在发抖,可听到这话却忍不住笑起来。

"可是你……"盛维庭上下打量她几眼,"真的不是我喜欢的风格。不过你也别太伤心,几乎所有女人都不是我喜欢的风格。"

盛维庭的话让她浑身冷冷热热的,最后变成了哭笑不得。

这样也好,反正她在他面前丢脸已经丢得够多,再多一些又怎么样呢?

她并不会期望盛维庭也喜欢她,那么至少,就让她留在他身边吧,这样就够了。

接下来几天,盛维庭更加嘚瑟了。

比如她正在网上搜索目前林氏情况时,盛维庭会忽然叫她:"我想喝水。"

林纾看得太认真,有时候便会自动屏蔽外界的声音,等他叫了两遍都没听到动静之后,他便会吼:"林纾,你的喜欢就是连倒杯水都要推三阻四吗!"

她能拿他怎么办?当然是乖乖站起来,替他倒一杯水,然后恭敬送上去:"大爷喝水。"

盛维庭这才满意,甩甩手:"走吧。"

得了允许,她终于能继续坐到电脑前。

因为当初父亲的坚持,林氏的很大一部分股份都在她身上,她也是林氏的股东,但她从不参与管理。

她搞不清楚为什么陆恒能拥有实权,他是林氏的执行总裁,但却并没有股权。

她在看了几年前的新闻才发现,陆恒居然利用股权转让协议书拿到了属于她的股份,对外宣称说是她在父亲入狱后得了精神疾病,在完全失去神志之前将股权转让给了他。

陆恒居然还假惺惺地说:我一定不会辜负我妻子的厚望,会好好管理林氏。

如果她出面,证实股权转让协议是假的,对陆恒来说应该是很大的打击。

可现在,她在众人眼中是患了精神病的女人,如果她就这样出现在陆恒面前,陆恒绝对不会让她得逞。

所以，她只能靠 Sapling 的设计比赛，如果她得到冠军，不，就算不是冠军也没关系，只要进入最后一轮选拔，设计者就能参与现场比赛。

她能到场就可以了。

第二轮筛选通过的消息在几天之后到来，后天便是最后一轮筛选，她要再一次踏足 Sapling 总部的大门。

她一夜都没有睡好，还在睡梦中就听到手机铃声不停响着，她迷迷糊糊伸手将手机摸过来，接通便放在了耳边："喂……"

"是舒林小姐吗？"

"嗯是。"林纾闭着眼睛，神志没有清醒过来。

"对不起，您没有通过第二轮筛选。"

"你说什么？"林纾猛地坐了起来。

"实在是对不起，是我们的工作失误，你很有才能，可与我们 Sapling 并不适合，谢谢您的参与，再见。"那头轻轻松松挂了电话。

她忙起身去洗漱换衣服，拿了设计稿就出门打车往 Sapling 而去。

陆恒的确在 Sapling。

最后一轮的筛选是由他和宝石的主人共同进行的，他提前来公司看了设计稿。

他一眼就认出了那幅设计稿。

《携手》。

直觉告诉他，这是林纾的笔触，看到签名他便认定了。

他没必要招来不必要的麻烦。

他盯着电脑里的设计稿看，秘书走过来："陆总，已经吩咐下去了。"他点点头，说了声好。

"陆总。"门口传来熟悉轻佻的声音，陆恒迅速将文件关掉，笑着起身，"徐总这么快就来了？"

徐得宁勾唇一笑："没办法，老头子催着让我来瞧呢。"

陆恒把通过前两轮筛选的设计稿给他看："这些都是经过严格筛选的。"

徐得宁随意瞥了一眼："看起来都一个样子，也就老头子要求多，到时候让他来看吧。"

"老爷子什么时候回国？"

"今天的飞机，说要亲自把关，不就一个吊坠，没想到对原配那么情深义重。"

陆恒只笑着问:"要不要一起进餐?"

徐得宁摆手:"我还要去接老头子,就不了。"

他匆匆地来,匆匆地走,陆恒冷笑一声。

林纾来到Sapling总部的门口,却又踌躇,好不容易下定决心,握拳,埋头大步走进去,却一不小心撞到了人。

她拿在手里的设计稿也落在了地上,边说对不起,她边蹲下身去捡。

有双手比她更快一步,捡起了设计稿,却没有还给她,她微微抬头,看到了一张熟悉的脸庞。

说熟悉,其实也算不上很熟,只不过几面而已,林纾叫了一声徐总后便伸手想把他拿走的设计稿拿回来。

徐得宁却一晃,站了起来,并不想把东西还给她。

林纾尴尬难堪:"徐总,请还给我。"

"哦?这不是林大小姐吗?"徐得宁攥着设计稿,放在了身后,轻笑着说,"好久不见,你一直没联系我,是没有考虑好?"

"对不起,徐总,您想要的我没办法给你。"

"为什么呢?"徐得宁一脸不解,"是觉得我不能给你你想要的?"

"我知道什么可以拿来交换,什么不可以,至于徐总您提出的要求,对不起,我想我没办法接受。"

徐得宁似懂非懂地点头,却笑:"老实说,这就是迂腐,哪有什么不可以放弃的?你这是还没有走到绝境呢,怎么,盛维庭打算帮你了?"

林纾想要辩驳,徐得宁却忽然转移话题:"你也参加了设计比赛?"

林纾闷闷地点点头。

徐得宁又看一眼设计稿:"没有通过第二轮筛选?我没在最终名单里看到你。"

她不解地抬头看他,Sapling是独立的,并没有祖盛的股份,徐得宁怎么就能参与进来?

他一眼就看出她的疑惑:"我没有跟你说吗?我是受委托人的拜托过来视察的。"

委托人?

林纾的眼睛顿时一亮,却顿时黯了下去,微皱眉头。

"如果我帮你把设计稿带给委托人……"他依旧吊儿郎当,笑得痞痞的模样,她握了握拳,伸手想将设计稿拿回来:"徐总,请把我的设计稿还给我。"

"不想让我帮忙？"徐得宁笑。

"我没办法满足您提出来的要求，就不麻烦您了⋯⋯"

徐得宁却将设计稿叠了几下，放在口袋里："你这么说，我倒是想拿去了。"

"徐总！"林纾不明白他究竟想要干什么，明知道她不会答应他的要求，又为什么⋯⋯

"你知不知道预付款？"徐得宁自顾自地说下去，"我得让你看看，我能对你产生多大的帮助，比盛维庭能给的可多得多，到时候你再仔细考虑一下，要不要跟了我⋯⋯"

林纾自然知道什么叫预付款，可她并不想就这样和他扯上关系。

"徐总⋯⋯"林纾依旧想要拒绝。

"我还要去机场接人，有空再和你进行一下深入的，交流。"他挑了挑眉，大步走开。

林纾看着他大步离开的背影，知道应该追上去将她的设计稿要回来，还在挣扎便听到身后传来有力的脚步声，她回身看去，是陆恒。

她下意识想走，可不过后退了一步就站稳了。

陆恒没想到她胆子大到会直接到这里来，微微一怔后便带上他惯有的笑容："我倒是真没想到你会到这里来，舒林？"

他果然是知道的，林纾紧紧地瞪着他。

"不要这样看我，我以为你有所长进，可就你这个样子，也想拿回林氏？这次比赛你别想参加了，我不会给你任何机会。"

"我会睁着眼睛好好看着，看着你是怎么从天堂到地狱的。"

"是吗？那我就拭目以待了。"陆恒轻飘飘看她一眼，"你以为勾搭上盛维庭就能改变什么吗？他不过是个医生而已，自负傲气，总有一天要被人拉下来！"

"不许你这么说他！"从陆恒口中听到那些盛维庭的坏话，林纾那么生气，居然比他骂她的时候更加生气。

"怎么这就忍不住了，小树啊，这样可不行，既然你想和我斗，我可不喜欢胜之不武。"

陆恒的秘书开了车过来，远远地叫他一声。

陆恒应一声，随后看向林纾："要不要一起进午餐？"

"呸！"林纾恨声，"我怕我会把去年吃的都吐出来。"

陆恒一脸无谓的模样："既然如此，那就再见了。"

他果然就直接转身离开。

林纾好不容易才压下心头的怒火，只是心中依旧憋闷，不知为何居然去了盛维庭所在的医院。

来到盛维庭的办公室，敲门进去他居然不在，他去手术了，只有Clever窝在角落。

Clever看到林纾立刻冲过来，林纾陪它玩了一会，闹得有些累，正好有躺椅，她便躺上去想休息下。

Clever很乖，见林纾睡下去也坐在一旁不吭声了。

她倒是没想到会睡过去，大概实在是太累。

盛维庭终于结束手术，冲了个澡之后便径自往办公室去，没想到一开门就闻到了熟悉的味道。

他的感官一向敏感，所以一推开门，他就闻到了空气中的味道，他熟悉无比，熟悉到他甚至不用仔细辨别。

除了林纾还能有谁？

果然，他一眼就看到了靠在躺椅里睡得正熟的林纾，不知道为何，原本浮躁的心忽然就安静了下来。

他轻轻关上了门，又制止了Clever想要大叫的冲动，而后慢慢地走到了她身边，居高临下地看着她，她头发有点散乱，眉心紧紧地皱着。

房间里开着空调，有些冷，盛维庭见她整个人都缩成了一团，毫不犹豫地将外套取过来，缓缓弯腰，轻轻地盖在了她身上。

手指不小心碰上她的脸颊，温润柔嫩的触感让他发怔，竟忘了把手缩回来。

似乎整个人在那一瞬间放空了，不知道过了多久，他忽然感觉一只柔软的小手握住了他的手腕，他忽然清醒，可还没反应过来，就感觉到一股力量拽着他，他没能站稳，直接栽了下去。

盛维庭的躺椅很大，足够躺下两个人，他栽到了躺椅上，半个身子都靠在她身上，脸也靠得那么近。

莫名的尴尬氛围涌动。

林纾微微睁眼，盛维庭以为她已经醒了，想要义正词严地批评她莫名其妙的行为。

没想到她很快又阖上了眼睛，还往他怀里蹭了蹭，嘴里呢喃了两句听不懂的话。

他凑近一些想听清楚她说什么，没想到她忽然扬起头来，她的动作太迅速，他根本来不及反应，唇上一阵温热，他身体僵直。

她的唇贴着他的，一动不动，他心跳得非常快，太阳穴突突地跳着，仿佛脑袋都快要爆炸，他想伸手将她推开些，她竟又往他怀里靠了靠，贴着他的唇微微张开，热气从口中溢出，她甚至伸出舌尖舔了舔。

盛维庭如遭雷击，伸出的手僵在半空中……

他从来没有半点在脑海中幻想过这种状似亲密的唾液交换行为。

他简直无法想象别人的唾液会进入他的口中，那对于他来说就是灾难，而现在，他却没有觉得半点想要呕吐的欲望。

他慢慢在她的唇上蹭了蹭，很暖很软，说不上是什么感觉，好像是一块豆腐吃进嘴里。

他还想继续研究，却听到房门被敲响，他动作敏捷地从躺椅上跳了起来，几秒钟的时间已经坐在办公桌后面的椅子上，理了理衣襟，轻咳一声："进来。"

来人刚刚离开，躺椅上的林纾缓缓地睁开了眼睛。

她带着迷茫的眼神环顾了一下房间，忽然意识到自己正在医院，猛地坐起来，手忙脚乱地坐好，尴尬地叫了一声，然后下意识地用手背蹭了一下唇。

林纾有些尴尬，虽然只是梦到和盛维庭亲吻，但那也足够让她脸红心跳，她低着头，脸颊热烫，不敢抬头看他。

盛维庭依旧镇定："你怎么过来了？"声音却是柔了不少。

她依旧没有抬头，轻声说："我就是，走到了附近……"

"难道不是你想来看我吗？"

他这么直白，林纾简直不知该如何回应。

对于他来说，对就是对，错就是错，喜欢就是喜欢，厌恶就是厌恶，从来都是有什么就说什么，不会做任何的掩饰，可不是每个人都能像他一样，没有任何顾忌地说话。

她承认，她来医院肯定是想他了，可她害羞，赧然，不敢。他却直接将她的内心剖开来让她看清楚。

盛维庭已经认定，唇边泛起得意的笑："看来你真的很喜欢我。"

林纾没有说话，肚子却代替她出声了。

此时房间里很安静，所以盛维庭马上就听到了，轻笑："饿了？"

林纾捂着肚子嗯了一声。

盛维庭站起来："我也还没吃，走吧。"

林纾亦步亦趋地跟着他去了食堂，这个时间食堂人并不多，两人面对面坐在角落。

　　林纾是真的饿了，只顾着吃东西，盛维庭在手术前吃过一些，倒不是很饿，一只手撑着下巴，慢条斯理地吃着，更多的力气用来看她。

　　她双唇开开合合，偶尔露出米白色的贝齿，他莫名地又想到方才的场景。

　　林纾小心翼翼地抬眼，正好看到他的视线，她不知道他在看什么，犹豫着问："怎么了？"

　　她双唇微张，他能看到她粉嫩的舌尖在口中轻动，他有一瞬间觉得热，幸而很快反应过来："没什么。"视线不再盯着她。

　　林纾松一口气，他的眼神太过炙热，让她很有压迫感。

　　可很快，盛维庭再一次让她产生了压迫感，因为盛维庭忽然伸手过来抓住了她的下巴。

　　她被迫仰头，不知所措地看着他。

　　他站了起来，脑袋逐渐凑了过来……

　　林纾看着盛维庭慢慢变大的脸，脑袋昏昏沉沉的，下意识地将双眸紧闭，可这样她便更能清楚地听到心跳声，那么急促有力。

　　脑中充满了问号和期待，胸口都快要爆炸。

　　她以为的亲吻却迟迟都没有来，他的手依旧捏着他的下巴。

　　林纾小心翼翼睁开眼睛，正好对上盛维庭的视线。

　　他的眼神很奇怪，像是要将她看透一般，她不知为何竟觉得有些害怕，缩了缩脖子。

　　盛维庭如深井般的眼神终于开始波动，像是晕开了层层水波，他眨了眨眼，忽然又换成了她熟悉的眼神，而后另外一只空着的手抽了一张纸过来，在她的嘴上胡乱地抹了抹。

　　他的动作不得章法，她被他揉得嘴唇都有些痛，可又不敢说。

　　他终于放开她，重新坐回去，哼了一声："还是个孩子吗？把自己吃得这么脏？"

　　大概是为了掩饰慌乱，她装得理直气壮，可其实心虚无比地吼道："我本来就比你小很多。"

　　"你是在说我已经老了？"盛维庭眼神微凛，咬牙切齿。

　　林纾一愣，看着他那张看起来只有二十出头的脸，"老"这个字实在是说不出来……

　　"没有……"

盛维庭嗤了一声，随手夹起一块肉往她嘴里塞了过去："吃你的东西吧。"

林纾猝不及防，连忙咬了几口，吞咽进去之后看到盛维庭一脸气呼呼地看着窗外，忽然又忍不住笑了起来。

"什么时候回去？"盛维庭见她吃好，随口问。

林纾刚想回答，他已经继续说道："下午在这里陪 Clever，等我手术结束一起回去。"

他都这样说了，她自然点头应下。

下午盛维庭去手术室的时候，林纾又接到了徐得宁的电话。

"想不想知道结果是什么？"他依旧笑着。

林纾沉默。

"想知道的话，晚上一起吃晚餐，如何？"

"对不起，我……"林纾想当然地拒绝。

"那么，就让我来告诉你一个好消息，委托人看中了你的设计，准备明天让你也参加现场比赛，这个消息如何？是不是能让你答应吃晚餐呢？"

"虽然我很感谢您的帮助，可是……"

"林纾！"徐得宁忽然冷了声音叫她，"你应该知道吧？我能帮你，也可以害你……来不来你自己选择，我保证这只是一次简单的晚餐，答应的话你明天可以去 Sapling，不答应的话……晚上七点，我在金港顶层餐厅等你。"他立刻就挂断电话，不给她说话的机会。

林纾其实并不敢去，可又有一丝彷徨，这是她的唯一机会，真的要放弃？

去吧，去吧，去吧……脑中有声音诱惑着她。

林纾绕着房间走了好几圈，最后停在了窗前，窗是朝南的，夕阳依旧温暖，照得她脸热乎乎的，她微微眯眼，记起那三年。

那个房间在最阴暗的角落，就算正午都晒不到什么太阳，冬天下雨的时候天气潮湿，她的被子仿佛湿透。

她就是这样熬过来的。

那么多苦难都熬过来了，她为什么不试一试呢？

林纾深吸了一口气，转身拿过盛维庭办公桌上的记事贴和笔，匆匆写下几行字。

离开前，她伸手摸了摸 Clever 的脑袋，低声道："对不起，我爽约了，只有你能陪着他了。"

她看了看时间，已经快六点，开门离开。

林纾不喜欢这个餐厅,她深呼吸,在餐厅门口被服务员询问,她说有同行的人已经在。

服务员脸上带着笑:"是林小姐吗?"替她引路,"徐先生已经到了一会了。"

林纾双手攥得紧紧的,指甲都快掐到肉里去。

徐得宁见她过来,起身道:"我知道你会来的。"语气那么笃定。

两人面对面坐下,徐得宁笑着问她吃什么,她说随便,徐得宁便笑得很高深:"随便这两个字实在是……不知道你和盛维庭在一起的时候,是不是也这样?"

徐得宁一直掌握着主导权,有些话说出来好像也并不想要回答,只是那么随便一说而已。

就像方才的那句话。

他说完之后就像是忘了说过什么,转了话题:"听说当初,陆恒向你求婚就是在这里?"

徐得宁查过她。

"感觉怎么样?"徐得宁笑着说,"旧地重游的感觉。"

"徐总觉得呢?"

"唔,听说很浪漫,所以说男人专情都是骗人,你当初就不该相信。"徐得宁举起酒杯喝了一口,"不然,你也不至于混到这种地步。"

林纾对于徐得宁请她来吃饭的用意十分不解。

徐得宁是有名的花花大少,身旁女人不断,可他也不是不挑,身旁的女人不是名媛就是明星,一个个都还对他死心塌地,分手之后也从不说他的坏话。

不是她自惭形秽,她真的不觉得现在的她比得上那些女人,徐得宁为了什么呢?

她身上又有什么是他想要的?

吃饭的时候倒是没有人讲话,可林纾并没有什么胃口,吃了几口便放下了刀叉。

徐得宁吃得津津有味。

难道真的就只是吃饭?

口袋中的手机忽然响了起来,在安静的餐厅格外突兀,她连忙拿出来看,偏偏是盛维庭打来的。

她不知道该不该接,很是犹豫,因为她在他面前没办法说谎。

一直在吃东西的徐得宁抬头来看她:"不接电话?"

林纾接起来,同时起身往外走去:"喂?"

"林纾，你搞什么鬼？"

林纾弱弱地说："你没有看到我给你留的字条吗？"

"就那张破纸条？说你有事先走了？"她说了他更加生气，"我不接受你的单方面爽约，马上回来！"

她回身看向徐得宁的方向，他脸上是意味深长的笑容，她知道她不能走。

林纾咬了咬唇，努力将接下来的话说了出来："对不起，我真的有事，你先回去吧，我会回去的。"

盛维庭火冒三丈，"你在哪里？"

他忽然拔高的声音让林纾吓了一跳，下意识就把在金港的事情给说了出来，说了之后才知道后悔，刚想改话，可盛维庭已经挂断了电话……

林纾再打回去，那边便不接了，她只好重新回去，只是有些惴惴，生怕盛维庭忽然过来。

徐得宁已经吃完，正在浅酌红酒，见她回来坐下，便举杯问她："怎么，有急事？"

他都这样说，林纾便顺势说道："是，我能不能……"

"不能。"徐得宁笑着拒绝了她，"不喝一杯吗？"

他才是甲方，林纾不敢反抗，只希望他尽快结束晚餐。

可不知道是不是徐得宁故意，他迟迟都不肯放她离开。

林纾如坐针毡，找机会去洗手间，又给盛维庭打了个电话，可他根本没接。

她只能放下手机，平复了一下心情之后才回去。

没想到远远地就看到桌边有一个熟悉的身影，林纾微愣，意识到那是盛维庭之后，匆忙小跑过去。

盛维庭和徐得宁之间有种剑拔弩张的意味。

林纾走近，忐忑地站在盛维庭身边，叫他一声。

盛维庭转过头来，眼神凛冽，徐得宁却是依旧笑着。

这是什么氛围……

她不过是去了一下洗手间而已。

盛维庭直接伸手抓住了她的胳膊，拽着她转身就走。

他在气头上，林纾的手臂都要被他捏碎了，可又不敢呼痛，咬牙忍着。

没走出两步，徐得宁便说："现在看起来，更有趣了呢，你说是不是？"

盛维庭停下脚步，转头冷冷瞥他一眼："你的弱智游戏我根本没有参与的打算，自己慢慢玩吧。"说完，他径直拉着林纾大步离开。

林纾跌跌撞撞，差点摔倒，直到车边他才松开她，今天 Clever 坐在后座，她只能去副驾座。

坐上了车,盛维庭一直冷着脸不说话,林纾不敢和他说话,低着头默不作声,可如果做错了事,连呼吸都是错。

一直开着快车的盛维庭忽然转了方向盘,将车停到路边,一声不吭。

林纾弱弱出声:"对不起,我不该爽约……"

"你说的急事就是和他吃饭?"语气泛着寒意。

"他帮了我一个忙……"

"他能帮你什么忙?你又怎么知道我不能帮你?"盛维庭是真的生气,脸都涨得通红。

林纾只是觉得术业有专攻,他的确是天才,但总归会有他不擅长的地方,她又怎么能拿他或许也搞不定的事情去烦他。

可她知道盛维庭的自尊多重要,她只是乖乖地认错:"对不起……"

她的认错态度让盛维庭有种莫名的失落感,冷哼一声:"他不是好人,以后不要再和他见面。"

林纾轻轻地点头。

盛维庭重新将车启动,刚开出去就又想到了什么:"为什么你需要帮忙不来找我?"

林纾犹豫着:"你已经帮了我那么多,我……"

"你脸皮不是已经够厚?欠一个人的人情与欠许多个人的人情,你倒是想想哪个比较好一些。"他觉着她就算欠人情也只能欠他的。

他大概是将她也纳入了"盛维庭所有"的行列,就如同Clever,需要他全权保护的。

林纾嗯了一声。

"他帮你什么了?"

林纾想了想,还是将事情都说了一遍,最后眼巴巴地看着他:"我是怕我如果不来的话后悔,我知道这种机会难得……"

盛维庭也知道那个比赛,知道林纾付出多少的心血,沉默半晌:"委托人是谁?"

林纾摇摇头:"我不知道,他没有说。"

"这次就算了,以后千万不要相信他。"盛维庭冷哼一声。

林纾点头应下,盛维庭看起来表情好了不少,方才的怒气大概在慢慢消散。

到了家之后,林纾小心翼翼问他:"你吃过晚饭了吗?"

不料盛维庭斜睨她一眼："你觉得呢？"

林纾再次试探："我帮你做点？"

一直鄙视她做的东西连Clever都不爱吃的盛维庭居然没有拒绝，转身去了盥洗间洗澡。

林纾连忙去厨房准备，她煮了意面，很快就有香气冒出来，她偷偷尝了一口觉得味道还算不错。

刚拿起锅子要把面盛出来，就听到盛维庭在身后叫她："林纾，你的户口本呢？"

她不解："我也不知道，我的很多东西都没有拿出来，林家的房子也被卖了，大概找不到了。"

"找时间去办一下。"

"怎么了？"

"我们去把婚结了吧。"盛维庭随口说着，就像是在说今天吃什么。

林纾一怔，手一松，平底锅差点掉下来，他及时探过身，握住了她的手，看着她，没有半点开玩笑的迹象。

林纾怔忡了一会儿，将他的话当玩笑，醒过神来，握紧平底锅的手柄，不着痕迹地挡开了他的手，把意面装盘，然后端在手里往外走："快来试试，味道应该还不错。"

盛维庭跟了出去，坐下来，却没有吃，依旧看着她："你当我开玩笑？"

林纾笑着，有些难堪："难道不是吗？"

"我从来不开玩笑。"盛维庭一本正经。

"之前，在阿姨面前，本来就是假的不是吗？"她有些语无伦次，"你不要再开玩笑。"

"我没有开玩笑。"

"可是为什么？"林纾看起来很慌乱，"你，你又……"

"一定要有理由？"盛维庭想了想，理所当然地说道，"你让我觉得结婚好像也不是什么坏事，这样呢？"

看上去是一个让人听了会心动的答案，林纾却觉得被浇了一盆冷水。

他并不是因为喜欢，他仅仅是因为不讨厌。

她甚至曾经想过这辈子都不要再踏入婚姻的围城，当然也偶尔会想一想，如果真的结婚她便希望是真正两情相悦。

可她终究害怕,所以不敢轻易尝试。

她喜欢盛维庭,也曾偷偷地幻想和他共度一生,可如果他心里没有她,这样的婚姻并不是她想要的。

所以她在沉默之后,缓缓摇头:"不……"

他抬头看向林纾的眼睛。

她眼中并没有半点迟疑,那么坚定又决然。

她是真的不想嫁给他?!他没办法去消化这个消息,平复后继续问:"为什么?你不是说喜欢我?"

林纾已经不觉得羞怯:"是,我喜欢你,可我不想嫁给你。"

"所以我不是问你为什么?"盛维庭恼,"你不愿意嫁给我的原因是什么!"

林纾咬唇:"因为你不喜欢我,我不想嫁给一个不喜欢我的男人。"

"那个姓陆的号称喜欢你,还不是骗了你。"又加了一句,"那什么样才是喜欢你?嘴里说喜欢全都是空话。我不知道喜欢是什么,可是不讨厌你已经是我最大的极限,能让我有结婚的欲望的,也就你这一个人而已。"

他后面的话说得很诚恳,她知道对于盛维庭来说,喜欢是一个高级词汇,是一个他从未感受过的感觉。

所以他不知道,不清楚,也不会有。

她曾经想过只要默默地看着他就好,但感情都是独占的,付出了总也会想要得到什么,她多希望盛维庭能知道,什么叫作喜欢,什么叫作爱。

她咬咬唇,攥着手,下定决心,看着他,用尽浑身的勇气说道:"那我等你,等到你知道什么叫作喜欢,我喜欢你,所以我也希望你能喜欢我。"

盛维庭看着她,其实并不是很理解她的执拗,因为他真的不知道喜欢那两个字有那么重要,可他也尊重她,尊重她的决定。

"那也去把户口本重办了吧。"他便转了话题,"你明天要去 Sapling?"

林纾知道他没有反驳便是答应的意思,心头暖暖的,嗯了一声,又将盘子往他面前挪了挪:"你吃东西。"

鼓足勇气说了那些话之后,她反倒羞赧,也不知道为什么脑子一抽会说出那样的话,甚至没想过如果他拒绝会怎么办。

现在总算放下心来,或许他心里有她,只是他不懂什么才是喜欢。

盛维庭尝了一口,味道比起之前的果然好了不少,不过没夸赞,怕她得意。

这一晚,林纾睡得格外香甜,梦中居然又见到了盛维庭,她看到他坐在她的床边,用费解的眼神瞧着她。

可她说不出话来，被他这样注视着，她只是觉得安心。

梦中的他似乎格外温柔，甚至替她掖了掖被角，她侧了个身，睡得更加舒服。

一夜很快就过去，她被闹钟惊醒，猛地坐起来，却发现昨天开着的床头灯居然没亮。

她还以为坏了，探过身去开了一下，灯马上就亮了起来。

她揉了揉眼睛，便以为记错，或者是半梦半醒时关掉了，也没多想，忙起床洗漱，准备去 Sapling。

出了房间，林纾便闻到了一股香味，她闭着眼睛深深地吸了一口，唇角泛起笑容。

盛维庭从厨房走出来，看到她也并不意外，嘴里却说："你怎么起这么早，我只做了一人份的早餐。"

这话要骗谁？她只要看一眼餐桌上早餐的数量，便知道他也给她准备了。

对他这种口不对心，她早就已经习惯，笑着走过去和他一起吃早餐。

大约是昨天把话都说了出来，林纾在他面前也更加自在了一点："你吃好了就去医院吗？"

盛维庭咬了一口涂了满满草莓酱的吐司："想让我送你就直说。"

林纾尴尬地笑了两声，他虽然嘴巴不饶人，但却还是够体贴的，到底还是把她送到了 Sapling 总部的楼下。

她开车门离开之前，他叫住她："记住，欠人情，你只能欠我的。"

林纾脸上绽放出一个灿烂的笑容："我知道。"

等她下车，盛维庭很快就开车离开，可不过几秒钟便停了下来，默默地从后视镜中看着她挺直了背脊往里面走去的模样，忍不住勾唇。

大胆的女人他不是没有见过，温柔的女人他也不是没有见过，可怜的女人他更不是没有见过，可他偏偏就能容忍她触碰他，容忍她喜欢他，容忍她在他的地盘生活，和她在一起的时候仿佛什么事都不重要，斗嘴也让他畅快。

所以他想要留住她，可没想到她居然还要两情相悦。

好吧，其实他也想看一看，喜欢一个人究竟是怎么样的。

来到医院，正好碰到秦年，盛维庭叫住他："帮我办一件事。"

"什么事？"

"林纾的户口本丢失了。"他说。

秦年一愣，忽然笑起来："怎么？忽然要户口本，是要结婚了？"

"谁说要户口本就要结婚了！"想到自己被林纾拒绝，盛维庭还是有些难以接受，偏偏秦年还揭他伤疤。

秦年也不在意："铁树开花真是太难得，等着，我打个电话让人帮你办，不就这点事，有什么麻烦的。"

他果然就去打了个电话，回来就说："等会儿就送过来。"

秦年那边的效率的确高，没多久就有人亲自将林纾的户口本送到了盛维庭的手里。

盛维庭随手一翻，便看到了林纾那一页。

他眉心却忽然皱起，拿着户口本的力气越来越大，差点没有捏坏。

林纾不是离婚了，怎么还会是"已婚"？

第八章　请与我相恋

林纾走进 Sapling 总部的大门，这是三年后，她第一次堂堂正正走进去。

除了她之外，一共有五个人通过了第二轮筛选，她最后一个到，其他五人已经都在休息室等待，林纾找了个角落坐了下来。

坐在她不远处的一个年轻小姑娘，犹豫了会坐近："你好，你很眼熟呢。"

"是吗？"

那小姑娘皱着眉头思索了一下，猛地一拍腿："我想起来了，林纾，你和林纾长得好像。"

林纾失笑。

"她是我的偶像，我就是因为她才入这一行的。可惜三年前忽然就隐退了。"那小姑娘颇为可惜，"对了，我叫褚雨，你叫什么？"

"舒林。"

"哇，你的名字都和林纾很像哎。"褚雨笑看了一眼别的设计师，小声，"他们太严肃了，也不和我说话。"褚雨还是学生，阳光乐天。

等有人来请，褚雨还在和她说学校趣事，咯咯笑着，看到来人才将嘴巴给闭了起来。

走到门口的时候，陆恒带着秘书过来，看到她的时候一愣，转头问了一句，随后大步走了过来，丝毫不给她面子："你应该不在最终比赛的人选之中。"

别的参选者听到这话都朝她看过来，除了褚雨之外都用嘲讽的眼神望着她。

她刚想辩解，却听到一个声音笑着传来："怎么都堵在这里不进去？"

陆恒笑了笑："有个并没有在名单中的设计师过来了，我在询问情况。"

"你是说林……哦，舒林吗？"徐得宁脸上带着笑容，"是我让她过来的。"

"可她没有通过筛选，徐总……"

徐得宁并不在意："我倒是想知道为什么她没有通过筛选，我无意间看到她的设计稿，简直眼前一亮，我特意去问了一下老头子，老头子也同意了。"他笑得志得意满，冲林纾眨了下眼睛，那么轻佻。

陆恒只好点头，语气依旧生硬："那就都进来吧。"

如同面试一般，Sapling 的设计部主管以及陆恒还有总经理齐齐坐在长桌后，徐得宁不过是来旁观，歪歪斜斜坐在一旁的沙发上，兴致勃勃地看着。

设计主管是之后才进公司的，所以并没有见过林纾，倒是总经理是后来升的，看到林纾不免讶异，他忍不住看了陆恒一眼，也不敢乱说，Sapling 股权都在陆恒手上，他也要看他的眼色行事。

林纾是最后一个，深吸了几口气平静下来。

在褚雨上前演说的时候，徐得宁忽然接了个电话，给陆恒使了个眼色就出去了。

褚雨说完，徐得宁刚巧敲门进来，却不是他一个人。大家齐齐转头看去，徐得宁身后还跟着个拄着拐杖的老人，头发花白，精神却不错，神色严肃，没有笑容。

林纾一眼就认出这便是徐祖尧，他什么时候回国了？又为什么来这里？难道那个委托人……就是他？

林纾惊得连话都说不出来。

徐祖尧咳嗽了两声，略沉的声音说道："怎么样了？"

陆恒起身迎过来："只剩下最后一位了，徐董，您坐。"居然要将自己的位置让出来。

徐祖尧摆摆手："我坐旁边就好，你坐。"他坚决推辞，陆恒只好将他送到了一旁沙发，重新坐了回去。

徐得宁等他坐下后说："还剩下一位就是您欣赏的那件作品的设计师。"

徐祖尧点点头，没什么表情："还不开始吗？"

林纾一直怔愣着，还是褚雨推了她一把，她才忙起身，走到了演示台上，点开之前做好的 PPT，开始介绍："我的作品，名字叫作《携手》……以日月作为主形，日代表男方，蓝宝石为主石进行镶嵌，月则是女方，镶上代表星辰的碎钻……日月同等大小，是两人相互扶持，一起携手走下去的意思……我的演说结束了。"她长长地舒出了一口气。

她下意识地看了徐祖尧一眼，他微眯着眼睛不知道在想什么，她心里没底。

重新来到休息室，林纾的心情已经很是平稳，不管选不选上都已经无所谓，她只等着过一会儿将所有的一切说出来，徐祖尧在这边更好。

"舒林。"褚雨靠过来叫她，"你的设计真漂亮。"她眼中闪着亮光，是敬仰。

林纾笑了下："是你夸赞了，你的也很美。"

"来之前我的确觉得我无人能敌，可现在我发现我要学的还很多，刚刚讲话还打了好几个磕绊，我都看到他们皱眉头了。"褚雨苦着脸。

林纾安慰她："别担心，主要是看设计能不能入委托人的眼。"

休息室的门被打开,有人来请,几人又回到了方才的房间,依次坐好。

揭晓结果的是设计部主管,先是说了一堆恭维徐祖尧的话,然后又说:"每个设计师的图稿都很棒,让我们无法抉择,但通过徐董的考量,最终胜出的是舒林,舒小姐。"

老实说林纾并没有把握,听到这个消息之后还是微微一愣,而后红了眼眶,这是对她最大的肯定。

褚雨在一旁恭喜她:"你实至名归!"

她说谢谢,而后盯着陆恒,鼓起勇气出声:"我还有话要说。"声音坚定洪亮,将所有人的视线全都吸引了过去。

陆恒一直看着她,原本抿着的唇忽然扬起了一个笑,林纾不知为何有种不好的预感。

下一秒,陆恒已经大步朝她走来,伸手揽住她的肩膀:"是我们有话要说。"

林纾想要挣脱,他却紧紧地钳制着她。

"这位不是舒林,她叫林纾,是我的妻子。"陆恒眉角眼梢都是温和笑意,"这是她病愈后第一次见到大家,非要来参加这次比赛,拦都拦不住。"

妻子吗?

陆恒理直气壮地说出这些话,林纾连反应的余地都没有,不敢置信地看向陆恒:"我们已经……"

陆恒压低声音,看似笑容满面,实则咬牙切齿:"我可以将结婚证拿出来给他们看,我们可没有离婚。"

她亲自签了离婚协议书,陆恒已经把离婚证都领了……

她甚至都有离婚证,怎么可能没有离婚?

"离婚证……"林纾不敢置信。

"你去查过吗?那本证书是真的?"

林纾差点没法呼吸。

"你想说就说,可我保证,你会什么都得不到。"陆恒轻哼一声,"你以为我会给你那样的机会吗?你是不是还想说股权转让书是假的,对不起,那真到不能再真,林纾,你没有退路。"

林纾差点瘫倒,好不容易走到这一步,陆恒却将她所有的努力全都推翻了。

有一千个一万个问号在林纾脑海中,可她什么话都说不出来,因为陆恒说得这么言之凿凿。

现场的人都难掩震惊,最先说话的是徐得宁,微微一怔便笑着说:"原来是陆总的妻子,我觉得这么眼熟呢。"

林纾依旧惊惶,这会儿辩驳也不是,承认也不是,尴尬得不行。

她往常太过养尊处优,根本没有想过陆恒怎么会留把柄给她?肯定早早全都圆了起来,让她找不到任何突破点。

林纾所有的话都梗在了喉咙:"不……"

陆恒又在她耳边轻轻说一句话,她腿一软,再也无法把话说下去,她明白再待在这里不过是自取其辱,匆匆说了一声去洗手间便走了开去。离开的时候,她甚至能感觉到身后陆恒那灼热的目光,那是嘲讽。

她用冷水冲了好几次脸,这才将混沌压了下去。

满脸都是水,她也没有去擦一擦,缓缓地抬起头来,看着镜中那个像是自己又不是自己的她,眼睛瞪得那么大,她还没迈出第一步就已经输了。

房间里人都已经走光,只剩下陆恒一人,似乎是笃定她还会回来,斜斜倚在沙发上,朝走进来的她露出说不清道不明的笑容。

林纾握紧了拳,大步走进去,丝毫不怯地站在他面前:"究竟是怎么回事?还有孩子……"

"不就是我说的那样,我们没有离婚。"陆恒继续说道,"至于孩子,开玩笑你也相信?"

"你无耻!离婚证呢?我当初签的离婚协议书又是什么?那个莫名其妙的股权转让书又是怎么回事?"

"离婚协议书?那就是股权转让书。"陆恒笑了笑,"你当时真的仔细看了每一页?小纾,是你蠢,不能怪别人。"

是她无可救药,一切都是她造成的。她强忍眼泪,眼前模糊,仿佛有好几个他,每一个都在轻蔑地嘲笑她。

"我要离婚!"林纾压低声音吼,"我要和你真正离婚!"

"你这种时候冲出来,现在我又怎么能和你离婚?我可不能让人家觉得我无情无义。"陆恒微微一笑,"谁让你自己蠢,那后果也得你来担。"

"你不是爱云嫒吗?"林纾看着他,"为什么不去娶她?"

陆恒起身,说,"她比谁都要理解支持我的决定。至于你,如果你不在大家面前出现,我倒是可以给你自由,管你喜欢谁,护着谁我都无所谓,可既然你还是我的妻子,那我可不能让大家觉得我的妻子和别的男人同居。"

"你是什么意思?"

"你觉得呢？"陆恒走到她面前，伸手抬起她的下巴。

她觉得恶心，转过头，躲开，他却又将手伸过去，用力地抓住，逼着她和他对视："林家的宅子现在的所有权在我这里，以后你就住在那里。"

林纾侧头，抓住他的手狠狠地咬下去，她感觉到口中的腥甜，他居然不叫疼，依旧带着笑看着她，让人作呕。

她呸了一声："你没有资格要求我！"

"我不是在要求你。"陆恒冷着脸，"我是在命令你，你还是我的妻子，如果你不信，可以去查一下。"

林纾不理他，转身就走，他叫住她："如果你还想顺利和我离婚，听我的。如果你抗拒我做的一切决定，我告诉你，我绝对不会和你离婚。"

林纾转头看他。

"我给你两天时间，小树，搬出来，否则，这一辈子我都不会和你离婚，我无所谓，你也无所谓吗？"陆恒已经看透了她，凑近一些，唇边带着笑容，每一句话都刺进她的心里去，"你不是喜欢盛维庭吗？喜欢到都可以婚前同居了。"

林纾气得不行，猛地抬起手来，用力扇向了他的脸颊，这一巴掌，她已经忍了太久："陆恒，你个卑鄙无耻的小人！"

她曾经以为这个男人会带给她美好的未来，而现在，这个男人将她的未来毁灭了。

"我说得已经够清楚了，相信你能做出正确的决定。不要用这种眼神看着我，小树，我知道你恨我，可你不知道，我也恨你，恨你那个道貌岸然的父亲。"

"不许你说我爸爸！"

"不能说吗？"陆恒微笑，"你就是太傻了，我真怕以后你接受不了。"

他的话仿佛蛇猩红的信子，带着阵阵阴凉的恶心感，让她浑身都起了鸡皮疙瘩。

两个人都没有说话，这个空旷的房间便显得尤为安静，只能听到两人不正常的呼吸声，一点都不和谐。

铃声乍起，陆恒从口袋里拿出手机，他看一眼号码，转头看向她："我言尽于此，后天傍晚我在楼下等你。"说完甩甩手，示意她可以走，他接起电话，声音瞬间柔和："怎么了？我在 Sapling。"

林纾自然不想听他们两人你侬我侬，转身开门就走，关门时听到陆恒说，"你在林氏吗？我马上过去，你等我，以后过来早点跟我说。"

她还没走两步，便看到陆恒从她身边越过去，走得那么快，仿佛是一阵风，倏地一下便从她眼前消失了……

林纾失魂落魄离开了 Sapling，离开这个原以为是她战场的地方。

　　打车回家，坐在沙发里就再起不来了，仿佛浑身的力气全被抽掉，林纾不知道该怎么办，她不愿意照陆恒说的做，可她不愿意成为陆恒的妻子，就算是名义上的都让她觉得作呕。

　　好不容易缓过神，她这才拿出手机看时间，没想到有几十个未接电话，全都是盛维庭打来的。

　　林纾想起方才将手机设置成静音就没有再看过，只是，盛维庭怎么会忽然打她那么多的电话？

　　她回电话时莫名有些心虚，她不知道该怎么对盛维庭说才好。

　　只是盛维庭没接电话，应该是去手术或者是在忙，她竟然是舒出了一口气来，她还需要再想一想，这件事情究竟该怎么处理。

　　她躺在沙发上，昏昏沉沉，头有些疼，不知不觉时间便过去了，原本刺眼的阳光变得柔和，她盯着窗外看了许久，忽然被手机铃声给惊到，猛地坐了起来。

　　打来的是盛维庭。

　　她产生了恐惧心理，手机明明就在眼前，却没办法接起来，她听着手机铃声都能想象出盛维庭发怒的样子，铃声仿佛就是他的声音，正在一声一声地骂着她。

　　她回过神来，连忙接起，刚刚将手机放在耳边就听到盛维庭不悦的怒骂声："林纾我觉得你需要解释一下，为什么我打了你那么多电话都不接！这次又那么晚才接！记住不要说谎话，就算你要说谎也请编一个像样一点的谎话，不要太容易就让我拆穿！"

　　他果然很生气，她讷讷地说："对不起……"

　　"我说了我想听你的解释，我并不想听你的对不起。"

　　"我手机之前静音没听到，我后来给你回了个电话，你没接……"林纾闷声说，"反正就是，对不起。"

　　看在她认错态度好的份上，他就不要再斤斤计较，不然显得他太过小气："好吧，那这次呢？为什么这么久才接？"

　　难道要说是因为不敢接吗？所以沉默不语，所以她道歉。

　　盛维庭也沉默不语，等了一会便知她不会有反应，低叹："那你的比赛如何？一定成功了吧？"

　　"嗯。"

　　"恭喜你。"说完之后盛维庭继续沉默了一会："我有事情问你，等我回去。"

　　林纾说了声好，他挂了电话，她惴惴不安。

盛维庭回来得比她预料的更快,那会儿她在厨房准备晚餐,他进来的时候她已经只剩下最后一个鱼汤。
　　看到盛维庭依旧尴尬,她匆匆说了一声进去看着汤就逃到了厨房。
　　盛维庭看着餐桌上的菜,忽然发现他好像已经习惯了她在身边的感觉,习惯了家里除了Clever还有一个声音,那个声音柔弱温暖,一点都不讨厌。
　　可这个他想娶的女人,依旧是别人的妻子。

　　盛维庭洗了个澡出来,便看到林纾呆呆坐在沙发上,不知道在想什么。
　　他决定把这些破坏食欲的事情放在饭后说,她的脸色看上去不好,需要补充一点能量。
　　两人静静地吃饭,林纾从早上到现在只吃了早餐,可她居然一点都不觉得饿,好不容易往嘴里塞了几口饭,再也咽不下去,将筷子放下,忍不住抬眼看向慢条斯理吃着的盛维庭。
　　他没有嫌弃饭菜难吃,她反倒不习惯,估计是和他同住的这段时间得了严重的受虐症。
　　有些话不得不说,她放在腿上的双手攥成了拳,深吸一口气:"盛维庭,我想和你谈一谈。"
　　盛维庭也不见得很饿,放下筷子,起来去一趟房间,回来便将一个本子放在了她面前:"我也有话和你说,你知道这件事吗?"
　　林纾一眼就看清了桌上的是户口本,她不晓得她家的户口本怎么会到他手上去,可她只消翻上两页就能看到她最不愿意看到的答案,上面明晃晃的"已婚"让她差点喘不过气。
　　"我也是……今天才知道。"
　　"是他搞的鬼?"盛维庭说,"所以你和他提出离婚了吗?"
　　林纾点点头:"可他不同意。"
　　"难不成他还想把你回收?"
　　林纾没有说话。
　　"林纾你该不会告诉我你已经答应了吧?"盛维庭说,"我以为你已经没有那么蠢了。"
　　她反驳得很没有底气:"我没有……"
　　"林纾,你根本就没有想过和我求助?"盛维庭有怒意,"你宁肯去求助那些愚蠢的人,也不愿意求助我?"

林纾原以为可以自己解决，也不希望将他拖入这件事中，她以为那是最好的，可有时候自以为是一点都不好。

林纾垂着头："那你愿意听吗？"

"你一定要说这些废话？"

林纾将陆恒一开始进入林家就是有所图，直到新婚之夜他将她的父亲送进了监狱，给她一份实为股权转让书的离婚协议书，然后将她送进精神病院的事情，一五一十地全说了，只除了孩子的事情。

看着盛维庭若有所思的脸，她说："我想让陆恒付出代价，我想重新拿回林氏！我想告诉所有人我的父亲是冤屈的。"

盛维庭的手搭在餐桌上，轻轻用指腹点着，他许久都没有说话，开口的第一句话是："当然，我这么说你不要生气，我只是提出一个合理的问题，你确定你的父亲真的冤屈？"

林纾蓦地站了起来："当然！"

"有时候证据更加重要。"盛维庭说，理性到让人觉得可怕，"你不用生气。"

"我怎么能不生气？我绝对不会怀疑我的父亲，他在我心中是最好的，不可能也没有道理去犯罪。"林纾坚定地说。

"你知道吗？"盛维庭示意她不要动怒，坐下来，她却不肯，依旧站着，他也没办法，继续说道，"你最大的缺点就是，感情用事，你只相信你愿意相信的事情。"

林纾被说得整个人都蔫下来，却依旧闷声为父亲辩解："不会的，我爸爸不会的。"

"我只不过是提出了合理的可能性，并不是想要污蔑你的父亲，希望你也能理性思考某些问题。"

林纾仿佛被打击了两次，头都抬不起来，感觉到口袋里的手机振动，她拿出来看一眼，是一个陌生号码的短信。

她打开一看，脸色骤变，好不容易才缓过来，然后抬头看向盛维庭，艰难地哑声说："是，我不理性，我没有办法在我爸爸被判了无期徒刑之后还理性，我也不相信我爸爸会做那些事情，我相信他。盛维庭，你觉得什么事情都需要有证据，可不是所有的事情都一定会有证据，比如感情。你的理性有时候真让人觉得，可怕。"

盛维庭不解地看向她，不知道她为什么忽然这样："林纾，你……"

"对不起，我有点累，我先回房间休息。"林纾匆匆跑开，生怕自己克制不住情感。

关上门，她甚至上了锁，这才靠着房门瘫坐在了地上，她重新拿出手机，看着屏幕上显示的那些字句,长长地舒出了一口气。

她的确感情用事,也或许永远都学不会理性,但她有她的坚持。

盛维庭敲了两下门,里面没有任何声响,他倒是有备用钥匙,可并没有拿过来的意思,在门口站了一会儿,说:"好吧,如果是伤到了你的自尊,那我就……道歉。"

道歉什么的,第二次好像也就很顺口地说出来了。

可里面依旧没有半点声音。

盛维庭决定稍微理解一下她的情绪,他们的父女感情太好。

毕竟父亲这两个字在他的心中,甚至比雾霾都要来得模糊。

林纾拨出了电话,咬牙切齿:"我需要确认一下。"

"我自然是有充分的把握才会和你说。"那头悠悠然说道,"小树,我现在只能告诉你孩子没死,而且我知道他在哪里。你想知道的话,千万不要忘记明天我在楼下等你。"

他挂了电话,林纾忍不住将手机摔了出去。

她没有选择的余地,因为她还存着侥幸心理,希望如他所说,孩子还健康地活着,就算是无望的希冀,也比绝望来得好一些。

林纾一夜都没有睡好。

第二天她清楚地听到盛维庭出门的声音,她忍不住起床,开了房门跑到阳台,往下看去。

盛维庭开着车从车库出来,一如往常,好像什么都没有变,渐行渐远,她有些后悔没出来再见他一面。

转身想回房间,她看到餐桌上有一份早餐,很简单的吐司鸡蛋和牛奶,还有一张便笺条放在旁边。

她拿起来看了一眼,泪水便充斥眼眶。

盛维庭说:"就今天,允许你吃我的草莓酱。"

她流着泪将盛维庭替她准备的早餐全都吃了,自然也没有忘记吃他最爱的草莓酱,入口满满都是甜腻,她却觉得格外好吃。

整整一天,她将房间打扫干净,又去了一趟超市,看着时间差不多便做了一顿还算丰富的晚餐,而后便坐在桌边写便条,就像他留给她的那样。

真正到了下笔的时候,她忽然不知道该说些什么,最后也只不过留下了简短的一句话,写得她心都快碎了。

陆恒到楼下的时候打她的手机，她什么东西都没带，直接下了楼，她径直开了后座车门，坐了进去，将他当成了司机。

"孩子呢？孩子在哪里？"林纾不和他拐弯抹角，张口就问。

"那么急干什么？"陆恒十分镇定，丝毫没有被她影响，"如果我现在告诉你了，你改变主意怎么办？"

林纾好不容易压下怒气："所以呢？什么时候才能告诉我？你又怎么才能让我确定我的孩子还在？"

"等我觉得我们的戏演够了的时候。"他说，"所以你好好配合我。至于你想要的确认，你觉得呢？"

"我要见他，至少让我见到他我才能确定。"林纾说。

陆恒将车停了下来，拿出手机，好一会儿才将手机递给她。

林纾接过，低头看去，居然是个刚出生婴儿的照片。

她也没有见过她的孩子，可不知道为什么，或许是母子连心，第一眼看到这个皱巴巴像猴子一样的婴孩，她便确定了，那就是她的孩子。

她想要去看他相册里别的相片，他却适时地将手机拿走："我只能给你看这个。"

她的孩子，真的还活着。

陆恒将她带回林家，原本激动的心情在记起这套房子如今是在陆恒名下之后骤然消失。

和她离开这里的时候没有任何区别，她下车，站在院子里看向这栋已经有二十几年的别墅。

在她十几岁的时候整修过一次，所以看上去还算新，成长的记忆在这里的每一个角落都留下了痕迹，最多的便是她与父亲相处的时光。

陆恒没有下车，直接将钥匙扔给了她就打算离开，林纾反应过来，跑过去抓住了他的车门，拦住他："我还有事情要问！"

陆恒微微侧头，看她，不耐烦："什么事？"

"他，现在还好吗？是不是很健康？"

"是，他很好，很健康！"

"我真的不能见他吗？照片也好，让我看一下他现在的照片不行吗？"林纾继续求他。

陆恒看着她，微微蹙眉："我说过了，等过段时间会告诉你他在哪里，你如果再这样，我把这个提议收回。"

林纾怕他真的不让她见孩子，而现在他是唯一一个知道孩子下落的人，只能同意："我还有一个要求，我要回 Sapling。"

陆恒一愣："Sapling 没有职位可以给你。"

"我可以从头做起，那是我的公司。"林纾看着他，一字一句地说。

"好，我会去交代一下，你明天过去就可以，但是，老老实实待着。"陆恒说，"对了，既然你已经'病愈'了，免不了会举办一次宴会，你等我通知。"

房子似乎时常有人来打扫，很干净，也全都保持着以前的模样。

房子是林岳代卖的，当初要处罚金，而一时间无法拿出那么多钱，只能选择将房产卖出，林纾不知道陆恒为什么买下来却依旧保持原样，或者他只是享受着胜利的快感。

每一处都能让林纾想起曾经的一切，陆恒在到林家的前几年也是住在这里的，等他有了经济实力才搬走。

所以这里除了有和父亲的回忆，更有和陆恒的回忆，和他的相识和相恋，如今想来，一切多么讽刺。

她回到自己的房间，同样十分干净，打开衣柜，里面和她离开的时候一模一样。

躺在软软的床上，她居然觉得不如盛维庭家客卧的硬板床来得舒服，不知道盛维庭回家了没有，看到她的字条了没有。

此时盛维庭刚刚回家，一回家便觉得气氛不对，家里像是一潭死水，安静得让他很不适应。

他叫了两声，没有听到林纾的回应，刚想她会不会还是在和他闹别扭。便看到了桌上的那一顿丰盛的晚餐。

盛维庭不免露出得意的笑容，她究竟还是理解他的，于是带着满满的自得在桌边坐下，却一眼就看到了那张纸条。

他拿过来一看，笑容瞬间消失得无影无踪。

什么叫作"之前一段时间麻烦你了，谢谢"？

难不成又搞什么离家出走的戏码？

他怒而拿出手机将电话拨出去，林纾正躺在床上发呆，听到铃声吓一跳，猛地坐了起来。

见是盛维庭的号码，她下意识迅速接了起来，放到耳边。

"林纾，你是离家出走上瘾了？"盛维庭冷声说，"你在哪里？"

林纾狠狠地掐了一下手,保持冷静:"我不是离家出走。我问了林家。"

"你不是说林家的宅子被卖了?"

"陆恒买下来了……"

盛维庭沉默了一下才冷哼一声:"他倒是有点钱。所以呢?你是要去和他做恩爱夫妻?"

"不是,我只是,暂时需要留在这里,他还住在你那个小区,他,他有喜欢的人的。"林纾越来越慌乱,方才的镇定烟消云散。

"给你一次机会,回来!"

"不……"

"我说了,只有这一次机会。"盛维庭说,"有些事情并不是只有一个解决办法,离婚我帮你。"

那孩子呢?

林纾还是狠下了心:"对不起。"

"你确定?"他的声音带着寒意,她知道他生气了。

林纾轻轻地嗯了一声。

盛维庭没有再说话,直接挂了。

他气得差点将桌上的东西全都扫到地上去,幸好在那一瞬间,敲门声响了起来。

他的动作僵在半空中,难不成她是要给他一个惊喜?

他隐去了脸上露出的笑容,十分倨傲地走到了门边,边开门边说:"我说了,只给你一次机会,你拒绝了。"

门外哪里来的人?

他下意识地低头一看。

果然,陆千言仰着头,用一脸莫名其妙的表情看着他。

他想直接关门,陆千言却拽拽地说:"Candy 呢?"

"她离家出走了!"盛维庭哼一声,带着强烈的怒气。

陆千言猛地蹿进了房间,大声叫:"Candy 阿姨!"

没有人回应。

她再度转头看向盛维庭,质问:"Candy 阿姨呢!"

盛维庭也没有好气:"被你那个爸爸拐走了!"

"啊?"陆千言一脸不解的样子。

盛维庭无力地甩甩手:"没什么,你 Candy 阿姨不在,快回家。"

她忽然跑到餐桌旁,瞪着大大的眼睛问他:"这是 Candy 阿姨做的吗?"

见盛维庭点点头,她便想要爬到椅子上去,可实在太矮,努力了许久都上不去,十分自然地冲他张开了手臂:"坏叔叔,抱!"

盛维庭和她大眼瞪小眼,许久之后还是妥协,绷着脸将她抱上了椅子,她得寸进尺,冲他伸手:"勺子!"

他成保姆了吗?

……

看着陆千言拿着勺子欢快地喝汤,笑得眼睛都眯起来,坐在一旁的盛维庭忍不住问:"小鬼,好吃吗?"

"好吃!"陆千言说。

盛维庭舀了一勺喝,居然还真的不赖,他哼了一声,不愿意承认。

陆千言吃饭还不忘记说:"我在这里等Candy阿姨!"

"说了她不在,也不会回来了。"他凶起来,冷了脸。

陆千言到底是个孩子,原本觉得他是纸老虎,这会儿他的怒意显而易见,她也不敢再拔虎须,眼珠子转了转从椅了上爬了下去, 声不吭地便要回家去。

"小鬼,以后不要过来了。"电梯里,盛维庭说。

陆千言没有说话,许久之后才轻轻嗯了一声,又小心翼翼地抬头看他一眼:"Candy阿姨呢……"

"这件事情你爸爸应该会更清楚。"盛维庭撇撇嘴。

陆千言便也没有说话,盛维庭照旧送她到她那栋楼的电梯,见她上去便回了家。

他一直很习惯并且很喜欢这种孤身一人的自由和安静,至少在林纾来之前是这样的。

现在呢?

盛维庭坐在说句话都会有回声,除了Clever不会有人回应他的客厅里,他居然还是怀念林纾的声音。

她不算是一个完美的女人,对他来说,甚至是他最不会喜欢的那种女人,性子软弱,笨,不理性,感情用事……

可偏偏这么多年,也就一个林纾可以出现在他身边而不让他觉得厌烦。

不过其实她也没那么糟糕,至少她很温柔,至少她有韧性,至少她很善良,至少她能让他觉得舒服。

可现在,这个满身缺点却又不怎么糟糕的女人居然说走就走,将他这个她说喜欢得要死的人放在什么位置上?

至少也该当面道别才对吧？

算了，他又不是非要她不可，是她一直缠着他说喜欢他，可不是他，她要走就走，关他什么事情！

林纾在熟悉的床上失眠了，第二天早上却早早地起来了，在衣柜里找了件衣服换上。

她比之前瘦了不少，原本尺寸正好的衣服如今看上去空空荡荡，倒是大了一码。

她又化了个淡妆，将脸色不好的气色全都掩盖掉，这才出门前往 Sapling。

这是她为自己争取来的，算是第一步，她要走好。

陆恒显然已经打过招呼了，她直接去见了设计部主管，没想到居然在办公室见到了来报到的褚雨，褚雨也被留了下来实习。

设计部主管见她也来了，便说："陆总来交代过，你就和褚雨一起先做那个徐董的案子如何？"

林纾应了下来。

两人将设计的作品图又进行了一番检查，做了些小修整，打算从明天开始正式制作。

好久没有过这种忙碌的生活，林纾不免怀念起三年前的日子，她总会慢慢找回来的。

打车回家的时候已经不早，她看着窗外逐渐远去的风景，忽然有些心头发酸。

忙碌的时候不觉得，这会儿空下来，她才发现她有多想盛维庭，他的一点一滴都已经刻在了她的心头，不用刻意去想都满满地溢在眼前。

她想他的一切，甚至忍不住对司机说："前面掉头……"

她觉得自己应该是疯了，所以才会让司机开向盛维庭所在的小区，可她根本停不下来，思念如同杂草一样疯狂地长着，她整个人都快被湮没。

她如同一个偷窥者，小心翼翼地来到了楼下的隐蔽处藏好，她知道，很快盛维庭便会带着 Clever 出来散步。

可她等了快一个小时都没等到，草丛边蚊虫肆意，她终究还是失落地回了家。

盛维庭终于尝到了失眠的滋味。

原本可以轻松入睡的他这两天也不知道怎么回事，整夜无眠到天亮。

幸好他一向有自控力，精力还算足，所以还能进行正常的工作，可他知道自己撑不了多少天，如果继续失眠下去。

他自我催眠，闭上眼睛想要入睡，可不想一闭眼居然就出现了林纾的脸。

他蓦地睁开眼睛坐起来，觉得事情的发展已经脱离他的想象了。

他沉默了半晌，将一旁的 ipad 拿过来，打开浏览器开始搜索。

"喜欢一个人……"

还没打开完就看到一个引申条目是喜欢一个人的十六种表现。

他轻咳了一声，点了开来。

如果是以前，盛维庭绝对不会做这么蠢的事情。

不，他这是在涉猎并不熟悉的专业领域，对的，就是这样。

他看下去，第一条，上 QQ 的第一件事就是迅速找到她的头像。如果她的头像亮着，你会欣喜若狂……

那个幼稚的通讯软件他根本就没有用过。

他想要关掉页面，又顿了顿。

第二条，在各大网站查找她的名字。

盛维庭撇嘴，她有什么好查的。

……

他关掉另一个搜索页面，脸色奇差无比，怎么会有那么多她和陆恒的亲密照片！

他忍下心头的不快，继续看下去。

什么隔三岔五去看看她的主页。什么经常反复读她发的短信，什么给她起一个只有自己知道的昵称……

越来越不靠谱，正想关掉的时候看到了下一条。

每天睡觉前想的最后一个人是她，每天睁开眼想的第一个人也是她。

他微微怔愣，虽然不愿意承认，但她的身影的确总是在他不愿意见到的时候出现在他眼前，像是鬼魂一向无法消散。

还有一条，你现在想到的那个人，就是你喜欢的人。

他将 ipad 放在一旁，重新躺下，他为这个愚蠢的决定感到十分不开心。

可躺下不久，他又再度起来，直接去书房打开了自己的高级电脑。

他没有开灯，电脑屏幕的光亮照在他的脸上，闪闪烁烁，可以看到他的表情有些，嗜血。

不知过了多久，他终于满意地关掉了电脑，然后重新回到床上，再拿出 ipad 搜索了一下林纾，看着干干净净的只有她一个人的那堆图片，他忽然觉得很满足。

这几天头一次睡了个饱觉。

林纾当然不知道盛维庭在网上做了什么，她如同昨天一样去了Sapling，开始上手制作徐祖尧需要的吊坠。

这种所有时间都被工作填满的感觉其实很不错，只是如果在离开的时候没有遇到陆恒就好了。

她原本打算和褚雨去附近吃完晚餐再分开的，没想到居然在门口见到了陆恒，褚雨不知道内情，朝林纾露出一个"我懂的"的表情就匆匆跑走了。

林纾想说什么都没有时间说。

她却不能跑走，有些事情不是逃避就能解决的，只有直面问题才能解决问题。

陆恒果然走到了她面前，用那最熟悉的温柔笑容配合着他最冷淡的声音说："周五傍晚会在别墅办一场宴会，算是告诉大家你已经痊愈，我会提前请工作人员过去，我想你不会拒绝参加的吧。"

她根本没有拒绝的余地。

很快就到了周五，林纾在门口看到了陆恒的车，她坐进去。

"旁边的纸袋里是衣服。"陆恒的声音里毫无感情。

林纾随意瞥了眼："云媛选的？她可真是大度极了！"

陆恒没有说话，林纾便也觉得没有意思。

陆恒将车停在了美容院门口，是她三年前惯常去的那家，老板居然还认识她，笑着和她说话，谈笑间便将她以前做造型时候的那位请了过来。

到别墅的时候，所有的准备工作都已经做好了，带着喷泉的大院子如今被装饰成了自助餐和酒会的现场，和她记忆里的某些场景重叠了起来。

她的父亲热情好客，所以时不时便会举办宴会，每次都是在院子里举办，然后又很骄傲地炫耀她有多好。

她其实并不喜欢这种场合，后来要不偷偷跑回房间，要不就是躲在自助餐桌的下面。

而现在，她却带着假笑跟在陆恒身边去应对各种人。

来的人也和她一样都带着假笑，说让她节哀顺变，说恭喜她痊愈。

她像是珍稀动物一样被展览了一圈，终于得到自由，正好有人同陆恒谈公事，她便很"善解人意"地走开了。

学着小时候，她在没人看到的时候偷偷躲进桌下，小小的方寸之地，那么暗，她却总算觉出些许的安稳，她期待父亲会过来掀开布帘，笑着冲她伸出手。

外面熙熙攘攘的，都和她没有半点关系。

忽然有一双脚出现在了眼前,她抹了一下眼泪,只能庆幸妆容防水,所以不至于很糟糕。

紧接着又有一双脚出现,那两人离得近,所以声音都在她耳边。

其中一个人是陆恒,他先说话:"没想到你能赏光。"

"你既然邀请了我,不就是希望我过来?"另外一个声音平静无波,却让林纾心里七上八下,他怎么来了?

"只是没想到盛教授愿意空出时间来。"

"你知道我不喜欢别人套近乎,尤其对象是你。"

陆恒的声音里没有半点怒意,只是笑着:"那盛教授您慢慢享受,厨师的水平不错,是小树最喜欢的那家餐厅的。"

盛维庭没有说话,陆恒走开了,他却久久地停在这里,似乎不打算离去。

林纾不免尴尬,不知道该怎么办,下一秒她就听到压低的声音说:"还要躲到什么时候?"说着,他蹲下身,掀开了布帘。

微微仰头,她看到他朝她伸出的手,如同她记忆中的场景。

她微微一愣,反应过来,弯着腰小心翼翼走出去。

可她许久都不适应穿长裙,一不小心便踩到裙脚,整个人站不稳,直接朝盛维庭怀里扑了进去。

"没想到你会在你丈夫面前这么积极对我投怀送抱。"盛维庭既没有推开她,也没有扶住她,只在她靠向他胸口的时候淡淡地说。

林纾顿时觉得尴尬无比,好在这块地方是视线死角,没什么人往这边看。

她很快就从盛维庭的怀里站起来,实在没想到会在分别几天后以这样的情形再度相见,林纾真想找块豆腐撞上一撞。

她一低头便看到胸口的污渍,然后才看到盛维庭手里的草莓乳酪蛋糕……

正好找到借口,她匆匆说了句要换衣服就转身跑走了,丝毫不给盛维庭任何的反应时间。

跑回房间之后,林纾才算是松了一口气,安静下来,她便越发能感觉到自己心跳的剧烈程度。

其实没看到的时候不觉得,看到了才知道有多想。

她那么想他。

她甚至不敢仔细地看他,生怕自己留恋他身边的位置。

现实的残酷让她一直狂跳的心脏逐渐安静下来,她苦笑一声,在衣橱找了件还算得体的裙子，准备将身上这件已经脏了的礼服换下来。

裙子的拉链在身后，林纾手不够长，拉不上来，正在努力够着，却忽然感觉有人正在帮她……

她被吓到，瞬间转过身来，一脸惊恐地看向不知什么时候站在她身后的人。

裙子的拉链还没有拉上来，她又忘记按住，居然就直接顺着她的身体掉了下去。

她实在太过惊诧，竟然忘了捡起来穿上，只怔怔地问出一句："你怎么，怎么在这里？"

那人脸上没什么表情，蹲下去将地上的裙子捡起来帮她套上，然后绕到她身后将拉链拉好，问："白天和夜晚，你喜欢什么？"

"嗯？"

"白天和夜晚你更喜欢什么？"他居然很有耐心地又问了一遍。

她下意识地回答："白天。"

"春天和秋天呢？"

"秋天。"

"天空还是海洋？"

"海洋。"

"我还是陆恒？"

"你……"

他张开手臂从身后抱住了她："很好，我需要确认一件事情，不要说话。"

林纾就好像中了蛊毒一般，他说不动，她真的就不动了。

他这样用力地抱着她，不是梦，却仿佛更像是梦境，林纾下意识地闭起了眼睛。

她甚至能感觉到自己的心跳和他的心跳，原本处在不同频率的心跳不知何时竟然同步了，一起激烈而又疯狂地跳动着。

他忽然松开手，他的温暖怀抱消失，林纾不免失望，却依旧挤出了笑容，干干地问他："你确认好了吗？"

盛维庭大步走到了她面前，眼睛一眨不眨地看着她，说："我想我大概确认好了。"

"所以……"她的话还没有说话，他的脸猛然凑近，那么迅速而又无法阻挡。

她瞪着大大的眼睛，无法相信他正在亲吻她。

是的，他在吻她。

尽管那么笨拙，他的确是在吻她。

她眨了眨眼，对上了盛维庭忽然睁开的眼睛。

他微微离开些许，皱着眉头："闭眼睛！"

她的确中了叫作"盛维庭"的蛊毒，他说话，她便执行，下一秒他的唇又贴了上来，仅仅只是贴着。

或许是因为闭着眼睛，别的感官感觉便更加明显，她能感觉到他轻轻挪动柔软的唇，他放缓的灼热呼吸，他的心跳……

这真的，不是梦吗？

她傻傻地咬了一下舌头，没想到疼得呼痛，他原本想要离开，却像是发现了新天地。

他融会贯通那么快，再也不是止步于紧贴着，不过是一个吻就差点让她站不稳，呼吸不过来。

这不是她的初吻，可却是让她最感动和惊喜的一个吻。

他那么笨拙却又那么专心，甚至让她生出愧疚的心来，多希望她一开始认识的人是他。

她的眸中含泪，不敢置信地看着近在咫尺的他，也不敢问他，这个莫名其妙的吻究竟代表什么。

盛维庭的脸红红的，耳朵红红的，嘴唇也红红的，看上去那么可爱，却依旧用他最惯常的傲慢表情说："我想我知道什么是你口中的喜欢了。"

林纾居然还傻傻地看着他："什么？"

盛维庭忽然抬起手，指腹轻轻地蹭过她的唇瓣，像是才发现她涂了唇膏，不满地皱了皱眉："下次不要涂这种乱七八糟的东西，真难吃。"

"盛维庭……"她叫他，舌头都捋不直。

"我警告你。"他忽然严肃着脸，"不要用这种表情看着任何人。还有，离婚的事情交给我，不要和陆恒靠得太近。"

林纾觉得自己已经来到了真相的边缘，所有的勇气全在这一瞬间涌上了心头，她攥着手，感觉声音都在颤抖："盛维庭，你是喜欢我了吗？"

说完之后，她抬起头来，认真地看向他。

第九章　你温柔了岁月

　　无论发生什么都风云不变色的盛维庭忽然有些别扭的神色，尽管一闪即逝，他微微挑眉，一如既往的毒舌："我都不知道你的智商已经退步到这种程度了。"

　　那一瞬间，像是所有的委屈都在这一瞬间爆发了，林纾忍不住流泪，却又低着头不敢让他看到，她以为她即将迎接盛维庭的怒气，没想到等来的却是他的告白，傲气又简单的告白。

　　她咬咬唇："盛维庭，我还有件事情和你说。"

　　"你还有什么瞒着我的事情？"

　　"我……"林纾还未开口说完，就听到一个熟悉的声音传来，"你们倒是一点都不避嫌。"

　　林纾被这声音吓了一跳，蓦然抬头。

　　盛维庭斜睨了她一眼，把她拉到身后。

　　徐得宁脸上一直带着说不清道不明的笑，看着他们一个镇定如斯，一个慌乱脸红。

　　他抱胸靠着，挑着眉说："林大小姐你的反应，怎么那么像让人捉奸在床呢？"

　　林纾莫名地觉得自卑，低着头不肯抬起来。

　　盛维庭将她的手轻轻一握，用最为鄙视的眼神和语气说："捉奸在床这四个字，应该没有人比你了解得更深刻了吧？一代传一代，没人能幸免。你说呢？"

　　徐得宁的脸色顿时变了，皱着眉头看他，不说话。

　　盛维庭直接拉起她的手起来："去吃点东西吧，你应该饿了。"

　　林纾有些愣愣的，没想到盛维庭一句话就让徐得宁出不了声，恍惚地跟着盛维庭出去了。

　　走到门外，她下意识地将被他握住的手抽了出来，然后满脸的为难。

　　盛维庭习惯将她柔软又小巧纤细的手抓在手里，她猛地抽走，他怔了一下，第一反应便是不满，可看到觥筹交错的这么多人，便清醒了过来，他用只有她才能听得到的声音说："我很快就会让你光明正大地出现在我身边。"

　　她好不容易才憋住了眼泪，冲他露出艰难的笑容。

　　陆恒不知道什么时候走过来，在盛维庭面前揽住她的肩膀，笑着说："不好意思，我要将我的妻子带走了。"他把"妻子"这两个字加重了，刻意得那么明显。

盛维庭看着林纾被人带走，长长吐出一口气，硬是在角落坐到了结束，然后对去送客归来的陆恒说："我们住在同一个小区，不如就送我回去吧。"

陆恒也笑意盈盈："我记得盛教授今天是开车来的。"

被戳穿，盛维庭没有半点难堪，依旧理直气壮："我不想开车回家难道不行？"

陆恒笑着答："当然可以。"

林纾担心地看着两人坐进了一辆车里，陆恒笑："你是在担心他，还是担心我？"

盛维庭自然地接过了话："没事，你先回去。"

看着这辆车载着两个男人离开，她往回走的时候才想起来，刚刚因为徐得宁的打断，竟然忘了说孩子的事情。

她好不容易鼓起的勇气也不知道下次能不能有，但这件事情大概不能再拖下去了。

车里，陆恒打开音响，放一首蓝调，盛维庭直接上手关掉。

陆恒笑了笑："不知道盛教授喜欢小树哪里？"

盛维庭瞥都没有瞥他一眼："我并不想和你分享。"

"盛教授惜字如金，那你觉得，你真的了解她？"

"想诽谤她，我不得不怀疑一下你的人品。"盛维庭说，"虽然我并不觉得你的人品有多好。"

陆恒干干一笑："那我就说点事实给你听。"

盛维庭呵一声。

前方就是红灯，陆恒慢慢将车停在了白线之内，而后看向他："你知道，她曾经生过一个孩子吗？"

盛维庭那满不在乎的脸骤然僵硬。

陆恒脸上笑容更甚，一副讶异的表情："你果然不知道？我还以为她会和你说。"

"你很开心？"盛维庭看着他，除却最初的微怔，他依旧淡然平静。

陆恒一愣，在盛维庭这样的反应之下竟不知道说什么。

"绿灯了，请开车。"盛维庭说。

"你难道一点都不在意？"陆恒冷哼一声，"她和别的男人上过床，甚至生下了野种。"

盛维庭的表情一凛："现在我确认了，你的确对她一点感情都没有，既然如此，你又为什么不放手？我相信离婚是对你们两个人的解脱。"

陆恒轻轻一笑："离婚是你和她的解脱，不是我的，我又为什么要让你们得到解脱？"

"是吗？很好。"盛维庭直接将安全带解开，"既然如此，那我们就选择比较麻烦一点的办法吧。"说着他推门而出，站在路边，刚想把车门关上，陆恒皱眉问他："你真的不介意她的往事？我不相信你的豁达。"

盛维庭没有说话，只是意味深长地看了他一眼，转身走开，在路边招手拦了辆车，而后往相反方向而去。

庭院里已经收拾干净，林纾坐在空荡的房间，脑中一直回荡着方才盛维庭说的话。

门铃忽然被按响。

林纾吓了一大跳，不敢去开门，可门铃声一直持续，没有停止。

她走到门口，从猫眼往外看去，外面黑漆漆的什么都没有看到，只有个隐约的身影。

她拿出手机拨通了盛维庭的号码，不想刚拨出去就听到门外传来铃声……

是盛维庭？

林纾犹豫着将门打开，门口果然是盛维庭。

"你怎么又过来了？"林纾不敢置信，忙侧身让他进来。

盛维庭什么话都没有说，直接走了进来，脸色算不上好。

林纾跟了上来，小心翼翼问："我刚刚打你电话，你怎么不接？"

盛维庭站在客厅最亮堂的中央，说："因为有些事情不想在电话里说，我又怕忍不住问你。孩子，是怎么回事？"

他的面色沉静，看不出喜怒，可这更让她觉得慌乱："我，我本来想和你说的，可是之前不敢，今天又……对，对不起……"

看到她这种神态，盛维庭便了然："孩子是我的。"

林纾不知道能说什么，只好垂下了头，轻叹着说了句："对不起……"

"孩子呢？"

林纾羞愧得难以自拔："我，我不知道，陆恒他知道，可他不告诉我，他……"

"所以你才会同意到这里来？"盛维庭打断她的话。

"……"

"实在是……"

林纾依旧低着头不说话，眼中都是泪水："之前她们都骗我说孩子死了，我想还是不要告诉你，而且你也不喜欢孩子……可现在陆恒知道孩子在哪里，如果他伤害孩子怎么办，我……"

"他不会的。"盛维庭十分冷静，"孩子是他的筹码，不管他有什么目的，他都不会轻易伤害孩子，所以，你不用担心。"

"真的吗？"林纾蒙眬着眼睛，抬起头来。

看到她这副如迷茫小鹿一般的神情，盛维庭心头顿时软了下来，伸手在她眼下擦了擦："哭得真难看，你究竟有多少眼泪？"

她克制不住眼泪。

"林纾，既然他不肯协商，那起诉离婚吧。"盛维庭一本正经地说。

林纾看着他的眼睛，仿佛那样就有了力量，就有了可以对抗一切的力量。

她将所有思虑都抛在脑后，只是相信他："好。"

盛维庭难得柔了声音，示意她坐下，拿了纸巾替她擦眼泪，见她又一副要哭出来的样子，忙说："别哭！"

林纾吸了吸鼻子，忍住了，可眼眶里还是泛着光，仿佛是夜空中闪亮的星辰。

盛维庭坐在她身旁，说："林纾，你不能永远这么软弱，别人说什么你就信什么，还感情用事。"他说的都是她致命的缺点。

她从小被富养着长大，从来就没有不顺心的事情，她习惯了有什么事情就去找父亲，后来又有了陆恒。

她的世界在他们的保护下那么完美，她深信所有人都是善良的，尽管后来被陆恒送进了精神病院，她打定了主意要报仇，想让陆恒付出代价，可她依旧做不到为了自己的目的不顾一切。

她就是有那么多缺点，所以更加庆幸这样的自己能遇到盛维庭。

她和盛维庭是互补的，她软弱他便刚强，她没有主见他便意识清醒，她总是相信别人，他从来只信自己，她感情用事他便理智到可怕。

她何其有幸，在那样艰难的时刻可以遇见他，爱上他。

林纾吸着鼻子点头，声音沙哑："我知道。"

"知道没有用，你得改。"盛维庭说，"从开始我就倾向于起诉离婚。其实股权转让协议的事情也可以和他打官司，但估计比较困难，而且不是没有别的办法，不一定要到这一步，先从离婚官司开始。"

有了他就好像有了主心骨，林纾什么都不怕了，她知道只要跟着盛维庭就好。

林纾看着盛维庭出去打了几个电话，他的背影结实又刚硬，就像是永远都不会倒塌的铁塔。

盛维庭打完电话过来，看到林纾恍惚的模样，轻咳一声：“时间不早了，你去休息吧，有什么事情明天再说。”

"那，你呢……"林纾见他一副要走的样子，不知为何很紧张，忍不住急急叫他。

"林纾……"他叫她，就站在旁边，声音有些沉，"你是在留我？"

这样简单的几个字，偏偏就让她听出了旖旎的味道，林纾舔了舔唇，说不出话来。

"如果你是想和我仔细地说一下那个孩子的事情的话……"盛维庭坐了下来，"说吧。"

林纾没想到话题转得这么快，一怔："我……"深吸一口气，"进医院一个多月之后就检查出了怀孕，"她说的时候有些尴尬，"……没想到难产了……我好不容易生下来，护士说是死婴，已经火葬了，我不相信，可也没办法，前段时间陆恒才肯承认孩子还活着，可他不说孩子在哪里。"

"男孩还是女孩。"

"护士说是男孩。"

盛维庭略一停顿："你相信？"

"嗯？"

"既然孩子被陆恒带走了，那护士是被收买的，为了给你放烟幕弹，明明是女孩却说成是男孩也有可能。"他依旧冷静得可怕。

"你还是不喜欢孩子？"

"孩子那种生物的确没办法让我喜欢。"盛维庭快速答道，看到林纾失落的神色，继续道，"不过也不是不能接受。"

他的转变让她讶异："你说你不喜欢……"

"那你应该还记得我在这句话之外说了什么吧。"

他说：我为什么要娶一个智商绝对会比我低的女人，生一个不够聪明的孩子呢？

"你应该想起来了吧，我都已经肯娶你这个智商绝对比我低的女人，那么我就是已经接受了以后会有一个不够聪明的孩子，不过就是提前了而已，虽然有点突然，但不是不能接受。"

林纾怔怔地张着嘴。

"不过林纾,你下次再敢隐瞒试试。"

林纾忙点头说:"我不会再有什么事情瞒着你了。"

盛维庭这才满意地点头。

"那孩子,怎么办?"

"我会解决。"盛维庭说。

如果是别人,她会觉得狂妄,可他是盛维庭,她便绝对不会有这种感觉。

她用全身心相信他。

终于放松下来,林纾便觉得有点困,忍不住打了个哈欠。

盛维庭观察入微,怎么可能没有看到:"你困了。"

"我不困。"说完打了个哈欠。

盛维庭一脸得意:"如果你想让我陪你可以直说,林纾,你知道我不会拒绝。"

林纾的脸已经红得不能见人了。

"噢不好意思……"盛维庭又补句,"我又忘记你很喜欢害羞。"

想和他多待一会儿的想法消失殆尽:"我困了,你走吧。"

"你这是恼羞成怒。"

"你……"林纾这回是真的恼羞成怒了。

可还没等她说话,盛维庭伸出手来一把将她拥在怀里。

"不生气了吧?"

林纾原本还有怒意,这会儿心里像是被酒液给浸泡了,软软热热,还冒着泡泡,她还怎么生得了气?

她那么喜欢他,根本舍不得生气。

就像是被上帝选中的幸运儿,林纾觉得,这一刻,她是最幸福的。

她靠在盛维庭的胸口,感受着他胸腔里越来越剧烈的心跳声,笑容不知不觉便洋溢在了嘴角。

他抓着她的肩膀让她退开一些,她愣愣的,感觉到他的指腹在自己唇上抚过,刚想说话,唇瓣却不小心碰到了他的指尖,一时之间不知道该进还是该退。

盛维庭一直看着她,眼眸逐渐深沉,仿佛一汪深井,让人看不到底。

她刚刚带着怯意想看他一眼,便见他迅速俯身,十分精准地吻在了她的唇上。

她怔怔地,微张着嘴,任由他长驱直入。

他将她抱得这样用力,她浑身的骨头都像是要碎裂,可她却是开心的,因为他拥着她,因为他吻着她。

盛维庭就是一个对糖果上瘾的孩子，一旦沾染便没有办法放开。

她从来都不知他那么有探索精神，原本还是什么都不会的，这会儿已经技巧丰富，让她快要欲罢不能。

他松开她的时候，她只能大口喘气，安静下来便有些尴尬："这么晚了，你还不回去吗？"

盛维庭抱着胸："你不留我了吗？"

林纾轻哼一声，像是在生气，实际是在撒娇："谁留你了？"

"你之前不就留我了吗？噢，我又忘记你会害羞了。"盛维庭这话说得志得意满。

林纾又气又笑："你再说？"

盛维庭耸肩："OK 我不说，还是替你留点所谓的自尊心吧。"说着站了起来，"Clever 在家，我先走了。"

林纾同样起身："那我送你。"

盛维庭点点头，两人便走到了盛维庭的车边。

林纾见他坐进去，犹豫着，双手压在开着的窗边，将头探进去，带着羞涩却又坚定的笑容："盛维庭，我舍不得你走。"

"你的心思都在脸上，谁看不出来？"

林纾虽然红着脸，却依旧睁着湿漉漉的眼睛看着他，眼中满满都是爱意。

盛维庭心下一动，伸手将安全带解了，探过头深深吻她，然后留一句："别太想我。"

林纾笑着直起身子："你走吧，Clever 该想你了。"

盛维庭点点头："约了个律师，明天我来接你。"

林纾应下，他又说了句快点进去，这才开车离开。

林纾站在原地看着盛维庭开车离开，原本满满溢溢的胸口逐渐空了下来，看着周围这虚空的一片，原本是她最留恋的家，可如今却觉得想要逃离。

其实重要的不是家，重要的是家里的人，没了人，只剩下空空荡荡一个家，便一点意义都没有了。

好在往后不是她一个人了。

她还有盛维庭会一直站在她身边。

以往她总觉得以后的生活便是沉在深渊里的，她一个人在里面便不要再拖别的人下水，可如今，她知道她和他已经绑在一起了，那还不如并肩抗战，为以后即将到来的幸福生活一起努力。

她忽然又产生了信心,没有什么事情可以打倒她,以前没有,以后更加不会有。

这一夜,林纾睡得格外安稳,唇边都带着笑意。

第二天差点睡过头,隐约听到手机铃声在响,摸过来,眼睛微睁一条缝看出去,看到号码蓦地坐起来,轻咳两声才接了电话:"喂?"

"是不是还没醒?"

林纾下意识地反驳:"我早就起来了。"

"呵……"盛维庭轻笑一声,"就知道你还没有起来,我正在去林家的路上,还有二十分钟。"

林纾吓了一跳:"这么早?"

"你可以看一下时间再说早不早。"盛维庭说,声音里带着笑意。

林纾看了一眼闹钟,差点哀叹出声,本来还想混过去的,没想到这会儿居然已经马上就要十点了,她还能怎么说,轻哼着:"好,我知道了。"

在还剩下三分钟的时候,她匆忙拿了包走出去,一眼就看到已经将车停在门口的盛维庭。

她脚步却更加快了,急忙跑过去坐进了车里,一脸的喜悦:"你等了好一会儿了吗?二十分钟还没到呢。"

"唔,刚到,本来还想等一会儿,没想到正好堵车。"

盛维庭虽然这样说,林纾却知道他肯定是等她了。

不过有些事情也不用说破,心里明白就够了。

她笑意盈盈:"我们去哪里?"

盛维庭瞥她一眼,将车启动,若有所思地说:"有研究表明女人在恋爱之中智商会降低,林纾,你智商本来就不高……"

盛维庭约了律师在中餐馆,他们进去的时候已经有人等在那里,她跟着盛维庭走过去。

"盛教授?"

"顾律师?"

林纾觉得声音熟悉,稍稍抬头,便看到一张熟悉却许久没见到的面容:"顾其文?"

顾其文微微一怔,随后便露出笑容:"林纾?那个要打离婚官司的人,就是你?"

林纾不好意思，轻轻地点头。

顾其文若有所思地微笑："有什么事坐下再说。"

点好菜之后顾其文去了一趟洗手间，林纾尴尬地问："不能，换个律师吗？"

"你们认识？"盛维庭脸色平静，声音却不像他的表情一样。

"学长。"

"只是学长而已？"如果只是学长，林纾又何必想要换律师，"他是J市最好的离婚律师。"

林纾不知道顾其文的近况，或者说从没有关心过，她看似坦然地笑了笑："只是学长，既然他是最好的，那就他吧。"

盛维庭点头，眉心却是微皱。

顾其文很快就回来，坐下后笑："久等。"

盛维庭忽然说："顾律师，能不能推荐别的律师？"

顾其文微怔，反应过来："是信不过我？"

盛维庭表情淡淡的："当然不是。"

"那我想不到任何拒绝我的理由。"顾其文一直微笑着，看上去很让人信任，他将眼神移到了林纾身上，"或许，小树，你是在介意我曾经追过你这件事情吗？"

林纾下意识地看向盛维庭，他的表情看上去很沉静，可她知道，他的情绪不好。每当他生气的时候，他的右眉毛总是会挑起来，他或许不知道，可她知道。

林纾拉住了他的手，他紧紧地握拳，直到她碰触后才软下来，反客为主地抓住她的，像是在隐隐地宣誓主权。

"不是。"林纾说，仰着头，十分镇定，"我只是觉得，你并不适合。"

顾其文笑出声来："适不适合不重要，能不能帮你打赢官司才是最重要的，我觉得，如果是你，我会比所有律师都更加努力，因为我也希望你脱离苦海，你认为呢？"

林纾知道他是一个好律师，其实也打算接受，可怕盛维庭误会，于是转头看向他。

盛维庭也看她一眼，微微点头："既然如此，那你确定我们能相信你？"

"那是自然，小树的事情，就是我的事情。"

"顾其文！"她不悦地开口。

"怎么？我说错话了？"顾其文一脸无奈的样子，"这就是我的心声。小树，如果帮你打赢官司，那你是不是能给我一个机会？过了这么多年，我居然还是对你念念不忘。"

林纾听得气人:"如果你这样公私不分,那我就坚持换律师了,不是一定要你的。"

"OK,OK。"顾其文做投降状,"我错了。"

盛维庭持续右眉毛上扬:"你晚了一步。"说着默默地将和她交握的手放在桌上,"如果你觉得这对你有影响的话……"

顾其文的眼神从两人的手上抬起:"不要怀疑我的专业素养,虽然我的确有些遗憾。"

林纾觉得坐立难安,气压太低,她实在是太不适应。

好在服务员终于上菜,盛维庭点菜也点得很是让人没办法理解。

他每样菜都点了两份,而后将桌子一分为二,他和林纾一份,顾其文一份,坚决撇清关系。

顾其文看着满满一桌的菜,失笑。

林纾轻咳了一声,解释:"盛维庭有洁癖。"

顾其文倒是也没有再说什么,三个人默默地吃午饭。

吃过之后又上了茶,这才开始说这个离婚案子。

顾其文说他有专业素养也不是白说说的,一说到案子,脸上的笑容掩去,倒是一副很值得信任的模样。

"离婚官司主要有三点,其一,夫妻感情是否确已破裂。其二,离婚后子女由哪方抚养,你和陆恒没有子女,所以这点可以直接忽略。其三,家庭财产如何分割。"顾其文说,"关于感情破裂,需要举证材料,还有关于夫妻共同财产,需要一份财产清单。但想必你应该并不清楚陆恒如今究竟有多少家底,不过他既然能让你走到这一步,肯定做到了完全的规避,不会那么容易把吞进去的钱吐出来给你。"

"对了,还有股权转让协议的问题,他当初骗我说那是离婚协议书让我签了,结果那是股权转让协议,我能把我的股权重新拿回来吗?"

"有什么确实的证据可以认定他是欺诈吗?"

林纾摇头,陆恒怎么可能留下证据让她反扑。

"那应该打不赢官司,法院会觉得你要求确认股权转让无效的诉讼请求无法律依据,不会支持。"顾其文说,"不过这应该是夫妻共同财产,你还是能拿回来一点,这大概也是陆恒不肯和你离婚的真正理由。他当初还是做得不够缜密,如果是先让你签了离婚协议书,再签了股权转让协议的话,那你就什么都拿不到了。"

陆恒做什么事情都足够小心，不然也不会蛰伏那么多年才选择在三年前反扑，当初没有让她签两次大概也是怕她怀疑。

这样想着，林纾便更加坚定了要立刻离婚的念头。

"你想要股权？"顾其文问。

林纾点头，是的，她想要。

"陆恒可能会换算成现金给你。"顾其文道，"而林氏的股份，不是有钱就能买到的，林氏现在如日当头，应该不会有人愿意大量卖出股份。"

"就没有办法了？"

顾其文耸耸肩膀："我是专门打离婚的律师，这种事情我大概没办法，至于你想怎么取得股权就是你的事情了，你总会有办法的不是吗？"说着话却看向盛维庭。

盛维庭直接忽略他的眼神。

顾其文继续道："还有夫妻感情破裂的举证资料。"

"陆恒当初把我关在精神病院整整三年，那段时间我根本没有病，我跑出来之后进行了精神疾病的检测。"

"时间上不行，陆恒可以说三年后你已经痊愈，你当初是真正生病。"

"他和云媛一直保持着关系，甚至生了两个孩子，这应该是吧？还有精神病院的护士和医生都知道我没有病，可以想办法让他们作证。"林纾回道。

顾其文点了点头，在纸上写了写，然后说："那先去一趟精神病院吧，不过估计不容易搞定的。我们走吧。"

盛维庭根本不理他，拉着林纾的手就大步往外走，顾其文撇撇嘴，快步跟了上去。

盛维庭先替林纾开了副驾座的门，看她坐了进去，刚打算去驾驶座，便见顾其文打开了后座车门想要坐进去，他忙抓住车门，皱着眉头问："你干什么？"

顾其文有些莫名其妙："不是去精神病院？"

"你没有车？"

"一辆车不是更方便。"

盛维庭直接打断他的退路："不好意思，我有洁癖，非常不喜欢不认识的人坐进我的车。"

"我们不是已经认识了？"顾其文插科打诨。

盛维庭坚决不退让，挺直背脊，瞪他！

盛维庭如此坚持，顾其文也不自取其辱，转身走向了自己的车。

林纾看着格外小孩子气的盛维庭，忍不住低头轻笑。

"他之前追过你？"

她不愿意想起那些往事，尴尬地扯了扯唇角："很久以前的事情了。"

"可他看起来并不觉得那是很久以前的事情。"盛维庭说，"星星之火。"

可以燎原？

"他一直都很喜欢开玩笑，不要相信他的胡言乱语。"顿了顿，"你吃醋了？"

盛维庭哼了一声，一脸"他怎么值得我吃醋"的模样。

林纾笑："我知道你肯定是吃醋了。"

他没有抵抗多久，撇撇嘴："我的确不喜欢他。"

林纾笑意不断，直到车子停在了宁安精神病医院的门口。

只不过站在门口，看着那依旧蒙着灰尘的几个烫金大字，她便下意识地颤抖。

盛维庭同样下车，走到她身边，看到她这副样子便能知道她在想什么，握了握她的手，难得说一句安慰人的话："都过去了。"

林纾侧过头，仰起脸，冲他微微一笑，仿佛昙花乍现的美丽："我知道的。"

她知道的，一切都过去了，如今盛维庭在她的身边，和她一起并肩往前走，她不用再畏惧。

顾其文走上前："进去吧。"

三人一起进去，林纾在这里好歹也住了三年，而且又是逃出去的，几乎所有人都知道她。

来这里要找的就是她的主治医生，顾其文上去就对前台说道："请问邹医生在不在？"

前台早就被提醒过，摇头："邹医生不在。"

"什么时候回来？"

"我们也不清楚。"

顾其文应了一声，却没有出去："那我们就在这里等吧。"

前台没想到他们真的就坐下来等了，又不能打电话，又不能直接去通知，只能干着急。

顾其文还有心思和前台的小姑娘聊上几句，显然他的皮相不错，小姑娘明明满脸心急，却依旧笑着和他说话，不一会儿便忘了他们的来意。

林纾一直注意着情况，等看到邹医生的身影出现，立刻叫道："那个就是。"

邹医生被逼无奈，跟着几人出去说话。

邹医生还和林纾套关系："林小姐恢复得不错。"睁眼说瞎话。

"我是不是有病，相信邹医生比谁都清楚。"

邹医生尴尬地笑。

顾其文直接将一张已经写好的证明书拿了出来递给他："看一下，没有意见的话就签了吧。"

邹医生莫名，接过来看一眼，上面写着他可以证明在精神病医院的三年里，林纾根本没有患病，是陆恒为了私欲将她送进医院。

他忙把纸递了回去，摇头摆手："这个我可不能签。"

顾其文将纸接住，刚想说话就被盛维庭抢了先："不是在请你选择签不签，是让你必须签，你没有任何选择，这不是在开玩笑。医生执照不想要了吗？"

邹医生还在抵抗："话可不能这样说，我们医生就是全心照顾病人。"

顾其文直接将纸按在了他的胸口，用了点力气："你比谁都清楚事实，她有病？你收了陆恒多少钱？他给得起，我们就给不起？"

邹医生拿着纸犹豫了一下："你们能给多少？"

"那你认为她有病吗？"

邹医生看了林纾一眼，低着头似乎在计较些什么："我可以签字，但是有些东西不能省。"他没有说是什么东西，但大家都心知肚明。

盛维庭看了顾其文一眼，似乎并不认同，可顾其文冲他点点头，继续说道："那林纾入院的时候究竟有没有病？"

邹医生终于开口："没有。"

"是不是陆恒给你钱，让你们把林纾关在医院里的？"

"是。"邹医生有些不耐烦，"我不是说过了吗？"

顾其文伸手将兜里的录音笔拿出来，笑着在邹医生面前晃了晃："既然你已经说了，就不要介意签字了，签吧。"他挑了挑眉眼。

邹医生瞪起了眼睛："你录音！"

"既然你不配合，我就只能找点别的办法了，你还真想收到钱？陆恒给的还不够？"

几人拿着签过字的协议书离开了医院。

怎么来的就怎么回去。

分手之前，顾其文对林纾说最好请个私人侦探搜集一下陆恒出轨的证据，精神病院的人肯定会和陆恒报告，肯定不能简单地拿到他和云媛早有私情的证据。

林纾点头应下，顾其文便直接给了一个私家侦探的号码。

"你还什么都有？"

顾其文一脸无奈的样子："谁让我打离婚官司，这种程度的准备还是要有的。等证据准备齐全之后就能去立案。"

坐在车上，林纾还有些恍惚，事情发展得有些快，却都是向着好的一面发展的，她唯一不放心的只有孩子。

途中遇到红灯，盛维庭将车停下来："怎么了？"他擅长察言观色，一眼就看出了她的脸色不对。

林纾说没什么，顿了顿还是说："我只是担心孩子……"

盛维庭点点头："不是要请私家侦探，到时候也让他查陆恒的动向，如果他知道孩子在哪里，肯定会去的。"顿了顿，"Clever 挺想你的。"

"是吗？我也挺想它的。"

"那你就不想去看看它吗？"

林纾蓦地就想明白了，脸腾地一下红起来，低声回："想。"

盛维庭笑，嗯一声："我知道了。"

盛维庭在路口右转，开向了他们曾经一起住过的家。

车子直接停到地下停车场，从电梯上去，一开门就看到趴在门口的 Clever。

它好几天都没有看到林纾，居然还记得她，猛地站起来往她身上蹭，呜呜地叫着，倒是很像在诉说思念之情。

对于她这样热烈的迎接，林纾笑得合不拢嘴，抱住它蹭了蹭，刚想要亲上一口，手臂猛地被抓住，人已经站起来，她不解地看向把她拉起来的盛维庭。

他只给了她一个解释："脏。"

脏什么脏？她以前不也这样和 Clever 闹的吗？

看着她脸上那莫名的神色，盛维庭的尴尬一闪而过："如果你求我的话，我可以考虑下厨。"

盛维庭的手艺实在是很不错，林纾听到这话便忘了刚刚的话题，闪着星星眼说："盛维庭，真的吗？"

"看你这样强烈要求，那我就勉为其难吧。"

林纾坐在沙发上和 Clever 玩耍，时不时抬眼看一下厨房里的盛维庭，唇边的笑意从来都没有退散过。

大概因为是回到这里，林纾的胃口也好了不少，饭后，两人带着 Clever 出去散步，如今和陆恒撕开脸皮，早就不用避忌他，更何况身边还有盛维庭。

林纾靠着盛维庭的手臂，就算不说话也是安心的，一直动荡不安的心在他的身边就能平静下来,这就是他的魔力。

"盛维庭。"林纾叫他,"以后,我还能住在你这里吗?"

"不回林家了?"声音中带着笑意。

"那已经不是林家了。"

"你已经死皮赖脸在这里住了这么久,我赶你出去的话,你真的会走?"

林纾张开手臂将他的胳膊整个都抱了怀里,哼着说:"绝对不走,我就赖在这里了,死都不走。"顿了顿,她又加了句,"只要你不嫌弃我。"

盛维庭停下脚步,抓着她的肩膀,和她面对面,低头,眼眸深沉地看着她:"我为什么要嫌弃你?"

"你那么好,我却喜欢过别人,甚至还嫁给过别人。"

"我母亲和William在一起之前,也喜欢过别人,也曾经嫁给过别人。"盛维庭一本正经地说,"William还是很爱她,我并不觉得这可以称之为嫌弃。当然,这让我有点,嗯……"

他没有说完,大概是没有办法形容那种感觉,可林纾却知道了,伸手,向前一步拥住了他,将脸埋在他的胸口,听着他的心跳声:"如果可以,我希望在更早的时候就遇到你。"

"这大概是不可能的事情。"盛维庭说,"我八岁之后一直在美国,近几年才回国。"

"有什么不可能的。"林纾吐了吐舌头,"我上学的时候也曾经和朋友一起去美国玩,还……"她没有说下去,那次旅行并不算什么好事。

"是吗?"盛维庭说,"美国那么大,遇见也不是那么容易的事情。"

"谁知道呢?"林纾说,"有可能我们曾经擦肩而过……"

带着Clever回去的时候,天色已经黑了,月不算圆,却格外的亮,氤氲的清凉月光洒在身上给人晕上了一层光圈,看上去十分柔和。

只是这样柔和的月色里,两人谈论的话题却很沉重。

"所以你之后是想要成为林氏的股东?"盛维庭说,"可如果陆恒折现给你,那你又要去哪里买到那么多的股权?"

林纾皱眉:"他怎么可能有那么多现金?"不过这种可能的确也存在,如果他给她不至于影响大局的股权,再给她一大笔钱,她又能怎么办?

她也想过这个问题:"只能去收购股权,之前我父亲曾经对我说过一个人的名字,或许找他会有用。"

"谁？"

"徐祖尧。"

盛维庭的身体微僵，而后说："所以你当初去祖盛的周年庆酒会是因为想见到他？"

被提起旧事，林纾颇有些尴尬，却还是点点头："是，不过那时候我知道他不在国内，我是想找徐得宁。"

"不用再找他。"盛维庭没有任何犹豫地说，"算了，等离婚判下来之后再作打算，不过，你绝对不能再去找徐得宁。"

顾其文推荐的这个私家侦探实在是够专业，不过两天就将大量的照片发了过来，全都是陆恒和云媛或者和两个孩子在一起的场景，只是居然没有查到陆恒这些日子有去过别的可疑的地方。

林纾只能继续让私家侦探继续查下去，孩子是最重要的，她不能不顾孩子的安全。

盛维庭也知道她的担心，但是目前没有更好的办法，陆恒不想分割财产，所以绝对不会愿意离婚，孩子是他唯一的依仗。

林纾照旧去 Sapling 工作，和褚雨的配合越来越默契，项链也快要完工。

这段时期夫妻感情破裂的证据逐渐齐全，不过顾其文说最好有那两个孩子和陆恒的亲子鉴定，这样会更加明确一些。

林纾便一直在打亲子鉴定的主意，正愁着不知道该怎么办的时候，陆恒就送上门来了。

那是在下班之前，他的车就停在门口，林纾又是和褚雨一起出来的，褚雨看到便笑着捅她："你们感情真好呀。"原本褚雨都不敢和她多说话，好在这些天的相处让褚雨放松了不少，倒是和她熟稔了。

林纾正色道："不，我和他关系一点都不好，正在离婚中。"

"啊？"

林纾笑了笑："有些事情不是眼见就能为实的。"

陆恒的司机已经迎了上来："夫人。"

林纾拒绝："我不认为和他还有什么话好说的。"

她鲜明地表达立场。

司机回去和陆恒说了两句之后，陆恒便亲自下车走到她面前："真的没有什么话好说？"他的眼中闪着精光。

林纾自然明白他是什么意思,对着褚雨歉意一笑:"明天见。"

褚雨点点头,匆忙走开了,林纾跟着陆恒坐进车里,司机将车开走,在安静的路段停下来,而后出去将车里的空间让给了两人。

林纾从坐进车里后便没有看过他一眼,这会儿也只不过是冷冷地说了一句:"有什么事情,快点说。"

"你是不打算顾及你那个野种的安危了?"陆恒嗤笑一声,"听说你已经在打算提起离婚诉讼了。"

"你不同意离婚,我也只能采取这样的办法。"林纾转头看他,眼神凛冽,"至于孩子,你真的敢对他动手吗?"

"我有什么不敢的?当初把你关进精神病院也做了。"陆恒笑着,"不过你现在的男人也不知道是蠢还是傻,居然完全不介意你之前的事情,男人说对这种事情不在意,那都是骗人的。"

"陆恒!你敢再说一句试试?"

"我说了,我没什么不敢的。"陆恒说,"你安安分分地不离婚,那我说不定还会好心把孩子的位置告诉你。"

"陆恒,我不傻。"林纾说,"这次,我会不惜一切代价和你离婚的,至于孩子,我也会要回来,同样的,不惜一切代价!"

"那就看你究竟做不做得到。"

林纾哼一声,转身想要开车门离开,顿了顿,又回身趁着他不注意用力地扇了他一巴掌,而后又狠狠地抓了一把他的头发,见他一脸错愕的模样,畅快地笑:"打死你都不解恨,不过我更想留着你的命看你一无所有!"

不等陆恒醒过神来,林纾迅速下了车,运气正好,有一辆空出租车恰好经过,她招手,坐进了车,报了地址离开。

陆恒摸了摸依旧肿痛的脸颊,勾唇一笑。

而林纾将一直紧握的左手摊开来,看着手心里她刚刚用力拽下来的头发,找了张纸巾,将不多的几根头发包了起来。

只要拿到陆恒的头发,那么一切就都顺利了。

陆千言一向和她要好,神不知鬼不觉地偷几根头发不算难事,只是利用小孩子……

她如今也是无计可施了。

回家之后,林纾的第一件事情就是将那些头发用透明的塑封袋装了起来,盛维庭早就打电话来说过今天有场耗时比较久的手术，会晚些回来。

但她不愿意一个人吃晚餐，所以就先带着Clever出去散步。

Clever喜欢玩飞盘，林纾便找了个阴凉的地方陪着它玩，Clever总是有无穷的精力，林纾扔了一会儿就觉得累，它等得久了，便不耐烦，居然直接跑了出去。

林纾也不担心，Clever一向聪明，就算跑开去玩了也知道原路回来。

她刚想休息会儿，却听到不远处传来Clever的叫声和孩子的哭声，虽然知道Clever不会随便咬人，林纾还是十分担心，急忙跟了过去看。

Clever朝着一个坐在地上的女孩叫个不停，她一眼就认出了坐着的女孩是陆宛语，刚叫了一声Clever，有一个小小的身影就朝她跑了过来，一把抱住了她的腿。

陆千言正眨着眼睛看她："Candy阿姨！"

林纾也没想到这么快就能见到她，意外："怎么就你们两个在这里？"

"保姆阿姨去买冰激凌了，嘿嘿。"陆千言说着，噘了噘嘴，"我想去找你的，可是太远啦。"

林纾笑着揉了揉她的头发："我知道。"

"Candy阿姨你又住在这里了吗？"陆千言满眼的笑意，十分欢迎的样子，"我可以找你吗？"

那头Clever也没有再叫，陆宛语见没人理她，哭得更加厉害，简直就是震耳欲聋。

陆千言撇撇嘴："她就喜欢哭。"

林纾无奈地叹了口气："她是你的姐妹。"

陆千言嘟着嘴："可我不喜欢她。"陆宛语不像陆千言那么活泼，哭了好一会儿都没人理她，也就抽抽搭搭地不哭了，撑着地想要坐起来。

刚巧去买冰激凌的保姆回来了，看到陆宛语笨手笨脚要站起来，忙跑过来扶她："这是怎么了？"

陆宛语见有人关心她，便又大哭起来。

陆千言喷了一声："好讨厌。"

林纾一愣，居然觉得方才陆千言的语气和神情都像极了盛维庭。

保姆没见过林纾，看到她和陆千言亲近的模样有些戒备："你是？"

"我也住在这里，和千言见过的。"林纾笑着说。

陆千言怕保姆不相信，还用力地点头。

保姆还要哄陆宛语，见林纾看上去不像个坏人，而且陆千言也愿意和她在一起，也就没有再管。

今天天气格外好,虽然已近傍晚,但是太阳还没落山,炽热的阳光在身上照久了还是会热,林纾见陆千言额头上都是汗,下意识地替她擦了擦:"热吗?我们去那边坐。"

陆千言就像是个跟屁虫,也不管保姆买回来的冰激凌了,乖乖跟着林纾去了树荫底下的长椅上坐。

陆千言分明是陆恒和云媛的女儿,是她该厌恶的对象,可不知为何,她就是打心底里想要对她好,如果陆千言是她的孩子,那该多好啊。

林纾深吸一口气,打起精神来,对陆千言说:"你头发散了,我帮你扎扎好吧。"

陆千言点点头,坐在她前面等她动手。

林纾将皮筋轻轻地扯了下来,用手代替梳子在她头发捋了几把,细碎柔软的头发在她的指尖滑过,是浅浅的黄,她忍不住笑了笑,心口满满的都是暖意,抚了许久,这才重新帮她扎好辫子。

"Candy 阿姨,"陆千言转过头,白嫩的脸颊上泛着红晕,"你真好。"

林纾替她理有些乱的额发,笑容有些不大自然,不知道以后她还会不会这样觉得呢。

她想要让陆恒一无所有,而陆千言是他的女儿,到时候……

陆千言看着她的脸色,小心翼翼地说:"Candy 阿姨,你讨厌我爸爸妈妈吗?"

"嗯?"林纾明白过来,将她揽住哄了哄,"我喜欢千言就好了。"

"我也喜欢 Candy 阿姨。"陆千言露出巨大又灿烂的笑容,仿佛是阳光,能照热人心。

保姆要带着孩子回去,已经在叫陆千言的名字,林纾摸摸她的头:"走吧,你该回家了。"

陆千言嗯一声,从长椅上跳下去:"我以后再去找你。"

林纾看着她小小的身影跑远,不觉长长地叹了一口气,低头看向手中那几根泛着黄的发丝,对不起,千言。

等盛维庭回来,林纾便将两个装着头发丝的塑封袋交给了他,让他带去做亲子鉴定。

盛维庭将东西收好之后说的第一句话是:"你去见陆恒了?"

不见陆恒怎么能拿到他的头发,林纾没有想过隐瞒盛维庭,点头:"嗯,他来找我,他不希望离婚,"她顿了顿,"还是没有孩子的消息……"

盛维庭知道她在担心什么:"他不可能不露出任何马脚,别担心。"

第十章　与回忆共眠

　　这两天林纾一直有种莫名其妙的压迫感，总觉得像是有什么事情要发生一样，直到这天中午接到了盛维庭的电话。
　　盛维庭的声音很冷静很认真："有时间吗？"
　　林纾觉得这大概就是所谓的不祥的预感，说了声有空就听见他说去一趟医院。
　　盛维庭在医院办公室里等她，她气喘吁吁地站定："怎么了？"
　　盛维庭只是将一份资料递给她："你看看。"
　　是亲子鉴定报告。
　　她直接翻到最后，只看到了那一句，"不存在亲子关系"。
　　"不可能出错吗？"林纾怔怔地问。
　　"不可能。"盛维庭说，"绝对正确，他们不是父女。"
　　"怎么可能？"她百思不得其解，盛维庭说："林纾，还有一个可能。"
　　她恍惚抬头："什么？"
　　"孩子是收养的。"盛维庭说，话里含着深意。
　　收养……
　　除非……
　　林纾瞬间想通所有关节："你是说……"
　　"我并不确定，但并不能完全否认这个可能。"
　　"那……对了，不是有千言的头发，继续去做鉴定啊！"林纾仿佛看到了希望，道。
　　盛维庭点头："已经去做了，就等结果吧。"见林纾一脸彷徨又隐约带着喜悦的表情，他又担心她会失望，"林纾，不要抱太多希望。"
　　林纾深吸一口气，冲他露出笑容："我知道的。"
　　只是盛维庭……
　　林纾看不出他的表情是什么意味，她犹豫着碰了一下他胳膊："如果真的是她的话，你会不喜欢她吗？"
　　"难道我还能退货？"盛维庭一脸无奈。

亲子鉴定的报告很快就出来了，是盛维庭拿来的。

林纾看到盛维庭的表情就知道肯定没有错，果然，最后写着"亲权概率为99.9999%"。

她的眼泪毫无预计地落了下来，一滴一滴都砸在亲子鉴定报告上，眼前的字逐渐模糊，墨色被她的眼泪染湿，晕开了层层痕迹……

对于她这样的反应，盛维庭居然有些不知所措："你……哭什么？"

"我只是开心。"林纾说着露出一个笑容，那么灿烂耀眼。

"不过你也得知道，这场离婚官司会更难打。"盛维庭说。

他不说，林纾也知道陆恒绝不会轻易放手，林纾甚至怀疑当初他将孩子放在身边就是为了这一天。

他的主意打得很好，用孩子来控制住她，又不少美人相伴，最惬意的大概就是他。

好在世界待她不薄，让她遇到了盛维庭，让她从迷茫无知中走了出来，知道有些事情并不是妥协就能解决，必须要足够的强硬。

软弱的人容易遭人欺负，而为人刚强，别人也会退避三舍。

林纾含着泪的双眸直勾勾地看着盛维庭，盛维庭居然有些不好意思，轻咳两声："怎么了？"

林纾摇摇头，唇边的笑意明显："谢谢你。"

三年前，她绝对不会想到自己的人生是这样的。

丈夫会在新婚之夜抛弃她，她会在可怕的精神病院待了三年，甚至生下了一个孩子……

而现在，她和孩子的父亲站在一起，为了以后的日子一起奋斗，他是她黑暗生命中的一缕微光，暗色逐渐被驱除，她终于得见天日，未来不再是遥不可及的，而是一伸手就能触到的美好。

这一切都是因为他。

既然知道了陆千言是他们的孩子，林纾是绝对要把孩子带回到自己身边的，可用脚趾头想都知道那有多困难。

那么巧，陆千言偏偏就又跑到她这边来了。

她偷偷套陆千言的话："千言，你想不想我做你的妈妈？"

"那陆宛语呢？"

"我只做千言一个人的妈妈。"林纾说。

陆千言皱了皱眉头:"真的?"

"当然,我什么时候骗过你?"

"那好啊。"她说得很轻松,"Candy阿姨做我妈妈吧。"

林纾满心的欢喜:"嗯,我只有你,只会对你好。"

林纾把陆千言留了下来,等把她哄睡着之后才出房间打电话:"喂?顾律师……"

打好电话才发现盛维庭不在客厅里,她寻了一下才发现他在厨房,她走进去,他正站在水池前一本正经地洗碗,手上都是肥皂泡沫。

林纾走过去,笑着拿过他手里的东西:"我来吧。"盛维庭洗了洗手,却没有及时走开,依旧站在她身边看着她。

林纾被他看得有些怯意,红从脸颊逐渐蔓延到耳垂,她故作镇定:"你先出去吧。"

盛维庭忽然伸出手来,一手捏住了她已经泛红的耳垂。

林纾浑身一颤,只觉得一股酥麻的感觉顺着耳垂蔓延到浑身上下,四肢百骸,她忽然就不能动作,仿佛被夺去了魂,甚至忘了手里还有一只碗,眼见着就要掉下去。

盛维庭还能一心二用,还注意到了这边的情况,眼疾手快,瞬间握住她的手,替她抓住了险些四分五裂的碗。

她松一口气,可反应过来才发现他的手依旧握着她的,丝毫没有离开的迹象。

她换一只手抓住碗,略略挣扎一下,笑:"放开,还要洗碗呢。"

可他依旧不放,修长的手指反而开始抚触她的手,他的手实在是太好看了,那一双不拿手术刀都可惜的手,此时却正在抚着她的手,从她的指尖,不放过一寸肌肤,抚到掌心,而后轻轻地挠。

她怕痒,手猛地一攥,便将他的手指窝在手心里。

听到他在她耳边笑,带着畅快,忙展开手掌。

他却用手心贴着她的手心,两只手上都沾上了洗洁精的泡沫,在泡沫的遮掩下,他和她十指交握,紧紧地抓住。

她同样和他十指交握,心跳快得像是要从胸口蹦出来一样。

"林纾。"盛维庭叫她,声音有些微哑。

"嗯?"她回答,恍恍惚惚。

"我想吻你。"他说,那么的自在大方。

林纾红着脸,转过头,轻轻地闭上双眸,将脑袋昂了起来。

大概是因为看不见的关系,他的声音格外的清晰,比如他的轻笑声,还有他急促的呼吸声……

那热烈的呼吸逐渐靠近,和她的呼吸融合在一起,好像原本就该是这样的,他们原本就该这样在一起。

他的吻落下,她迫不及待地张开唇,与他相濡以沫。

这个吻格外的温柔缠绵,她踩着拖鞋的脚不知何时踩到了他的脚上,微微踮起来,想要和他更近一些……

两人沾满泡沫的手依旧紧紧地攥在一起,那么用力,似乎无论什么力量都无法将他们分开。

忽然,砰的一声传来,让原本黏在一起的两人气喘吁吁地分开。

林纾迷迷蒙蒙地没反应过来,好一会之后才意识到是没有抓住碗。

林纾忽然笑起来,用手上的泡沫在他的脸上轻轻抹了下:"我很喜欢你。"

盛维庭挑眉,彰显着他愉快的心情,同样启唇:"嗯,我知道。"

林纾笑着将脸埋进了他的胸膛,听着他依旧澎湃的心跳声,笑容晕了开来。

盛维庭将那些碎片扔进垃圾桶之后,便洗好手不再动手,却又不肯出去,就在一旁静静地看着她。

林纾也不时看他一眼,细致地将碗筷全都洗好擦干,这才拉着他去了客厅坐下。

盛维庭忽然想到什么:"小鬼睡了?"

"嗯。"林纾点点头,笑,"你难道一直叫她小鬼吗?"

盛维庭哼一声:"那个名字是陆恒取的,既然是我的孩子,怎么能姓陆,必须得改名!"

"好,等事情结束之后就给她改名。"林纾笑,又有些担心,"盛维庭,你会喜欢她吗?"

"一般吧。"盛维庭撇撇嘴,"不够聪明。"

林纾笑起来:"她才两岁,能聪明到什么地步?"

"既然是我的孩子,那就应该足够聪明。"盛维庭傲气地说。

林纾失笑:"那你有没有想过,给孩子换个什么名字?"

"盛林?"

"盛凌?盛气凌人的凌吗?听上去不好。"

"那你觉得呢?"

"凛吧?"林纾偷偷笑起来,"希望她以后和你一样,威风凛凛的。"

"盛凛?"盛维庭重复了一遍,然后点头,"不错。"

林纾重复了几遍，意识到了什么，抓住盛维庭的手臂问："你原本说的是盛林吗？林纾的林？"

盛维庭幽幽转过头，给她一个侧脸："不是，就是盛气凌人的凌。"

林纾笑："你就算说不是我也知道是的。"

盛维庭咳嗽两声，起身要走："随便你怎么想。"

在他走回房间之前，林纾追了上去，从身后抱住了他，将脸颊贴在他的背脊上，他微微僵硬，很快适应过来，没有动。

"你说会顺利吗？"她轻轻地说。

盛维庭没有回身，手却覆在了她的手上，嗯了一声："会的，一切有我。"

林纾用脸颊在他的背脊上轻蹭："嗯，我和顾……律师约了明天，想把这件事情也说一下。"

"明天？我和你一起去。"没有任何拒绝的余地。

林纾笑："不用了，我一个人就可以。"

盛维庭却格外坚持，说要和她一起去。

"你没事吗？还有……"林纾在想要怎么称呼陆千言，她说，"那阿凛怎么办？总不能让她一个人在家。"

"一起去，或者我单独去，你选择。"

她只能选择前者。

"好吧。"林纾说，"谢谢你，盛维庭。"

盛维庭的房门开了一半，他朝里看了看，忽然说："如果你想要以身相许的话，我不会拒绝。"

林纾啐了一口，跑到了自己房间门口："我睡了，你也早点睡。"

看着林纾的身影消失在门的另外一头，他不禁勾唇一笑，也大步回了房间。

看了一眼正在与 Clever 玩闹的陆千言，盛维庭说起话来直截了当："找你来主要有一件事情，我们想把这个孩子的抚养权要过来。"

顾其文并不赞同地皱了皱眉："那是陆恒的孩子？"

林纾刚想说，盛维庭便抓住了她放在腿上的手，握了握，主动说："那是我和林纾的孩子。"

这句话一说，时间仿佛都静止下来……

顾其文的眼神在这三人之间移来移去好一会儿，终于找回了自己的声音："你们的孩子？"

盛维庭一脸"这么意外干什么"的表情，十分自然地说道："嗯，至于细节，我想不需要告诉你吧？"

林纾的脸红了红，看他一眼。

顾其文许久才说："所以，现在不仅要财产分割，还要将这个陆恒以收养的名义放在身边的孩子要过来？你们应该知道，这并不容易吧。"

"当然。"盛维庭说，"容易也就不找你了。"

顾其文笑了笑："多谢盛教授看得起我。"顿了顿，"原本错误在男方，如果要把孩子的抚养权要过来，首先就是要将孩子和你们的关系公开，不然那几乎是一件不可能的事情。而孩子已经两岁，林纾，你也有责任，陆恒肯定会想方设法阻拦的。"

就像盛维庭说的那样，两人都知道这是一场难打的仗，可又是一场必须要打胜的仗。

林纾点头："我知道。陆恒的重点并不在孩子，主要是财产方面，他应该会利用这点，让我能得到的东西更少，所以我只想尽可能多地争取我的利益。"

顾其文略一思虑："为了不将云媛曝光，所以陆恒的两个孩子原本是以收养的名义养在身边的，既然这个不是，那另外一个不可能也不是吧？如果能确认亲子关系，对你可能会更有利一点，毕竟这不是你单方面犯错。"

林纾也想过，可陆宛语有哮喘，平常也有些畏缩，身边几乎不离人，和她也一点都不亲近……

这次的谈话压抑严肃，直到陆千言带着Clever跑过来，喘着气对林纾说："Candy阿姨，Clever想去外面玩。"

林纾温柔替她理头发，擦去额上的汗："等会儿好吗？等会我们一起出去。"

陆千言歪着头一想，点头："好吧。"说着又跑开了。

"她还不知道事实？"顾其文忽然说。

林纾还没来得及回答，盛维庭已经出声："这是我们的事情，不需要顾律师操心。"

顾其文倒也没有生气，呵呵笑了两声。

时间其实过得很快，不多久便到了林纾的离婚案开庭的日子，陆恒自然已经知道陆千言在他们这边，也来对峙过，可全都被盛维庭给挡了回去。

已经是前一天晚上，林纾知道不管怎么样，一定要对陆千言说明了。

正好这天盛维庭不小心叫了陆千言一声阿凛，睡前，陆千言便不甚明白地来问她:"Candy 阿姨,坏叔叔为什么叫我阿凛?"

"以后,你和我们一起生活,所以我们给你换个名字好不好?"林纾小心翼翼地问。

"叫阿凛吗?"陆千言眨眨眼睛。

"嗯,盛凛,你觉得好听吗?"

陆千言皱着眉头,许久都没有说话,就在林纾有些害怕的时候,她忽然笑起来:"Candy 阿姨取的吗?"

"是啊,和你的坏叔叔一起取的。"

"嗯,好呀。"

林纾笑了笑,"那以后,你和我们一起生活了,要叫我妈妈,会不会想……以前的爸爸妈妈?"

"一点点。"陆千言拿手指比了一下,"我喜欢 Candy 阿姨。"

"那如果我说,你的妈妈其实原本就是我的话……"林纾看着陆千言的脸,心头乱跳。

"哎?"陆千言忽然一拍脑袋,"Candy 阿姨不见的小孩就是我吗?"

大概是遗传了盛维庭,她这样聪慧,一下子就说到了事情的关键处。

林纾想要孩子,更想让孩子心里满满的都是他们,所以更加温柔:"是,你是。"

"那我的爸爸呢?"陆千言忽然坐了起来,"是坏叔叔嘛?"

林纾有些尴尬,嗯了一声:"你不喜欢吗?"

陆千言挠挠头,像极了一个小大人的模样:"其实坏叔叔也不错……"

"他现在可能不是个好爸爸,可是以后会努力成为一个好爸爸的,你能相信吗?"林纾也坐起来,看着她的眼睛。

小孩的眼睛尤其澄澈,可以见底,从困惑到明白,她终于露出一个笑脸:"好……"

林纾长长地呼出了一口气,脸上都是笑,将她搂在怀里:"乖,你是妈妈的好孩子……"

第二天,在法院才见到顾其文,他看到林纾便张开手臂想要上前拥一下,盛维庭伸手挡住,一脸冷冰。

顾其文笑笑:"开个玩笑,希望今天能大获全胜。"

等待的时候遇到了陆恒,陆恒瞥她一眼,看向她身后的盛维庭和顾其文,忽然勾唇一笑:"真的不打算庭外和解?"

"道不同不相为谋,我们拭目以待。"

陆恒却像是毫不在意,只是笑着说:"没想到你的律师居然是顾其文,顾律师,还记得当初你是怎么追求小树的吗?"

"当然,一辈子都不会忘。"顾其文同样笑着,在盛维庭冰凉的眼神中继续说,"我也记得当初你是怎么对她好的,啧……我早说你信不过了,小树当初要是信了我……"

陆恒的脸色有一瞬间的难看:"我们庭上见。"

快到上庭的时间,林纾有些紧张,盛维庭抓住了她颤抖的手:"我在下面看着你,很快就过去了。"

"好。"林纾说,朝他粲然一笑。

是的,很快就过去了,她很快就能恢复自由身,朝他飞奔而去。

坐在原告席,林纾深呼吸,视线转向旁观席,一眼就看到了盛维庭,他那样显眼,走到哪里都能让人一眼认出。

而如今,他是她的,她一个人的。

尽管隔得那么远,她却好像还是看到了他在对她笑,她也露出笑容,让他放心。

在读完起诉书之后,便是原告陈述事实,那份陈述材料是林纾写了顾其文修改的,来来回回改了许多遍,尽可能做到了简单又煽情。

顾其文说过不要带任何感情,要用最理智的情绪去说明情况,所以她深吸了一口气,说:"我想要和陆恒离婚。十六岁的时候与陆恒认识,也不否认当初结婚的时候我以为会和他过一辈子,可是结婚那天,我父亲进了监狱,我向他寻求帮助,他身旁却有另外一个女人,没有任何疾病的我被送进了精神病院,在精神病院里待了三年才逃了出来,对他的感情也就此磨灭,这种情况下,我并不认为还有什么理由让我们的婚姻继续下去。"

陆恒自然不会同意她的意见,挺直背脊,双手交叉着放在桌上,眼睛紧紧地盯着林纾,脸上甚至有淡淡的温情在:"不,我不同意她的说法。林纾说找将没有生病的她送入医院,可你们见过一个有精神病的人会说自己有病吗?她与父亲的关系极好,相依为命长大,所以在父亲入狱之后遭受重大打击,精神有些失常,我为了她好才将她送进医院,我也承认因为工作忙碌的关系没有经常去看她,所以忽略了她已经痊愈,可这不代表我不在意她。"

听完,林纾简直想拍桌子,但她知道不可以,她必须保持镇定冷静,不能被他的胡言乱语迷惑,这样才有胜算!

顾其文一脸正色，和偶尔吊儿郎当的他完全不一样，他征得意见进行提问："请问你刚刚的话里只字不提另外一个女人，那不会也是我的当事人凭空捏造出来的吧？"

陆恒淡淡一笑："那个女人应该就是我的私人助理云媛，林纾也认识，两人关系不错，那天她受了太多刺激，乱想也是有可能的。"

因为精神病院的医生不会当证人，所以顾其文将当初林纾刚从医院出来时候做检查评估的三院的医生请到了现场，那位医生在业内很有名气，询问了一下他给林纾做评估时候的时间，而后问道："请问我的当事人在评估当时有没有任何精神上的疾病？"

"没有。"他说，"很正常。"

陆恒请的律师起身反驳："我反对，评估结果在出院后进行，不能保证住院时也是正常的精神状态。"

医生点头："我的确不能保证。"

这边的人证下去，那边的人证又上来，居然是宁安精神病院的护士。

"请问你作为对方当事人的护士，她究竟有没有精神问题，可以说得具体一些。"

护士一直低着头，手攥得紧紧的："有，那时候她一句话都不说，整天不是躺着就是看着窗外，眼神涣散，刚进来的时候还大哭撞门。"

"反对，没有具体证据。"顾其文说。

法官道："同意，请拿出具体证据。"

护士瞬间就慌了，尽管要说的是早就被密谋好的话，声音却还是在抖："林纾的评估报告不小心丢失了。"

其实之前也不是没有想过伪造一份，不过风险太大，反正这次也不是为了不离婚，而是为了离婚的时候少分一点财产，一点点的错误还是可以犯的。

"丢失？别人的都不丢失，偏偏丢失了我当事人的评估报告？难道不是根本就没有做过评估吗？试想一个正常人如果在那样的情况下被关进精神病医院，是不是也会有那样的反应？从暴躁愤怒到最后的绝望？"

"反对，这只是猜测。"

"反对有效。"

顾其文像是有所预料，拿出之前到手的证明书作为证据："这就是我当事人曾经待了三年的精神病医院的主治医生的证言。"

证据被送了上去。

护士却还没走，陆恒的律师继续问道："关于林纾在医院的情况，还有没有更加特别的？"

"是……"护士说，声音依旧在抖，"她在生完孩子之后整个人就更加不对了。"

"生完孩子？"

"是，在入院没多久之后就查出了她有孕。"

"那孩子呢？"

"陆先生在孩子生下来之后抱走了。"

陆恒的律师看向林纾："不知道那个孩子的父亲是谁？是不是我的当事人？"

林纾咬咬唇，虽然早有预料，可等到这一步依旧慌乱，她再度转头看向底下的盛维庭，而后收回视线，长长地舒了一口气："不是，孩子的父亲不是陆恒。"

"你在新婚第二天就进了精神病医院，而我的当事人坦言并没有与你发生过关系，那孩子又是谁的？你提出离婚的理由是我当事人出轨，与他人同居，我不得不怀疑这个理由的真实性，难道不是你另有所爱吗？"

旁听席里一阵窸窸窣窣的说话声，林纾仿佛能一一听入耳帘，可她担心的不是这个，担心的是盛维庭。

其实今天她更倾向盛维庭不要来，因为她怕他听到接下来的话会让他不开心，可那些话，她又不得不说。

她只能先在心里对他说一千个一万个对不起。

而后，她终于抬起头，说："我的确没有和陆恒发生过关系，我也很庆幸没有，很庆幸我的孩子没有像他一样的父亲。我孩子的父亲，当初我并不认识。那天晚上在陆恒羞辱我之后，我离开，外面下着暴雨，我被淋得晕倒，是他将我带回家照顾，那时我并不知道，我以为是陆恒不至于那么绝情，将我带回去，我想挽回与他的感情，也以为那人是他，所以才会做下错事。"

她说得心如刀绞，不敢往盛维庭所在的方向看。

这是最好的办法，其实也是她的真心。

当初她的确达爱着陆恒，以为可以挽回，以为给了他他想要的东西，一切就能回归正常，只是没想到，那个男人不是陆恒。

她不知道盛维庭如今是什么表情，可又不敢去看他，嘴唇都快被她咬出血来。

她恍惚抬起头来，看到了对面的陆恒不敢置信地看着她。

她无暇去关心他如今是怎么想的，如果眼神是刀刃，他大概已经被她杀了无数次。

林纾并不是没想过在开庭之前将这些话对盛维庭说,可她比谁都更清楚他,如果早说了的话,他绝对不会同意的。

　　可她又很清楚她这样说的必要性,原本因为孩子的事情就缺少胜算,她不能让细节部分被抓到把柄。

　　知道他暂时不会理解她,只能等到结束之后再找他好好解释。

　　轮到顾其文问话:"那请问你又为何将不是我当事人的孩子带走,并且骗她说孩子已经死了,一瞒就是三年?"

　　陆恒已经恢复,微微一笑:"总不能让孩子留在精神病院里和林纾在一起,虽然她和别的男人有了孩子,可我还是舍不得她,所以将孩子带在身边抚养,等她出来之后,我也可以做孩子的父亲,一家三口继续在一起。"

　　"既然你连孩子的事情都可以接受,那请问为什么你连确认一下你爱人究竟有没有精神疾病的时间都没有?而且,你将孩子带走抚养,又有没有对我的当事人说过?为什么我的当事人一直以为孩子生出来就是死婴?"顾其文咄咄逼人。

　　陆恒只是笑:"那段时间她情绪很不稳定,所以就没有告诉她。"

　　顾其文又将私家侦探拍摄到的他与云媛还有陆宛语在一起的照片拿了出来:"既然陆先生说云某只是你的私人助理,这些照片又如何解释?我想私人助理应该没有必要亲密到这种程度?甚至还有一个孩子?"

　　"既然是私人助理,那也有私人的事情需要帮助,我收养了两个孩子,却没有女性在身边,所以让她就一直在帮我照顾。"

　　"可以亲密到拥抱?"

　　"那天她情绪不好,我作为上司给予简单安慰,在现代社会,拥抱应该不算什么吧?"

　　"那住在一起呢?"

　　"她是来陪孩子的。"

　　顾其文知道陆恒肯定会有应对策略,但一般有眼睛的都不会相信,只要让大家看到这些就够了。

　　可既然顾其文这边有对策,陆恒那头也不会含糊,直接将云媛请了过来当证人。有时候林纾真的很佩服云媛,在这种情况下居然还能违心替陆恒做证。

　　云媛说自己只是私人助理,和陆恒只有工作关系,她说话的时候低着头,居然十分平静。

　　"那请问两年前的×年×月,你住院几天是为了什么?"顾其文问。

　　云媛早有应对:"我阑尾炎开刀手术。"

"不是去生孩子吗?"

"反对,对方没有证据。"

"同意,请拿出证据。"

顾其文笑了笑,直接拿出亲子鉴定报告:"这是云媛与陆宛语的亲子鉴定报告,如果不承认这份亲子报告,当然也可以在有监督的情况下请你们再做一次,我相信结果会是一样的。"说完,他朝林纾挤了挤眼睛。

林纾她也不知道顾其文用了什么手段搞到这份亲子鉴定报告!

云媛显然也没想到这个变故,可她一点都没有慌乱,她抬起眼睛,唇色泛白:"是的,她是我的孩子,我未婚先孕生下的孩子,是我求陆恒收养了孩子,我经常出入他家也是因为放不下孩子。"

顾其文没有多问下去。

云媛被带了下去,陆恒的律师又拿盛维庭的存在开始反击。

"你说那天将孩子的父亲当作了我的当事人,那现在呢?两人有没有交集?"

"那日之后的三年间,我没有见过他,当然也是因为我一直被关在精神病院。"林纾说,"我没有病,自然要从医院逃出来,我逃了很多次,可没有一次成功的,那一次,我正好遇到了在附近散步的他,是他将我救走,并带我做了评估鉴定,证明我根本没有病。他看我可怜,无处可去,所以收留了我。"

她没有隐瞒,就算隐瞒也会被问出来,还不如坦白。

"难道不是因为你们之前原本就有感情,他才会收留你的吗?"

"反对,诱导性提问。"

"同意。"

"好,那我换一个问法,他为什么会收留你?"

"他的想法我无权说明,我相信人的心中有善念,他就是因为善念所以收留了我。"

"你也是因为他的善念所以爱上了他?"他说,"你们现在的关系匪浅,我没说错吧?"

顾其文其实谈过让盛维庭上场作证,可林纾拒绝了,她不希望骄傲的盛维庭坐在这里让他看不起的"愚蠢的地球人"严苛地盘问。

所以她没有将顾其文的提议对盛维庭说过,因为她知道盛维庭会同意。

他想要保护她,可她也想要保护他。

"是的,我爱上了他。可那是在我以为和陆恒已经离婚的情况下!新婚之夜他就让我签下离婚协议书,我自然以为离婚,在精神病医院三年的等待已经让我对他绝望透顶，我相信任何一个女人都不会还对这样的男人产生期待，我也是。所以我爱上了那个人，和陆恒截然不同的那个人。"

是的，她爱上了盛维庭，在不知不觉中就爱上了他，她只是恨和他遇到得太晚而已。

"下面对本案进行宣判……"

林纾离开法庭的时候见到了陆恒，其实两败俱伤，但陆恒依旧一脸的笑意，像是今天赢到了所有。

她根本不想再多和他说一句话，偏偏他挡住去路："小树。"

"我叫林纾。"

"虽然离婚了，可我们还能当朋友，不是吗？"

"我并不这么认为。"

"可是小树……"陆恒忽然凑近，唇在她的耳边，热气扑进她的耳朵，让她觉得恶心，刚想要躲，就听他继续说道，"你在法庭上说的是真心话吗？当初你真的以为那是我才会……"

林纾侧身挪开一些："真恶心。"

"其实你也后悔吧，后悔当初没有给我……"陆恒耸耸肩，"或许你是我的人了，我会网开一面也说不定。"

林纾嗤笑一声："陆恒你听着，我会慢慢夺回我的一切！让你也尝一尝一无所有的滋味，不知道到时候你是不是会真正的精神失常！"

她没有再理他，大步离开，结束的时候旁听席已经没有盛维庭的身影，她知晓他是生气了。

顾其文在后面追了几步，叫她："嘿，林纾，你过河拆桥？难道不一起吃顿饭？"

"对不起，我还有事，等有空再约吧。今天谢谢你。"林纾匆匆说完之后便急忙转身离开。

顾其文无奈地摇摇头，哪里猜不出她是干什么去。

林纾找了个遍都没找到盛维庭，给他打电话也不接，便想去停车场看一看。

果然看到了坐在驾驶座的他。

林纾松了一口气，快步走上前，打开副驾座车门坐进去，一脸轻松的样子："你怎么先过来了？听到宣判了吗？都在预期之中，阿凛现在是我们的了。"

盛维庭闷闷地嗯了一声，没有别的声响。

林纾凑上前去，抱住了他的胳膊，微微仰头，柔声说："你生气了对不对，那你愿不愿意听我解释?"

盛维庭冷哼一声:"我倒是要听听,你能解释出什么花样来!不过我现在非常不满意。"

"嗯,我会的,我会和你解释,我会让你理解的。"说完,她闭上眼睛,唇触上了他的。

结束这个吻的是林纾,因为盛维庭还在生气,所以决定采取非暴力不合作方式手段,一动都没动。

林纾微微撤开一些,眨着湿漉漉的眼睛看他:"还在生气吗?"

"嗯。"他硬邦邦地回,"美人计是没有效果的!"

林纾忍不住想笑,却憋住了,用最真诚的表情和语气说道:"盛维庭,我知晓你为什么生气,所以我道歉,希望你能原谅我。对不起,我不该自作主张。"

"既然知道我会生气还那么做?"盛维庭像是看怪物一样看她,"你的脑子里究竟都是什么?"

林纾低头笑了笑,不顾他的抵抗,拉住了他的手:"我的脑子里都是对不起对不起,盛维庭对不起,不该让你生气的……"

"哼。"盛维庭别开头,不打算看她。

"如果你早知道,不会让我说的是不是?"林纾温言软语。

"当然!"盛维庭受挫的其实是他的自尊心,他知道林纾说的全都是真话,可正因为那都是真话,所以他更加觉得不爽……

"我知道你生气,可我不得不说,因为我要争取更多的利益。"见盛维庭的眉心蹙起来,她忙凑过去,伸手捧住他的脸,"我知道你会不开心,但有些事情我也不想骗你,你也这么希望对不对?"

林纾其实没用多少力气,盛维庭要是想挣开,轻轻一下就能推开她,可她软绵的手好像拥有无穷的力量,让他根本动弹不得,只能在她的控制下看着她的脸,看着她的眼睛。

"那是我们第一次遇见,如果我真的随便对陌生人都……那样就不是我了。"林纾有些落寞地笑,"那个时候,我的确还没有放下陆恒,可是现在不一样,现在我的眼里心里全是你。我的未来里,只会有你一个人。"

盛维庭看着她,她的眼里全都是他,瞳孔里全都映着他的身影。

林纾温温一笑:"所以,你不要生我的气了好不好?"

盛维庭继续冷哼,面部表情都没有变。

林纾还以为他依旧不愿意理解她，刚想继续说，她却反被他捧住了脸，他的唇就这样迅速而准确地凑了上来，攫取她的呼吸。

她微微笑起来，闭上眼睛，双手搂住了他的脖子，而他，也将她抱得更紧，紧到仿佛要将她整个人揉碎了，放进自己的身体里。

那种又疼又窒息的感觉，林纾却只觉得惬意，周围都是他的气息将她笼罩，她能那么准确地感知他的存在，他就在她身边，她一伸手就能抓到，那样多好。

林纾笑着看他的侧脸，明明已经抑制不住扬起了唇角，偏偏还故意要对她冷言冷语。

这样可爱的一面，却只有她能看到，林纾的心都快融化。

他的好，他的坏，他的一切一切，别人只能看到刀枪不入的他，她却能看到所有，能拥他吻他，她难道不是世界上最幸福的人吗？

林纾和陆恒的离婚案闹上法庭，自然引发不少关注，不过陆恒将许多新闻都压了下来，但至少林氏和 Sapling 的员工都是知晓的。

林纾和褚雨一起合作的项链已经几乎完工，后续工作一直都是褚雨在做，可她到底经验少，出了点问题，只能打电话让林纾过去。

看到她出现在 Sapling，大家都窃窃私语，说着她和陆恒的事情，她已经不去管，自管自去了工作室。

褚雨看到她来，就像是看到了救星，一见到就先道歉："对不起，是我没做好。"

林纾摇摇头，说没事，有她出马，倒是解决得很好，褚雨千谢万谢，道："幸亏有你，不然我都不知道该怎么办。"

"以后小心一点就行了。"

褚雨用力点头说好，问她要不要留下来一起吃晚饭，林纾说不用："我还要赶回去。"

褚雨小心翼翼地问了句："你真的和陆总离婚了吗？"

"嗯。"林纾说，"是的，我们离婚了，我自由了。"

褚雨不知道该说什么，可见林纾的表情是轻松的，便也咧嘴笑了下，居然说了句："恭喜你。"

林纾觉得暖心，说谢谢。

和陆恒的离婚案结束之后，就如同林纾之前预料到的那样，陆恒绝对不会给她什么好处，竟然是把 Sapling 的股份给了她，还附加了等值的现金，也不知道他是怎么拿出那么多钱的。

虽然不是她原先希望的,但至少Sapling在她手里了,也算是一个念想,她属意林氏,不会亲自管理Sapling,所以关于林氏,她就要继续图谋。

而离婚之后的另外一件至关重要的事情,就是盛凛终于可以不再以陆恒女儿——陆千言的身份存在了,可她是盛维庭和林纾的女儿,两人现在又没有结婚,甚至都没有提到过这件事情。

所以林纾不知道该怎么将盛凛上户口,是在她名下,还是盛维庭名下,尽管区别其实不大。

林纾还是找盛维庭商量了下,把事情简单说了一下之后忽然发现有些不对劲,他该不会觉得自己是在逼婚吧?

可她根本没有这个念头,婚姻这种事情该是顺其自然的,她不希望是因为别的因素才促成这种关系,虽然其实盛维庭和她提过许多次结婚的事情。

所以等盛维庭回答的时候不免就有些忐忑,她甚至都不敢看他的脸。

关键盛维庭根本没把这当成一件事儿,沉默了一会儿之后似是没搞懂,问:"有什么区别吗?"

的确是没有很大的区别。

林纾想了想,笑了:"嗯,我知道了,既然让她改名叫盛凛了,就去你那边吧?"

盛维庭嗯了一声,想到了什么,说:"把你的名字也写上户口本吧。"说得漫不经心,顺其自然,仿佛说着再平常不过的事情。

林纾微微一怔,在一瞬间的反应停滞之后,笑得比刚刚还大,只说了一个字,她说:"好……"

她也想要看到自己的名字写在属于盛维庭的户口本上,"与户主关系"那边的字是妻。

林纾说完之后忽然觉得不好意思,匆匆要走,走到门口便看到了正打算敲门的秦年,一直都没有脸红的她瞬间红了脸,尴尬地叫一声,而后跑了开去。

秦年看了眼她离开的背影,收回眼神走进了盛维庭的办公室,直按人咧咧地坐在了沙发上,说道:"把你的名字也写上户口本吧。"

头都没抬的盛维庭终于肯抬尊首看一眼满脸笑意的秦年:"哼。"

"你不要告诉我,这就是你的求婚?"秦年问。

"不然还要干什么?"盛维庭觉得并无所谓,"她也答应了。"

"也就她会答应。"秦年啧啧两声,摇着头,"你到底是不是真的喜欢林纾啊?"

盛维庭撇撇嘴,不愿意回答这个问题。

秦年笑："你该不会是因为赌输了所以打算回避这个问题吧？没事儿，反正我们也没有堵什么，看到你也因为一个女人变得不一样，我就觉得……嗯，真是心情舒畅呢。"

"说完了吗？你时间倒是挺空的？"盛维庭抬眸看他。

秦年依旧笑着，温润如玉的翩翩公子一个："当然没有说完，我想说的还没来得及说呢，我这是在替林纾委屈，你说她上次遇人不淑，一个好好的婚礼搞成这样，但好歹也是有场精心准备的求婚的。你说你现在就这么一句话，真是……逊毙了。"

"逊……毙了？"盛维庭默默地重复了一下，眉心蹙起来，对于被和陆恒比较这件事情，可真是不爽，"你是说我比起姓陆的，逊毙了？"

秦年抬起双手做投降状："我是说你求婚的方式逊毙了。"他当然知道盛维庭有多自负，怎么能容忍别人比自己好呢，他可没那么傻。

"所以……"盛维庭居然还真的有点认真了，"你是怎么求婚的？"

"我？女人么，最喜欢惊喜，所以我就制造了一个格外浪漫的惊喜给她。"

没想到盛维庭听完，十分不屑地喷了一声："果然像是你会做出来的事情，不过，也太幼稚了吧。"

"幼稚？"秦年忍不住笑出声来，"女人就喜欢幼稚的惊喜。"

"林纾不会喜欢。"他嘴硬。

第十一章　我愿给你全世界

徐祖尧的项链已经完工，林纾争取到机会亲自去送给徐祖尧。

不知道徐祖尧是怎么想的，居然还有专车来接。

徐家所在竟是一片古色古香的建筑，车子开进大门，沿着石板路开了一会终于停下来，司机下车替她开门："林小姐，请下车。"

林纾手里捧着那个首饰盒，下了车，忍不住环顾了一下徐家的建筑。

她早知道徐家富饶，却不知道是这样富，这一片那么大的地盘全都是徐家的，白墙黑瓦，飞檐翘角，园中都是年老的树，树荫便遮出了一大片清凉。

林纾被人带路走进了大厅，一眼便见徐祖尧坐在厅中的红木沙发上，拐杖放在一旁，手里端着一杯茶正在浅尝。

林纾走近，有礼地叫一声："徐先生。"

徐祖尧却没有立刻抬头看她，而是将茶杯放下，这才点点头："来了，坐吧。"

林纾不紧张是不可能的，心中难免忐忑，依旧落落大方地坐下来，将首饰盒放在矮几上。

徐祖尧的表情没什么变动："你知道这项链我是要送给谁吗？"

林纾摇头。

"盛怡，你应该认识吧？"

林纾原本低着头，听到这个名字蓦地抬起头来，不敢置信地看向徐祖尧。

"盛维庭是我的儿子。"

林纾不知道该做怎么样的反应才对，只能呆呆地坐着。

"老实说，我并不满意你做他的妻子，你不算顶漂亮，能力也一般，还是二婚……"徐祖尧面色依旧沉静，"叫他已经选中了你，我也个会做那些拆散有情人的事情。"

林纾的手攥在一起。

"毕竟他为了你都肯向我低头了，我可不做损人还不利已的事情，你说，这道理对不对？"

林纾莫名。

"你还不知道？那小子居然也知道什么是惊喜了，那我就不多说了。"徐祖尧道,"我找你过来,主要是为了一件事,我相信你肯定能做好。"

林纾等着他说。

徐祖尧很快就说:"帮我,让他回到徐家。"

林纾不免微微皱眉,双手攥得更紧,深吸一口气,压下心头的紧张不安:"徐先生,对于您和盛维庭之间的旧事,我并不是很清楚,可我知道,我不能强求他去做什么事情,他是一个有思想的成年人,我也觉得我不可能去让他做什么他不愿意做的事情,如果您想要修复父子关系的话,请您主动和他联系吧。"

她并不是个烂好人,她只想为自己在意的人考虑。

徐祖尧听完林纾的话,自然不悦,那双和盛维庭很像的双眼顿时凛冽起来:"你也知道,我如果要让你离开他,是一件多简单的事情,如果你不愿意做,还会有别人愿意去做!"

"我只知道,我和盛维庭都不会轻易放弃的。"林纾说,那样坚定。

她原本是存了念头要求他帮帮她,毕竟他也是父亲说过的唯一一个人,可没想到他竟是盛维庭的父亲……

林纾深吸了一口气,或许,注定了她的这条路会艰难无比,可她也知道在身边的人最重要,她不愿意为了报复而让盛维庭陷入尴尬的境地。

而通往成功的道路也从来不会只有一条,她只要去找别的路不就行了?

所以她笑得格外畅意,起身对徐祖尧行了个礼以示尊重:"如果没有别的事情,那我就先走了。"

徐祖尧冷哼一声,没有再说话。

既然和徐祖尧闹得不大愉快,那自然不会还有司机送她,这里偏又是郊区,她只能走上一段路才能打到车。

没想到会遇到徐得宁。

"你怎么会在这里?"他说完忽然笑了起来,"我差点忘记你把盛维庭拿下了,怎么,知道盛维庭和老头的关系了?难道是想拆散你们?唔,如果我没猜错的话,他大概是希望盛维庭认祖归宗吧?"

林纾转身就走。

徐得宁走过去蹭在她的身边:"怎么一句话都不说?好歹也打声招呼,我们又不是不认识,还是因为有了盛维庭,我就一点都不重要了?"

林纾实在是受不了他一直在耳边碎碎念,只好停下步子,转身看他:"徐总,之前的冒犯希望您能谅解,我还有事就先走了。"

"啧,看来有了新欢就不要旧爱啊。"徐得宁啧啧两声。

"徐总!"林纾转头看他,满眼的怒火。

"那么凶干什么?玩笑都不行?"徐得宁一副轻佻的模样,"要不要送你?"

"不用!"林纾说完再度转身离开,没想到徐得宁就像是牛皮糖一样粘上了就扯不掉,根本赶不走,"真的不用我送?你想打车可得走上半个小时。"

林纾觉得他也是有着傲气的男人,不可能一直缠在她身边,可她到底还是高估了他,他一直跟在她身边,她又奈何不了他,只能加快脚步,转弯时她也没看就直接走了过去,不想一辆车忽然冲了过来。

她呆住,一时间没法动弹,又是徐得宁将她的胳膊一扯,她回身不得已地扑进了他怀里,反应过来之后第一时间就要推开他,可徐得宁居然死死地抱着她不放手。

林纾真的怒了:"徐得宁!请你放尊重点!放开我!"

"怎么?我的怀抱不舒服吗?"徐得宁还故意在她的发间用力一嗅,"唔,真香……"

林纾手脚并用地去踹,可一点用都没有,她挣扎得累了,只能问:"你究竟想干什么?"

"你说……"徐得宁的嘴就凑在她的耳边,他的声音却如影随形,"如果盛维庭看到这一幕,他会不会觉得你轻佻?"

他这话一出口,林纾就觉得不对,想要转身,却被他用力地按住了后脑,脸只能贴在他的胸口,鼻间都是他身上让人作呕的气息。

"这么急干什么?让他多看一会儿。"徐得宁笑着,"他一向都要用别人用过的东西,你说你的待遇会不会一样呢?"

说话间,徐得宁竟是伸手钳制住她的下巴,让她被迫看着他,而他的脸上带着笑意,正缓缓地低下头来……

林纾刚想用头撞上去,忽然感觉下巴一松,徐得宁的手已经被人抓住,她得到自由,却又被另外一个人抓住胳膊,往后一拉,撞进了那人的怀抱里。

那是她熟悉的味道,仿佛雨后空气中弥漫着的青草味,她靠在他的怀里,轻轻地叫他的名字:"盛维庭……"

盛维庭的手还抓着徐得宁的胳膊,满脸怒气。

徐得宁还笑得出来:"你知道吗?这是你第一次没有任何阻挡地碰到我,不觉得恶心……"

他的话还没说完,盛维庭已经猛地抬脚一踹,徐得宁没有防备,被他踹倒在地,那模样着实有些狼狈,可他居然还要在意形象,理了下衣服,直接站起来:"你这是动手了?那么多年都没动手,为了这个女人居然动手了?怎么办,我对她越来越好奇了呢,究竟是有多特别,能让你这么,特殊对待?"

盛维庭已经懒得和他说话,直接揽着怀里的林纾走向车。

林纾这才发现原来刚才那辆差点撞上她的车,竟就是盛维庭的。

坐上车,她看向盛维庭,他的脸色很不好:"盛维庭,对不起……"

"你做错了什么?"盛维庭冷冷说道。

"我……"

"不要为没做错的事情道歉。"看她一眼,"我有眼睛,懂得分辨对错。"

林纾双眼温热,侧头看向另一边,好不容易才将泪水掩下。

"你是有做错的事情。"盛维庭再度开口,"因为你没有第一时间求助于我。"

"我下次不会了。"

"林纾,你觉得我的存在是什么?"盛维庭严肃认真地问她。

林纾咬着唇:"你是我爱的人,你是阿凛的爸爸,你……"

"你忽略了很重要的一点,林纾。"盛维庭打断她的话,"我是可以保护你的男人。"

林纾又嗯了一声,眼泪到底还是忍不住落了下来,不是因为伤心,而是因为感动。

"哭什么?"盛维庭怎么会听不出她的哭音,伸手抽了几张纸巾递过去,"快擦干净!"

林纾连忙去拭,不想这样一来,眼泪掉得便更加汹涌,她捂着脸,呜咽着说:"谢谢你,谢谢你……"

盛维庭有些无奈地叹了一口气:"我看你那小鬼还比你强一点。"

林纾还流着泪,却忍不住笑了起来,平复了下情绪之后,她认真说道:"以后有事,我会第一时间找你。"

"嗯哼。"

"徐得宁就是在吓我,其实,什么都没有……"尽管盛维庭没说什么,可她依旧怕他误会,到底还是忍不住解释了下。

"我知道。"盛维庭说,"他不敢,至少现在还不敢。"

林纾看他一眼,不知道该说些什么:"你怎么会忽然去那里?"

盛维庭却没有回答这个问题,反而说:"他是不是说要让我回徐家?"

林纾愣了一愣才意识到,盛维庭口中的那个"他"已经不是徐得宁,而是他名义上的父亲徐祖尧,忙说:"我没答应,我……"

"我知道。"盛维庭说,"不然你就不会是自己走出来。"

林纾忍不住低笑一声,对于他们这对父子的事情,她不愿意去参与,一切的决定都只能由盛维庭做,她也相信种什么因得什么果,如今这种状况,当初对于盛维庭来说,恐怕不知道是怎么样的伤害。

林纾说要哄盛凛睡觉,许久都没出来,盛维庭便开门去看一眼,没想到看到盛凛睁着大眼睛一脸清醒,而林纾却睡了过去。

盛凛看着盛维庭小心翼翼地将林纾放倒在一旁,还给她拿了毯子盖上,她撇撇嘴,直接张开手索抱:"我要你哄我睡觉!"

盛维庭瞪她一眼:"不许胡闹!"

"哄我睡觉!"

盛凛的声音忽然大起来,盛维庭下意识地看了林纾一眼,见她身形微动,忙伸手捂住她的嘴巴,看着她的那双眼睛,他略一犹豫,说:"不要吵,我就哄你睡觉!"

盛凛笑起来,眼睛眯成月牙般的形状。

盛维庭原本捂在她嘴上的手逐渐下移,放在她的身上,十分不自然地轻拍两下:"睡吧!"

"不是这样!"她的要求还真是多,"你要抱着我,还要唱歌!"

"……"

盛凛微微张嘴,做出要喊人的姿势,盛维庭根本拿她没辙,哼一声,却已然妥协,身体僵硬地躺下来,以非常安全的距离躺在她旁边:"快睡!"

盛凛人小,很是灵活,一下子就扑进了他的怀里,脸贴在他的胸口,紧紧地抱着。

盛维庭顿时僵硬,刚想推开她,却听到她在说话:"我知道你不喜欢我。"声音闷得厉害,情绪那样低落。

他没有说话,头一次觉得不知道该如何回应。

如果不是林纾,他大概永远都不会对一个不怎么惹人喜欢的孩子有这么强大的耐心。

"你真的是我爸爸吗?"她说,"你为什么不喜欢我呢?"

"睡吧,"盛维庭顿了顿,又轻轻拍她的背脊:"我没有不喜欢你。"

盛凛没有再说话,在他怀里蹭了蹭,找了个好姿势之后没多久就睡了过去。

盛维庭依旧不适应这个父亲的角色,动都不敢动,胳膊都有些发麻,孩子的确是一种麻烦的生物，他之前说的没有错。

所以他从没有考虑过拥有一个孩子。

除了因为觉得麻烦之外，更是因为他没有自信会给孩子身为父亲应该给的爱。他什么都可以做到最好，唯独"爱"这个字，他一直做得很失败，尽管他一直不想承认。

可现在不一样，他有了林纾，别人能做的，他自然也能做，而且做得比别人更好，"父亲"这个角色也是，从来没有什么可以难倒他！

林纾迷迷糊糊之间总觉得脸痒痒的，好不容易撑开眼睛，迷蒙中便看到了一张笑脸正对着她，她也笑起来，将面前的盛凛抱在怀里。

"Candy妈妈是个大懒虫！"盛凛在她怀里扭着，笑着。

林纾清醒一些之后才发现自己居然和盛凛一起躺在床上，她拥着盛凛坐起来，转头看了看，还没看到自己想看的，就听到盛凛笑嘻嘻的："是不是在找爸爸呀？"

林纾嗯一声之后意识到她居然乖乖叫盛维庭爸爸，惊喜之外也有些讶异，不过没有多说，如果他们愿意亲近的话，她是最开心的，盛凛能拥有真正的父爱，而盛维庭，在这个世界上也会多一个人可以靠近他更多一些。

林纾出去找盛维庭，看到他在准备早餐，忍不住就过去从身后抱住了他："盛维庭，你怎么让阿凛叫你爸爸的？"

"这难道有难度吗？我这样优秀的人当她的爸爸是便宜了她。"

"我知道你是最优秀的，无论是在我的眼里，还是在别人的眼里。"林纾笑着说真心话，"我真的很自豪，也很骄傲。"

他一脸"你怎么又开始说废话"的表情："这种早就有定论的话就不用说了，你可以找点新词来夸夸我。"

林纾忍不住扑哧一声笑出来，却又认真严肃地说："总之你就是最好的，一切一切都是最好的。"

原谅我没办法用夸张的词藻来说明你的好，因为你的好根本没有办法用语言来一一说明，可每一样，我都深深地铭记在心头，这辈子都不会忘记。

"作为奖赏……"盛维庭忽然说，"你去我书房，在我书桌右上的抽屉里，有一个牛皮纸袋，拿过来。"

这算什么奖赏？

林纾有些莫名其妙，却也没有多问，乖乖地去取了，拿在手里也没想过打开看一看，按着原样拿到了盛维庭的眼前："是这个？"

牛皮纸袋里面有些不厚不薄的一叠纸，纸袋上也没什么字，总而言之就是极其的普通。

"你没看？"盛维庭似是没料到她会将纸袋原封不动地拿过来。

"我可以看吗？"林纾问，她还以为自己是跑腿的，怎么敢随便看盛维庭的东西。

"当然可以。"盛维庭说，脸上忽然浮现出一个得意的笑容，随之而来的那句话便让林纾惊呆，"作为求婚礼物。"

"什么礼物？"林纾将纸袋打开。

里面是一叠纸，她拿出来看，在看到那几个大字便觉得不对，直接翻到最后一页，而后不敢置信地看向盛维庭："这……"

"怎么？高兴得连字都看不懂了？"盛维庭嘴边含着笑。

"不。"林纾忽然将那叠纸重新装回了纸袋里，"不，我不能要。"

盛维庭的笑容僵硬在唇角："不要？"这两个字仿佛是从他的齿缝里挤出来的一样。

这不是别的，正是一份股权转让协议，转让人正是徐祖尧。

在看到的时候，林纾便已经反应过来先前徐祖尧说的那句"为了你都肯向我低头"的意思了，她一直都耿耿于怀，直到看到这份股权转让协议，还有什么不明白的？

她怎么能要这种东西？

不，她舍不得。

林纾红着眼眶："我不能要，还有别的办法的，我……"她顿了顿，看着盛维庭那黑到不行的脸，眼泪直接掉了下来，落在纸袋上，晕出了深色的一片，"我不想看到你向他低头……"

盛维庭如此骄傲，为了她却要同他不耻的人接触，甚至于低头，光是想想，便已经让她觉得心疼到受不了。

没有遇到她之前，他潇洒自在，遇到她之后，他便像是背了许许多多的责任，而这一切都是她给的，她并不后悔，她多怕之后他会做越来越多他不愿意做的事情，而后，逐渐厌倦这种生活。

她并不是怀疑他的真心，她只是担心这样的生活会磨灭这种真心。

她低着头，眼泪簌簌落下，一双修长而完美的手慢慢出现在她眼前，而后捧住了她濡湿的脸颊。

她没有办法挣脱，便随着他的动作缓缓抬起头来，一不小心，珍珠般晶莹的眼泪便落在他的手背，她有些慌乱，眼神却没办法从他的脸上移开去。

"我没有低头，也绝对不会向任何人低头。只是谈判。"盛维庭说，极其认真，"或者可以说是交易，钱货两清的交易，我给钱，他给股份，仅此而已，你不用想太多。"

"可是……"

"我知道你会有负担，所以我也并不打算将这些股份转给你，所以这些股份是我的，不是你的。"盛维庭说，"这样的求婚礼物是不是有些，太轻了？"

林纾简直不知道说什么好，他什么都替她想到了，而她却一直一直都在拖他的后腿，她伸手狠狠地将眼泪擦掉，哭永远都不是解决事情的办法。

"盛维庭，谢谢你，我也会努力的。"她说，"我会努力做一个配得上你的人，让所有人都觉得能站在你身边的人，只能有我一个。"

"这话说得有些傲气。"盛维庭捏捏她的脸，"不过我喜欢。"

林纾笑起来，眼泪还在脸颊，却已经有了勇气，她相信，总会有那么一天的。

只是……

"盛维庭，你要进入林氏吗？"林纾的笑容又被担忧所替代，不是因为别的，只因为盛维庭是一个医生，她并不希望他去做他并不喜欢的事情。

"我一向喜欢有挑战的事情。"盛维庭揉了揉她的头发，"或许你是觉得，我做不好？"

当然不是。

这个世界上怎么会有盛维庭做不好的事情呢。

她只是在心疼她的爱人。

林纾倒是没想到徐祖尧会再一次把自己接去徐宅。

因为婚礼近在眼前，盛怡到底待不住，先来了J市，盛维庭刚巧有事，她便要去机场接人，可不想刚走出医院就又遇到了上次来接人的司机，只说一句林小姐请进，就再无二话。

林纾拒绝："我有事，大概没时间去见徐先生。"

"徐先生说是很重要的事，还请您务必去一趟，相信你不会后悔的。"司机毕恭毕敬，林纾不想为难他，却更不想为难自己。

她依旧说了对不起，想要离开，却不想原本守礼的司机却拦住了她的去路。

"我说了我有事！"

"徐先生找您也有事。"

最终还是坐上了车，她频频看着手机，希望能赶得及去接盛怡。

徐祖尧依旧坐在上次的位置上，依旧那样的淡定从容，林纾因为心急，开口便直截了当："我想说的话上次已经都说过了，不知道徐先生还有什么想说的？"

"你想要什么。"他说。

林纾皱眉。

"你应该很觊觎我在林氏剩余的股份，你真的不想要？"

林纾总算明白，他这是利诱了："我的确很想要，但我不愿意这样要。如果你同意，我自然会出钱买，只是交易而已，不涉及其他。"

"到底是林凯教出来的，性子还算硬。"徐祖尧撇撇嘴，没有再说话，

林纾便也沉默下来，这样一沉默便不知道过了多久，她愈发急迫，盛怡应该已经到了，也不知道会不会着急……

终于还是沉不住气，她出声："徐先生，没有别的事，我就先告辞了……"

"如果我说，我……"徐祖尧还没说完，就听到远远传来一阵高亢的叫声，他蓦地站起来，往外看去。

林纾也意识到了什么，起身迎向外面。

果然，盛怡大步迈进来，嘴里骂着："老不死的就知道欺负年轻人，还不快把我们家小树给送出来！"

那声音可是中气十足。

那样活力又霸气的声音还能是谁的？

林纾不免露出了笑，连忙迎上去，叫："阿姨。"

盛怡在看到之后连忙伸手将她拉过来，自己挺身上前："再找小树的麻烦，信不信找把这里放一把火给烧了！"

徐祖尧似乎还有些没反应过来，轻轻叫了一声："小怡……"

盛怡撇嘴："我的名字叫盛怡。徐先生，既然我来了这一趟，就干脆和你说说清楚，我知道你打的什么主意，还不是因为觉得我的阿庭那么优秀所以想要占为己有，但我跟你说，休想，当初你放弃了他，就该想到有今天了！你也不用再找小树，拿自己的势力压人，真是越来越让人瞧不起！"说着，一把拉了林纾的手就往外走，"我们回去，小树。"

林纾跟在盛怡的身后离开，忍不住回身看了徐祖尧一眼，不想他依旧站在原地，神情有些恍惚。

她来不及多想，就已经被盛怡拉着离开了徐宅。

盛怡过来打的车还等在外面，两人上去，盛怡还满满的气愤未平："他以为他是谁，每个人都要听他的不成，真是越老越让人恶心了。"

林纾没有立场说话，只是低着头候在一旁。

看到林纾的神色，盛怡拍了拍她的手背："没被吓到吧？以后要是还有这种事情就直接找我，还有阿庭。"

林纾点点头："我知道，谢谢阿姨，你怎么知道我在这里？"

问到这个，盛怡忽然有些不好意思："是阿庭和我说的。"

可盛维庭也不知道这件事情啊？

盛怡藏不住话，马上就道："这件事情呢，是这样，你也别怪阿庭，他也是为了你好。我到了机场之后没看到人，就打了电话给阿庭，知道你没在机场之后，他过会儿就把你的位置给我了，所以我才能赶过来的。"

林纾想到了一种可能，果然下一秒盛怡便说："阿庭给你的手机装了位置追踪器。"

说实话，林纾并不觉得盛维庭侵犯了自己的隐私或者什么，她比任何人都知晓他的为人，他这样做肯定只是单纯为了她的安全。

盛怡没听到她的声响，以为她生气了，还小心翼翼地问："小树，你没生气吧？"

林纾这才抬起头来："没有，我明白的，怎么会生气。"她笑了笑，"让您一回来就赶过来，是我不好。"

"和你有什么关系，这不就是那个老不死的错嘛，算了，不提他，真是扫兴。"盛怡说，"我们这就去医院，天知道我有多想见我那个小孙女。"

意外的，盛凛很喜欢这个突然冒出来的奶奶，两人的关系很好，不一会儿便亲了起来，盛维庭乐得看到这种场景，毕竟这样小鬼可就没精力和他抢女人了！

两人的婚礼定在一个月之后，还不到盛夏，却又温暖，很适合穿婚纱，两人其实算得上是闪婚，认识也不过就几个月，可细细想来，却像是认识了大半辈子。

只恨相识得太晚。

盛怡又回了一趟美国，所以婚礼剩下来的事情只能由林纾自己去解决，她倒是一点都不觉得辛苦，更何况之前都已经做过一次了，也算是驾轻就熟吧。

结婚后自然不再住这栋房子，一来是比较小，以前盛维庭一个人住是正好，但现在又有林纾又有孩子，便显得有些挤了，更何况盛维庭还有远见地说还有以后的孩子呢……

再来呢，就是和陆恒的住所实在是太近了，盛维庭和林纾都不愿意给自己找不痛快，这种出门一不小心就遇见前夫的事情，实在不算什么有趣的事情，能避免就尽量避免吧。

虽然林纾往后还会进入林氏，但除了工作上的接触，林纾不愿意和他有更多的遇见，盛维庭就更是了。

那栋房子离市区较远，但比较大，是独栋的小别墅，而且早就装修好了，是盛维庭喜好的简洁风，林纾当然也没意见，她现在明白了，住什么样的房子并不重要，重要的是一起住的人是谁。

婚礼前的事情其实也很多，但好在盛怡在走之前把酒店和婚庆公司的事情给搞定了，林纾便也就不用那么忙碌，每天不过出去逛逛街，买些东西，至于林氏的事情，一切都准备就绪，等到把婚礼的事情结束，她便打算正式以股东的身份进入林氏。

有些时候，时间总是过得很快，就比如林纾不过闭眼睁眼，就已经快到婚礼的日子。

婚礼的规模并不大，毕竟两边都没什么亲友，不过是一个形式而已，倒是结婚证还没领，因为盛怡说结婚证也该找个好日子，可偏偏婚礼前找不到什么更好的日子，婚礼那天又太忙，所以打算等婚礼之后半个月那个所谓的好日子去把证给领了。

其实现在也没什么区别了，两人如今的生活方式便仿佛是老夫老妻。

倒是盛凛很喜欢和盛维庭开玩笑，结婚前一天晚上还特意在盛维庭面前问林纾："Candy妈妈，你真的要嫁给坏……爸爸吗？"

林纾笑，看了盛维庭一眼，说："怎么？你不喜欢吗？"

"他那么讨厌，应该没有人喜欢他的。"盛凛撇撇嘴，说完之后瞬间移到了林纾的身后，冲着盛维庭做鬼脸。

林纾笑："因为没有人喜欢他，所以阿凛和妈妈才要喜欢他呀？你说对不对？"

盛凛皱着眉头想了想，忽然觉得这话说得好像也挺对的："那好吧，看在坏爸爸那么可怜，我就喜欢喜欢他吧！"

盛维庭咬牙切齿："小鬼！"

盛凛没听到他的话，反而拉着林纾去看她的小裙子，她明天要当花童，所以也准备了一件蓬蓬的白纱裙，她可喜欢了，每天都要看上好几遍。

盛维庭看着两人无视他的话径直走进卧室，忍不住也跟了上去。

他倚在门框上，刚想把小鬼给教训一通，就看到林纾和盛凛一起站在镜子前，拿着各自的白纱在身上比着，忽然就什么话都说不出来了……

除却母亲，这是他生命中最重要的两个女人，一个会陪伴他走过未来，一个因为他而来到这个世界上,两人有着相似的眉眼,有着相似的笑容,她们站在一起,说着笑着,他只不过看着便迷了眼睛,仿佛就看到了遥远的一辈子……

他向来是一个很有规划的人,未来的一切原本都在他的掌控之中,要做什么,想做什么都在他的计划表上,每一步都踏踏实实的,从没有出过错,可自从遇到了林纾……

他的生活发生了翻天覆地的变化,从前的计划都因为她的出现而推翻了,他的以后变得未知而又刺激,而这仿佛更能让他兴奋,一直以来按部就班的生活实际上早就让他厌烦。

他不知道如果换作别人突如其来地闯入他的生活,他的生活是不是依旧会发生这样的变化,他只知道,在林纾之前,也曾经有许多人企图改变他,改变他的生活,可从来没有一个人成功过……

他没有办法说清楚林纾吸引他的地方,但能让他改变,大概是因为最特别的地方吧。

至少,他从她那里,知道了什么叫作喜欢。

林纾看着那件订做的婚纱,轻轻地抚过那上面的一针一线,每一块蕾丝和每一颗珍珠,那仿佛是一个个证明,证明她终于要嫁给她的爱人。

她抬头看到门边的盛维庭,微微一笑,脸上眼里都是爱意,盛维庭也朝她露出一个笑容,她觉得满心都是欢喜。

放下婚纱,她走向盛维庭,忍不住轻抚他的面颊:"盛维庭,明天我就要嫁给你了。"

"嗯。"盛维庭握住她放在他脸上的手,挑眉,"紧张?你的心跳很快。"

"嗯,我很紧张,也很兴奋,很快乐。"林纾投入他的怀抱,"因为我要嫁给你了,我真的要嫁给你了。"

盛维庭看了一眼依旧拿着裙子抬头看向他们的盛凛,冲她示意了一个眼神,她撇撇嘴,似乎不想动,盛维庭瞪了一眼过去,她哼一声,伸手捂住眼睛,却在中间空出缝隙,就这样恨恨地走出了房间。

盛维庭对这个女儿更满意了一点,似乎越来越懂得看眼色了。

他伸手环住了林纾,亲吻她的发间:"就那么开心?"

"是呀,难道你不开心吗?"林纾一个反问,盛维庭怎么敢说没有,事实上他的确挺开心的,但他其实并不在意形式,因为他从不在意别人的看法,可他知道林纾在意。

他也希望林纾穿着漂亮的婚纱，站在别人的面前，为她戴上戒指的人是他，而不是别人。

"盛维庭，你说这个世界上是不是真的有缘分这两个字呢，不然我们怎么就能遇见呢。"林纾的笑容那样温暖，"怎么就能在一起呢。"

"如果你这样相信的话，那大概就是有吧。"其实盛维庭是不信的，他是切切实实的唯物主义者，不信什么上天冥冥之间的安排之类的，但他难得没有剥夺别人对这种迷信思想的相信，大概因为那个人是林纾吧，她既然觉得开心，那顺着她又如何呢？

结婚前的晚上，盛维庭想和林纾单独睡在一起，可林纾无论如何都放不下盛凛，依旧让她睡在了他们中间。

盛维庭看着盛凛和林纾抱在一起的模样，真的很想收回自己方才对她的满意，低声说："她也应该学着自己一个人睡了。"

盛凛听到一个人睡就又往林纾怀里蹭了蹭："我要和 Candy 妈妈一起睡……"

林纾笑着拍拍盛凛的背脊，无奈地看了盛维庭一眼："她才两岁……"

"都已经两岁了。"盛维庭的语气格外坚决，"那里的婴儿房也收拾出来了，到那边就让她一个人睡。"

盛凛自然是不愿意，林纾好不容易才将她安抚好，她也就睡过去了。

等她睡着，林纾小声对盛维庭说："真的要让阿凛一个人睡吗？她还那么小。"

盛维庭理所当然："嗯，她也不小了。"

林纾拿盛维庭没办法，虽然她也想和盛维庭单独相处，但实际上她也很难放下孩子……

其实夜间没怎么睡好，林纾觉得大概是因为太兴奋了，导致她不过浅浅地睡了几个小时。

可她的婚礼仪式是在下午，根本不用起早，只能继续在床上眯着，耳边是盛维庭和盛凛此起彼伏的呼吸声，她说不出比这更加幸福的事情，竟然在他们的呼吸声中再度睡了过去。

再醒来的时候居然已经十点，床上自然已经没有人了，她猛地坐起来，隐约听到外面有说话声，洗漱好，穿好衣服出去，便看到屋里不知道何时已经有了不少人。

盛维庭和 William 坐在沙发上说着什么，盛凛正不停地想要爬到盛维庭的腿上……

林纾忍不住也露出一个笑容来，每一分每一秒都让她觉得幸福。

盛怡看到她,连忙过来拉她:"醒了?因为时间来得及,所以让你多睡了一会。"

林纾有些不好意思,向她们道了歉:"我应该早点起来招呼你们的。"

盛维庭还没穿戴好,只穿了一件白色衬衫,领带都没戴,但纽扣扣得齐齐整整的,显得人非常精神,他走过来低头,笑着问她:"做好准备,成为我的新娘了吗?"

"是。"她说,看着他的眼睛,不舍得移开半点,"我做好准备了,做你的新娘,做你的妻子。"

坐在酒店的休息室里,林纾已经化了新娘妆,穿好了婚纱,戴好了头纱,坐在镜子面前,看着镜中那个不熟悉的自己。

她并不是没有穿过婚纱,三年前的她也穿上了婚纱,甚至比这件更加昂贵,更加华丽,那是她亲自去国外的私人订制婚纱品牌那里让人量身定做的。

可在她的眼里,尽管身上的这件婚纱并不是那么昂贵,也并不是那么的华丽,它简简单单普普通通,可却承载了她所有对于婚姻的美好向往。

婚纱的样式是盛维庭选的,他难得也会做一次决定,在林纾犹豫不决的时候斩钉截铁地选择了这一套,露肩收腰还有蓬蓬的大裙摆,林纾便也拍板定了下来,穿在身上之后才发现,那果然是最适合她的。

一切就绪,林纾来到了婚礼现场的门外,两个小孩站在她的身后,提起了她的长长的白色裙摆。

原本应该在身旁的父亲不在,林纾便决心要自己进场走到盛维庭的面前,告诉他她来嫁给他了。

里面的声音隔着门也隐约能听到,大门被猛地打开,现场的灯光璀璨亮堂,让林纾差点睁不开眼睛,可她依旧笑着,露出自己最美丽的笑容。

婚礼进行曲缓缓奏起,她一步一步地往里走,每一步都像是踩在云上,软绵绵的,美得不像话。

她走过香槟玫瑰做成的花门,昂首挺胸,坚决地走向自己的未来。

一切都那么完美,林纾的眼睛红着,却坚持没让眼泪掉下来,她想要以最美丽的状态走到他的面前,让他看到最美的新娘。

她终于走近他,他的手已经张开,就放在她的眼前,她微微一笑,将自己的手放了他的大掌中,他随即紧紧握住,用力得她都觉得有些疼,可她一点都不希望他放手,她希望他就这样用力地握住她的手,并且是握一辈子。

接下来的过程是简单又繁复,两人互相发誓要嫁给对方,而后便是互戴戒指。

之后便是新郎吻新娘。

盛维庭一点也不害羞，揽住自己害羞新娘的纤腰，用力地亲了下去，本想浅尝辄止，没想到没忍住，干脆吻了个够，得到了下面宾客的鼓掌声。

晚宴总算开场，林纾去换衣服，化妆师去了一趟卫生间，她便干脆自己将婚纱给换了，只是要换的礼服，拉链在后背，她试了几次都没拉好，刚巧听到有人进来，便笑："帮我拉一下拉链。"

没人说话，那人却走到了身后，捏住拉链的头，缓缓地往上拉。

林纾总觉得有点不对劲，转过身来，没想到居然看到了陆恒！

她往后退两步："你给我滚出去！"

陆恒却往前走了两步："没想到你真的嫁给他了。"

"这应该和你没有任何关系了吧！出去！我叫人了！"

"你叫人啊？如果看到你的前夫出现在你的休息室里，你还衣衫不整，不知道会传出什么传言呢……"陆恒笑了笑，又逼近一些。

林纾被他气得不行，抬手想要打，他一把抓住了她的手腕："怎么？想打？"

林纾挣不开，怒斥："放开我！"

这次陆恒倒是很听话，蓦地松开手，林纾便收回了手，缩在身后，深吸一口气，冷静下来："你想干什么？"

"林纾，你凭什么可以过得这么好……"

林纾差点忍不住笑出声来："我过得好？如果你觉得新婚之夜被抛弃，在精神病医院被关了整整三年，甚至还误以为亲生女儿死了这种事情都算得上好的话，我无话可说！陆恒，你不要忘了，那些事情都是你一手安排的，我所有的悲剧，都是你造成的！"

"是啊，可是你怎么就不能继续这么悲惨下去呢……"陆恒脸上带着奇异的、可怕的笑，"怎么办，林纾，看着你这副幸福的样子，我真的很想毁灭掉，凭什么呢，凭什么你就可以重新变得幸福？我都没有得到的东西，你凭什么得到！"

"你疯了吧！"林纾咬牙切齿，"如果你想发疯，给我离开这里！还有无数精神病医院等着你！"

林纾大步走到门口："滚出去！"

陆恒也跟着走过来，却没有离开，靠近她："可是，小树，你真的忘记我了？你那时候那么爱我呢……"

林纾啐了一口，"真让人恶心！"说着，趁他不注意，猛地抬腿在他的关键部位踢了一下，看他一脸狰狞地弯下腰，她忍不住冷笑出声："我已经不是以前的林纾了，既然你不走，那就我走，等下次再见，我也不会对你再这么客气！"

她再没有看陆恒一眼，转身打开门走了出去。

门摔得震天响。

林纾往主桌走去，盛维庭正站在一旁，脸上的表情也不怎么样，她看到他总算可以确定，的确是发生什么了。

她穿着高跟鞋依旧大步走过去，走近了些之后，她便一眼看见了那个让气氛变得诡异的罪魁祸首。

徐祖尧不知道什么时候来了，正坐在主桌空着的位置上，一脸"他是老大"的模样，让所有人都沉下了表情，好在他还算理智，没有让徐得宁之类的人跟着他过来，不然这氛围得更加低沉。

林纾站到盛维庭身边，扯了扯他的衣袖，给了他一个温暖的笑容，盛维庭的冷脸这才缓解了些许，只是对上徐祖尧依旧没什么好气。

"怎么？我作为你的父亲，连你的婚礼都不能来吗？"

盛维庭冷哼一声："我什么时候承认你是我父亲了？"

"你……"徐祖尧气得不轻，"怎么说话？"

"我姓盛，不姓徐。"盛维庭说，"我并不希望在我的婚礼上看到你。"

盛怡忍不下去："你这时候装什么父亲，以前怎么就没尽点父亲的责任，今天是阿庭的大喜日子，我可不会让他的好日子因为你变成这副样子，还不出去！"

徐祖尧冷冷地在盛怡耳边说："你的眼光真不怎么样，那个外国佬……"

"住嘴！"盛怡瞪他一眼。

徐祖尧居然真的就不说话了。

盛怡拉他离开婚礼现场，马上松开手，和他保持安全距离："请你不要再来打扰我们的生活，我的眼光如何，阿庭过得怎么样都和你没有关系了，早在我们离婚之后，就没有任何关系了，你应该早就明白了，不会什么事情都顺着你的意的，你不可能还不明白这个道理。希望我们以后不要再有任何交集！"

原本盛维庭不愿意去敬酒的，觉得这个环节实在有点无用，可架不住林纾的请求，他总算同意下来。

如今听他这样说，她也没有了别的心思，和他开始一桌一桌敬起酒，其实没什么人敢灌盛维庭酒，大多也就意思一下，哪个不知道他的脾气，怎么敢真的灌酒呢。

但是也有例外，比如秦年、顾其文，这两人坐在一桌上，而且都会说话，让盛维庭喝了一杯又一杯，他又听了之前林纾的婚礼上不得无礼的嘱咐，不能转身走开,只能咬着牙都喝了下去。

其实盛维庭的酒量并不好,他一向不喜欢喝酒,也没人能逼他喝,自然也就没人发现他的这个弱点。

等从那桌结束,盛维庭已经站都快站不稳了,林纾还从来没见过他喝醉的模样,又是担心又是好笑:"你没事吧?"

他还要逞强:"我当然没事,我能有什么事?"

这话说完,他脚下就是一个趔趄,差点就摔倒,林纾简直拿他没办法,只好带着他先去休息室休息,好在差不多就要结束,让他休息一下等会儿送客就行。

盛维庭虽然醉了,可还是有点行动力的,林纾刚把他扶倒在沙发上,他就一把抓住了她的胳膊,将她也给拽了下来搂在胸前,怎么都不肯放手:"你也睡。"

林纾无奈,抚着他的脑袋,将他当成孩子:"乖,我还有事呢,你先休息一下,我等会儿来叫你好不好?"

盛维庭也不说话,就哼哼唧唧的。

林纾便当他同意,他的力气也小了些,便慢慢地爬起来,没想到才一秒就又被他给拉了下去,这回倒是准,直接就堵住了她的嘴巴。

他嘴里全是酒气,林纾倒是没喝多少,熏得她快受不了了,却还是温柔地回吻过去。

结束之后,几人便要去盛维庭位于郊外的新居了。

那边经过林纾的布置之后已经变得温馨,先前一直空着,连盛怡和William来都是住的酒店。

他们说今天依旧去住酒店,林纾连忙制止了,家里够大,有给盛怡准备的房间,怎么还能让他们去住酒店呢,所以一行五个人就叫了代驾,回了新居。

盛怡抛弃了William,和盛凛睡在了专为盛凛准备的儿童房里。

林纾不免有些尴尬:"阿姨,还是把阿凛给我们吧。"

"没事儿。"盛怡冲她眨眨眼睛,"我马上就要回美国,也不能帮你带上几个晚上,还是给我吧。"

盛凛开始非要和林纾在一起,还是盛怡好说歹说才留了她下来。

林纾回到房间的时候,盛维庭还在浴室洗澡没有出来,她不知为何紧张起来,分明两人什么都已经发生过了,她居然还心头如小鹿乱撞,面红耳赤。

她坐在梳妆台前卸妆,看着镜中的自己,忽然想到三年前的她。

看,噩梦终归是会过去的。

林纾笑起来，将脸上的妆容一点一点擦去，露出原本的自己，她的脸色不再如之前那样苍白，多了丝红晕，她知道，这是因为盛维庭。

　　等林纾把脸上的妆容洗得干干净净，浴室里的水声也停了下来，她下意识地转头看去，浴室的门被打开，盛维庭顶着一头湿漉漉的头发，穿着纯白色的浴袍走了出来。

　　她连忙拿过毛巾迎上去，踮起脚来，将毛巾放在了他的头顶："怎么也不把头发擦干一些再出来，外面有冷气，会感冒的。"

　　盛维庭轻轻一笑，没有说话，坐在床上，任由林纾替自己擦头发。

　　她坐在他的身后，抬着手替他擦，动作十分轻柔，仿佛怕用力一点就伤到了他一样。

　　她看着他柔顺的头发有些乱，忍不住伸手去顺了顺，指尖也有些微湿，凉凉的，她却笑起来，张开手臂从身后抱住了他："盛维庭……"

　　"嗯……"他淡淡地应。

　　"盛维庭。"她又叫他。

　　"嗯。"他依旧淡淡地应她。

　　她笑，将脸埋在他的肩窝，闻到了熟悉的香味，他用了她买的沐浴露，青柠的味道清爽不甜腻，萦绕在她的鼻尖，让她忍不住亲了下他的脖颈，深深地吸了一口气："盛维庭，我真开心。"

　　是啊，尽管发生了这样那样的意外，可她依旧很开心，因为她终于成为了盛维庭的妻子，在那么多人的注视下。

　　盛维庭握住她交叠在他胸前的手，轻轻地按了按，明明没出声，可却有温情流淌开来。

　　"盛维庭，我愿意成为你的妻子，成为你生命中的伴侣和唯一的爱人，我将珍惜我们的爱情，爱你，不论是现在，将来，还是永远，我会信任你，尊敬你，我将和你一起欢笑，一起哭泣，我会忠诚地爱着你，无论未来是好是坏，是艰难还是安乐，我都会陪你一起度过，无论将来是什么样的生活，我都会一直守护在这里，就像我伸出手让你紧握住一样，我会将我的生命交付于你。"

　　林纾靠在他的脸边，轻声将这一长串誓话慢慢说了出来。

　　这比仪式上的誓词更加长，犹如她的内心，她想让他明白她的心。

　　"林纾。"盛维庭侧过头看她，注视着她的双眼，面色认真，"I am willing to be your husband as I have given you my hand to hold. So I give you my life to keep."

林纾的眼中闪烁着泪光,汹涌的激动已经无法再掩藏,她猛地往前靠去,吻住了他的唇,紧紧地环住他的脖颈,仿佛是这一辈子都不愿意放开手。

有眼泪落在唇边,她却一点都不觉得涩,那竟像是蜜一样,甜得她心都要融化。

紧贴的唇瓣终于分开,盛维庭舔了一下自己的唇,微微皱眉:"真难吃。"

林纾这才意识到自己忘记卸唇妆,忙起身要去卸,不想盛维庭居然紧紧地抓着她的手腕不放,她笑:"我去卸一下唇上的妆。"

"已经没了。"他说,又凑上去吻了一下,然后松开:"一点都不剩。"

林纾看着这般幼稚却又正经的他,不知道该说什么,只觉得更多爱他一点:"那我先去洗澡。"这话她说得温柔婉转,带着莫名的意味。

盛维庭却依旧不放她走:"我又不嫌弃你。"

他能说出这样的话来可实在是难得,毕竟他有多洁癖林纾可是知道得一清二楚的,她忍不住就要调笑两句:"你以前可嫌弃我了,做什么都要戴着手套,做饭都要分成两份,你坐的地方我连碰都不能碰……"

盛维庭捏她的鼻子:"所以你是在翻旧账?"

"哪有?我是在说事实呢。"林纾怕他生气,又伸手抱住他,"所以我更喜欢你了,我喜欢你只能被我一个人这样抱着,我很、很、很开心!"

盛维庭的心被她说得很熨帖,得意地拍拍她的后背,享受她这般亲昵的依赖。

可不过几秒,她就从他怀里迅速地退了出去,因为他没有防备,等反应过来的时候她已经离他三步远,她笑着说:"你不嫌我脏,我自己都嫌弃了,今天换了几套衣服,也不知道出了多少汗,先去洗个澡,很快就出来。"

她转身跑进了卫生间,将门关住的时候心跳还异常地快,抬头看向镜中,她的眼中波光潋滟,满满的柔情蜜意,脸上是褪不去的红晕,连唇都是红红肿肿的,唇角依旧有些口红的残余。

她下意识地抬起手来,轻轻抹去,看着指腹上的那一抹淡淡的红,想到盛维庭方才不顾她还涂着口红便吻上来的模样,忍不住无声笑起来。

这个浴室也是她第一次用,干干净净,清清爽爽,尽管盛维庭刚洗过澡,他却在出去之前将地面擦干,尽管是这样的小细节,依旧甜得她抑制不住地笑。

站在花洒下面,林纾觉得这是自己洗澡花的时间最长的一次,甚至于洗了两遍才穿上了那件和盛维庭配套的白色浴袍,用毛巾将头发包了包便往外走。

可不想开了门却发现卧室里居然没有人,盛维庭不知道去了哪里。

她心里有些空空落落的,可还是坐在了化妆台前,抹好保养品之后便将头发散开来,放在一旁,用毛巾轻轻地擦。

房间里太过安静，除了空调微弱的声响之外再没有别的，她更觉得心慌，明明知道盛维庭不会像当初陆恒一样在新婚之夜背叛她，可这会儿却仿佛被梦魇罩住了心，坐立不安。

她连毛巾都拿不住，忽然掉在了地上，她看着地面上那一块纯白色的毛巾，骤然间心慌意乱，顾不得捡起来，直接就站起来，开门走出了卧室。

他们的卧室在二楼，可这会儿别人应该都睡了，她也不能叫，只能漫无目的地寻着，走到楼梯口，忽然听到下面传来隐约的声音，她眼睛一亮，快步跑了下去。

站在楼梯的最下面，林纾看着厨房里背对着她正在做着什么的盛维庭，眼眶不禁湿热起来。

她大步走过去，几乎是冲到了他身后，在他还没有转身之前，紧紧地抱住了他。

盛维庭手里还拿着汤勺，愣了一会儿之后微微一笑，将汤勺放下，握住她的手，想松开，却发现她握得那样紧，竟然还有些微微颤抖着。

"怎么了？"盛维庭稍稍皱眉，问。

林纾原本摇摇头不说，可还是说出了口："我以为你走了，以为你不要我了……"

盛维庭撇撇嘴："把我和那个姓陆的对比这件事情让我并不是很愉快。"

林纾咬咬唇，嗯了一声："我只是，没有看到你，以为，还以为……"

盛维庭终于扳开她的手，转身将她轻轻拥在怀里，没有说话，只是让她知道，他就在她的身边，不会离开。

这次，他的身上不止有沐浴露的香味，还多了米香，她忽然觉得饿："你在煮什么？"

"粥。"他说，"你饿了吗？"

林纾点点头，今天忙碌一整天，实际上没有吃多少东西，原本一直在兴奋状态倒也感觉不到，闻到了香味才知道自己有多饿。

"快好了，去等着吧。"他刚想放开她，不过一个低头就顿住了，他的眉心再度皱起，十分不悦："怎么不穿鞋？"

她刚刚太急，居然连鞋都忘了穿，怪不得觉得有些微凉，虽然已经到了夏天，可家里开了冷气，还是有些冷的。

她刚想说忘记了，整个人却忽然悬空起来，她吓了一大跳，忙伸手环住了近在眼前的他的脖子，脸上还带着惊讶的表情。

盛维庭倒是很淡然，直接将她抱到了桌边坐下，一句话都没说。

他煮的粥很快就端了过来，大概是之前就开始煮了，煮得黏腻柔软，入口即化，她真的饿了，吃了许多才停手。

盛维庭把碗筷洗了，又将她抱上楼，她倚靠在他的怀里，前所未有的幸福感逐渐腾升起来，他就像是一个结实的依靠，永远都不会消失。

他将她放在床上，刚想收回手，林纾却环住他的脖子不放，眼中带着笑意，不说话，只是柔柔地看着他。

盛维庭也看着他，眼中仿佛有一种感情快要溢出来一般，周围变得安静，只有心跳声持续不停地响着。

下一秒，她便探过身来，吻住了他的唇。

白日里天气一直很好，艳阳高照，却又不怎么热，所有人都对林纾说这是选了个好日子，以后的一辈子也会如同今天一般美好。

而到了晚上，许久都没落下的雨终于倾泻而来，窸窸窣窣地淋湿了地面，雨水滴在树叶上，落在屋檐上，都响起不同的声音。

原本的月亮被乌云掩住，外面漆黑一片，而房间里，此时却氤氲着昏黄色的温暖的光芒。

雨从玻璃上打过，发出清脆的声响，可没有一个人在意，屋里是比屋外更加缠绵的景象，有隐隐约约的人声与雨水交融在一起，浅吟声，低喘声，那样的和谐却又冲突。

盛维庭一直淡然的脸此时泛着平常不会有的红，汗水浸湿了他鬓角的发，整张脸似乎都蒙在汗水的雾气中，他看着林纾和平常不一样的妩媚模样，忍不住低头亲了亲她的额角，唇畔是微微的咸，他却一点都不介意，只是轻声叫她："小树……"

他从未这样叫过她，他一直都是连名带姓地叫她林纾，语气生硬冷淡，只有她那么了解他，才知道他口中的称呼不代表一切。

可她也是女人，也会喜欢爱人温温柔柔叫她的小名。

她缓缓睁开眼，眼睛有些刺痛，他的汗水正好滴落在她的眼中，她却坚持看着他，然后露出一个灿烂无比的笑容来。

或许未来还有无数的困难在等着他们，可只要她想到这些她和他温暖相拥的时刻，她便觉得无论如何都可以走下去。

第十二章　让我可以遇见你

　　林纾之前从一个世叔那边好不容易买来了一些股份，所以现在和盛维庭分别拥有林氏 12% 和 15% 的股份，加起来依旧不如陆恒来得多，因为股权转让的关系，林氏肯定要举办股东会议。

　　可林纾知道盛维庭一向不喜欢这种事情，这天睡前便温声说："盛维庭，后天的股东会议怎么办？你要去吗？"

　　"当然。"

　　"可是……"

　　"嗯？有什么问题？"

　　"你真的没关系吗？"林纾眼中都是担忧，如果他真的可以的话，又何必去做医生教授，徐祖尧一直希望他回去帮他，那么大的家产比林氏要有意思得多。

　　"你呢？没关系？"

　　林纾轻轻嗯一声。

　　"既然你都没有关系，难道我会有关系？"盛维庭翻了个身将她抱在怀里，"我不会让你一个人去面对那些人的，不用担心。"

　　她靠在他的胸口，他不属于肌肉型的男人，胸口其实有些瘦，有些硌人，她却觉得异常安心，伸手揽住他的腰。

　　谢谢你，盛维庭。这句话她没有说出声音来，只是在心中默默地说，她知道他也能明白她的心情。

　　盛维庭因为她的贴近不免有些心猿意马，刚刚将她压下，想要亲上去，却听到一旁的小床上传来了低低的哭声……

　　他的动作顿了一顿，刚想不管不顾，林纾却扬起头在他唇角亲了下，而后直接将他推开，起身去哄孩子了。

　　他在这个家里的地位实在是，越来越低了……

　　盛维庭开车和林纾一起前往林氏的大楼。

　　林纾在这之前已经做好了心理准备，可当真正到了这一天，却还是禁不住有些紧张，她尽量让自己显得镇定一些，可当盛维庭握住自己手时，她才发现她居然一直在颤抖。

她对盛维庭露出一个尴尬的笑容:"我好像,还是有点紧张。"

"没关系。"他说,"我在你身边。"

是啊,他在她的身边。

林纾深深地吸了一口气,慢慢地镇定下来,心跳也逐渐变得正常,笑:"嗯,我知道。"

因为你在我身边,所以我不用害怕。

车子停在林氏的地下停车场,两人一起下车,等电梯的时候身后有脚步声传来,林纾下意识地往身后看去,居然是陆恒,穿了一身黑色笔挺的西装,脸上带着看不分明的笑容。

林纾回过头,不再看他一眼。

陆恒站在两人身后,也没有说话。

电梯很快就到,盛维庭和林纾进去,看着也想进来的陆恒,林纾忍住了不让他进来的想法,和盛维庭站在后面。

陆恒居然还想和他们说话:"来得这么早?那大概还要等上好一会儿。"

没有人回应他,他居然也不觉得尴尬,轻笑一声:"老实说,小树,你现在太瘦了,前些天看你背后除了皮肤就是骨头,还是你以前的身材来得好,身上略微有些肉,抱起来很舒服。"

他这话说得太过暧昧,林纾刚想上前一步说话,盛维庭却拉住了她的手,沉静地看了她一眼。

他的眼中仿佛有这世界上最纯净的温柔,原本的愤怒在那一瞬间仿佛就烟消云散,林纾原本迈出的那一步缓缓地退了回来。

盛维庭淡淡说道:"把你放在精神病医院里关三年,我保证你能减肥成功。"

陆恒回头,似笑非笑地看了盛维庭一眼:"盛教授呢?你真的不介意她嫁过人?"

"为什么要介意?"盛维庭淡淡说。

话题没能继续下去,因为电梯停了下来,有别的人进来,三人便停止了说话,气氛压抑到了极点。

陆恒和盛维庭的表情显然都不好,这让进来的人也不敢说话,直到到了楼层,电梯里依旧安安静静。

徐祖尧依旧拥有一部分林氏的股份,只是他是不会来参加的,所以代替他来的是徐得宁，大家也没有感到意外，依次按照座位坐下。

徐得宁笑着想要挤在盛维庭和林纾中间，盛维庭淡淡地给了他一个眼神："我以为你不是这么没有眼色的人？"

徐得宁笑了一声："这么形影不离啊，那我就让一让吧。"

盛维庭哼了一声，没有搭腔。

徐得宁却朝林纾眨了眨眼睛，随后笑了起来。

林纾不得不艰难地朝他露出了一个笑容，其实在前两天，林纾和他通过话，就是为了这次会议，她希望徐得宁能在表决时支持他们，毕竟他们两人的表决权不算多数，而别的股东她又没有很多的接触。

盛维庭和林纾来参加这次会议的主要目的就是入驻董事会，将股东会中的控制权转化为董事会中的话语权，这样才能掌握对于公司的决策权。

他们也知道，不可能两人都拥有这种权利，毕竟董事会的人数有限制，而且陆恒也不会允许他们全都进驻，所以先前就做好了准备。

林纾只希望徐得宁不要临场改变想法，不过她猜测他不会，毕竟他只是代表徐祖尧的想法，而徐祖尧是希望盛维庭回到祖盛的，既然如此，有个林氏可以让他历练一下，徐祖尧肯定是不会反对。

可林纾和盛维庭的打算却让所有人都意外了。

因为要进董事会的居然是林纾而不是盛维庭。

陆恒和徐得宁一直以为不会是林纾，以为盛维庭会让她躲在身后，可偏偏和他们想的不一样，林纾站出来了。

其实这也是林纾和盛维庭商量许久的结果，原本盛维庭的确并不同意，认为她就应该躲在他的身后，他将所有的风雨都挡下来，这才是盛维庭眼中的未来。

可林纾坚定地否决了盛维庭的这个想法。

她对他说："我不可能永远站在你的身后，把所有的困难都扔给你，然后我一身轻松。虽然我在这之前就是过的这种日子，但以后不一样，那是我爸爸的公司，那是我想要自己拿回来的东西，我想要自己去做，我想要靠我的力量来做成哪怕是一件事情，我明白你的顾虑，我不会莽撞地往前冲，我知道你在我身边，我会和你商量的，所以这次，你能不能相信我，相信我也是可以做好的。"

盛维庭其实并不看好她，还是答应了。

因为她说的话的确没错，他不可能永远替她挡在身前，总会有他护不到的地方，而他也希望她能在那种状况下，依旧坚强地做到她能做的一切。

因为是林纾，所以情况便有些无法预料起来。

等待结果的时候，徐得宁走过来，不顾盛维庭的眼光，径直坐在了林纾的另一侧，可话却是对盛维庭说："你居然会舍得放她出来……"

盛维庭理都不理他。

徐得宁看向林纾："你知不知道你害得我，很惨？"

林纾冲他笑了笑，十分得意的模样。

她的确是故意的，就连在这之前打给徐得宁的电话都是故意的，故意要让他以为想要进入董事会的人是盛维庭。

徐得宁并没有表决权，如果徐祖尧得知这件事情必然会同意，而临时换人，徐得宁根本没有时间去请示徐祖尧，更何况徐祖尧已经前往国外，只能将那张写了同意的表决票递交了上去。

盛维庭一把抓住她的下巴，将她的脸转了过去，她有些不知所措，他却说："不要对着他笑。"

林纾便对着盛维庭，笑得格外灿烂。

终于到了宣布结果的时刻，林纾知道这次有绝大可能会通过，可没想到连陆恒都同意了，她终于走出了第一步，进入了董事会！

她格外开心，会议散场的时候抱住了盛维庭笑："你看，我可以的。"

盛维庭回抱住她，脸上的笑容却淡淡的："现在才是开始。"

听到他这样说，她的笑容便也收敛起来，点点头："我知道，我会继续努力的，我不会让你失望的。"

"你只要不要让自己后悔就好。"盛维庭揉了揉她的头发："走吧，去接小鬼。"

林纾说好，挽着盛维庭的胳膊想要离开，却又遇到了陆恒，狭路相逢，林纾倒是想当作没有看到，可陆恒已经说话了，语气格外熟稔："我的确有那么一瞬间想要反对，可是你知道为什么我同意了吗？"

林纾没有说话。

"因为我忽然发现将你留在身边似乎并不是那么坏……"陆恒笑了笑，看向盛维庭，"盛教授，我也佩服你能做出这样的选择。"

"总有一天，我会让你后悔这个决定。"林纾咬牙切齿。

离开的时候，盛维庭握住了她的手，林纾的表情才显得舒缓了些："你别担心，我没事，他也不会拿我们怎么样。"

盛维庭似是叹了口气："其实我有些后悔。"

"嗯？"

"我居然开始怀疑把你送到他身边是不是一个好的决定。"他说。

"我和他早就,早就没有任何关系了,你知道的……"林纾不知为何有些急,生怕盛维庭误会自己和陆恒的关系。

"不是这个。"他说,"我知道你,可姓陆的心思却不能保证。你要小心。"

其实还有一句话他没有说,他作为局外人,却能看出陆恒对于林纾并没有像他表现的那样毫不在意,这种危机感让他心里并不是很舒服,尽管他很清楚地明白林纾绝对不会被他骗去,但她身边有一头狼的感觉,实在是不怎么样……

林纾却并不觉得陆恒对自己还有意,只觉得盛维庭是想多了,应了下来并没有多想。

林纾之后也要忙碌,所以找了家托儿所将盛凛送了过去。之后就到了林纾和盛维庭领证的日子。

将盛凛送到了托儿所之后,两人便前往民政局,林纾虽然早就将自己看作盛维庭的妻子,但这小小的红本子却也是她极其想要拿到手的。

大概因为是好日子,所以来的人不少,他们明明来得不晚,前面已经有一排长队在等着了。

终于轮到他们,拍照的时候盛维庭的笑容极为僵硬,林纾明白他有点不喜欢镜头,便故意戳了戳他的痒痒处,他果然笑起来,大概是他的照片历史上笑得最开心的一张吧。

顺利拿到结婚证,等坐到车里,不等车子发动,林纾拿手机拍了照片发给了远在美国的盛怡,配字是"我们领证了"。

盛怡看到照片便打了电话过来,夸他们这张照片照得好,盛维庭居然还有些害羞,等收了线之后还懊恼她怎么把照片发过去了。

林纾哈哈大笑,对于他难得的害羞表情十分喜欢,又拿出结婚证来看了看,甚至还噘起嘴来在照片上亲了亲:"真可爱。"

盛维庭来不及说她,她就已经转过身来,捏住他的脸:"盛维庭,你笑起来真好看。"

她的脸红红的,眼中波光潋滟,笑得格外甜。

盛维庭已经抓住了她的手,本来是想挪开的,可听到她说了那句话之后便顿住了,看着她不说话。

原本是想调戏调戏他的,不想她反倒被他一个眼神看得心头直跳,口干舌燥的,她挪开眼神,边松手边说:"我就是开玩……"

话还没说完,他就已经吻了过去,吻得她浑身脱力,只能靠在他怀里的时候,他得意地伸手捏了捏她的脸颊:"你这个时候也很好看。"

林纾一愣,满脸羞红,他真是什么话都说得出来……

林纾真正去了林氏任职。

林纾之前算是毫无经验了,所以尽管她属意财务总监的位置,也不能出手,毕竟她知道自己几斤几两,如今甚至对林氏都不了解,又遑论别的。

她到了公司,陆恒还亲自出来迎接,带着她到处转了转。

林纾以前其实也算常来林氏,陆恒没有出现的时候,她是经常来等林凯下班,后来陆恒也到了林氏,她便会陪着他,那时候只觉得幸福甜蜜,现在想来只觉恶心。

陆恒还敢提到以前:"你还记得之前你一定要留在这里陪我,结果在那里睡着了的事情吗?"

林纾没有任何表情:"不记得了。"

"呵……我就知道你还记得。"陆恒的笑容简直让林纾很想打他几拳。

可既然他戴着面具,她又有什么做不出来的:"我的确记得一些事情,你有个私人助理叫云媛吧,不知道你能不能割爱让给我呢?"

看到陆恒的面色一沉,林纾的笑容便更加灿烂了一些:"她当初可是对我很好呢,我相信她应该也会很努力地帮我适应林氏的,你觉得呢?"

"她已经离职了。"陆恒说,"我会为你选一个秘书……"

"离职?真的吗?可是为什么我会在公司的人事名单中看到了她的名字?难道是只拿工资不干活吗?"林纾咄咄逼人,"她在林氏也很多年,又和我关系亲近,我相信她是最好的人选,莫不是你不肯割爱?"

只有他才会演戏吗?如果她想,她也可以,尽管一开始会显得青涩,可终究会逐渐强大起来。

陆恒的唇抿得很紧,下一秒仿佛就要拒绝。

可林纾不等他出声就说:"我知道你同意了,谢谢你肯割爱,也不枉我们认识一场。"

说完她转身就走,也不顾身后陆恒的表情,继续在林氏到处看了看,其实和之前没什么改变,她转了一圈就回到了自己的办公室,坐下之后便问陆恒:"我的秘书还没到吗?"

陆恒其实是可以拒绝的,但林纾相信他不会拒绝,因为这种将自己人放到她身边的机会,他不会错过,他也只会以为她依旧和以前一样蠢笨,只会在这种小地方上折腾别人。

林纾自然也不是不顾大局,只想把云嫒放在身旁折磨,当然不可否认,这也是原因之一。

这是她经过深思熟虑的,云嫒毕竟是陆恒的人,当年的事情大概也和她脱不了关系,所以想放在身边时时观察着,再来也是希望陆恒放轻戒备。

云嫒很快就到了,林纾从玻璃门看出去,能看到陆恒在她背上轻轻一抚,她推门进来,叫她:"林董。"

这个称呼还真是让人浑身通畅。

林纾坐在那头,看着站在她眼前的云嫒,却并不说话。

她上上下下地打量着云嫒,几年过去了,云嫒并没有什么特别大的变化,连唇边笑容的弧度都是一样的。

大概是提早在陆恒那里得到了嘱咐,所以这会儿一句话都不说,只是静静地等着林纾出声。

林纾不说话却是故意的,她倒是要看看云嫒能忍到什么时候去。

云嫒曾经的确是陆恒的秘书,那会儿林纾和她的关系也算是密切,每当陆恒忙碌的时候,陪伴她的便会是云嫒,两人甚至一起逛街,吃饭,林纾毫不怀疑,陆恒曾经送给她的礼物,应该也是云嫒去买的。

她开头的确担心陆恒会对温柔体贴的云嫒产生想法,可久而久之便傻傻地以为陆恒心里只有自己一个,绝对不会去沾染别的女人。

可见她当初还是太青涩了一些,换句话说便是太傻了。

不过云嫒展现在别人面前的一直都是温柔的一面,如果不知道她的心思,绝对会被她给骗去,就如同当年的林纾一般。

可现在的林纾不会了。

她笑了笑:"没想到我们还能在林氏见面,你说呢?"

"恭喜林董得偿所愿。"云嫒只是浅浅地笑着,和她一直以来让别人看到的模样一致。

"不。"林纾却摇摇头,"我还没有得偿所愿,这只是开始,并不是结束,我想要什么,想必你和陆恒都应该很清楚。"

云嫒低着头没有说话。

"是不是好奇我为什么会把你留在身边?在明知道你是陆恒的人的情况下。"

"上司的心思我不能随意猜测。"云嫒低声道。

"其实你想得没错,我的确是想折磨折磨你。"林纾露出灿烂的笑容,"帮我把这些资料分一下类别,重点的选出来给我看。"指了指之前拿过来的,桌上那厚厚的一叠各类型的资料。

云媛应了一声,抱着资料去了她的位置,一时间便只是传来纸张翻页的声音。

林纾也在看林氏去年的报表,她对这些并不熟悉,但正在努力学习中,只是刚开始看到那一堆的数字总会觉得厌烦,看了一会儿就头晕起来,抬起头来揉了揉眼睛。

林纾下意识地将视线转向云媛,她的身材也一点都看不出来生过孩子,只是眉眼间多了丝柔媚,林纾许久都没有移开眼神,倒不是因为她长得漂亮,而是她在想,当初云媛是陆恒的秘书更是情人,自然是对他的情况了如指掌的,陆恒的计划应该也没有瞒她,而她应该也为送林凯进监狱献了一分力。

她蓦地勾唇一笑,没关系,一个一个来,她总会得到她想要的。

等到了下班时间,云媛桌上的那堆资料依旧剩了大半,林纾还要去接盛凛,起身来到她的桌前,双手撑着桌子,微微低头,唇边含笑看着她:"我明天想要看到整理完的,应该没问题吧?我相信你的能力。"

云媛的脸色微僵,却只能强笑着点头应下来。

林纾的笑容便愈发大了:"辛苦你了,那我就下班了。"

出去的时候正巧看到陆恒,她笑了笑,一脸抱歉:"实在是不好意思,今天要让她赶着帮我干活了呢,陆董一定会理解的!"

陆恒看着如今的林纾,一时之间没有移开视线。

如果说以前的林纾是无害的兔子的话,那现在的林纾,就是狡猾的狐狸,一颦一笑都和以前一样,却又不一样……

林纾却不想多看他一眼,转身离开的同时拿出手机给盛维庭打电话:"你在医院吗?嗯,我要去接阿凛呢,你也早点回家。"

陆恒看着她逐渐走远,有一会没回过神来。

云媛不知道什么时候走了出来,倚在他身边,低声叫他:"阿恒……"

陆恒这才像是醒过神来:"她为难你了?"

"没什么,我还是可以的。"云媛仰起头来,冲他柔柔一笑,"就是没那么快弄完,怕宛语晚上想我。"

陆恒揉了揉她的头:"等会儿回去吧,不用管她说的话,明天她问起你就说是我吩咐的就好。"

"那怎么行?"云媛忙摇头:"我做完吧,就是许久没碰,有些生疏了而已。"

陆恒犹豫了下:"我陪你。"

云媛温温柔柔靠在他的怀里:"好。"在他看不到的地方,她的眼神闪烁着……

白天在林氏研究,晚上在盛维庭的督促下恶补,林纾觉得这些日子是她最为忙碌又最为畅快的日子。

盛维庭的确很严格,但他也真的是很认真,从来不因为林纾的一窍不通而不管她,尽管有时候他讲了几遍她依旧不懂之后还是会发怒,可林纾只需要靠过去温柔地说一句"我是真的不懂,你再和我说一遍好不好",他的气便全消了。

林纾也初步对林氏有了一定程度的了解,林氏是多方面发展的,金融、医药等行业也都有涉足,但它是以房地产起家,所以就算到了现在,占林氏最大头的依旧是房地产,而林凯当初入狱正是因为经济犯罪,他被人举报行贿受贿。

她查了之后才发现林凯被认作犯罪证据的主要是三年前开发区一块地的拍卖,她也依稀有些印象,那会儿林凯想要把那块地拍下来,忙碌得没什么时间在家里,可她也记得,父亲曾经说过那次的项目是陆恒和他一起开展的,说是让陆恒也练练手。

可最后陆恒居然能完全将自己摘出去?

以前的林纾根本没有想过这样的问题,那时候的她被爱情冲昏了头脑,陆恒是这个世界上最亲近的人,从未将这件事情往他身上想过。

可这几年的沉淀让她逐渐明白了那么久一直没有明白的道理。

陆恒既然以那样的方式得到了林氏,将林凯送入监狱,那么他早有图谋,而且她不信他不会露出半点马脚。

陆恒大概以为她依旧是以前的她,而且还有云媛在她身边看着,所以从未对她有任何戒心,可林纾却不会放过这个机会。

云媛这几天在她身旁做秘书,不上不下不好不坏,让人挑不出什么坏处,可又觉不出什么特别好来。

林纾知道她的实力不只如此,大概是故意藏着掩着,毕竟自己也算是她的敌人。

云媛拿着咖啡,敲门进来:"林董,您的咖啡。"

"拿给我。"林纾看都不看一眼,直接伸出手去,她也不怕云媛下毒害她,那样明显的招数,她知道云媛还没那么傻会做出来。

云媛愣一下,走过去,刚将咖啡放到林纾手上,林纾就忽然手一松,热气腾腾的咖啡就全浇在了云媛的身上,她轻叫一声往后退了一步。

随着咖啡杯落地的清脆声音,林纾缓缓抬脸,在看到云媛一脸错愕的表情之后,微微一笑："啊，不好意思，我没拿住！"

云媛艰难地勾起一个笑容来："没关系，林董，我先去换件衣服。"

"可是我这边有份文件让你帮忙拿去给Sapling的设计总监，你能先替我拿过去吗？"林纾依旧笑着。

云媛的笑容愈发僵硬："好的，可以。"

"交给他之后让他给我来个电话。"

看着云媛的背影逐渐离开的仓皇模样，林纾收回视线，桌上的拳握得紧紧的。

门不知道什么时候被人聪明打开，林纾不悦地抬起眼睛，看到陆恒正一脸怒意地看着她，她只是笑着："陆董有什么指教？"

"你让云媛出去了？"

"有份文件让她送一下，怎么，不行吗？她可是我的秘书。你心疼了？"林纾微眯着眼睛，唇边的笑意不断。

"那她身上的咖啡渍又是怎么回事？"陆恒冷笑，"你不要告诉我，那是她自己弄上去的？"

"是我不小心没拿稳咖啡杯，倒在她身上了。这种事情你还要管？"林纾将那不小心三个字说得格外用力，收敛了笑容，"还是因为你公私不分，看着我这样对待她就受不了了？"

陆恒有一会儿没说话，再说话的时候他笑了一声："林纾，你这样对云媛，会让我以为你对我旧情难忘！"

"呵……陆恒，你未免太自信了一些。旧情难忘？我们之间有旧情吗？不，从来都没有过。她是我的秘书，我让她做事又有什么不对？"林纾灼灼地盯着他。

陆恒大步上前，站在办公桌前，手撑在桌上，上身微微俯下，他离得她很近，她有些厌恶地往后退了退，尽管知道他不敢在这里对她干什么，可她依旧不喜欢他的靠近，让她觉得恶心。

"那你说，为什么要故意折磨她？"

"看她不顺眼不行？"林纾道，"对于她这种程度的折磨，我已经是手下留情，你说，我要不要也把她送进精神病医院？她肯定会真正地感受到什么才是折磨！三年的时间不够，五年吧？你觉得怎么样？"

陆恒的眼睛微眯。

"你那么喜欢她？不舍得她受到任何伤害？那你让她离开我身边啊，反正我也已经觉得没什么意思了，我会自己招一个秘书来帮我。"林纾一脸无谓的样子，"如果没有别的事情的话，请你离开好吗？我还有事情要做。"

陆恒咬牙切齿，最后淡淡一笑，没有再说话，转身离开。

林纾知道陆恒到底是看不起自己的，觉得自己也就不过这样而已，也正因为这样，她更想让他看看，她究竟是如何将他的一切剥夺，让他一无所有的！

下午的时候云媛从 Sapling 回来，依旧是离开时候穿的那件满是咖啡渍的衣服，林纾不免皱眉："怎么还不去换衣服？"

"我这就去……"

林纾其实很好奇，云媛究竟什么时候才会撕下她脸上的面具，显露出她最真实的一面呢？

林纾离开林氏之后第一时间去了托儿所接盛凛，而后母女两人一起去医院等盛维庭。

盛维庭正巧去手术了，盛凛又待不住，坐了一会儿就要跑出去玩，林纾怕她走丢了，忙也跟了上去。

看着盛凛在草坪上玩得脸蛋红扑扑的，林纾不免也笑起来。

因为视线一直固定在盛凛身上，所以都没有注意有人走近，直到那人坐在身边，她才蓦然惊了一下，转过头去，然后看到了一张熟悉的脸。

"Hello，林小姐。"她笑着打招呼。

居然是杨世艾。

林纾没想到杨世艾真的回国了，打起精神笑了下："杨小姐。"

"在等 Victor？"杨世艾微微一笑，"那个小女孩，难道就是你的孩子？"

"是。"林纾说，并不想多说话，毕竟和她也不算熟，不知道她来接近究竟是什么意思。

"你听 Victor 说了吗？我会在总医院交流半年。"杨世艾笑着说道。

林纾还真没听盛维庭说起过，不过她还记得杨世艾上次离开之前就说过可能会回国发展，回来也并不是什么令人意外的事情，她点点头："你从小在国外长大，说不定会不习惯国内的生活。"

"或许吧。但不试一试，谁又知道呢？"杨世艾说着，"Victor 说你们已经结婚？怎么不邀请我？"

"决定得有些匆忙，原本就没有多少亲友过来。"

"难道不是怕我捣乱？"杨世艾极其爽朗，见林纾的表情微怔，便道，"的确，我是对他有想法，不过我还不至于去抢别人的男人，所以不用担心。我回国也不是为了他，只是正好有那么一个好机会而已。"

林纾不清楚杨世艾说这些话的用意，只能笑着说："我没有误会。"只是她依旧有些奇怪，照理说盛维庭不是那种会说假话的人，他既然说了她有爱人，那就不会骗她，可杨世艾说这话又是什么意思？

　　林纾自认没有听错，杨世艾的确是说对盛维庭有想法。

　　或许是盛维庭对女人的认识不够清楚吧，林纾想，杨世艾早就移情别恋，而盛维庭却傻傻地以为她依旧喜欢着原先的男人，这也是他会做出来的事情。

　　盛凛忽然跑了过来，靠在林纾身旁，满脸戒备地看着杨世艾，问："你是谁？"看起来着实像是一个保护妈妈的勇敢的孩子。

　　林纾拿手帕给她擦汗，杨世艾说："我是你爸爸的朋友。你可以叫我杨姐姐。"

　　盛凛吐舌头："杨阿姨。"

　　林纾憋不住唇角的笑容，露出了少许来。

　　杨世艾的脸僵了僵，伸手过来想要捏捏盛凛的脸，她却迅速地躲了开去，冲杨世艾做个鬼脸。

　　林纾又是无奈又觉得暖心："阿凛……"

　　盛凛靠在林纾身边，眨巴着眼睛看她，让她根本不舍得说她一句。

　　"果然是Victor的孩子，连性格都差不多。"杨世艾倒是笑着说。

　　盛凛已经玩腻想要回家，抱着她的腿说："Candy妈妈，我饿了，想回家……"

　　林纾抱起她来："好，那我们去看看爸爸。"随后看向杨世艾，"杨小姐，就不和你多说了，我先走了。"

　　杨世艾也起身："没关系，以后应该会有很多时间遇到。"她意味深长。

　　林纾没有再回话，抱着盛凛进医院去，盛凛抱着她的脖子，将脸贴在她的颈窝，闷声说："我不喜欢那个阿姨。"

　　林纾抚抚她的背脊："我们不可能去喜欢每一个人。"

　　"妈妈是不是也不喜欢她？"

　　"嘘，这是我们的秘密。"

　　对于拥有和妈妈共同的秘密，盛凛表现得很兴奋，居然达去盛维庭面前嘚瑟："我和妈妈有你不知道的秘密呢！"

　　盛维庭神色淡淡的："是吗？"

　　"哼，绝对不会告诉你的！"

　　盛维庭依旧冷淡："哦。"

　　"可是你真的不想知道吗？"盛凛眨着眼睛，忍不住问。

　　"你不是说是秘密吗？"

盛凛没想到会是这种待遇，一时间便有些闷闷不乐，看着父女俩的相处，林纾简直要笑到内伤，却还要去安抚受了伤的盛凛："其实他很想知道，故意说不想知道呢。"

盛凛这才恢复了一些生气，笑着说："我就知道！妈妈你不要告诉他哦！"

盛凛说这话的结果就是，晚上睡觉之前又被盛维庭以各种名义送到了儿童房，而且坚决不让她睡到主卧。

盛凛不愿意，盛维庭直接说："那么，你愿意说你的秘密吗？"

盛凛咬紧了嘴唇，做出绝对不愿意说的姿态来。

"我和你妈妈也有秘密要说。"盛维庭说完怡然离开儿童房。

林纾还不放心，问回到房间正坐在床边的盛维庭："阿凛一个人睡真的没事吗？"

"她这个年纪应该独立了！"

"可她才……"

她的话还没说完，盛维庭忽然一个翻身，将她压在身下，咬着她的嘴唇问："或者，你可以说一下，你和小鬼之间的秘密？"

他的话说得模模糊糊的，她的脸却红透了，不好意思地捶他的肩膀："哪有什么秘密……"

"不说？"他上下其手，"你要试一下我的逼供手段？"

林纾没想到他也会开玩笑，笑得浑身颤抖："好好好，我说，我说……"

盛维庭停下来双眼灼灼地盯着她看……

可惜好气氛很快被打破了。

"我今天见到杨世艾了。"林纾抱着他的脖子，低声说，"仅此而已。"

"她说了什么？"盛维庭的脸色微凛。

林纾摇头："没什么，就是随便说了几句，不过听她说，她是要在国内半年吗？"

"嗯。"盛维庭点头，"两家医院进行交流学习，被派到国内的就是她。"

林纾哦了一声之后便不知道说些什么好，杨世艾并不算一个好话题，林纾叹了声，将脸埋在他的胸膛，"盛维庭，你知道吗，我怕我走进一条不归路，然后自己也不认识自己了……"

"不会，我在你身边。"他说。

林纾嗯一声，庆幸自己身边还有一个他。

"小树，但凡不能杀死你的，最终都会使你更强大，你总有一天会变得格外强大。"盛维庭说，"我等着那一天。"

林纾用力抱紧他，唇边扯起了一个笑容来，只是盛维庭的下一句话就让林纾笑不出来："下个月我要去一趟 M 国。"

"怎么了？"林纾有些忧心，"发生什么事了吗？"

"没有。"他说，"只是医生协会的固定会议而已。"

林纾应一声，说好，她原本也不是那么黏人的，可自从和盛维庭在一起，她便格外想要与他贴在一起。

倚在盛维庭的怀里，林纾尽管有心事，依旧很快就睡着了，只盛维庭却一直睁着眼睛直到天亮，眼中似是有烦扰。

盛维庭去美国是周末，林纾便带着盛凛去送他，她竭力忍着心中的不舍，忍不住红了眼眶："不就是一个会议吗？为什么要去一个月？"

"往年都是这样的。"盛维庭说，"你这是在挽留我吗？"

林纾也不过是心里舍不得而已，连忙摇头："我只是担心你。"

盛维庭笑了下，将一直赖在地上的盛凛抱起来，压低声音说："保护她的责任就交给你了。"

林纾和盛凛一起目送着盛维庭离开，两人不觉都长长地叹出一口气，林纾愣了一下，笑着去捏盛凛的鼻子："你叹什么气？"

"他交给我很重要的任务！"盛凛搂她的脖子，"我们回家吗？"

"嗯，妈妈约了一个朋友见面，等会儿再回去好不好？"

盛凛乖乖地应声说是。

今天约见的朋友是在宁安精神病医院认识的，其实林纾也没想过居然还会和她再次遇见，那人就住在她的隔壁，是在她生了孩子之后才来的，如果没有她，林纾大概熬不过那些日夜。

林纾当初也想和她一起逃，可每次提起这个话题，她便总是说自己真的有病，不能离开这里，林纾也没有办法，大概被关得久了，有时候没病也会被关出病来吧。

林纾只能庆幸自己一直都保持着清醒。

所以林纾并没想过她会联系过来，居然还约了见面，不知道她的精神状态现在有没有好一点。

直到盛凛吃完了一块芝士蛋糕，约她的朋友依旧没来，林纾照着她打过来的号码拨过去，许久那边才有人接，林纾忙问："你还没到吗？"

"我有些事情耽误了，下次再见面吧。"

"这样啊，你没事吧？那就约下次吧。"林纾笑，"我还会把我一直和你说的孩子带给你看的,嗯,好,那就这样吧,再见。"

林纾放下手机:"妈妈的朋友有事来不了了,我们回家吧?"

因为没有盛维庭在,所以林纾将盛凛抱到了大床上,至少可以有被人依靠的感觉。

只是不知为何,就算这样还是睡不着,她怕吵醒盛凛,便大半夜轻手轻脚下了床,去楼下倒水喝。

手机铃声在寂静的房间里乍然响起,她吓了一大跳,慌忙接起来,那头沉默许久,忽然说话:"小树……"

"齐光?"林纾叫她。

"是我。"

林纾舒出一口气:"你现在在哪里?有地方去吗?"

"你说我还能去哪里呢?"齐光惨然一笑,"你不是应该也很清楚的吗?我和你一样,是被丈夫关到医院来的。"

"你……"林纾顿了顿,"没有地方去的话,你先到我家来好不好?有什么事我们再细说。"

林纾也不等她回话就把地址给了她,千叮咛万嘱咐:"你一定要过来?"

听到齐光应了她才敢挂电话。

等了半个小时左右,齐光总算来了,依旧是那身医院里的病号服,整个人看上去极为落魄憔悴的样子,林纾连忙先让她去洗了个热水澡,自己则去厨房随便煮了点食物,等她出来就让她吃。

齐光也不客气,直接坐在餐桌旁吃起来。

林纾看着她,忍不住问:"你是怎么出来的?"

"逃出来的呗,自从你走了之后,那边管得更加严苛了,我好不容易才出来的,我那会儿大概是真的疯了吧,所以才会觉得我有病,我哪有什么病?就算有也是被他们逼出来的!"

看着齐光凛冽的表情,林纾不免有些心疼,握住她的手:"是,我们都没病,没有病,那你有什么打算吗?"

"我要他死!"齐光蓦地抬起头来,眼神锋利。

"齐光……"

"我不是在开玩笑,我能出来我就是想要他付出代价,别的都没用,我只想他死!"

"杀人要偿命的！"林纾说，"我们找别的办法好不好？"

"他不是说我精神有问题吗？精神病人杀人不用负刑事责任的！"齐光的眼里仿佛闪着灼灼的光芒。

林纾有些害怕："齐光，你别这样，我也和你一样恨一个人，可我们不能放弃自己。"

"因为你遇到了爱你的男人。"她说，"而我没有，我只能一个人，只有一个人。"

"不，你还有我，还有我的……"

齐光没有再说话，也放下了筷子，没有再吃她煮的面。

林纾劝了齐光半个晚上，最后自己受不住，直接就趴在沙发边沉沉睡了过去。

梦里她仿佛回到了在精神病医院的时候，她那会儿万念俱灰，却没有选择自杀，其实那时候她也藏着一个无人知道的念头，那就是杀了陆恒。

只要杀了他就一切都结束了。

如果不是逃出来的时候遇到了盛维庭，林纾无法去想象自己的未来，所以她能理解齐光，只是也希望她能和自己一样，放下这偏执的念头。

一只手轻轻地放在她的肩膀上，她被推搡了几下，终于从梦境中醒来，她蓦地睁开眼睛，眼前朦朦胧胧的，看到一个身影在身前晃着。

她下意识地叫齐光的名字，却听到了盛凛低声叫她："妈妈……"

她总算看清楚，在眼前的哪里是齐光，分明就是盛凛，她将盛凛搂了过来："怎么自己下来了？"

"你没有和我一起睡。"盛凛控诉道。

林纾连忙道歉："因为妈妈有朋友过来了，所以才……"她转头去看，却发现房间里早就已经没了齐光的身影，不知什么时候竟然已经离开了，只有餐桌上的面还好端端地摆着。

林纾再给她打电话，她却不接了。

林纾将盛凛送去了托儿所之后便回了林氏，今天有会议召开，她还得把资料再看一遍。

会议如期举行，林纾这是第一次正式参与有关公司决策的会议，十分重视。

林氏的岛屿度假村工程已经正在紧张部署中，而这次会议的主要内容就是想决定广告代言人。

陆恒提出的人选是隐退一阵，最近正打算复出的许桑桑。

"许桑桑红极一时，因为莫名的原因而隐退，虽然离开娱乐圈，影响力却依旧深远,更何况她正打算复出,已经接了一部新戏,再加之她个人形象与度假村的感觉十分类似。"屏幕上展示着许桑桑的各种照片,陆恒说,"所以我觉得她更为适合。"

林纾自然不会附和陆恒的意见,等陆恒讲完之后,自己拿着资料上台,随着屏幕上出现的照片,林纾说:"我有别的人选,是影视圈的新人,叫方筝。许桑桑虽然红极一时,但毕竟隐退几年,我们无法预计她的影响力还如以前一样深刻,尤其是在娱乐圈这种保质期不长的地方,以前的旧人很容易就会被新人替代,而我提出的方筝就是这么一个条件很好的新人。"

陆恒抬眼,说:"你也说保质期不长,确定她就不会很快陨落?"

"接下来是我做的对她的分析。"林纾说。

她将对方筝的各种分析做成了PPT,一点一点进行说明解释,最后说:"所以我相信,她是一个刚刚升起的新星,不用担心她像流星一样很快陨落,相比于许桑桑来说,我觉得她才是更加适合度假村的人选。"

两人各持己见,互不相让,最后便是投票决定。

林纾准备得那么充分,可没想到还是许桑桑多了一票,她咬牙切齿,却只能露出笑容。

陆恒笑得异常灿烂,经过她面前的时候说:"输的感觉怎么样?"

"只不过是一次。"林纾看着他,竭力露出笑容来,"小心得意过头。"

"我愿意得意,你能如何?"陆恒得意洋洋从她身前经过。

不过林纾说的话的确没错,不过是第二天,陆恒那边就遇到了困难。

她正巧经过陆恒的办公室外,就听到他在发脾气:"不是早就说好了?怎么又不同意了?"

"我也不知道,她经纪人明明应下来的,连价格都谈好了,可许桑桑就是不答应,而且现在合约也还没签,陆董,您看……"

接下来便只有陆恒的喘气声。

林纾顿觉自己实在是预感准确,直接推门进去:"许桑桑不愿意担任代言人?那陆董,我们要不要试一下方筝?"

陆恒瞪眼过来。

偏偏另外那人也说:"陆董,许桑桑那边已经用尽办法了,可就是不同意,我们只能采取别的方案了,林董说的方筝其实也是好的选择……"

"出去!"陆恒怒道。

等到那人出去,林纾淡定回道:"其实你也知道选择方筝是最好的选择不是吗？你那点可怜的自尊心在这种时候还想要维护吗？真是可笑。"说完直接转身离开，没有给陆恒半点反应的时间。

到最后陆恒还是选择了方筝，实在是许桑桑那头完全没有任何突破口，对于他来说，为了林氏，只能退而求其次。

而在度假村正式开张之后，方筝刚好通过一部电影而大红大紫，完全超越了许桑桑的势头，从而也给度假村带来非同一般的收益，当然这就是后话了。

现在，陆恒还极其不满意最终与林纾选择的人签了合约，而且方筝虽然人还不算太红，偏偏本人还很有脾气，这让陆恒愈发不是十分开心。

当然作为胜利方的林纾却是不会去关心陆恒的心情，如果不是在下班时又接到了齐光的电话，她的心情应该是极为不错的。

齐光的声音听上去很疲累："小树……"

"你在哪里？你走的时候怎么都不和我打声招呼？"林纾急切说道。

"看你睡得那么熟，我何必叫醒你。"齐光似是笑了下，"我们都有各自的路要走，总不能一直依靠你。"

"那你现在在哪里？有地方去吗？"

齐光忽然诡异地笑了下："你知道吗？我刚刚把我那个丈夫刺伤了！他的手臂全是血，可他不敢报警！"

"那你呢？你没事吗？"

"我没事，我只是可惜没能杀了他。"齐光咬牙切齿。

"齐光，不要这么极端，事情有很多解决办法的。"林纾柔声说，"你听我说，你现在在哪里？我们见面吧。"

"你不是还要去接你女儿吗？"她说，"不用管我，我没事。"

林纾刚想说话，却隐约看到有人在对面的马路逐渐走远，她连忙冲过去要喊她，可远方，已经找不到齐光了。

齐光已经好几天没来找她了，林纾总有点担心她做傻事，一遍一遍打她的电话，无数遍之后，终于打通，她舒出一口气："你在哪里？"

齐光许久才说话："我去看我妈妈。"

"你妈妈？"

"嗯，在疗养院。"她说，声音有些疲累。

林纾便打车去了她所在的疗养院，可到了之后再拨她的号码她又不接了，她没办法只好去询问处，并没有叫作齐光的访客，她满心着急，只能先出去再给她打电话。

　　她边打电话，边往外走，忽然远远地看到一个身影正在离开，她连忙叫着跑了过去，可齐光像是根本没有看见她一样，她顾不得别的，只能大步跑过去，却没有注意到忽然来到面前的轮椅，她一个不小心便被绊倒在地，好在是草地上，也不算疼。

　　只是等她再抬起眼来的时候，齐光的身形早就消失了。

　　她正懊恼的时候，听到身后有人叫她："林纾？"

　　林纾蓦地回过头，那人正推着轮椅在她的身后，她忙撑着站起来，颇有些尴尬地回叫一声："杨小姐。"

　　"林小姐，我正好有事要找你谈谈。"

　　林纾不愿意和杨世艾多聊："对不起，我还有事，恐怕得先走。"

　　"如果是 Victor 的事情，你也不愿意听？"

　　林纾虽然不愿意承认，可她知道，杨世艾或许比她更了解盛维庭，因为在她还不知道世界上有一个人叫盛维庭的时候，杨世艾就一直在他的身边。

　　她想知道盛维庭的一切，即使那些事情是从她并不喜欢的杨世艾口中得知的。

　　林纾跟着杨世艾，来到一旁坐下，见她许久都没说话，林纾忍不住先开口："你想和我说什么？"

　　"Victor 在美国？"

　　"是，你不是也应该知道吗？"

　　"他是不是对你说是去参加医学协会的年会。"

　　林纾心里不免有些不舒服，就没有说话。

　　"当然，我没有说他欺骗你，他的确是因为会议而去，但更重要的，他是去看一个人。"

　　林纾皱眉，看向她。

　　"那个人，是他永远都不会忘记的一个人，在他心中的地位永远比任何人都要重。"杨世艾笑了笑，看到林纾的神色，说，"怎么？你不相信？"

　　林纾没想到杨世艾要对她说的竟是这些话，猛地起身："如果你只想说这些的话，我该走了。"

　　"不，林纾，我想说的不是这个。"杨世艾也起身，她比林纾高出半个头，气势上的优势便很明显，"我最想说的是，你配不上他。"

　　林纾心中一颤，梗着脖子抬头："我承认我不够优秀，但他需要的不是优秀的女人，而是一个妻子，我相信我能做好他的妻子，我也相信，我可以努力逐渐去配得上他。"

"你知道他最讨厌的是什么吗？可是你让他为了你而去做他最不喜欢的事情。所以我说你配不上他。"杨世艾的神色凛冽。

"这是我和他的事情，你只是一个局外人，根本不会明白。"林纾说，"对不起，我是真的还有事，就先走了。"

林纾不顾她的表情，直接转身大步走开。

似是并不在意，可她心里却起伏波动，她知道不能完全相信杨世艾的话，可有些话偏偏已经入了耳，入了心，想忘都忘不掉。

比如盛维庭去美国真的是为了看一个人吗？

那个人又究竟是谁？

林纾接到了盛维庭的电话。

他的声音听起来很轻松，她却忍不住想到杨世艾对她说的话，心中酸酸涩涩："盛维庭，你什么时候回来？"

"怎么，想我了？"

"是，我想你，太想你了。"

"等这里的事情结束就回去。"

林纾咬咬唇，说："我遇见了杨世艾，她说，你是为了去见一个人。"

盛维庭在那头停顿了几秒，终于说话："是，我是来见一个人。"

林纾说这句话的时候也不知道自己是想要得到什么样的结果，可她大概是更喜欢他否认的吧，所以当他这样没有任何遮掩地说出来的时候，她竟然怔住了，什么话都说不出来。

"今天是他的祭日。"盛维庭说，难得声音有些干涩。

林纾脑中像是有一个响雷炸开，连忙说："我不是想追问什么，我只是，只是因为她这样和我说，所以我才……"

"我知道。"他说，"我一直觉得有些事情或许你不知道才是最好的，现在看来似乎并非如此，等我回去会和你说，把一切都和你说清楚。"

林纾嗯了一声："对不起，我不是故意想要提起这件事情的。"

"如果你不问，那才不是你。"盛维庭说，"有什么话就说，这不是我们一开始就定好的规矩？"

林纾觉得心口轻松多了，笑了下："好，我知道。对了盛维庭，如果我说，我想让一个朋友来家里住……"

"朋友？什么朋友？"

"你没有见过，是当初在医院里认识的，她没有地方去，所以我才想……"林纾连连保证，"我知道你不喜欢陌生人进到家里来，可我会打扫干净的。"

听着林纾战战兢兢的问话，盛维庭却只说："如果你喜欢的话。"

"哎？"林纾一时之间有些无法理解他话里的意思。

"就像你说的，不要留下她的任何痕迹。"

林纾知道这是他答应了，忙笑着说："我知道，嗯，我想你。"

她虽然这样说了，可还不知道齐光愿不愿意让她收留呢，她甚至总是来无影去无踪的，就在疗养院见过之后，她又有几天都没有见到她。

刚想到齐光，她便接到了齐光的电话，齐光居然在笑，林纾怔了一下，问她："齐光，你怎么了？你没有地方去记得来我家。"

"小树，你知道吗？"她还在笑，"我丈夫居然说他还喜欢我，希望我原谅他……你说，可笑不可笑？他喜欢我居然还把我送进精神病院去？"

"齐光……"

"其实我知道，他是怕我真的杀了他，他不是喜欢我，他从来就没有喜欢我，他在演戏，一直以来都是在演戏，可是如果能一辈子都不让我发现该多好，他为什么要戳穿呢……"齐光笑着笑着便哽咽起来。

林纾不知道该说些什么，齐光的情况和她实在太像，每每说起她的心也跟着疼，仿佛有一只手紧紧地抓着她的心脏，让她喘不过气来。

"可是我不会原谅他的，他让我掉到了地狱，他必须要接受惩罚！"齐光咬牙切齿，声音中依旧有着淡淡的哭音。

"齐光，我明白你的心情，你知道我们那么了解对方，我们曾经只有对方，我的话也只有你才会听，所以现在，你也记得可以依靠我好不好？"

"是啊，我们就像是彼此。"齐光忽然笑了笑，"可就算再像，我们依旧不是一个人，我不能一直打扰你的生活。"

"齐光？"

"……"

那头却再没有声音，她看手机屏幕，齐光已经将电话挂断了。

林纾抬起头来，却觉得眼前模糊，伸手一抹，才摸到了一手的湿润，她居然哭了……

第十三章　有一点想你

　　盛维庭不在的时间实在是过得太快又太慢，因为怕他在忙，所以每次都是等他打过来，林纾每天都等着那个电话。

　　可从前天开始，已经两天都没有等到他打来的电话了，算上今天都已经是第三天。

　　林纾又怕他被事情缠身，不敢随便拨过去，只好左等右等，连盛凛都觉得不对劲，尽管不那么喜欢他，还是问："坏爸爸怎么一直都没有打电话回家？"

　　林纾那时候便和她说是在她睡着之后才打来的，盛凛倒是信了。

　　可林纾却愈发焦急，终于在盛凛睡下之后忍不住拨出了他的号码。

　　从头至尾都是"嘟嘟嘟"的声响，无人接听，她多打了几遍也依旧如此，林纾心下不免焦急，晚上甚至睡不着觉，头发也大把大把地掉着。

　　接连三天都是这种状况，林纾也已经三个晚上没有睡好了。

　　这天晚上她实在是撑不住，终于睡了过去，只是却被哭声吵醒，等她清醒过来，她发现她的双手居然放在盛凛细小的脖子上。

　　她吓了一跳，猛地往后退一步，坐在了床上，不敢置信地看着哭得满面泪痕，还不停呛着的盛凛。

　　盛凛的头发乱七八糟的，白嫩的脖子上有一道明显的红痕，是被她掐出来的……

　　林纾惊叫一声，无法抑制地哭出声来，她刚刚做了一个梦，梦到之前在医院里的时候有人想来杀她，她也不知道哪里来的力气，直接把人推倒掐了上去，她用尽了所有的力气，不想睁开眼却看到她想杀的居然是盛凛。

　　她又是心疼又是懊恼，看向那双手，甚至不敢再靠近盛凛。

　　盛凛已经缓过气来，方才的害怕和恐惧也逐渐消失了，反而靠了过来，轻轻地抱着她的腿："妈妈是不是做噩梦了？不要怕，我在你身边……"

　　盛凛柔软略带沙哑的声音让林纾控制不住心头的悔恨，一把将她抱住："对不起，阿凛，对不起，妈妈不是故意的……"

　　盛凛摇摇头："我知道的，妈妈最喜欢我的。"

　　林纾实在是被吓到了，所以不敢和盛凛再同床而睡，盛凛非要过来，林纾便说：

"要是妈妈再掐你脖子怎么办?"

盛凛也到底是被吓到了,乖乖地躺在她的儿童床里,没有再想和林纾睡一张床。

只是林纾越发精神衰弱,她知道最主要的原因就是盛维庭,只要一天联络不上他,她便没办法变得正常。

林纾也猜测不出他究竟遇到了什么事情,他不过是去参加一个会议再去祭奠一个人而已,也不可能出意外?

她甚至把美国那段时间的自然灾害和重大交通事故都查了一遍,也没有查到盛维庭的名字,那究竟是怎么回事?

她和之前一样在林氏办公,忽然听到手机的短信提示音,拿了手机出来看。

居然是盛维庭发来的短信,她的眼睛瞬间亮起来。

短信上居然只有两个字:再见。

林纾原本满是笑意的脸瞬间僵硬,眼前开始模糊,她再度定睛看去,依旧只有那两个字。

再见?

为什么是再见?

这是什么意思?

林纾的心脏乱跳,都快从胸口蹦出来,她茫然无措,快要不知道自己在哪里,失魂落魄地往外走,甚至看不到面前究竟有什么人。

有人忽然拦住她,她抬眼望去,隐约看到是陆恒,怒火不知道怎么就冒了出来,猛地伸手挥了过去……

随着陆恒的闷哼一声,林纾的精神逐渐恢复过来,眼睁睁地看到陆恒的手臂上有暗红色的血正在晕开来,随着他的手指,一滴一滴地落在了地上……

她忽然惊叫一声,手一松,乓乓一声,便是水果刀落在地上的声音。

她看着陆恒的脸,仿佛他变成了怪兽,每朝她走一步都是要吞噬她,她惊叫出声,眼前骤然一黑,整个人便昏了过去。

就算昏迷过去,她也是不安而挣扎的,她似乎回到了那黑暗而惨不忍睹的三年里,只有齐光和她在一起。

她靠在墙壁上,轻轻地敲,那头便有人也回应,她说话,她便和她说话……

她说她被背叛的痛苦,齐光也在说她那绝望的前半生。

齐光仿佛就是一道光芒,照亮了她的人生。

她曾经问她:"齐光,如果你出去的话,想做的第一件事情是什么?"

她笑着,说:"我要杀了背叛我的人。"

那时候她怎么说的?

她好像也在笑,她说:"我也是。"

林纾蓦地睁开眼来,眼神漆黑无神却又凛冽,她忽然坐起来,直接拔掉手背上的针头,下了床。

有人进来便是一阵惊叫,似乎在对她说着什么,可她什么都听不见,什么都看不见,她只是要往外走,只是要做她应该做的事情……

她应该做什么?

对,是杀了背叛她的人。

她明明那么虚弱,可力气却又那么大,直接掐住了对方的脖子,她迷迷糊糊的,只知道凭着自己的本能做着一切她要做的事情。

有越来越多的人抓她,她被捆住了手脚,直接坐在了地上,尾椎处传来的疼痛让她逐渐缓过神来,看着眼前这几个身穿白大褂的男男女女,一时之间竟然不知道刚刚究竟做了什么。

"你还好吗?"有人靠近了一步,小心翼翼问。

她迷茫地嗯一声:"我没事。"

她的确没事,只不过头还有些晕,也不知道是怎么来医院的,她坚决要出院,不顾点滴都没挂完。

不过看她的确像是没什么大碍,医生也就没有管她,任她去了。

林纾没有出院,因为她知道这就是总医院,她直接去找了杨世艾。

杨世艾正好在休息,看到她还有些意外:"什么风把你吹来了?"

林纾直截了当地问她:"盛维庭是不是出事了?"

"什么?"杨世艾原本懒洋洋的脸瞬间凛起来,"什么意思?"

"他已经好几天都没给我打电话,而且我打过去,每次都没人接。"林纾不知道自己还能找谁,只能来找杨世艾碰碰运气,"你对那边比较熟?难道会有什么危险吗?"

杨世艾的表情也很严肃:"不排除你说的可能,你先回去吧,我会找人询问那边的状况。"

"有消息一定要告诉我。"林纾抓着她的手,指甲都快掐到她的肉里。

杨世艾却像是没发现:"我要是不说,你能拿我怎么样?"

"杨世艾!"

"不用担心,我会告诉你!"

林纾其实还是不怎么放心杨世艾，可她还能怎么办？除了求助于她，她不知道还有什么别的办法。

去美国找他？她根本连他在哪里都不知道，问盛怡？如果他真的有什么事，岂不是让盛怡也跟着一起担心？

林纾颓然地离开了医院，忽然想起昏迷之前似乎还扎伤了陆恒，她那时候也不知道怎么回事，居然就……

她头疼得要命，总觉得她刚刚那些行为不是正常的，她忽然有些害怕，犹豫着给人去了个电话："你好，是何小姐吗？请问你有空吗？"

按照她给的地址，林纾来到了一个还算新的小区，何之洲就在小区门口等着："你来了，我们去附近的咖啡馆吧。"何之洲是她认识的心理医生。

林纾点点头，精神有些差，却还是勉强笑了笑："不好意思打扰你，实在是我也不知道该找谁了。"

"我现在还没开始工作，所以还有时间，等我正式在医院开始工作，你再找我大概就要预约了。现在嘛，就当和朋友聊聊天。"何之洲笑着说。

小区附近的咖啡馆还算安静，两人又去了包厢，将帘子一拉，就和外面的世界隔绝开来，咖啡馆放着温柔的淡淡音乐，让林纾的精神又缓了缓。

"我曾经在精神病医院被关了三年。"林纾说，"可是我没病，出来之后我去医院检查过，我没有病。但是最近不知道怎么回事，好像有些不对劲，我有点害怕……"

其实这些不对劲都是在盛维庭离开之后发生的，她将一切全都坦然说出来，而后咬着唇问："我，是不是有病？"

何之洲仔细听完，若有所思："不能这样简单地确定，目前怀疑那段时间还是对你的精神产生了一定的影响，至于刚出来那段时间完全没有什么不对劲的状况，我怀疑和你丈夫有关，因为有可靠的人陪在你的身边，所以那些恐惧和害怕就暂时被压制住了。不过不用担心，一个正常人在那种地方待了三年能像你这么正常已经很难得了，只要你肯去面对，去解决，没什么过不去的，你有空就来找我聊聊吧，你的情况还不算严重，没到需要药物治疗的地步。"

林纾与何之洲分开后，心情十分低落，原本不过是猜测而已，没想到居然是真的……

而且现在盛维庭还下落不明，无法联络，让她愈发觉得压抑。

她无人可以倾诉，只能打通了齐光的电话，接通后，她便忍不住落下了眼泪：

"齐光……"

"怎么了？"

"我今天把我前夫刺伤了，就和你一样，刺伤了他的胳膊，我看到血将他的衣袖染湿，然后滴落在地上，好可怕……"

"可怕吗？"齐光说，"难道不是兴奋吗？你把那个害你那么惨的男人刺伤了！"

"兴奋……"

"是啊，兴奋，你要是换个地方刺，或许他就没命了，一切就都结束了。"

林纾仿佛被蛊惑："可我不是杀人了吗……"

"你是一个精神病患者，不会负刑事责任的。"齐光的声音低沉又沙哑，一点一点拉着她走向地狱。

"精神病患者？我？"

"是啊，你不是还去看心理医生了吗？"

"你怎么知道……"

"你的事情我怎么会不知道？想不想迅速地解决那一切？那就拿刀捅进他的胸口吧……"

"不……"林纾抗拒着，"我不可以杀人……"

"有什么不可以的……"

"不，不可以……"

"你什么时候胆子变得那么小了？我知道你和我不一样，你有老公孩子，所以没有勇气了，那好吧，把事情交给我，我来帮你。"

"不！"林纾忙说，"你不用帮我！"

"好吧，你仔细想一想，如果用得上我就给我打电话。"齐光说完就收了线。

林纾拿着手机不知所措，杀了陆恒，一切都能解决了吗？

真的有这么简单吗？

手机铃声乍然响起，她蓦地醒过神来，这才发现她刚刚居然在思考那件事情的可行性，她吓得连接电话的手都有些抖："喂？"

"我是杨世艾。"

"杨小姐，有消息了吗？盛维庭怎么了？"林纾瞬间清醒过来，刚刚的一切都被抛到了脑后。

"Victor他不怎么好，他受伤了，正在美国住院。"

"什么？"林纾惊叫出声。

杨世艾依旧很镇定："具体情况我不方便细说，你只需要等他回来就好。"

"他在哪个医院？"林纾连忙问，可杨世艾已经挂断了电话，不给她任何继续说话的机会，"喂？喂？"

林纾知道在这种情况下不能慌了神，她抬手抹去眼泪，再一次去了医院。

杨世艾正打算离开，医院给她配了公寓，就在附近，可她不喜欢走路，还是买了辆车，林纾去的时候她正打算走进车库。

林纾看到她便跟了上去："你不会只知道这么一点，还有什么？"

杨世艾不理她，径直朝自己的车走去，林纾也不依不饶地跟了过去，在杨世艾打开车门的同时，她也打开了副驾的车门坐了进去。

杨世艾气得发笑："林纾，我没想到你会这么没有自尊心。"

"我只是想知道他在哪里。"

"你可以去问他。"

"你明明知道我没有办法联系他。"

"So，"杨世艾说，"这就是原因，因为他不想让你知道，所以我也不能告诉你，不要再缠着我了行吗？这是你们的事情，把我扯进来已经让我觉得很不愉快，我何必来见证你们有多为对方着想？"

林纾怔了怔，朝杨世艾笑了下："对不起，是我为难你了，我只是太着急，我想你能明白我的着急的。既然你不愿意说，那就不打扰你了，再见。"

林纾开门下车，将车门关上的瞬间，忽然听见杨世艾说："他在他以前就职过的医院。"杨世艾将车开走，只留下尾气而已。

盛维庭就职过的医院，林纾是知道的，她当下的所有一切胡思乱想汇聚成了一个念头，那就是：去找他。

林纾知道盛维庭不告诉她肯定有不告诉她的原因，她不想给他添乱，可理智上是这样，情感上却无法这样轻描淡写地过去。

她怎么可能明明知道他受伤在美国却能自己好端端地留在国内？她等不住，她想要见到他，立刻，马上！

如果想要去美国的话，还有盛凛的去留，她不会将盛凛一个人留在国内，好在盛怡就在那里，可以托付几天，不过几分钟的时间她已经将一切都计算好，用电话订了机票后便匆匆赶往托儿所接人。

盛凛什么都不知道，只听林纾说要去美国。

她还小，没有出过国，所以很是兴奋："我们是去找坏爸爸吗？"她看着林纾整理行李，问。

林纾说是，并不打算告诉她别的情况："我们去找爸爸。"

"你太想他了吗？"盛凛明明那么小，说话却像是个大人，"所以想见他了？"

"嗯，阿凛你呢？你想他吗？"

"唔……"盛凛停顿了一下，将食指和大拇指捏在一起，而后又分开一丁点，露出小小的空隙，说，"就这么一点想他吧。"说的时候一脸便宜他了的表情。

林纾心里头其实很急，可看到盛凛这可爱的模样却忍不住笑起来："他要是知道你也有想他，应该会很开心。"

"他肯定都不想我，他只会想你！"盛凛噘着嘴巴说，"我还是不要想他了。"

"怎么会！他也会想你，很想你的。"

"他说的？"

"当然。"

"好吧。"盛凛说，"那我也就想他一点吧。"

是夜里的飞机，林纾和盛凛托运了行李之后便和盛怡打电话，盛维庭难得和她联系，所以她并不知道盛维庭受伤的消息。

盛凛已经觉得困了，所以在飞机上睡了一路，林纾也觉得困，可无论如何都睡不着，一闭眼就仿佛能看到盛维庭满身都是血的样子。

她甚至不知道他究竟伤在哪里，有多严重，只要一想起，心里就疼得不像话。

因为一夜没睡的关系，林纾的脸色看起来格外差，她勉力支撑着，拿了行李便和盛凛打车去了盛怡所在的家。

在车上林纾又给盛怡去了个电话，所以到那边的时候，盛怡正在门口等着她，看到她灰败的脸色就忍不住心疼："怎么成这个样子了？"

其实这脸色倒也不是今天才这样的，前些天她一直没睡好，黑眼圈一直很深重，整个人看上去很没有精神。

"没有，我还好。"林纾勉强笑了笑。

盛凛倒是很开心，因为见到了之前就很亲密的奶奶，见到人就扑了上去，盛怡是又怜又爱，干脆抱了起来往家里去。

盛怡已经让人给她们准备了吃的，盛凛在飞机上没有吃好，所以看到吃食很兴奋，连忙大吃起来，林纾却没有胃口，努力吃了几口之后便再也撑不下去，干脆和盛怡去了房间说盛维庭的事情。

在林纾赶来美国的时候，盛怡也给盛维庭打了不少电话，这次他已经关机，根本就联系不上，所以她也很是着急："到底是怎么回事？这么急急地过来，我魂都快吓出来了。"

"对不起，本来不想让您担心的，可想来想去还是得让你知道。"林纾说，"我已经好几天联络不上盛维庭了，开始以为他忙，也就等着他来联系我，可是后来发现打他的电话也打不通，这才着急了。昨天我收到了一条短信，是他发过来的，居然写了再见两个字，我都快被吓死了，因为他之前说是来参加会议的，正好他以前的同事现在在总医院，所以我就去请她帮忙查了下，没想到她和我说盛维庭受伤了，我也来不及想什么别的，直接过来了。"

说着说着，林纾的眼眶又已经湿润了，她一想到盛维庭如今什么情况都不知道，怎么能不担心？

盛怡听了之后想了想："你说是在约翰霍普金斯医院吗？那我和你一起过去看看。"

"我自己去就好。"林纾道，毕竟那边还不知道是什么情况，怎么能把盛怡也拖过去，"阿凛难得在国外，如果身边没有她熟悉的人，我怕她会不安，您帮我照看着阿凛，我自己去看看就行了，有什么事情我会和您联系的。"

"你一个人可以吗？"盛怡有些担忧，"你不知道你脸色有多糟糕。"

"我可以的，在见到他之前，我绝对不会倒下去的。"

"那好吧，你就别担心阿凛了，我会好好照顾她的，你有事记得和我联系，知道了吗？"

林纾应了下来，稍微洗了把脸，让自己清醒了一下，便和盛凛交待一声，出去了。

她直奔医院，去了之后才发现要在偌大一个医院找到盛维庭，那也不是一件简单的事情。

她只能先去住院部询问有没有中国名叫盛维庭的病人，没想到她们一听到盛维庭的名字就眼神显出异样，几番耳语之后便对她说没有。

林纾知道这其中肯定有什么古怪，知道再问也问不出什么，只好先假装离开，知道一直在附近隐蔽处逗留，果然她看见护士正和一个身着黑色西装类似保安或者保镖的人在说着什么，而后那黑衣人便离开去了电梯处。

林纾下意识地跟了过去，自然不敢上同一部电梯，见电梯停下，她记住了楼层，马上按了电梯，也按了同样楼层。

在电梯上去的时候，她紧张的心脏都快跳出来，终于，电梯停下，门缓缓打开，她走出来，不过一转头就看到了一个病房格外特殊，居然还有黑衣人守在门外！

是谁？

就只是直觉，林纾便觉得盛维庭一定是在那里。

她装作是路人要过去,却在门口被人拦住,说这边不允许进入,她小心翼翼说她来探望朋友,就和她说的是这个房间,她边说边往病房里看去。

她隐约看到病床上躺着一个人,并不能看得分明,可就那轻飘飘的一瞥就能断定那是盛维庭无疑。

她心里更急,却也发现了守在病房外的两名黑衣人并不是那么好对付的,无论她说什么,他们都丝毫不顾,唯一的一点就是不让她接近病房半步。

她本来就好几天没有休息好,没什么力气,被轻轻推搡了一下便直接跌坐在了地上,身上倒不是很疼,疼的是她的心。

明明这么近,可她却没办法见到他,碰到她。

她浑身力气都丧失了,连站都站不起来,只能坐在地上,眼泪都已经蓄满了眼眶,只是没有落下来而已。

她知道今天或许没办法见到盛维庭了,到底不能在这里撒泼打滚,终究还是起身说了抱歉,想要离开,离开前她依旧忍不住往病房里看了一眼……

她转身离开,磨磨蹭蹭走了两步,她忽然听到身后有声音,而后肩膀被人轻搭上,她回头去看,将她推倒的黑衣人正在叫她回去。

她不敢置信:"你是说我能进去?"

那人点点头,林纾又惊又喜,慌忙跑了回去,有护士在一旁,看到她便点点头:"病人说让你进去。"

林纾抑制住忍不下要落下来的眼泪,应一声,终于推门而入。

病房很大也很干净,窗帘大开着,有夕阳的温和光线照进来,让整个房间都显得温和不少。

林纾的注意力只在一个人身上,那就是正躺在病床上冲着她淡淡微笑着的盛维庭。

她强忍的眼泪在这一刻再也抑制不住,簌簌落下,快走几步便来到了病床旁,她仿佛贪婪一般看着他:"盛维庭……"她轻声叫他,依旧有些不敢置信。

她怕这不过是她的梦境,下一秒就会破灭。

"嗯。"他回答,声音有些低沉。

她却一动都不能动,只有眼泪一滴一滴落下。

他不知何时抬起了手,掌心摊开,接住了她落下的眼泪:"哭什么?"他的声音格外沙哑,有点不像他,她却不会听错,这就是他的声音,是盛维庭的声音。

她以为会有很多话说,比如问他究竟发生了什么事,身体还好不好,有没有想她,可到了他面前,她才发现这一切都不重要。

只要看到他就好了，只要他在身边就够了。

林纾不知道他身上哪里有伤，只能坐下来，抱住了他一眼看去没有任何伤口的手臂，将脸埋了过去，一句话都不肯说。

盛维庭便也不说话，任由她靠在自己身上，她的味道在消毒水的味道中格外突出，他深深地嗅了一下，那是他熟悉的她的香味，唇边的笑容一直没有停下来。

有人进病房，见到这状况便顿住了步子，盛维庭抬眼，微微示意，那人便点头，轻轻地关门离开，将这个空间留给这两人。

林纾总算哭够，红着眼睛抬起脸来，看着盛维庭的脸，坚决不肯移开视线。

盛维庭抬起手来，艰难地替她抹去脸上残余的泪珠："杨世艾告诉你的？"

林纾点点头："是我缠着她，我实在是太担心了。"说着又红了眼眶。

"别哭，我没事。"

"那条短信又是怎么回事？你知不知道我看到的时候都快吓死了。"林纾到现在都没办法去回忆她看到短信时的绝望。

"什么短信？"盛维庭像是一点都不知道。

林纾也不想再问，反正她已经看到了他："没什么，我知道你没事就好。可是你究竟伤到哪里了？"

"小伤而已。"他说。

林纾绝对不相信他说的什么"小伤而已"。如果真的是小伤，又怎么会几天都不和她联系，又怎么会在这种地方被人保护着？

可她见盛维庭不过说了两句话就脸色苍白，便不敢再多让他说话，他暂时不想让她知道的话她就不多问吧，总之她已经见到他了，这就足够了。

又有人敲门，说："探视时间已经到了，盛先生。"

林纾也听得懂，知道该走了，可她根本不想走："我不能在这里陪着你吗？"

"小鬼呢？也过来了？"他没有直接回答她的问题。

"嗯，在妈妈那里。"

"你回去吧，明天再过来。"

"盛维庭……"林纾舍不得。

他莞尔

"不走吗？"

"我想要留下来……"

"虽然你这么黏人让我觉得心情不错，可是不行，你得回去，不然小鬼也会想你。"

林纾其实也明白留在这里不大现实，毕竟如今盛怡也在担忧地等着消息呢，她总得回去报平安，还有盛凛，没有她在晚上也不知道能不能睡着……

　　林纾叹了一声哀然点头："好，我知道了，我回去，那我明天还过来。"

　　"好。"

　　得到了盛维庭的确切回答，林纾这才一步三回头地离开了病房。

　　林纾才刚刚离开，盛维庭便抑制不住地咳嗽出声，护士立刻进来帮他检查各种指标，被子被掀起来，病号服下是一层层的纱布，白色的纱布此时被染了红色，戴着手套的护士正一层一层地将纱布掀起。

　　盛维庭连眉头都没皱一下，低头看着护士替他上药，有些伤口有点裂开，所以出血严重，原本应该很疼，他却一声都不吭，连护士都忍不住问他："疼吗？"

　　"如果你动作能利索一些，我大概可以少受点疼。"

　　护士的脸红了红，集中注意力替他处理伤口。

　　盛维庭一直看到她将伤口重新包扎好，这才微微眯起了眼睛。

　　只是一闭上眼睛就能看到林纾那委屈可怜的模样，她大概是太着急了，如果他能早点醒来也不至于让她赶到美国来。

　　在林纾到来之前，他一直都处于昏迷状态，并不是不愿意接林纾或者别人的电话，是他根本就没有这个能力。

　　他庆幸让林纾看到了自己清醒，就这样还掉了那么多眼泪，如果她知道他一直昏迷不醒的话，大概会哭死在他面前了。

　　想着，他的唇角又微微扬起了一点。

　　护士做好了工作，走之前却问他："刚刚来的人就是你一直叫着的小枫吗？"

　　盛维庭头一次对她还算温和，点点头应了声是。

　　"很漂亮。"护士说。

　　"那是。"盛维庭得意起来，"因为她是我的妻子。"

　　林纾离开医院之后便回了盛怡的家，盛怡让保姆给她做了东西吃，因为见到了盛维庭，她的胃口好了不少，像是要把前几天少吃的全都补回来。

　　盛怡也不催她，知道她能吃得下东西就肯定是见到了盛维庭，不然照她的性子，这会儿哪里吃得下？

　　"你见到阿庭了吧？他怎么样？还好吗？"

　　"见到了，看着还好，不知道到底哪里受了伤，有探视时间规定，只能回来了，等明天再过去。"

盛怡点点头:"好,没事儿就好,他这突如其来的,真是吓死人,要是再来一次我心脏可就受不了了。"

"再来一次?"林纾顿了顿,"以前也有过这种情况吗?"

盛怡似乎意识到自己说错话了,可这会儿也没有办法弥补了,只能笑着说:"好多年前了,阿庭应该不会想让你知道,毕竟也不是什么好事,还以为他回国就没事了呢。"

"到底怎么回事?"林纾有些焦急。

对于盛维庭的过往,她几乎一无所知,原本以为他那样单纯的人,生活也肯定单纯得一塌糊涂,现在想来简直是她太傻了。

"那时候,阿庭还小,也遇过一次这种事情,住院了许久才回家。"

林纾听盛怡说起盛维庭的往事,心下不知道是什么滋味。

"阿庭很早熟,他很早就学会了什么事情自己扛着,不和别人说。"盛怡说,有些无奈,"我倒是想知道他有没有困难,可他什么都不说我也没有办法。自从上大学之后他就搬出去住了,平时也不过周末才会回来一趟,那次周末却没有回来,甚至连个电话都没有,我原本以为他是忙,可到了下个周末还是没有消息,这才觉出不对劲来,也是我太忽略他了。打他的电话也是不接,就和这次的情况差不多,我去了他的医院找他,这才知道他是受了伤。听人说也是死里逃生,伤得很严重,可问他怎么受伤的,他却坚决不说,你也知道他的脾气。"

林纾没想到盛维庭还有过这样的过往,如果那次他伤得更重一些,是不是她就见不到他了呢?

这样想着,心口便是一阵疼痛。

"那后来知道是为了什么事情吗?"她问。

盛怡摇摇头:"他又不说,我还能从哪里知道?好在他过两年就回国了,也就没遇到过这种事情,哪想到这回来一趟就……"

林纾知道既然盛怡问不出原因,盛维庭大概也是不希望自己知道的。

可她不明白他不过是一个神经外科的医生而已,又怎么会遇到这种有生命危险的事情?

因为怕盛凛被现在虚弱的盛维庭吓到,所以林纾和盛怡一致决定等他好一些再带着盛凛去看,盛怡自然是要照看盛凛的,所以第二天依旧是林纾去探望盛维庭。

和昨天一样,病房门口还是那两个黑衣人挡着,不过今天林纾的待遇比昨天好了许多,没有再拦她,而是让她在外面稍等片刻,因里面正在进行诊疗。

林纾往里面看了一眼,可被医生和护士挡着,什么都看不到,只好在一旁等着。

好在也没有等很久，里面就有医生和护士出来，林纾这才被放进了病房。

盛维庭依旧躺在病床上，脸色没比昨天好多少，只是看到她来还是稍稍露出了些许笑容："你比我预计过来的时间还早了些，在外面等了？"

林纾摇摇头，在病床旁坐下："没等。"说着上上下下看了他很久，只是不出声说话。

盛维庭忽然很无辜地说："你是把我当成猎物了？可惜我身上有伤，不能满足你……"

林纾原本还沉浸在悲伤的情绪中，听到他的话之后也没立时反应过来，好一会之后才清醒过来，脸乍然红起来，又是气又是恼："你胡言乱语什么呢？我才没么想……"

"你难道没想我？"

"我想……"说了两个字之后发现有点不对劲，忙说，"可不是那个想！"

"那个是哪个？"他脸上带着微微促狭的笑容。

林纾简直没想到他会在这种情况下和她开玩笑，什么话都说不出来。

"我还没死，你可以多笑笑。"他说，随手握住了她的，"我不会那么容易死的。"

结果他这句话出来，反而让林纾的眼睛红了，原本她打算无论如何都不要在他面前落泪的，她强忍着，瞪他："不要随便说死这个字！"

盛维庭真的不说了，握着她的手，感觉着她的微微颤抖。

"你哪里受了伤？"

"没什么。"

"肯定很严重。"林纾不顾他的反驳，"你说不说？难道是要让我把你浑身上下都看一遍？"

他居然就干脆张开了手："看吧。"

林纾气得笑起来，也就顺水推舟，真的掀开他的被子查看，他的病号服只是松松地拢着，她一眼就看出了有异样，小心翼翼地将衣服撩开，便看到了那满满的纱布。

盛维庭原本也不敢让她看，刚巧她来之前换过纱布，所以情形大概不算太恐怖，他也知道她是不达目的不罢休的，干脆让她看到反而来得安宁。

没想到就这一层纱布都让林纾酸了鼻子："这么大的伤口？"

"护士动手能力太差，不过是小伤口，居然包了那么大面积的纱布。"他说。

林纾哪里相信他，红着眼睛问他："疼吗？"

"如果我说疼，你是不是就能哭出来？"

他还没说疼呢，林纾就没能忍住眼泪，一滴滴落了下来，她怕沾到他的伤口，连忙躲开去，直到情绪收拾好了，才重新面对他，哑着嗓子说："我知道，就算我问你发生了什么，你也不会告诉我，所以，盛维庭，我只想知道，你还会不会遇到这样的危险。"

"林纾。"盛维庭和她说话，声音很认真，"你可以去预计小鬼长大后的日子吗？"

林纾看着盛维庭的眼睛，明白他想和自己说什么，便只是俯下身，靠在他的身边："我也知道我是无理取闹，可是盛维庭，你不知道我有多怕，你就这么消失了，怎么都联系不上，我真的很怕，很怕……"

"我说了我不会……"他顿了顿，说，"我不会永远离开你。"

"你得记得你今天说过什么，我会记着的，我会记一辈子，如果你离开我，我……"她恶狠狠地说。

"你就怎么样？"

"我……"她闭了闭眼睛，"无论你去哪里，我都会去找你……"声音骤然低了下来。

盛维庭没有再多说什么，只是叹了一声，伸手抚了抚她的头发，手忽然顿住，微微蹙眉："林纾，你几天没洗头了？"

"啊……"林纾尴尬地直起身子，不敢再靠近他，却嘴硬，"没,没有几天啊……"

看着盛维庭犀利的眼神，林纾还是放弃挣扎："好吧，两天了，我回去就洗。"

"我不在的时候，你究竟过得多么不干净……"盛维庭撇撇嘴，一副颇为嫌弃她的样子。

林纾这几天哪还有心思收拾自己，倒是把这件事情给忘记了，没想到居然就被他给抓个正着。

"好嘛，是我不好……"林纾都不敢看他。

"你说你这么不顾个人卫生，除了我还有谁会要你？"他啧啧两声。

说到这话倒是让林纾忍不住笑起来，她是想起她最初无论把自己拾掇得怎么干净，他都嫌弃她脏的事情来了，嘴里却说："是，我这么不讲卫生，又没有长处，也就你肯收留我了。"

盛维庭哼一声，看似和平常一模一样，可到底是受了伤，多说几句话就觉得累，这会儿居然还咳嗽起来，他咳得很厉害，整个身体都在颤动着。

林纾刚刚脸上还带着笑，这会儿立马收了回去，满脸担心又不知道该怎么办，她怕他的伤口疼，可除了在一旁看着没有任何办法，她多希望受伤的那个人是自己，疼的那个人是自己……

她甚至不敢碰他，怕一不小心就碰到他的伤口，反而帮了倒忙。

只能在一旁等着他缓过来，眼看着他的脸色更差了，急得眼睛都红了："是不是很疼？要叫医生吗？"

他说不出话来，只能摇摇头。

林纾坐在一旁看着他，却半点忙都帮不上的感觉，实在是太差了。

过了探视时间，她依旧被劝着回去了，盛维庭那会儿已经好了不少，还和她说："如果你不洗头的话，明天就不要过来了。"

林纾说好："阿凛也挺想你的，明天把她带过来吧？"

"你要让她看到我这种样子？"那小鬼本来就对他敷敷衍衍的，看到他这样还不知道要怎么嫌弃他。

"你怎么样都好，那就这样决定了，我会和妈妈还有阿凛一起过来的。"

盛维庭想到明天会面对三个女人不同的反应，头忽然有些疼起来。

盛维庭虽然一直表现得没有大碍，可林纾却知道他受伤很重，离开病房之后笑容便掩了去，在回盛怡家的路上忍不住给齐光打电话："齐光……"

"怎么？你觉得我之前的建议不错吗？"

林纾愣了一下："不，不可以……"

"你有没有想过，如果盛维庭死了，那你应该怎么办？"齐光低低沉沉的声音从话筒那边传过来。

"你怎么知道……"

"不是你告诉我的吗？是你说一直联系不到他，说知道他受了伤要赶到美国去。"

林纾这几天过得混混沌沌，都差点忘了自己把这事儿和她说过，她嗯了一声："他不会死，你不要胡说八道！"

"我只是在做合理的推测而已，毕竟谁都没有办法预先得知以后的事情。"齐光说，"我一直和你推心置腹，什么事情都为你着想。"

"我知道，在我最孤苦无助的时候身边就有你，可是，齐光，我不想杀人，也不会杀人，那个人的确对我做了很多无法原谅的事情，可杀人不能解决一切，我要用我自己的办法去做。你也不该总是有那样的想法。"林纾苦口婆心。

"不该有那样的想法？的确，你找到了可以保护你的男人，你可以用别的办法去报你的仇，可我没有，我依旧是孤苦无依的一个人，所以我只能用我自己的办法去做,最简单也最直接的办法!"说着,齐光直接挂了电话,不给她任何机会说话。

林纾叹了一口气,将手机收了起来。

其实她也知道,自从离开医院,她和齐光越来越远了,可她只是不忍心和她切断联系而已,毕竟那两年里,两人只有彼此。

盛凛得知林纾明天会带她去医院看盛维庭,脸上一副"我一点都不觉得开心"的表情,噘着嘴说:"既然他希望我去看他的话,那就去吧。"

那个小样子简直和盛维庭一模一样,林纾怎么都爱不够。

林纾捏了捏她包子一般的脸:"所以如果他不希望你去的话,你就不想见他了吗?"林纾的脸上带着笑,眼神却是严厉的,她当然是希望父女俩的关系能好起来,不过她想若是那两人更加要好了的话,她估计又得吃醋了,人就是这样的矛盾。

盛凛把噘起的嘴收了回来,忽然问:"他生病很严重吗?感冒?不能回家吗?"

她这样问着,林纾不禁想起了盛维庭身上的伤口,心中一疼,挤出笑容来:"是很严重啊,不然就能回家了,你也担心爸爸的,对吗?"

盛凛好一会儿才说话:"一点点吧。"她和之前一样比着手势,"因为你喜欢他。"

林纾有些无奈地将她抱在怀里,长长地叹出一声。

去医院的一路上盛凛都格外乖巧,等到了病房外,她却被那两个黑衣人给吓了一跳,转身搂住了林纾的脖子:"我不想进去了……"

"你不担心爸爸了?"

"好可怕……"盛凛咬着她的耳朵说,声音还有些发抖。

她有些无奈,抚着盛凛的背脊:"不怕,我在这里。"

今天来得晚了些,病房里只有盛维庭一个人,脸色显然也比前两天好了不少。

盛怡看到她这般模样就想到了曾经,又是气又是心疼:"每次有事儿总是不说,憋死你算了。"

"不要说死字。"盛维庭忽然十分严肃认真地说了句,"林纾不喜欢听到这个字。"

结果林纾便不好意思地脸红了。

盛怡只是好笑:"真是要把人气……坏才罢休。"

盛维庭还一本正经:"我只是选择了一个对你们伤害比较小的方式,因为我不想被你们的眼泪给淹了……"

"这就伤害小了？你都不知道小树有多着急？"盛怡说了一半，叹气，"算了，反正你就是本性难移，我说多少遍都没有用。"

"你看，你就这么精准地了解我的本性了。"盛维庭说。

盛怡啐了一口："你是我怀胎十月生出来的儿子！"

"不要在每次说不过我的时候就将这种陈年旧事拿出来说。"

盛怡实在不愿意和他说话，气得坐到一旁去了，不过也正因为他的插科打诨，她居然一点都没有哭。

探视时间"其乐融融"度过了，对于盛维庭说明天能让她留在医院，林纾十分兴奋，差点今天就不想回去了。

回去的路上，林纾便忍不住问盛怡："盛维庭他，没有什么要好的朋友吗？从小就……"

"阿庭小时候其实没现在这样生人勿近，在国内的时候还是有几个能玩在一起的朋友。其实，追根究底还是我和他亲生父亲的错，那时候闹矛盾，没有注意到他的情绪，在我还没意识到的时候，他越来越古怪，同龄人也不愿意和他一起玩，也就没了朋友。"

听着盛维庭小时候的事情，林纾不免回忆起自己幼时的幸福快乐，恨不得她那时候就认识了他。

"等后来到了这里，他的性格就更怪了，哪有什么人愿意和他做朋友，总是一个人独来独往的，而后来他就搬出去住了，有事情也不愿意和我说。对了……"盛怡想到了什么，"我忽然记起来，阿庭提过别人，你知道他很难得对我说起别人的事情，那大概是我从他那里听到的唯一一个别人的名字。"

林纾一怔。

"因为后来没有再提起，所以我都差点忘了。"盛怡说，"好像就是在他受伤之后，我就再也没有从他口中听到过那个人的名字。"

林纾其实有些嫉妒，却还是问："您还记得那个人叫什么吗？"

盛怡皱着眉："太久远的事情了，只记得好像是个很美的名字，啊，我想起来了，叫安歌。"

安歌。

的确很美，而且一听就是一个女人的名字。

盛怡还在说话："本来我也记不住，还是因为我以前特别喜欢楚辞，那个人的名字就出自九歌,疏缓节兮安歌。是不是很美?"

林纾艰难地笑了笑:"是,是很美。"她承认自己会嫉妒会吃醋,听到自己的丈夫曾经有过交心的朋友,而那个朋友还是个女人的时候,还是会觉得心里不舒服。

其实她明白盛维庭不会和那个安歌真正有什么,不然也不会在遇到她的时候还不知道什么才是喜欢,可只要想到有那样一个人曾经占据过他的生活……

盛怡并没觉出什么不对劲来:"只是后来就没从阿庭的口中听过这个名字了,也不知道发生了什么。"

林纾几乎已经确定安歌就是那个盛维庭来祭奠的人了,盛怡没有再从他口中听到这个名字,是因为安歌去世了……

这个世界上最可怕的敌人就是已经离开人世的人,因为无从对比,也无从抗争。

林纾在第二天见到盛维庭的时候,便忍不住问他了,只是开场白没那么尴尬:"我今天洗头了,这回干净了吧?"

"嗯。"盛维庭看她一眼,点点头。

林纾坐在他旁边,装作并不在意却又小心翼翼地问:"你之前说过,等回国之后会把一些事情和我说的,现在能说吗?"

盛维庭蓦地抬起头看她的脸,她被他看得有点尴尬,偏过头去。

"杨世艾和你说了什么?"

"她只是说,你是来看那个人的而已。"

"嗯,他是我的朋友。"盛维庭说,"曾经唯一的朋友。"

林纾没有说话,只是静静地看着他。

他似乎陷入了回忆,许久之后才开口:"他叫安歌……"

尽管早就知道应该就是他,可听到这个名字,林纾心中依旧咯噔一下,不知道是什么滋味。

盛维庭说得很简单:"以前的同学,后来的同事,因为一场意外去世了。"

林纾还没从酝酿的情绪里出来,听到他停了下来,她愣了一下:"没了?"

"没了。"盛维庭神色淡淡的,不明白她还想听什么。

反倒是林纾对莫须有的联想有些不好意思了,也是,盛维庭一向自视甚高,有个人能和他说得上几句话,能被他看得起已经算是难得了,还能有怎么样进一步的发展?

林纾尴尬地笑了笑，刚想说话，就听到盛维庭说："噢，他是杨世艾的男朋友。"

杨世艾的男朋友……

男朋友……

如果这会儿有面镜子的话，林纾大概能看到自己的表情是多惊讶。

安歌是男人？！

"怎么？有什么不对劲？"

"安歌……他是男人？"林纾磕绊地问出这句话。

"难道你以为他是女人？"盛维庭似是无法理解，"虽然他的名字的确有些女性化。"

林纾觉得之前的忐忑不安全都是在犯浑，谁能想到那个安歌居然是个男人呢。

"我还以为……以为……"林纾咬着唇，不知道该怎么说出口，难道要说她居然和一个男人吃醋？

"唔，不过这种感觉很棒，看到你吃醋的感觉。"盛维庭促狭地笑了下。

林纾简直难堪，却无言以对，只能狠狠地瞪他一眼。

因为林纾今天留下来的缘故，所以必定会看到盛维庭的伤口，他本来想在换药的时候让她出去，可她死活不肯，非要在旁边看着。

盛维庭没办法："如果你不会吓得晕倒的话。"

林纾说绝对不会的，可当她真正看到盛维庭胸前的那些伤口，腿的确是软了。

一直用纱布裹着，所以她没有看到过伤口的真面目，直到现在她才看到，上面一道又一道的伤痕遍布他的前胸，深的浅的，竟然都像是用刀割出来的一般，浅的那几个已经开始结痂，可深的伤口还没拆线。因为他乱动的原因，有几个伤口还裂开了，血珠正在渗出来，还能看到里面的血管和肉。

她下意识地想要移开视线，可在那一瞬间看到了盛维庭唇边含着的轻笑，她动作一顿，咬唇，强忍着没有移开视线，反而盯着他的那些伤口看。

医生正在对他说要好好保护他的伤口，不然不知道要多久才能愈合，他也不过当耳边风，眼睛里只有林纾一个人。

她明明那么害怕，害怕到连嘴唇都在颤抖，可偏偏坚持着没有移开视线，一直看着他身上的伤口。

他也低头看一眼，已经习惯身上有这些伤口了，疼痛也不过是一再提醒他过往的凭证而已。

他没想到等病房里只有两人的时候，她会迈不动步子，眼中满是泪水。

他原本只觉得她小题大做:"吓到了?"

她仓皇地走过来,拼命忍住眼泪的样子很可爱:"原来有那么多伤口,明明应该很疼的。"

他忽然觉得有暖暖的风拂过他的心脏。他其实早就习惯了什么都自己扛着,毕竟人生是自己的,在认识林纾之前也从未想过和人分享人生,被她这样关心着,他感受到了温暖。

或许也正是因为这种温暖,让他毅然决然地放弃了原本他觉得最为舒适的孤独生活,将她带入了他的人生中。

"你知不知道你现在的表情,很想让人吻?"他说,唇边带着一抹笑。

林纾没有丝毫的犹豫,俯下身来,吻住了他微微张开的唇,她难得主动,却在碰到他的当下落泪,眼泪滑过两人紧贴的嘴唇,微涩中却带着甜意。

最后是盛维庭先移开头,微微喘息:"不要再诱惑我,明明知道我目前什么都不能做。"

林纾的脸颊微红,稍稍抬起身体。

晚上睡觉的时候,盛维庭想让林纾和他同床,林纾坚决不同意,理由当然只有一个,她怕不小心碰到他的伤口,她知道自己的睡相不好,他的伤口又正在愈合中,怎么敢随便乱来。

盛维庭只好退而求其次,她睡在一旁的看护床上,手却伸了出去,和他的握住。

林纾一抬眼就能看到门口站着的那两个黑衣人,忍不住问:"为什么他们总是在外面看着?"她不知道那两个人究竟是在保护他,还是在看管他。

"不用管他们。"盛维庭倒是十分坦然的样子,林纾见他这般,便知道并没有什么问题,也就没有多问。

盛维庭其实有许多事情都没告诉她,她能理解他对她的保护。就像她也有事情没有告诉他,她却是不敢告诉他。

她不敢和他说自己的精神状况,不敢和他说自己恍惚的时候还会伤人,其实她很怕,怕她会在他面前也发生这样的状况。

所以每一天,她都过得战战兢兢。

睡在盛维庭的身旁,她在梦中再一次看到了他身上那些可怕的伤口,血淋淋的让人心惊胆战,而更加可怖的是,她居然梦到自己正拿刀在他身上割他的皮肉,明明是她最害怕的事情,她却笑着……

他的胸口逐渐变得斑驳,她笑着仰起头来,却看到盛维庭的脸忽然变了,变成了陆恒的脸,他带着狞笑,逐渐靠过来,对她说:"我要让你生不如死……"

她往后退一步,他依旧靠近,她下意识地抬手抵在他的胸前,却看到他身上那些伤口全都消失了,只有心脏位置上,插着一把刀,而她的手,正握在刀柄上。

她吓得往后退几步,低头一看,满手都是鲜血,一滴一滴地落在地上,她都能听到声音。

恍然之间,她抬起头来,却看到陆恒的脸再一次变了,变成了盛维庭的脸,而胸口的那把刀却依旧还在,那满是伤痕的胸膛上又多了一把利刃!

她蓦地尖叫出声,无法抑制。

"林纾?林纾?"似乎有人在她耳边轻声叫她,像极了盛维庭的声音。

她猛然睁开眼睛,眼前似乎还是一片血红,她大口地喘气,浑身都在颤抖着。

她刚刚,杀了盛维庭吗?

她不敢置信地抬起手来看,两只手都干干净净,没有一丝血迹,她忽然放下心来。

下一秒,盛维庭的脸便出现在她面前:"林纾?"

她的眼泪倏然落下来:"盛维庭……"她哑着嗓子叫他。

他抚着她的头发:"做噩梦了?"

她点头,眼泪无法控制,他没死,盛维庭没死,她没有杀他,那只是她的噩梦,对,只是噩梦而已!

林纾抹了下眼泪,好不容易才从梦境中缓过神来,待看到盛维庭居然站在一旁,吓得连忙说:"你怎么起来了?伤口不疼吗?"

"我没你想的那么脆弱。"他说着,却还是随着林纾的动作躺了下去,他刚刚拼命起身,还是碰到了伤口,有些隐隐作痛。

林纾已然缓过来,可梦中的场景实在太过真实,仿佛一闭眼就能看到一般,依旧有些害怕,她死死地抓着盛维庭的手。

她更害怕的是,有一天这并不是梦境,而是她真的将他当成了陆恒,情绪一时失控而将刀捅了上去。

她无法想象那样的场景,她大概会自责到无法忍受。

"做了什么噩梦?"

林纾摇摇头:"不记得了,只记得很可怕,非常可怕。"

"经常做噩梦?"

"也不是……"其实她常常做噩梦,这些年来,除了在盛维庭身边好一些之外,噩梦几乎就没有放过她,可她不想让盛维庭担心。

或许只是她不肯承认，她可能真的得病了。

因为盛维庭一直在医院治疗，所以林纾根本不想回国，直到陆恒一个电话过来："你请的假期已经到了，度假村的奠基仪式你也不打算来露面吗？"

在美国几天，林纾差点把国内的那些事情给忘了，她先前打好了算盘，一定要出席奠基仪式，因为方筝也会出席，绝对会引来很多新闻媒体，正好打响她的知名度。

可这些计划全都因为盛维庭的受伤而打乱了。

两边她都无法放弃，可她知道，世界上没有两全的事情，必须要做出抉择。

林纾接到电话是在病房，尽管她出去接了，可盛维庭依旧一眼看出来她有心事，一言直至中心："林氏的事情？"

林纾嗯了一声："没什么事。"她不过一瞬间就做出了决定，林氏重要，盛维庭更加重要。

"需要你回去。"盛维庭却笃定地说道。

"没关系的，不是什么重要的事情，我还是在这里陪着你。"她笑一笑，满眼都是温柔。

盛维庭撑着坐起来，不顾林纾的反对说："回去吧。"

"我不回去，我不能一个人回去。"

"我们一起回去。"他看着她，说。

林纾一怔："一起？可是你……"

"我没事了，回国养伤一样可以。"他说，"你不是一直有看我的伤口，愈合得很好。"

话是这样说，可毕竟还没全好，怎么能在这种时候回国，而且既然有保镖一直寸步不离地护在病房外，那肯定是有需要保护的理由，她不问不代表她不担心，如果离开这里之后他又受到什么伤害怎么办？

"不，我们还是留在美国，等你好了再回去，不差这么点时间的。"

"回去。"盛维庭说，直接下了决定，"明天。"

"盛维庭……"林纾并不同意他鲁莽的决定。

盛维庭怡然说道："我知道你担心什么，我只能告诉你，回国比在这里安全得多，我从来不拿自己的生命开玩笑，所以林纾，你不用担心什么，和家里说一声，订一下机票，我们明天回去。"

盛维庭就这样做了决定，林纾一开始的确觉得他太过冲动，略一思忖，却实在觉得他不可能是一个冲动的人，既然做出一个决定，便肯定能为自己的决定负责。

她不是一直都打算相信他的吗？

所以她的态度软化下来："那两个门神……不会拦吧？"

听到林纾叫那两人"门神"，盛维庭忍俊不禁："不会，你未免担心得太多。"

"是啊，我的确担心许多，我担心你的伤口还没好，我担心你又受伤，我担心你……"她的话还未说完，便全都被他吞入口中。

盛维庭的手按在她的脑后，让她靠得更近，咬她的唇："嗯，你的担心让我很满意。"

第十四章　把秘密放进你的眼睛

林纾到底还是踏上了第二天回国的飞机，盛怡也一起回去了。

到了J市之后，盛维庭就被送进了医院，他一直说没事，可等到检查的时候依旧被林纾发现有伤口不好，她气得瞪他："你就不能对我实话实说吗？"

"不是你说让我不要那么诚实？"

怎么样都说不过他，林纾用了终极大绝招："你知不知道看着你疼我也会心疼。"眼泪已经在眼眶里打转。

盛维庭一怔，下一秒就说："就是不想看到你哭才没有说。"

"你不说我才哭！"

"OK，下次我说？"

林纾破涕为笑："那还差不多。"

度假村的奠基仪式后天在离岛举行，林纾回到J市后便去林氏销假，得知因离岛太远，所以明天晚上住在离岛对岸的酒店。

她早早离开公司，去超市买了食材拿回家炖汤，等到她到医院的时候已经有些晚。

病房里很安静，她轻轻推门而入，盛维庭在休息，病房里只留了一盏昏暗灯光，她轻手轻脚进去，连呼吸都放缓，将保温桶放在桌上之后便悄悄坐在床边的凳子上，静悄悄地看着他。

无意间看到有只飞虫飞近，连忙起身，她小心翼翼帮他挡掉，见虫子飞远，这才要坐回去，眼神瞥到床上的盛维庭，他不知何时竟睁开了眼睛。

她一愣，他已经紧紧握住她的手腕，身体一斜，她已经倒在病床的另外一侧，被他以一种奇异的姿势抱在怀里。

她轻轻挣着："盛维庭，快放开我，碰到伤口怎么办？"

他咬她的耳垂，感觉到她身体微微颤抖，忍不住低笑："你不是也喜欢？"

"可是……"

"你再动就真的碰到伤口。"他说，声音微哑。

林纾只好不动，轻轻靠在他身边，手脚都规规矩矩的，生怕一不小心碰到他的伤口弄疼他。

"怎么这么晚？"他问。

林纾咬咬唇，反问："你在等我吗？"

"我知道你想听到什么答案，那我就满足你。"他咬她的唇，"嗯，我在等你。"

林纾的唇边泛起灿烂的笑容："我回去炖了汤，没注意到时间。"

"你打算在我受伤的时候吃……"他顿了顿，"你炖的爱心汤？不知道我是不是会因为你的心，好得更快一点。"

林纾轻哼一声："你不就是嫌弃我厨艺不好。"

"这话可是你说的，和我一点关系都没有。"他想要撇清关系，"我已经学会在该诚实的时候诚实，在不该诚实的时候不诚实，哪像我这么谦虚好学的丈夫？"

林纾被他气得笑起来："你不饿吗？"

"比起吃东西，我更想先拥抱一下你。"他说。

他难得说甜言蜜语，让林纾唇角都快要咧到耳根。

只是林纾还记着明天晚上的事情，她趁着这会儿说了。

果然，林纾的话彻底浇熄了他刚刚泛滥起来的想法："你这小心翼翼的语气，难道是觉得我会不准你去？我什么时候那样霸道专制不讲理？"

林纾忍不住笑，他本来就很霸道专制不讲理，也就是他自己没意识到罢了。

"嗯。"她附和他，"你当然没有，你一直温柔体贴讲道理。"

"不要以为我听不出你话里的意思。"

"我明明就是在说真心话。"林纾装无辜，"其实是我不舍得你……"这样的办法最有用，轻易就能抚顺他的逆鳞。

果然，他得意地笑："当然，我知道你一分一秒都不愿意离开我。"

瞧瞧这得意满的模样，偏偏让林纾忍不住上前亲吻他的唇，结果被他反客为主，还是她担心他太激动碰到伤口，忙气喘吁吁地退开。

他将脑袋埋在她的肩窝："既然我让你去做你想做的事情，就不会阻拦你。"

她鼻尖一酸，轻嗯："我会好好保护自己。"

两人轻轻将头靠在一起，只是这样躺在一起，便已经是岁月静好。

酒店里也有不少记者已然入住，林纾和陆恒的房间在顶层，还是相邻的两个房间，方筝姗姗来迟，等他们吃过晚饭，接受采访的时候才匆忙赶来，偏偏还一副"你们等我是应该"的表情。

采访的大部分问题都落在方筝身上,方筝有架子,难得回答几个,记者便有些不愉快,转而将问题扯到林纾和陆恒身上。

"前几个月离婚案大家想必还记忆犹新,你们如今一起共事不会觉得不便吗?"

林纾微微一笑,在陆恒开口之前说:"当然会不便。"

陆恒笑:"她会开玩笑,我们如今已经各自组成家庭,只是合作伙伴。过去的已经过去了,不会对我们产生影响。"

"当然不。"林纾轻飘飘地扫他一眼,"你瞧这话说得多可笑,人除非失忆,不然怎么可能忘记过去呢?"

一时之间,气氛就有些尴尬,记者也淡笑:"林董真会开玩笑。"

"我怎么会开玩笑?"林纾说,"我可正在等着陆恒摔跤呢。"她的确一脸认真。

陆恒微眯眼睛,看她一眼,她当作没看到,冲着记者笑一笑:"我们本来就不和,哪有离婚夫妻还能做朋友的,你们说呢?"

采访结束之后,陆恒很气愤:"林纾,这种两大股东不合的新闻对你有什么好处?你难道就希望林氏衰弱?"

当初林凯入狱之后,林氏一度衰微,能重新站起来其实不乏陆恒的功劳,可这本来就是他设计好的,林纾又怎么会感谢他在临时危难之际挺身而出?!

她也的确是故意在记者面前这样说的,至于原因……

她看向陆恒:"我想做什么和你都没有关系,你有什么资格管我?"

酒店前不远处就是沙滩,她找了块礁石坐下,旁边正好有路灯,她给盛维庭打视频电话,等他接起来她便将摄像头转向大海,而后才移回来:"我在海边。"

他勾唇轻笑:"看来你心情不错。"

"嗯,我等着我和陆恒不合的消息出来。"林纾说,"等到时候我再约一下那个股东,不知道能不能说动。"

"祝你成功。"他说,眉心忽然微皱,"风很大?"

海边的风当然大,她的头发都被吹乱,林纾点点头,他的眉头便皱得更紧:"你穿得太少。"

"我等会儿就回去。"

"你就是这样照顾自己。"

林纾吐吐舌头,转移话题:"阿凛呢?回家了?"

他嗯一声,刚想说话,忽然喷一声:"有些人可真够碍眼的。"

林纾有些不解："什么？"

"你身后。"

林纾倏地回头，不想陆恒已经走到近处，她的笑脸也沉了下来："那我先回酒店，明天我就回去了。"

"小心他。"盛维庭的语气不悦。

林纾笑了笑，说知道，关了视频就转身回去，经过陆恒的身边却被他用力握住了胳膊，她还没来得及挣扎，他已经用力扯了一把，她被迫站在他的身边，满脸怒意："你干什么？"

她早不是当初的她，难道他还不明白？

"为什么走？"陆恒说话，"因为我过来了？"

"你知道还问我干什么？"林纾嗤笑一声，"不要拿你的脏手碰我！"

"脏手？"他声音一顿，另一只手蓦地抚上她的脸颊，"难道你忘了你口中的'脏手'曾经也这样抚摸着你的脸了？"

林纾呸道："你何必再做出那种留恋过往的姿态，这样的你更加让人觉得恶心，还不如敢作敢当，喜恶分明一点。"

陆恒的手抚过她的唇，她蓦地张嘴咬住了他的手，她用足了力气，直到嘴里弥漫起浓厚的血腥气味她也依旧没有松口，看着他的眼神也开始变化，有种凛冽的怒意。

陆恒还没动手，林纾已经抬起另外一只手，直接掐在了当初她无意间刺到他的伤口上，感觉到了皮肉的绽开，她咬着他手的嘴忽然咧了开来，唇边还泛着一丝快意的笑容。

陆恒仿佛看着一个从未认识的人，眉头拧了拧。

林纾呸了一声将他的手松开："真想杀了你。"这句话不像是在玩笑，更像是真心话。

她只觉得有一团火正从胸口蔓延开来，蔓延到她的四肢百骸，逐渐控制住她的精神和思想，仿若手上有一把刀，她就像是真的能杀了他一般。

陆恒甚至察觉不到胳膊和手上的痛，不敢置信地看着林纾。

涨潮了，海水逐渐往上蔓延，泛着白沫的深蓝色海水逐渐漫过他们的脚……

冰冷的感觉让林纾打了个哆嗦，她蓦地收回了手，下意识地低头看去，在昏暗的灯光下她依旧能看到指尖上的暗红色血迹，那是陆恒胳膊伤口裂开了。

她不敢抬头看陆恒，她怕他的脸在她抬头的一瞬间就变成了盛维庭……

她的身体颤抖着，却不想让陆恒察觉出不对劲，转身大步就走。

回到酒店，她精疲力尽躺倒在床上，睁着眼睛无神地看着屋顶。

手机铃声忽然响起，她磨蹭一会才去看，是齐光的电话。

"喂……"

"怎么这么久才接……"

林纾哑着嗓子问她："齐光，是不是因为你我才会这样……"

齐光忽然笑，"所以你现在是在怪我？"

"我不是这个意思，我只是……"林纾咬了咬唇，"我只是不知道自己怎么了……"

"你只是因为受到了欺负而已，你有主动去伤害过别人吗？没有是吗？"齐光言语温和，让她相信，"你看，你之前刺陆恒，是他想伤害你，你掐云媛也是，你只是在别人伤害你的时候，保护了自己，你没有错！"

"我真的没错吗？可我怕我要是控制不住伤害我的亲人……"

"他们不会伤害你，所以你也不会伤害他们。"齐光温言细语，"爱是相互的，伤害也是。"

林纾放下手，长长地舒出一口气，心里却还是闷闷的。

下一秒手机铃声就又响起来，是盛维庭，她有些奇怪，接起来："怎么了？"

"没什么。"他顿了顿，"想知道你是不是已经回了酒店。"

"嗯，现在在酒店。"

"刚刚一直在和别人打电话？"

"啊……"林纾说，"对，那个人我也同你说过，就是当初我说想让她在家里住几天的朋友。"

"嗯。"盛维庭似是并不在意地问道，"我都不知道你还有这么好的朋友。"

林纾扯了扯唇角："因为她之前一直在医院，这段时间出来才又重新联系上，那时候觉得她和我挺像的，所以就还算要好。等你伤好了，安排你们见一下面吧？"

盛维庭一口答应："她来联系你的？"

"啊？"林纾愣，"是啊。"

他应了一声："时间不早了，睡吧。"

奠基仪式十分顺利，林纾却没有很开心，因为她觉得自己的状态越来越不好，一直处于半清楚半迷糊的状况，总是会莫名其妙做一些她根本就没有意识的事情，她很怕这种状况愈演愈烈，所以还是打算再和何之洲见一面。

何之洲看出她的神色不好，柔声问道："还是之前的问题吗？"

"是……"林纾低着头，咬牙说道，"我好像总是会走神，然后好像疯了一样，做我平时不会做的事情。"

"那你觉得你做的事情，是对的还是错的？"

"我不知道……"林纾低声说，"好像是不应该的，可我总觉得我没有做错，是他们先想要伤害我……我是怕伤害了我的亲人和爱人。"

"是他们先要伤害你？"

林纾微微一思索，而后用力点头："是的，是他们想要伤害我，我自卫而已，她也这么说的。只是我觉得我好像没办法控制。"

"她？她是谁？"

"她？"林纾愣了一下，似乎是完全没反应过来自己说了这个字，思索一番方才说过的话之后才恍悟，"她是齐光，是我的朋友。"

"连这些都会谈论的话，是非常要好的朋友吗？"

林纾点点头："我们是在精神病医院里认识的，那个时候我失去了孩子，她住在我隔壁，只有她会和我说话。那段时间我们关系很好，后来我出来，她还在医院，我们有段时间没联络，直到后来她也从医院里出来，我们才又联系。"

"她也是和你一样，没有病还被关到医院里去？是她和你说，你做的没有错吗？"

"是，我也知道，他们的确想伤害我，不管是以前还是现在。"

"嗯。"何之洲说，"我明白，那既然你每次都是在别人要伤害你的时候才会反击，你又在怕什么呢？"

林纾怔愣："因为那个时候好像魂魄游离了一样，我怕如果我以后无意识地害了别人怎么办？"

"齐光呢？她也会这样吗？"何之洲忽然问。

"啊？不会……"林纾咬咬唇，不知道该不该说，该怎么说，"也不是，就是……她比较敢爱敢恨，想什么就会做什么，她一直想要向她的前夫报仇，其实我很怕她做出什么可怕的事情。"

林纾又和她聊了一会儿才离开。

何之洲看她走远，笑容逐渐收回，拿出手机拨通，一边往外走一边说："你知道宁安精神病医院吗？那边环境怎么样？"

"没有去过吗？好，没事，我去一趟。"有些事情她需要确认一下。

林纾接到林氏一个股东秘书打过来的电话，说要今天晚上和她见面。

林纾自然求之不得，连忙应下来。

收了线，林纾走到病床旁，矮下身子轻轻拥了拥他："晚上不能陪你吃晚饭，我要去见那个股东。"

"这么快？"

"大概是看到报纸了吧。"林纾替他掖掖被角，"今天林氏的股票走势低迷，他们应该着急了。我晚上来医院陪你。"

盛维庭点头，却拉住她的手不放。

林纾享受这难得的缠绵，忍不住低头亲他的唇角："我爱你，盛维庭。"

盛维庭唇角微扬，扶住她的脑袋吻了上去，直到她喘不过气来才松开。"等我出院。"

"没事，我自己也可以的。"林纾笑笑。

她必须可以，以后依旧是她一个人面对这一切，所以必须得自己站起来，她不能将盛维庭拉进这场厌恶的旋涡中。

她早到，在包间等了许久才等到了那个小股东来，他连忙道歉，她自然说没事，随意点了东西便谈起了正事。

"我说过的条件，不知道张叔叔您考虑得怎么样了？以后的价格绝对是只低不高的。"林纾喝了口茶，幽幽说道。

那人却硬撑着："我是跟着林氏一路走来的，当年林董入狱我也没有卖股份，这会儿……"

"我明白的，张叔叔您一直跟在我父亲身边，您现在也不缺这么一点对我来说至关重要的东西，我也算是您看着长大的，您难道就不心疼心疼我？"林纾打同情牌，哽咽，"他要是再出来得多少岁？我能做的也只能是守住他的产业了。"

"你说你……"张叔叔叹，"别哭啊，怎么像是我欺负了你。我知道你是怎么想的，可你看如今陆恒做得也不错……"

"张叔叔！"林纾蓦地抬起头，"这都是他偷来的，如果他堂堂正正，我无话可说，可他从一开始就是有预谋要抢走林氏，我不可能任由他做这种事情。现在我和他是林氏最大的股东，我不可能和他和平共处，不是他死就是我亡，张叔叔，看在这么多年交情的分上，希望您能帮帮我。"

"这……"张叔叔犹豫。

上面的人要打仗，下面也会受到波及，股价下跌就是最直观的表现。

"再让我考虑考虑吧。"

林纾见他的态度有所松动，笑笑，抹了抹眼边的泪："我明白，张叔叔您再考虑下，如果愿意的话联系我就好。"

等他离开，林纾缓缓地舒出了一口气，他手里的股份不多，可如今对她来说是积少成多，她不能永远都屈居于陆恒之下。

第二天，林纾接到何之洲的电话，问她有没有空，有些事情想要同她说。

林纾笑着看她："你吃过了吗？要不要一起去吃点东西？"

点好餐后，食物没那么快上来，林纾便问她："是什么事情？"

何之洲犹豫了下还是没有说："吃好饭再说吧，我得带你去一个地方。"

林纾猜出有什么不对劲，吃饭的时候便有些没胃口，勉强吃了一些，何之洲吃得比她更少，饭后和她闲聊："你最近有和齐光见面吗？"

林纾摇摇头："不过约了今天傍晚去见一下我丈夫。"

何之洲点点头没有再说。

"怎么了？"

"没什么。"何之洲说着起身，"我们先去一个地方吧。"

林纾心下忐忑，却没有表现出来，强撑着笑坐上了何之洲的车。

没想到何之洲竟是往郊区开去，越久林纾便越是觉得熟悉，这条路可不就是前往宁安精神病医院的吗？

林纾抬手紧紧抓住安全带，手心都出了汗，深呼吸都不能改善她的紧张。

何之洲微微撇头，看到她的样子，只是一句话都没有说，直接将车开到了医院的门口。

林纾坐在车里，仰头便能看到那几个鎏金大字，她的背脊紧紧地靠在椅背上，声音颤抖："我们来这里干什么？"

何之洲只问她："你能给齐光打个电话吗？"

林纾不解，拿出手机。

齐光许久才接，林纾说了句之后就看向何之洲，不知道她想干什么。

何之洲朝她伸出手要手机，林纾略一犹豫将手机递了过去，她将手机放在耳边听了一会儿，直接挂断，而后将手机还给了林纾。

"怎么了？"林纾很是惴惴，何之洲的一切反应都让她很不安。

何之洲说："你还记得在这里的那段时间吗？"

"当然记得。"林纾咬着牙，"这辈子我都不会忘记。"

"林纾，有些话我想还是早点和你说比较好。"何之洲看向她，对着她不安的眼神，说，"医院里没有病人叫齐光。"

林纾一时之间没法理解她的意思，愣了几秒："没有……什么？"

"没有病人叫齐光。"何之洲说，"你说她住在你的隔壁，说你能和她说话，可事实上，当初你隔壁病房是男病人，而且医院病房是封闭的。"

宁安精神病医院的建设都是正规的医院配备，病房与病房之间根本没有任何可以交流的可能性。

林纾不肯相信："这不可能……"

"你知道我没必要骗你。"何之洲的反应很淡然，"你的情况比我们想象都要严重，我的意见是入院治疗。"

何之洲没有和她说的还有很多，比如她怀疑她的病症是精神分裂加被害妄想，她最好还是去医院进行检查。

林纾木然说道："你的意思是，我的病在医院就有了？"

"如果你那时已经认识齐光了的话。"何之洲说。这个世界根本就没有齐光，医院里没有这个人，刚刚林纾拨去的号码也是空号，一切都只是她的幻想。

林纾还是不信："不可能……你是说没有齐光吗？可我……"

"除了你，还有别人见过她吗？"何之洲问她。

林纾顿了顿，仔细回忆起过往的一点一滴，心一点一点地往下沉："可是我出院时去检查了，没有问题啊，说我是健康的……"

"那就是不够明显。"这种病症也有欺骗性，而且据她说来，她在盛维庭身边的那一段时间，齐光都没有出现的话，这个人应该只有在她不安害怕的时候才会出来。

盛维庭给她带来了安全感，让她几乎淡忘了还有那样一个人的存在，而当盛维庭离开她，安全感消失的时候，"齐光"就又出现了。

"可以不去医院吗？"林纾咬着牙问她，"说不定没事呢。"

"我只是提出我的建议。"何之洲说，"你还是去检查下，你也发现自己最近的精神状况不太对不是吗？"

林纾惶然点头，有点晕眩。

何之洲开车带她离开，将她送到了林氏楼下，在她下车前温言："林纾，为了你好，也为了你身边的人好，不要讳疾忌医，这并不是不治之症，通过药物和行为治疗是可以治愈的，不要太担心太害怕。"

林纾怎么可能不担心不害怕，却还是冲她笑着点点头，说："我知道。"

林纾有些恍惚,看着手机屏幕上齐光的号码,忍不住拨通,那头不一会儿就接起来,叫她小树。

林纾有些难过,说:"你多说几句话给我听。"

齐光却安静下来。

"齐光……"

"嗯。"

"你是真的吗?"

"我难道是假的吗?"

"那你现在能过来吗?来到我面前。"林纾急忙说道。

齐光说好,说会到林纾楼下等她。

林纾看到了齐光,正好遇到褚雨,拉住她问:"你看到那个人了吗?"

褚雨不解,转头看了许久:"在哪里?没有人啊。"

林纾的身体软了一下,差点瘫倒。

褚雨吓一跳:"你……怎么了?"

林纾摆手说没事,匆匆转身离开,搭乘电梯去往楼上,当电梯里只有她一个人的时候,她终于忍不住瘫软地靠在一旁,大口地喘气。

方才她分明看到齐光,就站在门口最显眼的地方冲她招手,可褚雨却说没有人。

她怎么可能不存在……

电梯门打开,林纾的手机铃声骤然响起,她接起,齐光的语气不好:"你没有看到我吗?怎么上去了?"

"对不起……"林纾说,忍着眼泪,"对不起,我忽然有事,我们明天再见好吗?"

那边顿了顿,说了句好。

林纾挂断电话,几步并作一步回到了办公室,将门锁住,瘫坐在地上,不,一切都不是真的……

林纾半天都不知道干了什么,一到下班时间就匆忙回了医院,站在门口却不知道该不该进去,她太过混乱,甚至连该不该把这些事情告诉盛维庭都不知道。

她好不容易鼓起勇气打算进门就告诉他,一开门,盛凛忽然冲了出来抱住了她的腿:"我好想你……"

她好不容易鼓起的勇气瞬间瓦解……

算了,再等等吧。

盛凛由盛怡带走之后,盛维庭问她:"你不是说你的朋友会过来?"

正在收拾的林纾浑身僵了下，而后状似正常地说："她说有事，今天不能过来了……"

"是吗？"盛维庭倒是没有在意，"我明天出院。"

林纾原本还处在说谎的心悸中，听他这样一说，连忙问："这就可以出院了吗？伤都好了？不需要再多呆几天？"

"回去也一样。"他习惯在医院当医生，而不是病人，"等过几天来医院拆线就好。"

病房门被人轻轻敲了两下，林纾下意识地说请进，待看到来人之后便有些后悔。

来人大摇大摆走到病床边，直接视她为无物，干脆利落地对病床上的盛维庭说道："你明天出院？"

林纾瞥了杨世艾一眼，心里有些不舒坦，代替盛维庭说："是，他明天出院。"

杨世艾像是才发现病房里还有她，看她一眼，看似礼貌实则无礼地对她说道："林小姐能离开一下吗？我有话想和 Victor 说。"

盛维庭说："不想说就走。"

杨世艾眼睛微眯，看他："你确定那些话你想让她听到？"

盛维庭没有说话。

林纾知道盛维庭不会伤害她，既然不想让她知道，那肯定是她不知道更好，就像是她也有些事情不愿意让他知道一样。

明明说好了要坦诚，可实际上没有人能做到百分之百的坦诚，总会有些不能说的秘密。

林纾起身说出去买吃的，在盛维庭关切的表情中给了他一个"我没事"的眼神。

直到林纾走开，盛维庭依旧看着她离开的方向，杨世艾看着他，忽然笑了笑："还记得吗？那时候你很不喜欢我，说安歌不该被所谓的爱情绊住手脚。"

听到安歌的名字，盛维庭微微抬头："如果你想说的是这些？"盛维庭的表情明显不好。

"OK，是我不该扯开话题。我是担心你，你真的可以出院？"

"你应该相信我作为医生的能力。"

"这次伤你的还是当初那些人？"杨世艾总算说，"是害死安歌的人吗？"

盛维庭看向窗外，没有说话，天已经暗下去，不知道林纾去了哪里买晚餐……

见盛维庭不回话，杨世艾继续道，"我肯定是他们，那个病是遗传的，又有人发作了吧。安歌没有救活那个人，他死了，你难道也动了手术？明明知道他们不是什么好人为什么还要给他们做手术！"

"因为我是医生。"盛维庭终于看向她，一字一顿地说出这句话。

杨世艾看着盛维庭，不禁想起了当初安歌死在她的怀里时，她埋怨他不该动手术时，他也对她说了这句话："因为我是医生。"

所以他们是朋友。

杨世艾看着他，眼中竟有些湿润："我失去了安歌，难道还要失去你吗？"

"我从来就不属于你。"盛维庭不留任何情面，"不要说这种会让人误解的话，我不想让她听到。"

"她……"杨世艾笑，"她一点都不符合你对于女人的审美！凭什么是她……"

"需要理由吗？就算是需要，我想我也没有必要和你说。"盛维庭有些不耐烦，"你可以走了吗？"

"你明明知道我……"

盛维庭颇为不解地看着她，似乎不明白她究竟想要说什么。

杨世艾到底没有说，深吸一口气，"那边恐怕不会那么轻易放过你，你小心一些。"说着她再也待不下去，转身就走。

大步走到电梯门口，她的眼泪依旧在眼眶里打转，电梯门打开，她却没想到会遇到上来的林纾，林纾正低头看着保温盒，一抬头就撞上了她的视线。

杨世艾不愿意让她看到自己这个模样，蓦地偏过头进了电梯，林纾微一怔愣便反应过来，走了出去……

电梯里只有她一个人，眼泪瞬间就落了下来，她从来没有在盛维庭的面前掉过眼泪，这次也一样。

其实盛维庭不知道，她最开始喜欢的就是他，在学校里盛维庭是传奇，没有任何朋友，唯有安歌一个人算得上与他关系亲密，甚至还有人说他喜欢男人，杨世艾却不信，默默关注他许久，不知道他的什么地方吸引了她，就是入了眼，入了心。

可盛维庭眼里不会有任何女人，就算她也一样，她怀揣着私心接触到了安歌，他和盛维庭差不多的性子，但比他好接触了太多，一来二去的，竟然莫名其妙地就在一起了。

那会儿杨世艾也真的喜欢过安歌，安歌人很好，待她根本挑不出刺来，一个是好到让人心疼，一个是冷到一个眼神都吝于给她，她的心也不是铁做的。

那会儿她还想，这样也好，反正盛维庭这辈子身边大概也不会有别的女人，她就默默地把对他的喜欢藏在心里，然后和安歌好好地在一起一辈子。

可是她没想到安歌会去世，他就这样突如其来地离开了她的生命，她痛苦难过了好几年，甚至还恨过盛维庭，恨过自己，而几年之后，对于盛维庭的心思便再度冒了出来。

她知道自己对不起安歌，可她更加没办法欺骗自己的心，死去的人已经死了，活着的人总该好好地活着，那会儿她觉得这很正常，安歌也会支持她的决定。

可她没想到他会回国，美国的事情没那么快结束，她便想着过段时间也回来，只没想到就这样一段空缺，他就找到了"真爱"。

杨世艾是看不起林纾的，觉得她什么都不够好，凭什么盛维庭会爱上她。

可是没办法，她知道盛维庭那样的人，这么多年都没人能打开他的心扉，一旦来了一个，那就会是一生一世。

可她还是不甘心，她究竟有什么地方比不上林纾？

等电梯门再打开的时候，她眼眶中的眼泪已经消失无踪，除却眼眶有些泛红之外，她和平常别无二致，仿佛刚刚什么都没有发生一般。

她的自尊心只允许自己在别人面前展现最好的一面。

林纾拿着装了医院附近老鸭煲汤的保温桶走进病房，盛维庭侧头看着窗外，一动不动不知道在想些什么，连她进来都没有注意到。

她慢慢走到一边等着他回神。

果然，等盛维庭自己醒过神来之后便微微一怔："你什么时候回来的？"

"刚刚。"林纾笑了笑，"我买了老鸭汤，你之前不是说喜欢吗？"

盛维庭看着她忙碌，忽然问："你就不好奇我和她说了什么？"

林纾的动作微顿，抬头笑着看他："有一点，不过并不是很在意，因为我相信你。"

"其实有时候你可以吃一下醋。"盛维庭说。

"我吃醋你不会嫌我麻烦？"

盛维庭撇撇嘴，露出一脸"你不是一直都这么麻烦"的表情，却不忍心戳穿她："嗯，我什么时候嫌弃你麻烦？"

林纾微微一怔，好一会没回过神来，盛维庭皱眉："想什么？"

她马上笑起来，将汤碗递过去："没什么，你喝。"

林纾其实知道，她一直以来都很麻烦，从最初遇到他就是给他带来了无比多的麻烦，好不容易好一些，一旦她的病严重起来，那就是更大的麻烦。

她从来都不后悔遇见他、爱上他、和他在一起，可他不一样。

如果没有遇上她，他依旧是那个潇洒的盛维庭，依旧是那个不把任何人放在眼里的盛维庭，他们在一起之后，她给他的只有无穷无尽的麻烦。

她就像是在死皮赖脸地跟着他一般，如果不是他那显而易见的宠爱，她大概会撑不下去。

她其实很害怕，害怕他总有一天会厌弃她带给他的所有麻烦，害怕他总有一天会觉得还是潇洒自在的生活更好，这也是当初她还没和他在一起的时候想得最多的事情。

好不容易突破自我和他走到了一起，她是抱着也能给他付出的心态的，可她带给他什么？

看着盛维庭喝着汤，她便露出了笑容来，好像一切烦心事都不存在一样。

两人将林纾买回来的晚餐全都吃完，盛维庭让林纾带他去楼下散散步消食。

正好是傍晚，所以温度不算热，微热的风吹在身上也不觉得闷，只是林纾怕他走得太多会碰到伤口，看着他没走几步就让他坐下来歇一下。

两人有一搭没一搭地说着话，林纾的唇边一直噙着笑，微微一侧头却看到了不远处的齐光。

齐光正靠在一棵树边，眼神灼灼地看着这个方向，脸上的表情不好，仿佛是在怨恨，怨她毁约却在这里陪别人。

如果今天何之洲没有和她说那些话，那么这会儿她大概会大步冲上去，拉着齐光见一见盛维庭，可现在，她却没办法那样做。

她许久的沉默引起了盛维庭的注意，他顺着她的视线看过去，却没看到什么："林纾？"

"啊？"林纾蓦地回过头，看向盛维庭，"怎么了？"

盛维庭看着她的表情，那样的仓皇失措和恐惧，他顿了顿，摇头："没什么。"

林纾恢复常态，再看向齐光刚刚在的地方，那里已经没有人了。

盛维庭看着她满是忧虑的侧脸，忽然抬手捏住她的下巴，让她看向自己："林纾，我知道你有心事。"

林纾一滞，脑中盘算着该怎么说，想来想去都想不出一个好说法。

只听见盛维庭又开口："如果你无法解决，可以向我求助。我……嗯，不会嫌你麻烦。"

林纾鼻间一酸，眼泪都差点掉下来，她带着鼻音"嗯"了一声，却依旧什么都没有说。

大概是因为有心事，平常总是比盛维庭睡得晚的她却还是没睡着，她照旧被盛维庭要求躺在病床上,她靠在他的背上,眼睛睁得大大的,却一动不动,生怕稍稍一动就能让他醒过来。

她一点睡意都没有,她要做的事情还有许多,如果这时候去医院治疗的话,几个月是少不了的,她等不了,所以只能先把她该做的事情做完,这样才能毫无顾忌。

如果这个时候告诉盛维庭,他肯定会让她以身体为主,可是她没办法在这种时候放弃,咬咬牙也就撑过去了。

也正因为这样,她要加快脚步了。

好在好消息也不少,林纾第二天就接到了张叔叔的电话,总算松口愿意转让股份,林纾千恩万谢,自然要赶过去。

张叔叔提出的价格也还算公道,叹着气说:"要不是看在你是林凯的女儿,我还真是无论如何都不会放手的。"

林纾感激连连:"谢谢张叔叔,我都不知道该怎么感谢您。"

两人吃了一顿便饭,离开之前林纾叫住了他,忍不住问:"张叔叔,我爸爸入狱的细节,您知道吗?"

他动作微顿,脸上表情僵硬了下,似乎是在犹豫要不要说,思来想去还是叹一声:"听说你爸爸减刑到十几年了,这样不就已经很好,过去的事情,就过去吧。"

"张叔叔,我只想知道我爸爸是不是真的做了那些事情,那会儿您在我爸爸身旁帮他,不会不知道的,求您和我说说,好吗?"林纾知道那会儿他与林凯关系不错,能力也强所以职位高,只是后来陆恒上位之后才退了下来。。

"这些事情一句两句的哪能说得清楚。"他叹了一声。

"张叔叔,那我不多问,您只要告诉我,我爸爸是不是真的做了那么大的错事,还是,还是别人有心……"

他微微垂着头,眼珠子转来转去的,还是在犹豫。林纾忙道,"不管您和我说了什么,我都保证不会对任何人说是您说的,您不会不信我吧。"

张叔叔抬头看向林纾,叹了一声:"其实我是真的不清楚,那时候我跟另外一个案子,这个案子是你爸爸和陆恒负责的,说起来其实是陆恒做得更多一点,你爸爸是要锻炼他,可后来莫名其妙就被查出你爸爸……这案子定罪很快,实在是……多的我也不知道了。"

他看似什么都没说,但其实也说了不少,当初的事情她也略微有记忆,因为林凯给陆恒派了这个任务,所以他总是忙到没时间管结婚的事情,都是林纾一个人办的。

当年她全心全意准备婚礼的时候,他却在背后设计着她的父亲。

林纾深吸一口气,将胸口的闷散了去,等反应过来才发现张叔叔已经离开了。

云媛辞职了,人事部又给她选了个秘书,是个年轻的女孩子,但是做事细致认真。

陆恒今天没来公司,林纾忍不住想去看他办公室很久,思虑一会,拿了份资料径直去了他那里。

秘书自然会拦,她一个眼锋扫过去,淡定自若:"我有事情找他,在里面等他过来。"

秘书也知道他们的关系,最终还是拦不住,将她放了进去,秘书给她送咖啡,小心翼翼说陆董今天还没来过公司。

林纾便道:"他总不会一天都不来,你给他打电话,我就在这里等他,你先出去。"

秘书只好小步退了出去,替她把门关好。

林纾坐了一会儿便忍不住起身环顾了一圈。

陆恒的办公室比她的大得多,而且带有明显陆恒的气息,他喜欢古玩,橱柜里陈列了许多珍贵的瓷器,都是他拍回来的。

她直接来到他的办公桌边,先从口袋里拿出早就准备好的东西,蹲下身在他的大班椅下鼓捣了一会儿,起身翻找他的抽屉和桌面。

他理得干干净净,一丁点的线索都不留下,都是正经的工作文件。

她打开电脑,自然要密码,她猜测着输入密码,没一个对的,她有些灰心,刚想要离开电脑面前,却见门被突然打开,陆恒直接走了进来。

林纾没想到他会来得这么快,站起来,却一点都不尴尬,眼神比他的还要刺目。

陆恒看她站在电脑面前,说:"密码是你的生日。以前你都让我用你的生日当作密码。"

她一脸不信的表情让陆恒忍不住微微一笑,"不相信?你试一下不就知道了?"

林纾傻了才会去尝试,只想要离开。

陆恒大步走过来,不让她走,在她面前输入了她的生日,然后按下回车键,电脑屏幕顿时来到桌面……

陆恒看了一眼桌面:"我一直都没有改。"顿了顿,"不过大概要让你失望,我电脑里没有你想要看的东西。"

林纾冷哼一声,要走,他却堵住不让,问:"你就不想知道为什么这么多年,我都没有改过密码?"

"我不想知道,我想也没有什么必要知道。"

"我知道你恨我,可是你不懂,我只是他的一条狗,他从来就没有相信过我,就算是要和你结婚,他依旧狠狠限制住了我的权力。除了拿到他的一切,我别无选择。"

林纾咬咬牙,忍下心头的怒气:"一切都是你想要权力的借口,你不过就是忘恩负义的一条狗而已。"

林纾推开他走了出去,陆恒却在她身后说道:"我原本不过是想等林氏稳定下来就放你出来,可是,你怀孕了……"

他并没有想要将她关一辈子,不过是想要一个名义将她的股份收入囊中,等林氏稳定就将她接回来,可他没有想到会听到林纾怀孕的消息。

他怎么会不气?她一直以爱他的名义说要等到婚后,她却怀上了不知道是谁的孩子,大约就是那会被怒火冲昏了头脑,再加上身旁有云嫒温柔照顾,他竟以为自己对她没有任何感情了……

他以为那是对她的惩罚,可如今想来,这或许是对他的惩罚。

林纾听到了他的话,却没有半点停顿,仿佛什么都没有听到一般。

等林纾离开,陆恒瘫坐在大班椅上,看着电脑屏幕从亮变黑,他当然知道她来是想干什么,她甚至什么都不掩饰,他从前一直觉得那是自己做得最正确的选择,如今却还是思量,他是不是做错了什么……

可就算做错了又怎么样,世界上从来都没有后悔药,只不过是徒增伤感而已。

盛维庭今天出院,两人窝在一处说话,正是温馨,却被盛维庭的手机铃声给破坏了气氛,盛维庭却一动不动,连看都不去看手机一眼。

"你不接电话吗?"

"不想接。"他直接说道。

林纾无奈摇头,也没有多说,手机铃声过一会儿也就停止了。

只是没想到过了十分钟左右,铃声再度响起,盛维庭依旧不接,手机铃声却像是有了规律,每隔一段时间来一次,实在太准时,让人想忽视都难。

林纾还是忍不住,轻声问他:"打了这么多次,应该是有重要的事情吧,你真的不接吗?"

盛维庭大约也觉得烦,终于在手机铃声再度响起的时候把手机拿了出来,他看着屏幕上的号码皱了眉心,好一会儿才接起来,放在耳边。

林纾就在他身边,所以能清晰地听到电话那头的声音。
　　那人的声音焦急中带着自律,沉沉的十分有力:"盛先生吗?我是徐先生的助理,不知道您有没有空来一趟医院,徐先生想要见您。"
　　盛维庭想也不想:"没空。"
　　"徐先生的情况非常不好,需要手术,可他在没见到你之前不愿意进手术室,盛先生,您看……"
　　"他不顾他的性命和我有什么关系?"盛维庭淡淡说道。
　　林纾自然知道那人口中的徐先生是谁,除了徐祖尧还能有谁?
　　"就算我要死了,你都不打算来看我一眼了吗?"那边的声音忽然沉下来。
　　"是吗?你什么时候死?"
　　听到盛维庭的话,林纾几乎能想象到徐祖尧的表情,他单单用嘴都能让人气得喘不过来。
　　徐祖尧果然许久都没有说话,盛维庭刚想挂断,那边又传来声响:"那我得考虑把林氏的股份给陆恒了……"
　　因为徐祖尧忽然压低声音,林纾没有听清楚,只看到盛维庭转向自己,幽深的瞳孔注视着她,然后听到他说:"我过去。"

　　盛维庭一路开车来到医院,问一声便知道徐祖尧在哪个病房。
　　不知道是不是徐祖尧的授意,除却病房外的助理之外,竟然没人留在那里。
　　盛维庭径直走进病房,徐祖尧的头发不知道什么时候已经花白,此时躺在床上微眯着眼睛,一脸老态,原来那个强势的男人如今也脆弱得不堪一击。
　　徐祖尧动了动眼皮,慢慢睁开眼,眼里闪着让人无法忽视的光,就算是垂死的狮子,也依旧有让人无法忽视的威严。
　　盛维庭却觉得他色厉内荏,冷着脸直挺挺站在他的病床前,垂眼看着他:"命是你自己的,不过我想你应该不会想死。"
　　是,他怎么会想死,叱咤这么多年,怎么舍得死在这种时候。
　　徐祖尧笑一声,面部肌肉却不怎么协调:"我的确不想死,想我死的应该是你吧?"
　　"你明知道我希望你早点死,还让我来见你干什么?到这把年纪才想玩什么父慈子孝?是不是有点太晚?"
　　"因为你是我的儿子。"他正色道。
　　"你的儿子不止有我一个,我想另一个应该更希望在你身边吧。"他说,"不过既然我来了,那林氏的股份,你打算怎么样?"

徐祖尧许久才说:"在你眼里,祖盛还比不过林氏那区区一点股份?"

"哦,是啊。"盛维庭漫不经心地回。

徐祖尧简直是要被他气死,好一会才平静下来:"我可以给你林氏的股份,可是,在我出院之前,你要做祖盛的代理总裁。"他说得极为认真,说完便看着盛维庭,等他的回复。

盛维庭皱了皱眉,忽然说:"你要是手术中途出了问题又该如何?"

"你……"徐祖尧胸口剧烈地起伏着。

"我不过是说实际情况,你何必这么介意。"

"好,好,好……"徐祖尧一连说了三个好,"总之,我说的条件你接不接受?如果不接受,那林氏的股份说不定明天就会在陆恒的手里!"

盛维庭不过犹豫了两秒就给出了答案:"什么时候签股权转让协议?"

为了不夜长梦多,盛维庭在拿到了他签字的协议之后才离开。

晚上,林纾靠在盛维庭的怀里,两人一时之间都没有睡意,却都没有说话,静静地躺着就已经胜过千言万语。

盛维庭从床头柜上拿了什么过来塞到她手里:"你看一下。"

林纾拿起看了一眼,翻看了好几遍之后才磕巴着问:"这,这是……"

盛维庭觉得好笑:"怎么连话都说不清楚了?不就是一份合同?"

"这……你是怎么,怎么拿到的?"林纾实在是讶异,用手臂撑起上半身,低头看他,"你是不是答应了他什么?"

看着林纾满是忧愁的脸,盛维庭微眯了眼睛,抬起手来捏了一下她的脸颊:"我还以为你会笑。"

林纾哭笑不得,握住了他的手,柔声道:"我怎么笑得出来?他总不会平白无故地给你这个东西,你答应了什么?盛维庭……"

盛维庭看她都快哭出来,便拉了她在身边躺下来:"别担心,没什么。"

"怎么会没什么?"

"他年纪大了,各种病都冒出来,需要手术,他不放心祖盛,让我替他一段时间而已。"盛维庭说得很轻松,"别人求之不得的东西,我还能用它来换好处,怎么能不答应?"

林纾听完,将脸埋在他的肩窝,一声不吭,他感觉到皮肤上的热意,他知道那是她的眼泪。

她过了许久才抬起脸,眼睛红红的,还带着水珠,声音哽咽着,有些沙哑:"你明明就不喜欢……"

"我的确不喜欢那些事情。"盛维庭并不否认,"但那只是暂时的,权衡之下这是一个最有益的选择,我没有关系。"

"真的没有关系?"林纾抬起眼睛看他。

他低下头来,看到她的睫毛颤颤悠悠,上面还挂着泪珠,他心软得一塌糊涂:"嗯。"他说,"我说过,我可以帮你,那并不只是说说而已,林纾,你可以放心地把困难交给我,我们是一体的。"

林纾流着泪探过头去吻他的唇:"谢谢你……"

能遇上他,已经是这辈子最好的事情。

有了徐祖尧的股份,再加上盛维庭身上原本的股份,一切其实就都变得非常简单,林纾成为了林氏的实际控制人,拥有绝对控股权。

她不愿意再这样拖下去,直接召开股东会议,然后将陆恒弄下了台。

陆恒大概没想到徐祖尧轻易将股份交出,简直杀得他措手不及,直到会议结束都不敢置信。

陆恒在林氏依旧有股份,所以林纾能做的只是将他赶下总裁的位置,林纾将提前就已经找好的总经理送了上去。

林纾知道自己不可能真正管好林氏整个公司,于是她把经营权下放,交给了从美国回来的人才。

陆恒自然要搬离原先的办公室,林纾好整以暇地推门进去,他的秘书已经不敢拦她,甚至替她开门。

林纾笑着坐在对面的沙发上,环顾着这个办公室:"怎么样,要走的感觉是不是很差?"

陆恒定定地看着她:"小树,你变了。"

"是,我当然变了,我怎么会不变?"林纾咬着牙说,"你能做到的事情,我也能一一做到,只是我不像你那样无耻,我会光明正大地拿回来。我现在只是拿回了林氏,至于我爸爸的牢狱之灾,陆恒,你等着,只是时候未到而已。请你快点收拾好,我请的总经理今天就要过来,林氏已经不再是你的天下。"

第十五章　我的世界找不到你

　　林纾下定决心想要治好病，可却不愿意住院，只好再次麻烦何之洲："之洲，我仔细想过你说的话，可我不想住院……"

　　"这样吧，我陪你去趟医院，我们先检查一下，看看问题严重不严重。"

　　J市最好的精神病医院便是三院，好在何之洲陪在身边，一直和她说话让她降低紧张感。

　　何之洲替她将病症说给了医生听，医生给她进行测试，这个医生并不是上次盛维庭带她来测试时遇到的那个医生。

　　医生看了资料："我建议是入院治疗，因为不仅要药物治疗，还有行为治疗，不入院治疗是不能根治的。"

　　"齐光她……难道是真的不存在吗？"

　　医生点头："她是你产生的幻象，本质上还是你，可以说她是另外一个你。"

　　林纾低头咬着唇，许久都没有说话。

　　"林小姐？"

　　林纾慌乱地抬起头来看他一眼，犹豫着说："我能暂时不入院吗？我会按时吃药。等我的事情解决之后会自己主动过来的。"

　　医生皱了皱眉："也不是不可以，但你必须定时到医院进行检查，药也得吃。"

　　"我会的，我肯定会的。"

　　林纾的心情太过低沉，甚至没有看到擦身而过的杨世艾。

　　杨世艾不敢置信地看到她从医院出来，一脸抑郁的表情，想要叫住她却又想到了什么，匆匆来到医院。

　　那么巧，她就是来找林纾之前刚看的医生，两人在美国的时候认识的，关系还算不错，杨世艾到了办公室就正好看到他正在理病例，瞥一眼便看到了林纾的名字："我刚刚看到一个朋友从医院出去，该不会是找了你咨询吧？"

　　"谁？"

　　"林纾。"

　　"巧了，的确是，她刚刚从我这里离开。"

"是吗？"杨世艾顿了一下，问，"她怎么了？"

那医生抬头看她一眼："病人的隐私，你难道忘记了？我怎么能和你说。"

"我哪里不知道。可她是我朋友，最近发现她不对劲，却总是不说出了什么问题，我们都很担心，她是不是精神状况不大好，她之前在正常的情况下被关在精神病医院三年，该不会是真的出问题了吧？"

他终究没忍住："我和你说是因为知道你绝对不会和别人说。"

"当然，你难道还不信我？"

他叹了一声："目前看来是精神分裂症和被害妄想症，病情还算严重，可她坚持不住院治疗。"

"精神分裂和被害妄想？"杨世艾重复了一下，"那的确是很严重，她脾气就是太犟。"

两人便没有再继续说下去……

回到家才发现家中一个人都没有，她在客厅里陪着Clever玩飞盘游戏，一人一狗正玩得开心，家里的电话铃声却忽然响起来，吓了林纾一大跳，家里的固定电话几乎就是装饰，从没有人打进来过。

铃声持续响着，没有停止的趋势，她将飞盘放到一边，坐过去将电话接了起来："你好？"

那头许久都没有出声，林纾刚想挂断，却听到那边有个低沉的声音响起来："Victor？"

林纾知道那是盛维庭的英义名字，回："他现在不在，请问你是？"

那头就没有再说一个字，直接挂断了电话。

林纾莫名其妙，等盛维庭回来，第一时间将这件事和他说了："刚刚我接到一个电话，好像是找你的，只不过叫了一声你的名字之后就挂断了。"

盛维庭神色一凛："你说清楚。"

林纾就把前前后后说了个清清楚楚，她问："没什么事吧？"

盛维庭抚了抚她的手："没什么事，你不要担心。"

虽然盛维庭这样说，但林纾总觉得有些不对劲，可既然他不说，那便是有不说的理由，她也不想多问，他总能解决好的。

盛维庭今天去了祖盛的总公司，徐祖尧的手术很成功，但还没恢复清醒，等他出院至少也有好几个月，而盛维庭就要在这几个月里做他十分不屑也不喜欢的事情。

　　林纾总觉得过意不去，但有些感谢和抱歉若是总说出口，两人之间的距离也就远了。

　　所以她只是藏在心里，变成了对他的爱，更加浓烈。

　　林纾还不习惯吃药，等睡前才想起来，好在盛维庭去了浴室，她忙起身去包里找出来，倒在手上之后便拿了水杯要吃，却没想到吃的时候听到浴室门打开的声音，她吓了一跳，被水呛到，不停咳嗽。

　　盛维庭急忙走过来，拿纸巾递给她，替她拍后背："你在吃药？什么药？"

　　林纾慌得咳嗽得更厉害："维生素而已。"

　　他也没有怀疑，她总算缓过来，心口却还在猛跳。

　　晚上睡觉的时候，林纾忍不住靠进了他的怀里，双手双脚全都缠了上去，脸埋在他的胸口，他的怀抱那么滚烫那么结实，她想要抱着他，永远都不分开……

　　靠在他怀里，她很快就睡着了，盛维庭却睡不着，睁着眼睛一动不动地看着头顶，许久才缓过神来，是因为手机的轻微振动。

　　他看了一眼怀里的林纾，小心翼翼地将她的手脚移开，悄声下了床，走到一旁，拿起手机看，不过简单的一条短信，他却看了很久很久，眉心皱成了川字。

　　他将短信删除，手机重新放在桌面，刚想转身回床上，却眼尖地看到了林纾没拉好的包里露出来的瓶罐。

　　他下意识地拿起来看，而后将瓶子放回了她的包里，原样放好。

　　他重新躺回床里，林纾瞬间就靠过来，又手脚并用地缠在了他的身上，让他几乎动弹不得。

　　他艰难地低头看她一眼，她睡得很好，只是眉心一直轻轻地皱起，他抬手按在她眉心的位置，她总算稍稍松开了一些，他叹了一声，将她搂得更紧了一些。

　　林纾第二天醒来的时候盛维庭已经不在，她摸了摸床单另一半的温度，还带着温热，他才离开不久。

　　林纾去了林氏，陆恒已经从原先办公室搬了出去，不过他有股份，依旧还在林氏任职，只不过职位低了许多，林纾到的时候就看到了他，他看上去很颓然，精神不好的样子。

　　他精神不好，林纾的精神便格外好："怎么？没睡好？也是，如果我是你，大概也会失眠。"

　　陆恒看着她："一切都还没有结束，小树，现在还不是结局。"

"我知道,我很清楚,所以我等着看你悲惨的结局。"

新来的总经理果然不错,不过一天便将所有的情况全都了解透彻,她能放心地将林氏交给他。

在林氏的时候忽然接到了盛维庭的电话,问她在哪里。

盛维庭说他过来,她电话里便问他是不是出了什么事,盛维庭只说没什么,让她等着。

没一会盛维庭便开车到了,林纾坐了上去,不解地问他:"有什么事吗?怎么那么急?"

盛维庭的表情很奇怪,也很严肃,她问了却许久都没有回答,林纾忍不住再问了一声:"那我们是去哪里?"

正好遇到红灯,盛维庭将车缓缓停下来,深深地看了她一眼,看得林纾心口发冷,他从来都没有用这种眼神看过她,只除了刚刚认识的时候。

不安和忐忑已经被放大到最大,林纾心口发凉:"怎么了?"

"你昨天晚上吃的是什么药?"他忽然问。

林纾一怔,下意识地说谎:"维生素片啊……"

话刚说完,她就听到后面传来阵阵铃声,她吓了一跳,这才发现不知什么时候红灯已经过去……

"是吗?"盛维庭只淡淡说了这两个字,就重新将车启动,没有再说一个字。

林纾想说些什么,却发现什么都说不出口,只能看向路边,这才发现不对劲,这条路她很熟悉,很快会到三院的门口……

林纾终于意识到盛维庭是知道了什么,说话的时候牙齿都在发颤,她几乎能听到牙齿碰到的声音,她问:"我们,去哪里?"

盛维庭依旧没有说话。

林纾害怕了,想要解安全带:"我要下车,盛维庭,我要下车!"

盛维庭没有听她的话,车子已经转弯,停在了三院的门口,他转身对她说:"林纾,你需要治病。"

林纾伸手抓住他的胳膊:"我承认我骗了你,我瞒着你,我不是在吃维生素片,我,我……可是你知道我的啊,你知道我害怕医院,我不想住院,盛维庭,求求你,我不要住院,至少不是现在,好不好?"

盛维庭冷静地握住了她的手:"下车吧。"

林纾转头看向车窗外,医院的门口仿佛是一只野兽张大的嘴巴,獠牙外露,让她胆战心惊,她很怕,却知道无法逃离。

眼眶不知道什么时候就沾染了湿气,林纾拼命地忍住眼泪:"盛维庭,你不会这么狠心的对不对?是,我承认我欺骗了你,可我还有事情想要做,我不会逃避一辈子,可是能不能不是现在?我都没有和阿凛告别?她如果问起妈妈怎么办?"

林纾知道盛维庭身为一个医生,一向秉持着有病就要及时去治的想法,可她不知道为什么他会这么急,就这样匆匆忙忙地将她送进医院,他是厌烦她了吗?

可明明,昨天晚上还是好好的……

盛维庭松开她的手,替她解开了安全带:"我会和阿凛说你临时出差,下车吧。"顿了顿,他说,"我会不知道你?如果没人督促,你绝对会想要逃避一辈子。"

她死活都不肯下车,哭着求着:"不要这样好不好,盛维庭,我害怕,我不要一个人去那种地方,我不想去……"

"下车。"盛维庭只会说这一句话,见她不肯动,直接自己下了车,走到了副驾座那边,伸手将她半搂了出来,"林纾,你不能再逃避。"

林纾双眼含泪,死死地盯着他的脸,做最后的挣扎:"那你会来看我吗?"

盛维庭没来得及说话,身后就有个女声响起:"来了?我已经让我朋友安排好病房,可以住院了。"

这个声音仿佛魔鬼,林纾蓦然回头,在看到那张含着笑意的脸之后大叫:"是你!"

杨世艾笑得很大方:"的确是我告诉盛维庭的,你的情况很严重,绝对需要住院治疗,他只是做出了一个最合理的选择而已,你觉得呢?"

林纾的脑中开始胀痛,仿佛有一个声音在和她无止境地说话,可她听不清楚她在说什么,只是一遍又一遍地重复再重复,她的脑仁疼得要命,眼前恍恍惚惚……

她忽然惊叫起来,摆脱了盛维庭抓着她的手,一个箭步冲到了杨世艾的面前,抬手死死地掐住了她的脖子,眼神凛冽又锋利,紧紧咬着的唇里低吼:"去死吧……"

下一秒就见盛维庭冲上来,抓住林纾的双手将她挡开,杨世艾顺势靠在他的身上,捂着脖子大口地喘气。

林纾用力地瞪着杨世艾。

"林纾,你冷静一点!"盛维庭说。

林纾却像是根本都听不到他的话,依旧想要冲过去再将她掐住,盛维庭没拦住她,力气有些失控,一个不小心就将她给甩在了地上。

一直满脸狠厉的林纾仿佛如同破了的气球,瞬间变得无辜又可怜,她怔怔地望着地上,不知道在看什么,呆呆的似乎没有回过神来,刚刚,发生了什么?

她抓了一把头发，有些悻然地抬起头来，却看到杨世艾正捂着脖子靠在盛维庭身旁，仿佛一对，而她却是一个局外人，傻傻地坐在地上看着他们。

她忽然就红了眼眶："盛维庭……"

盛维庭在有动作之前，杨世艾率先站直了身体来拉她："没事吧？"

林纾一把打开她的手："谁要你假装好心？"

盛维庭皱了眉头："林纾，你忘了自己对她做了什么吗？"

"我……"她的确是忘记了，她什么都不记得，她只知道她跌坐在地上他却没有第一时间来扶起她。

盛维庭看着她，终究忍不住蹲下身来拉了她一把，她站直之后便松开了手："你现在还觉得你不用住院？"

"我只是……只是……"她这才意识到刚刚应该又做了什么不该做的事情，格外慌乱，忙抓着他的手说，"我只是太激动了，所以不记得了而已，我没有经常这样啊，你也看到了不是吗？"

盛维庭却没有再听她说话，直接将她送进了医院，林纾不肯走，他便拖着她走，到最后直接将她打横抱起来，大步走进了已经安排好的病房。

这间病房比起之前宁安精神病医院的病房好了不知道多少，她之前住了三年的病房在最角落，常年没有太阳照射，连被子都总是潮湿的，这间病房在二楼，有干净的床铺和阳光，可这依旧改变不了这是个病房的事实。

林纾害怕得不行，仿佛这是地狱，她一刻都不想多呆，抓着盛维庭的手，指甲都快嵌进去："让我走吧，盛维庭你让我走，我害怕，我不要在这里，让我走好不好？"

"林纾，你需要治病！"盛维庭抓着她的肩膀，只说了这一句话。

林纾安静下来，眼泪却唰唰地落："我会好的，我不住院也会好的，我会吃药治病，只要不住在这里，求求你，盛维庭，求求你，你爱我的是不是，你怎么忍心我又被关起来，盛维庭……你，不爱我了吗？"

杨世艾偏偏又在这个时候走进来："你不是还有事情？还来得及吗？"

杨世艾的声音仿佛成了她罪恶的源泉，方才还满脸眼泪的她顿时又变得狠厉，冲过去一把将杨世艾撞到了墙上，狠狠地咬在她的脖子上，她是真的用了力气，舌尖几乎都尝到了血腥的铁锈味道，她从不知道这种味道竟然会让人这般兴奋，她停不下来，根本一点都停不下来……

耳旁有一个声音一直在说话，在这一瞬间，忽然清晰起来，她说："咬死她吧，是她害你被关进来的，她死不足惜，快咬死她……"

林纾默念着这几个字，用力，再用力。

还是功亏一篑，有人死死地抓住了她，将她拉开，恍惚间她已经被按在床上，手脚全被固定住，她红着眼睛看向杨世艾，抑制不住地想要冲过去。

身边似乎有人在说话，可她听不清楚，手臂骤然一痛，有凉凉的液体进入血液，她眼中的血红逐渐退却，模糊逐渐变得清晰，脑中仿佛有一团糨糊，又重新变得模糊起来……

她竭力地睁开眼睛，隐约看到两个十分熟悉的身影站在床前，看上去那么般配，只是却看不清楚了，想要看清却抵不住脑中的昏沉，没了意识。

盛维庭站在床边，看着林纾从激动到昏迷，长长地舒出了一口气，多看了一眼之后便转身离开了病房。

杨世艾急忙跟了上去，说："医生是我朋友，会好好照顾她，你那边没事？"

盛维庭停下脚步，深深地看了她一眼。

杨世艾一顿："Victor？"

"我让你帮忙不代表我什么事情都要向你交代。"盛维庭的脸色并不好，"希望你不要过度关心她。"

杨世艾的脸微微发白，却在下一秒恢复了正常，淡淡一笑："Sorry，是我管得太多了一些，那么，再见。"

盛维庭收回眼神，大步离开。

杨世艾微微笑着，并不觉得尴尬。

林纾做了一个很长的梦，梦到盛维庭离开了她，她在医院里度过了漫长的一生，没有一个人来看她……

她是哭着醒过来的，下意识地想要坐起来，却发现动弹不了，手脚全被禁锢住，她唯一能动的只有她的脑袋。

原来那并不是梦境，盛维庭真的将她留在了这可怕的医院里。

不知道过了多久，总算有人进来，她转动着眼珠子看过去，是个护士，手里拿着药和水。

护士直接将她的头垫高一些，而后将药喂在她的嘴边。

林纾没有反抗，乖乖地吞了下去。

护士要走，林纾叫她，声音沙哑："你好，能帮我解开吗？"她示意一下手脚。

护士看她一眼，说去请示下医生就走了出去。

又是一段漫长的等待，林纾数着数字，从一到一千多，总算等到病房门再度被打开，进来的是之前给她诊治的医生和一个不认识的年轻医生。

"现在清醒了？"

林纾点点头："把我放开吧。"

医生让他身边的年轻医生替林纾解开，林纾总算重获自由，却发现她几乎不能动弹了。

医生留下来询问了一下她的基本状况之后便说："治疗的基本疗程是三个月左右，但也因人而异，总而言之，只要积极治疗，都可以痊愈，当然你得配合治疗。"

林纾点头说好，又问："家属能来看吗？"

"这段时间还不行，等你情况稳定下来，到时候再具体情况具体分析。"

林纾继续点头。

他们逐渐远去，林纾却觉得浑身都冷起来，她终于可以蜷缩起来，可是这也没有用，冷意是从心底里泛起来的，无论如何都消除不掉。

林纾忍不住下了床，跌跌撞撞地走到了窗边，竭力地往外看去，夜已经深了，今天的月亮却很大很圆，连树叶上都像是被洒上了一层清亮的光辉。

她将头靠在窗边，眼睛不知不觉就红了。

身后忽然有声音传来，是在叫她："小树……"

她恍惚地回头去看，呆呆愣愣的："是你啊，齐光，你怎么来了？"

"因为你又被关起来的，所以我来陪你。"

"只有你了，就只有你了，齐光，我只有你了……"林纾转头看着她，她那样真实，"可是为什么他们都说你不存在呢，你多真实啊……"

"是，我是真实的，我是存在的，我是你的朋友。小树，是他们不理解你，是他们不懂你……"

林纾闭了眼睛："那次是三年，这次呢，这次又会是多久，我很怕，齐光，我很怕是一辈子，我很怕我再也出不去了……"

"不会的，你一定会出去的。"

林纾没有再说话，她知道一切都不一样了……

齐光不知道什么时候离开了，她直接就坐在窗边睡着了，还是早上护士来查房才看到，连忙叫醒她，让她躺回了床上。

自从来到医院，每天都呆在这狭小的方寸之地，能见到的人不过就医生和护士而已，偶尔齐光会陪着她，怂恿她继续逃出去。

她也被怂恿过，可手碰到了门把手却忽然清醒过来，然后仓皇地逃回了床上，将整个人缩成了一团,摇着头说不行,她不能那样做,她不想让盛维庭更加不喜欢她。

齐光一遍又一遍地在她耳边说话,她堵着耳朵却依旧那样清晰,她快要崩溃,大叫出声:"啊……"

有护士冲进来,正好看到她浑身冷汗颤抖着的模样,连忙叫了医生过来,一针镇静剂下去,"盛维庭……"她轻声叫着,失去了意识。

林纾觉得自己有些搞混,有时候醒来便总觉得这是几年前她还没遇到盛维庭的时候,精神越来越差,吃药对她一点用处都没有,反而日渐萎靡。

她仿佛回到了多年前刚刚被关进医院的那段时间,没有任何希望,那样绝望又无措。

杨世艾来到林纾的病房外,透过玻璃小窗,她能看到林纾正蜷缩着躺在床上,背对着门一动不动,所以她不知道她是醒着还是睡着。

杨世艾略微犹豫了一秒,就开门进去,床上的林纾依旧一动不动,她以为她睡着,慢步走到了窗边,将窗帘唰的一声拉开。

明明是白天,她却将窗帘拉得紧紧的,房间里没什么光亮,看上去死气沉沉的,窗帘一拉开,便有刺眼的光线照了进来,杨世艾适应了一下转身去看她,这才看到她微微睁着眼睛,只是不动。

她来到她面前,叫她一声:"林纾。"

林纾的眼皮微动,却一声不吭。

"我不想害你,害你对我没有任何好处。"杨世艾说,"死人更能让人记住,你说呢?"

"那你记住了吗?"林纾忽然说话,声音低沉沙哑,仿佛石子磨过地面,粗糙得让人心里难受,"你记住已经去世的安歌了吗?"

杨世艾愣了一下,没想到她会说起安歌,随后微微一笑:"看来现在你很正常,是,我记住了,但我知道他希望我过得更好,我正在努力做到他希望的事情。"

"骗子。"林纾只是咬牙切齿地说出这句话。

"我从来不骗人,就像我喜欢盛维庭,我也没有欺骗过你。"杨世艾又朝她靠近一步,"对了,你在里面什么都不知道,我就慈悲一点告诉你吧,你的女儿和婆婆被 Victor 送回了美国,估计近段时间都不会回来。你看,他冷情起来,简直就像是最刺骨的冬天,你享受了他的热情,也该感受一下他的冷冽了。"

杨世艾没有过多停留,说完话后就大步离开,林纾怔怔抬起头来,看着门口的位置，眼中一秒就湿润，她换了个动作，将脸埋在枕中，把眼泪擦在了别人都看不到的地方。

无论别人怎么说，她都相信，相信盛维庭会来接她的，无论早晚。

可这段时间实在是太过难熬，林纾咬着牙，低哼出声，究竟要什么时候才能熬过去……

盛维庭又恢复了一个人的生活，当然Clever还在身边，这和遇到林纾前的生活很像，可是他知道，不一样了，一切都完全不一样了。

一整天，盛维庭在办公室就是逗着Clever玩，以及稍微瞥一眼送上来的文件，然后签上自己的名字，简单到令人发指。

这个公司和他没有任何关系，所以他也不会费力，做好分内工作就好，他才没有那么傻给自己安排过多的工作内容。

不知道是因为吃药还是因为什么，齐光已经很久都没有出现，她一个人愈发寂寞，除却每天定时有护士来送药之外，剩余的时间她都是躺在床上不动弹，放空了脑袋，什么都不去想，不去做。

林纾不知道盛维庭是怎么和别人解释她离开的状况的，但这也和她没有关系了，不过她的情况到底还是有所好转的，治疗是有效果的，她开始被允许每天离开病房一个小时在医院里逛一逛，也可以看看电视。

就算被允许出去了，林纾也不会离开病房，这小小的病房成了她的蜗居，如非必要她已经不打算离开了。

可有些事情不是说忘记就能忘记的，她可以暂时淡忘，却没办法在夜深人静的时候重新想起来。

她一直在失眠，几乎没有一个晚上是睡得好的，总是睁着眼睛到早上，然后闭眼不过两三个小时。

好在她的病情是在不断稳定地好转中，林纾想念盛凛，她忍不住询问医生："我什么时候能见家属？"

"除了你丈夫，现在都可以见了，不过有时间限制，你想见谁？"

"我想见……"林纾顿了顿，话全都憋了进去，她是想见盛凛，可难道是在医院里见吗？

别说现在盛凛跟着盛怡在国外，见到不方便，就算是在J市，如果她知道自己的妈妈生这种病，是不是会觉得讨厌？

她最终摇了摇头,什么人都没说:"算了,我不想见了。"

这天晚上林纾难得早早地睡了,只是她没想到自己会做那样的梦。

那个梦太过真实,真实得让她想要流泪。

似睡非睡的时候,她感觉到有人轻轻地握住了她的手,那熟悉的触感让她第一时间就知道了是谁,可她知道那是梦,她怕梦境会因为她太过激动而破灭,所以只是默默地闭上了眼睛。

那种触感太过真实,她多希望不是梦境,而是盛维庭真的来看她了。

他握住她的手轻轻地亲吻,吻过她的每一个手指,将她的手贴在他的脸侧,感受他的体温。

这种感觉实在是太久违,尽管是在梦里,她依旧忍不住泪流满面,浑身颤抖着,两只手不知什么时候捧住了她的脸,将她面上的头发一一拂开,她睁开眼睛想看他,就算是梦里,她也想要看清楚他。

可她只能从黑暗中看到一个模糊的影子。

"盛维庭……"她颤抖着抬起手来摸他的脸,闭上眼睛,指腹从他的额角抚过他的眉毛,抚过他颤动的睫毛,抚过他高挺的鼻子,还有那紧抿着的唇,最后停留在脸颊,"盛维庭,我想你,我知道这是梦,可就算是梦,你也抱一抱我好不好,我想要你抱一抱。"

瞧,果然是梦境,因为她刚哭着说出这句话,就感觉盛维庭温暖的怀抱笼罩住了她。

他的脸就贴着她的脸颊,将她整个人都抱住,如此契合,就和从前一模一样。

林纾忍不住更加用力地抱住他,亲吻着他的脸颊:"盛维庭,盛维庭,盛维庭……"

她不知道说什么,只是一个劲地叫着这个名字,梦境中的盛维庭却一句话都没有说过,是了,既然只是梦境,又怎么会说话呢。

"我想你……"林纾落着泪,"你知道我有多想你吗,我想得心都快要碎了,我不知道你为什么忽然这样对我,你是有苦衷的对不对?我相信你,我什么都相信,只要你回来,只要你还在我身边,盛维庭,我还爱你啊,我们好好在一起好不好?"

她说了那么多,盛维庭却一句话都没有说,只是缓缓地抬起身子,吻在了她的额角,久久地停留着,没有离开。

他这般温柔的吻让她心碎,哭都没了声音,脸上全都是淌着的泪水。

他的吻逐渐往下,吻过她颤抖的双眼,吻过她脸颊上的泪水,最终停留在她的双唇，微微颤抖着轻轻舔舐，仿佛是舔舐着自己的伤口。

林纾用力地环抱住他的脖子……

她依旧睡着，比任何一天都睡得好。

只不过早上还是惊醒过来，坐在床上莫名地发呆。

她的眼睛很痛，眨眨眼都觉得刺痛，看来昨天夜里没有少哭，脸上也干巴巴的，枕头上更是有一块深色的痕迹。

可房间里没有任何盛维庭来过的迹象。

她期待那只是一个梦，可醒来之后才发现那期待有多可笑。

究竟是她弄丢了以前的盛维庭，还是他弄丢了他自己？

林纾捂着脸，刺痛的眼睛根本哭不出来，可心里却疼得想要将手伸进胸口，把心拿出来好好地看一看。

不，她更想看的是盛维庭的心，看看那里面究竟有没有自己……

盛维庭站在病床前，看着一脸自然的徐祖尧，干脆坐下来，半靠在沙发上，也不理他。

徐祖尧之前的手术十分成功，在昏迷两天后便清醒过来，休养了一段时间便也就恢复得差不多了，不知道是不是故意，他却不愿意出院，并且一直让盛维庭在祖盛代班，没有一丝让他走的意思。

盛维庭自觉已经做到极致，不肯再为难自己，来找徐祖尧说话，他却一声不吭。

徐祖尧看着自己这个曾经许多年没见，却最像自己的儿子，颇有些恨铁不成钢的意思，祖盛哪里不好？徐得宁一直争着想要，而盛维庭，却偏偏没有一点想要的念头？

他可不相信自己的儿子是这样一个视金钱如粪土的人。

"你究竟什么时候回公司？我不想再当靶子，也不想再收拾烂摊子。"盛维庭说。

"烂摊子？"徐祖尧深吸了一口气，"你在祖盛一段时间难道就一点都没有想要的念头？"

"你的另一个儿子很想要，我倒是看出来了。"他撇嘴，淡淡一笑，"你这个父亲这么厚此薄彼，他该多伤心。当初说好是你病好之后我就能走，那现在就是时候了，当然我也只不过是来通知你一下，下周我就不会再去祖盛，至于会怎么样，那是你的公司，是你半辈子的基业，和我没有一点关系。"

"你……"徐祖尧气得半个身体都直了起来，"你想走就走，但你别忘了祖盛是我和你母亲一起奋斗出来的,你不在乎我,连你母亲也不在乎了吗?"

"她一点都不在乎祖盛,我又何必在乎?"盛维庭撇撇嘴。

徐祖尧差点就晕过去,喘着气:"算了,只是我把林氏那些股份给你,你难不成就不能帮我做那么一段时间的代理总裁?"

"你还想要什么?"

"要你一个承诺,在我需要的时候,你可以来帮我。"徐祖尧说,"就像这次一样。我不会绑着你一辈子。"我会让你心甘情愿地留在祖盛。

徐祖尧的眼中,没有一个人能敌得过金钱和权力的诱惑,可盛维庭不是一般人。

他只是淡淡地说:"到时候再说。"

回到家里,安静得盛维庭觉得可怕,他忽然发现这个时候,他才是真正意义上的孤家寡人。

他回到卧室,看一眼那张大床之后坐在了床边的沙发上,拿过笔记本放到腿上,打开视频开始仔细看。

电脑里一点声音都没有,盛维庭看着无声的画面却看得十分认真,如果有人看到,便能马上看出来这正是他家附近各个角落的情况,而他,正是在看监控摄像头。

看了一会儿之后没有发现异动,甚至连一个可疑的人都没有之后,他终于可以松一口气。

只是他却没有放下笔记本,反而是将视频退出,找到了照片的文档,一张一张看过去,他看得极其认真,每一张照片都能看上好几分钟,等把文件夹里的照片全部看完,夜已经深了……

盛维庭侧头看向窗外那美好的夜色,久久都没有回过神来。

这周还没有过完,所以第二天盛维庭依旧去了祖盛,照常不过就是签个到而已,只是没想到会有意外访客。

盛维庭让人送他到会客厅,自己却过了许久才进去,冷淡道:"你居然有脸来这里?"

坐在对面的正是陆恒,他的脸皮也不知道为什么这么厚,听盛维庭这样说只是淡淡一笑,说:"为什么不行?小树她,真的有病?"

"这个世界上,最没有资格问出这句话的人就是你,难道你不知道?"盛维庭提高了声音,"如果把你关到医院里三年,你确定能和进去的时候一模一样?什么事都没有?"

"那你现在又和我有什么区别？"陆恒道，"明明知道她很害怕医院，却还是将她送了进去。"

"因为她要治病！"

"不，是因为你的问题。"陆恒看着他的眼睛，说，"你得罪了什么人，才会有人日夜不停地跟踪你？如果我没有猜错，你把小树送进医院也是因为这件事情？"

盛维庭拒绝回答。

"既然你认为有危险，所以把身边的人全部都送走了，那你为什么不干脆利落一点，干脆和她离婚，这才是最简单的方法。"

"我不会离婚，绝对不会。"盛维庭说，"我不是你，我不会做让自己后悔的事情，因为不是所有事都能弥补的。不要再露出你对她似乎很怜悯的模样来，你比谁都伤透了她的心，做什么都于事无补，就算是没有我。不要再多此一举，我要说的话都说完，你可以走了。"

陆恒直勾勾地看着他，忽然说："你现在也在伤她的心，不管是以什么形式，我们彼此彼此。"他转身离开，留盛维庭一个人待在这不大不小的会客厅。

会客厅的隔音效果太好，他一点都听不到外面的声响，安静得让他能听到自己的心跳声。

他静静地坐了许久才起身，只是一个电话让他停住了脚步，他拿出手机："有事？"

"给你两天时间，来美国。"

盛维庭没有说话。

"你精神病院里的女人，不想要了？"

盛维庭毫不犹豫："我去。"

这个晚上在她看来和平时没有任何区别，她才浅浅入眠，便听到外面的风声雨声乍然而起，伴随而来的是时不时的闪电和轰鸣雷声，白天的天气都很好，晚上却突然下起了雷阵雨。

她本来就没睡熟，耳边总是有轰隆隆的声音在吵，她便忍不住揉着眼睛缓缓睁开来，闪电在那瞬间乍然亮起来，病房里都亮堂了不少。

林纾撑着坐起来，迷迷糊糊睁开眼睛，竟看到病房前有一个高大的身影，她吓得就要惊叫出声，却有一只温暖的手捂住了她的嘴巴。

林纾的眼眶一刹那湿润起来，却还强忍着不让眼泪掉下来。

盛维庭就坐在病床的边缘,手捂着她的脸,浅浅地呼吸着,一句话都没有说。

他原本是不想让她知道他来过的,只是没想到她会惊醒,怕她大叫这才……

闪电依旧在持续不断地出现,又有阵阵亮光出现,她逐渐看清楚面前的他,只是眼中有泪水,居然越看越模糊。

她泣不成声,眼泪终于忍不住,落下来,她抬起手臂,打在了他的胸口,力气不算大,却一下又一下没有停歇,她讨厌他,她恨他,可却依旧对他残存着期待。

盛维庭终于缓缓松开了手,只是静静地坐在那里,任由林纾一下又一下地打着他,他看不到她的表情,只能看到她低垂着的头,以及感受到她滴落下来,滴在他手臂上的泪水。

陆恒有一句话其实说的没错,他也在伤害她,不管是为了什么,他都已经伤害了她。

他蓦地抬起那只被她的泪水沾湿的手,握住了她的手腕,低头看她逐渐抬起来的脸,唇角微颤。

她瘦得不像话,如果只是在一旁远远地看着,根本就看不出这么大的区别,靠得近了才发现,她又瘦又疲惫,就如同当初刚刚从那个宁安精神病医院里逃出来的时候一样。

眼睛因为哭的关系红肿得不像话,他刚想伸手覆上去,却感觉她张开手臂猛地扑到了他的怀里。

她将整个人全都埋在了他的怀里,将脸贴在他的胸口,紧紧的,听到那熟悉的心跳声之后才总算放下心来,这不是梦,真的不是梦,她揪着他的衣领死死不放手,就怕他要把她推开。

只是盛维庭却没有推开她,而是在挣扎了片刻之后便抬起手来,覆在了她又削瘦下去的背脊,将她抱得更紧了一点。

屋外电闪雷鸣,闪电好几次都像是要劈开天际一般,风声雨声不断,屋内却是难得的平静,林纾甚至感觉自己什么都听不见了,只能听到盛维庭的心跳声,一下又一下,那么熟悉又悦耳。

在这一刻,她不愿意去思考他之前究竟是为了什么,现在又为什么会出现在这里,她只知道她想要和他在一起,她咬了咬牙,蓦地抬起头来,迅速地就吻住了他的唇。

林纾几乎从未如此主动过,在盛维庭面前总是很矜持,被动承受的时候多,这样主动却是少有的,她一直觉得主动是一件并不庄重的事情,可到现在才发现,原来只是多迈出了一步而已。

就像她现在这样。

她贴上他的唇,却尝到了苦苦涩涩的味道,她明白那是眼泪的味道,她紧紧地搂住他的脖子,和他毫无缝隙地拥抱着。

不知什么时候,两人已经相拥着躺在病床上,盛维庭睁开眼看着身下这个闭着眼睛却依旧在颤抖的女人,动作一顿,将唇微微撤开。

她却忽然惶恐,连忙捧住他的脸又吻了过来。

他有些无奈,知道她是真的吓到伤到了,所以不敢让他离开一步。

他轻轻地啄吻她的唇,似是在安抚,哭出来,这是多久没有过的甜蜜……

只是林纾还是觉得不现实,他明明在身边,可她太怕这是一个梦,因为她实在是做过太多这样的梦了,梦中盛维庭来看她,拥抱她,亲吻她,又重新留在她的身边。

她做过太多似乎真实的梦境,等到醒来却发现一切都没有发生过的感觉简直就像是从天堂落到地狱,心都在那一瞬间化成了灰。

不,她要证明,证明面前的这个人就是盛维庭,是真正的他,而不是她梦中的他,不是她的海市蜃楼。

她慌乱地去脱他的衣服,可根本就没有章法,盛维庭一开始没有发觉,等发现之后苦笑出声,握住她的手:"你在生病……"

林纾察觉到了他的拒绝,心里愈发难过:"盛维庭,让我知道这是真的,这不是我的梦,你是真实存在的……"

盛维庭看着她恍惚的双眼,心里头不知道是什么滋味,轻叹一声抚了抚她的面颊,随后低头轻吻她脸颊的泪水,重新吻住了她的唇,没有多说一句话……

外面忽然一阵响雷,让林纾吓得往他的怀里又蹭了蹭,伸手紧紧地环住他的腰。

他亲吻她的发丝,将她抱得更紧一些,将她整个人都笼罩在身下……

如果可以,他愿意一直这样毫无缝隙地保护着她,可这世界人人,总有他力所不及的地方。

风声依旧,可窗外的闪电已经停歇,雷声亦是不再响,偶尔有雨点打在窗上的声音也不大,外面恢复了沉静,看上去更黑了,雷阵雨过去,明天应该会是一个好天气。

林纾已经觉得困倦,却依旧紧抱着盛维庭,半点都不愿意放手,她怕一放手他就会消失无踪,她怕一放手就会发现这又是她的一个梦,只是这个梦比以往的更加真实。

"盛维庭……"她哑着嗓子说,"如果你还会回到我身边,你可以什么都不解释,我会相信你有难言之隐……"

盛维庭不知道该怎么和她说话,又吻了一下她的额角作为回应。

"在这里那么寂寞,我讨厌过你,也恨你恨得希望你去死,可我发现我想得更多的是我喜欢你,我好喜欢你,我根本不能没有你,我没有办法想象你不在的日子,你不要再离开我好不好?"

"嗯……"盛维庭轻轻嗯了一声,鼻间有些酸涩,一句话都说不出来,沉默了许久,他说,"对不起……"

林纾却没有再说话,可他却感觉到了胸口那隐隐的湿润,她又在哭了……

盛维庭不知道该说什么,犹豫许久,只是说:"如果你愿意相信我,那么就在这里等我回来,我会接你出去。"

"现在还不行吗?我已经好了很多了,我可以出院了……"

"嘘……"盛维庭伸手捂住她的嘴巴,将她因为激动而提高声音的话语压了下去,"你知道现在还不可以,你好好治病,我会带你出去,我,没有嫌弃你……"

林纾紧紧地环住他的腰,哭得难以自抑,他的最后一句话说到了她的心坎里,天知道她有多怕他会嫌弃她啊。

"那你,早点来接我……"林纾说,"你能多来看看我吗?"

"不可以,我是偷偷过来的,医生不会允许,我会等你病好的那一天,我相信很快了,你会好好治病的对不对?"盛维庭紧抱着她,几乎将她整个人都嵌入自己的怀抱,下巴抵着她的头顶,"很快了,事情会很快解决的……"

林纾没有再多说什么,只是用力地点了点头,她愿意相信他。

她实在是困得不行,盛维庭也发现了,知道她是一直强撑着不让自己睡着,便有些无奈:"睡吧,我在这里……"

"我知道我醒过来之后你就不在了……"她说得那么委屈,可却是事实。

盛维庭不可能在这里呆那么久,可他不能给她一个不破碎的美梦,只能说:"睡吧,我会等你睡着了再走的……"

林纾嗯了一声,原本想撑得更久一点,可睡意袭来完全挡不住,终究还是在盛维庭的怀里沉沉睡去。

盛维庭轻轻地低下头,在她的鬓边吻了一下,久久都没有离去。

尾声　不如看他骑马归来

　　自从那夜盛维庭偷偷来看她之后,已经过了快一个月,秋意渐浓,原本青翠欲滴的树叶如今已经开始泛黄,而林纾也终于快要出院了。
　　出院并不是完全的痊愈,之后还要不间断地服药,但已经可以和一个普通人一样生活了。
　　这段时间她度日如年,盛怡和盛凛已经回国,盛怡来看过她,她却不习惯盛凛看到这样狼狈的自己,所以这么久没见到孩子,她格外想念。
　　只是现在有比盛凛更让她在意的事情,她在医生例行治疗之后对医生说:"我很有可能怀孕了。"
　　医生还以为她病情又严重了,可想想也不对,明明刚刚谈话结束她还是很正常的,分明就是好转的趋势,连分裂的人格也已经不再出现,不可能还会存在那样的幻想,那么……
　　"可是你这几个月一直都在医院,怀孕……"
　　林纾有些尴尬,却还是如实说了,尽管那不合规矩,但如果真的怀孕了,还是需要征求专业人士的意见,她不想隐藏什么。
　　那之后,她到现在都没来过例假,当然也不排除是因为吃药产生的紊乱,但她总有一种感觉,那种感觉强烈到她没办法忽略。
　　医生听她说完也有些无语,可事情已经发生了还能怎么办,只能先让林纾去做检查,等结果出来了再看具体情况。
　　结果很快就出来了,林纾是真的怀孕了。
　　拿着化验单,林纾不知道该哭还是该笑,她的确一直期盼再有一个孩子的到来,可又特别清楚地知道她现在的状况不适合怀孕,真的让她放弃孩子她又实在做不到。
　　医生的表情很是严肃:"遇到这种事情,原则上我们都会劝服病人暂时先不要这个孩子,毕竟前期一直在吃药,之后的药也不能断,虽然说没有确切地说明这些药物对妊娠有绝对的影响,可如果等孩子生出来之后才发现不对,那还是在前期就做出决定更加好,不是吗?"

这些道理林纾都知道，可决定并不是那么容易做出来的，她沉默了许久，问："现在能做检查，看孩子有没有问题吗？"

"现在月份还太小，检查不出来，要等三个月的时候。"

林纾犹豫许久，终于下定决心："那我等到那个时候，可以进行检查了之后，如果孩子真的有问题的话，那我就，我就……"

那两个字她到底还是没办法说出口。

医生叹了一声："其实我并不赞同，因为母子连心，孩子的月份越久，你就会越发不忍心，做出决定就越发困难。当然最主要是孩子的问题，我实话实说，万一孩子有问题，辛苦的不只是你们，还有孩子。"

林纾知道，这些她都知道，她咬着唇，艰难问道："以前也有这种例子吗？有顺利生下来，孩子也很正常的吗？"

"有倒是的确有。"他说，"但生出来的孩子有问题的情况也是发生过的。总之你既然做了决定，就要记得定期去医院做检查，如果孩子真的有问题，不能心软，毕竟你的一时心软会带给孩子一辈子的痛苦，不是只有留下孩子才是对他好，有时候让他走也是另外一种爱。"

林纾点点头，一再地表示知道了。

医生叹了一声："好在之用前的药都是对人影响最小的，如果你坚持的话，说不定也有可能会得到一个健康的宝宝，我只能祝福你，另外，你不能因为孩子就不吃药，药停了会对你的状况产生影响，我相信你也不希望等孩子出生你的状况又变差了。"

她应下："我知道，我不会的。"

出院之后，林纾和盛怡直接去了专门医院，林纾全面检查了身体，孩子目前的状况不错，很好地在子宫着陆并且胎心很正常。

林纾便不免有了期待，看起来这样健康有力的孩子，她怎么舍得不要他？

她说了自己的打算之后，这里的医生也和她说了严重性，让她必须定期来做检查，而且一旦发现问题就不能犹豫不决。

林纾并不是冲动之下做出的选择，她也是经过深思熟虑的，她也知道，等孩子更大一点，她就更加难以放弃，可她不想一点机会都不给这个小小的胚胎。

说不定他也很想要出来面对这个世界，说不定他会很健康，她怎么可以直接剥夺了他的一切可能？

就算是以后会检查出来不正常她也能接受，现在失去和将来失去，总归是要痛苦的，但她选择给他一个机会，也是给自己一个机会，她希望上天不要太过残忍，在给予她那么多可怕的事情之后还一丁点的幸福都不愿意给她。

林纾也和盛怡达成了共识，会定期过来检查，一旦有问题就不会留恋。

只是遇到这样的事情，林纾便更加思念盛维庭，本身他去美国出差那么久就有些不对劲了，她总忍不住想起之前那次他去了一趟美国结果受伤严重的事情，心里惴惴不安，忍了这一个月还是没忍住，终于问起了盛怡："妈，盛维庭有没有和你联系过？有没有说过什么时候回来？"

盛怡的表情还算自然："有，大概隔两天会和我打个电话，我也告诉他你今天出院了，说不定晚上会打过来，回来的事情我也问过，但他说那边还没解决，所以还得过一段时间。"

"他有说是什么事吗？"

盛怡摇摇头说不知道。

林纾竭力地想要压下心头的不安。

时间照常地过，林纾却觉得过得特别慢，所以格外煎熬。

盛维庭依旧在美国没有回来，原本还有电话，后来连电话都越来越少，而现在，已经快三个月都没有任何联系了。

林纾很担心很着急，可没有任何办法，她肚子里的孩子很坚强，就算在那么恶劣的环境下都茁壮地成长了下来，可林纾还没来得及和盛维庭说，就已经和他失去了联系。

林纾倒是想去找他，可自己已经怀孕几个月，再加上这一胎不算太稳，她根本连门都出不去，更别说去美国了。

所以她除了在家里等着他的消息之外没有任何别的办法。

林纾很担心盛维庭会出什么意外，上一次他就是在失去联系之后才发现受伤的，这次是不是也受伤了呢？

林纾想东想西的，根本平静不下来，可还得顾忌着孩子，所以还在尽量地调节着情绪。

随着她的肚子逐渐大起来，盛凛也意识到了妈妈的肚子里已经多了一个弟弟或者妹妹的事实，林纾也把她当作成人一样什么话都和她说了。

出乎她意料的是，盛凛居然格外坚强，拍着胸脯说："我会照顾弟弟妹妹的。"

她因为怀孕的关系一向睡得比较早，有时候反倒是盛凛睡得比她更晚，但她也比较浅眠，所以当有人轻轻地抚着她凸起的肚子的时候她就已经逐渐清醒了过来。

那只手又小又柔软，林纾知道那是盛凛，于是闭着眼睛看她想干什么。

盛凛就这样一直轻轻地抚着，还凑过来在她的肚子上亲了一下，而后低声说："你别怕，要是爸爸不要我们了，我会照顾你，对你好的。"

林纾唇边本来还带着微笑，等听到她的这句话，顿时忍不住湿了眼眶。

她一直都知道盛凛很早慧，可她没想到她会以为盛维庭不要她们了，当然其实这也是理所当然的想象，毕竟在孩子眼中，有人要是长久地离开了她，那么应该就是不要她了，就这么简单。

就连林纾，有时候也会因为怀孕的关系产生那种乱七八糟的想法，会觉得盛维庭是不是故意不联系的，因为他不想再回来了。

可这种想法也不过是偶尔而已，因为她相信盛维庭绝对不是那种人。

所以她也不能让盛凛这么误会她的父亲，在盛凛想要悄悄躺下的时候睁开了眼睛，轻轻地拉住了她的手，叫她："阿凛……"

盛凛被吓了一大跳，林纾对她笑了笑，"爸爸没有不要我们，只是爸爸工作太忙了，不能回来而已。"

盛凛沉默了半晌，终于点头，可又不禁问："真的？爸爸真的没有不要我们？"

林纾用力地点头："是的，他没有不要我们，他绝对不会不要我们。"

她在说给盛凛听，也是在说给自己听。

林纾依旧时常去医院进行检查，这次和前面几次也一样，孩子和她的状况都很好，其实除了前几个月的时候不是很稳定之外，后面都没什么问题，医生笑："这个孩子的生命力实在是太顽强了。"

林纾也欣慰地抚着越来越大的肚子，点头道："我也觉得，我本来以为肯定留不下来的。"

做完了例行的检查，盛怡便扶着大腹便便的她一起回去，没想到在去打车的路上有人直接冲了过来，差点撞到她。

现在任何事情都能让她和盛怡紧张，盛怡不满地抱怨了两声，却见跑过去的人转过身来。

林纾微怔，没想到会见到杨世艾，她来医院的次数很多，可这么多次从没有一次遇见过她的。

可杨世艾的神色很着急，看到她之后直接走了上来，脱口而出的那句话就让林纾差点瘫软在地："你知不知道盛维庭出事了？"

"什么？"这两个字是盛怡说的，因为林纾已经连话都说不出来了，要不是杨世艾扶着，她绝对站不住。

"刚刚有朋友打电话给我，说是美国那边早些时候发生了大型火灾，遇难名单里就有……"

每听一个字，林纾就觉得力气又少了一些，她大口喘着气，耳边是嗡嗡的响声，她听不清楚杨世艾还在说些什么，周围除了尖利的刺耳响声之外什么都没有了。

一切都像是放慢了步调，她能看到杨世艾匆匆转身离开，看到盛怡拿出手机接通了电话，还有盛怡流着泪在对她说着什么……

她张了张嘴，想要说话，可她听不到任何声音，腿一软，直接跌在了地上，呼吸急促，脸色苍白。

盛怡很害怕她现在这个模样，连声叫："小树你没事吧？"

林纾稍微缓过来一些，耳边的尖利刺耳声倒是减弱了，心脏跳动的声音却是一下又一下地充斥着，她好不容易才张嘴说话："杨世艾她，她是在乱说吧？盛维庭没有事的？他没事的对不对？"

盛怡没办法说是，因为就在刚刚，William就从美国打来了电话，说的话和杨世艾差不多。

林纾只觉得一口气没上来，眼前一黑就晕了过去，朦胧之间她似乎听到盛怡在惊叫，她在叫："小树，孩子……"

林纾完全陷入了黑暗的世界，什么都看不到，什么都听不见，她甚至不知道自己是谁。

整个人缩在最黑暗的角落，林纾蜷缩起来，太过寂静的环境让她有些害怕，可偏偏不知道该如何摆脱。

她张口想要叫人，可那个名字喊到了嘴边却发现又忽然忘记，她愣了好一会儿，忽然才意识到这一点，她是谁，她又是在哪里？

在这完全寂静的环境中，游丝般低弱的声音逐渐传来，她听不清楚，只一步步地循着那个声音慢慢走去。

随着她越走越近，那声音也就越来越大，她终于能听清楚那人在说着什么。

有一个女声带着哭音，声嘶力竭地哭道："小树，你醒一醒，你听得到是吗？你的孩子要出生了，你听到了吗？"

孩子？

哪里来的孩子？

林纾在那一瞬间重新记起了过往的种种，耳边的声音逐渐变得嘈杂，身体的沉重感觉也越发明显，还有下腹的疼痛让她根本无法忽视。

一睁开眼便感觉眼前一片模糊，她哑着嗓子叫："妈妈……"

"小树，你醒了？"盛怡哭道，"真是谢天谢地，吓死我了，小树，羊水破了孩子早产，已经决定了马上进行剖腹产，别怕，一切都会好好的，医生说孩子很健康，早产也不会有太大问题的。"

林纾现在却顾不上孩子，只是死死地抓住了她的手："那他呢？盛维庭呢？"

盛怡的神情有一瞬间的凝滞，好不容易才扯动了一下唇角："现在事情都还没有确定，你先别着急，我也一样很担心他，你好好生孩子，我会让人去打探消息。"

林纾知道她再怎么纠结也没有什么办法，更何况现在孩子的出生也是迫在眉睫，那是她好不容易才留下来的孩子，她咬咬牙，点头，随后便被护士推着进了手术室。

大概是因为刚刚昏睡了一会儿，林纾现在格外清醒，脑子正在不停地转着，而困扰她的不过就是两件事，一件是孩子早产能不能顺顺利利地生下来养大；还有一件便是盛维庭的安危。

神志仿佛飘到了很远的地方，对正在发生的一切都有些恍惚，直到孩子出生的那一声啼哭才唤回了她的神志。

听着医生在她身边说话，说孩子还算健康，林纾忽然就泪流满面，直到被推出去见到了盛怡，她依旧在流泪，眼泪无法停止，她却不知道是为了什么而哭。

孩子早产，虽然基本状况稳定但还是放了保温箱观察一段时间，林纾困倦地睡了过去。

盛怡去看了一下孩子，小小的一个，护士正在旁边说是因为早产的关系所以比别的小孩子都小一些，但体重也在正常范围内，不用太担心。

盛怡的眼睛没办法离开那个像极了盛维庭小时候的小男孩儿，点点头，眼中忽然又泛起了泪光，她侧头将眼泪抹去，心里头难过得不像话。

盛怡正在回病房去看林纾的途中接到了 William 从美国打来的电话，她急不可待，瞬间就接通了放在耳边，连声问："怎么样了？不是真的对吧？我的阿庭没事儿吧？"

William 许久都没办法说话。

这异常的安静也让盛怡的心一点点下坠，直到地狱，她抹去了眼角的泪水，将哽咽压下，咬牙道："你说吧，我没事儿，能坚持住。"

"刚刚的消息都是真的，火灾的事情新闻播得很厉害，你在国内应该也能搜得到报道，死者很多，有些没办法辨认，可现场找到了他的证件……"

"只是证件不是吗？那有可能人已经不在那里了！"盛怡还抱着一丝希望。

"我当然也希望如此，我去询问了一下状况，虽然现场几乎一点残骸都没有留下，可通过一些纤维比对还是确定了……"

盛怡差点把手机都掉在了地上，深吸了几口气之后才说："好，我……知道了。"

"那边怀疑是有人故意纵火，正在进行调查，我只拿回了他被烧掉一半的证件……"

盛怡的情绪太糟糕，根本没办法去见林纾，只能在外面哭好了，擦干眼泪了，这才敢推门进去看一看林纾。

林纾还没有醒过来，盛怡看着她躺在病床上那憔悴的模样就心疼，为了这个孩子，她也在努力补充营养，可这几个月来也没能胖上多少，原本怀着孩子还看起来好些，如今肚子瘪下去了，就显得格外削瘦。

盛怡看了一会儿便又觉得眼眶湿润了，忙移开头深吸了几口气，好不容易才将泪意消下去。

才刚刚回过头去，她便看到林纾缓缓地睁开了眼睛，眼中还茫然着，她忙打起精神："小树，你醒了？孩子很好。"

林纾过了一会儿才恢复精神，呆呆地问："盛维庭呢？"

"还没有消息传来呢，我也不清楚。"盛怡冲她笑了笑，"你别担心，不会有什么事的，阿庭这么聪明，怎么会让自己出事，你好好休养才是最重要的。"

盛怡考量许久才决定不第一时间把这件事情告诉她，盛维庭出事这件事情，最难熬最难过的莫过于是自己和林纾了，她自己都没法接受，林纾与盛维庭年少夫妻又怎么可能听到这个消息还会好好的？

更何况现在盛维庭是在美国出事，盛怡毫不怀疑林纾在听说这件事情之后就会要马上赶去美国，可她现在去美国没有任何用处，反而让她的身体更加孱弱。

盛怡替她盖了盖被子："你好好休息，孩子长得很好，和阿庭小时候一模样呢。"

林纾笑了下，心里也存了一丝希望。

时间都是两面的，有时候觉得过得格外快，有时候又觉得格外慢，林纾原本觉得是慢的，可在不知不觉之间，一年也已然过去了。

而盛维庭，离开她已经快要两年的时间，她其实早就知道盛怡瞒着她，不说穿也好，她等着他就行。

她依旧会想他，也相信他会回来，这成了她的执念，永世不变的执念，这辈子她都愿意执迷不悟。

她给孩子取了名字叫惟安，惟愿他平安。

盛惟安的周岁宴马上就要到，因为要大办，所以虽然请了人帮忙，林纾少不得还是要多在意一点。

林纾正在和盛惟安玩闹，接到电话说出了些问题，需要她过去看看。把事情都解决了之后，林纾才要往家里赶，便看到不远处有一个熟悉的身影一闪而过，她微怔，忙追了上去，跟着那个熟悉的身影，只可惜还没追上就见他随着一堆人进了电梯。

电梯门已经阖住，往上升了。

林纾懊恼地跺了下脚，刚刚虽然是惊鸿一瞥，她却知道自己看到了什么。

那是盛维庭，绝对是盛维庭，她对他太过熟悉，那个身形她瞥一眼就能认出来。

她又是狂喜又是挣扎，生怕是因为太期待所以看错了人，可想了又想又觉得不至于看错人。

脑中仿佛有两个小人在打架，一个说肯定是他，你不是说他没死会回来吗？那看到他不是理所应当的？难道你心里也觉得他死了吗？另一个说肯定是你看错了，如果真的是他，怎么会不回家，不联系你呢？

她站在原地愣了好一会儿，问前台："这里有没有一位客人叫盛维庭的？"

前台摇头："没有这个人。"

林纾不肯相信，继续问："那叫Victor的呢？"

又查了一番之后，前台还是摇头："还是没有。"

林纾便失望了，只是她不信看错了人，怎么可能呢？

如果她真的是看错人，那为什么之前那么多时候都没有看错，偏偏今天看错了？

她不信自己是因为太想他了，不然有那么多机会她都可以认错人，不可能就今天。

她还是怀疑，可又不知道他去了哪里，只好坐在楼下等着，眼睛死死地盯着电梯那个方向，想看他会不会下来。

林纾出来的时候是下午，不知不觉她已经等到了傍晚。现在已经是晚春，天黑的时间晚，再加上林纾根本没注意外面的天色，所以根本就不知道现在是几点了。

直到手机铃声响起，她才从自己的世界里醒过来，拿出手机一看才发现是盛怡的号码，她边接电话边看向大堂的大钟，待看到时间便愣了一下，随后就听到盛怡关切的声音："小树，你回来了吗？没出什么事吧？"

她有些愧疚，自己在这里等了那么久忘了时间，竟也忘了和家里说一声，他们该担心了。

她忙说："我没事儿，因为遇到了朋友所以聊了一会儿，我很快就回去了，您担心了吧？"

"没事儿就好，俩孩子都想你了呢。"

林纾"哎"了一声，又和盛怡说了几句才挂了电话。

等将手机放回包里，林纾又往电梯那边望了一眼，终究长长地叹了一声，或许真的是她认错了人，也就不等了吧，如果真的是他回来了，那肯定会回家的。

她又在心里说服了自己好几次，终于决定离开。

第二天就是盛惟安的周岁宴，宴会是中午开始的，一大早一大家子就打扮一新往酒店去。

尤其是两个孩子，穿的是成套的衣服，长得又像，放在一起看上去格外可爱。

去得早所以还没什么客人，盛凛说要吃附近蛋糕房的蛋糕，林纾跑了出去给她买，匆匆赶回酒店，正要去宴会厅，她便眼前一亮，又看到了昨天那个熟悉的身影从她身边经过，往前走去。

她心头乍跳，不过愣了一秒就追了上去，他依旧是上电梯，这次电梯里却一个人都没有，她好不容易追上，在电梯门快阖上的时候按下了按钮。

电梯门在她眼前缓缓打开，她抬起眼，看向里面唯一的那个男人。

那一瞬间，世界上的所有声音仿佛都消失不见，林纾只是怔怔地望着那个男人。

盛维庭，我等到你了。

番外一　回家

　　林纾知道，他也在看着自己，她从他的眼睛里看到了她自己，带着一丝仓皇无措，带着不解和犹疑。
　　"你……"
　　男人的眼神微动，看着她踩在电梯门中间的脚，微微抬眼："进来？"
　　"不是，我……你……"她说话都说不利索，心里头为难，只是依旧抬着手拦着门。
　　"不进的话麻烦让一下，谢谢。"他十分有礼貌地冲她点点头。
　　"你，你是……"
　　"你大概是认错了人。"他说，"我并不认识你。"
　　林纾有些难堪，咬着唇应声好："对不起，那应该是我认错了人。"
　　电梯已经上楼，林纾却站在电梯面前迟迟都没有走开。
　　盛惟安的周岁宴办得很隆重，来的客人许多，大多都是林凯以前的朋友，其实林凯也知道那些朋友都是些捧高踩低的，但依旧没有断了往来，毕竟生意人哪来那么多真心朋友，林凯混了这么多年是早就习惯了。
　　林纾有些神不守舍，盛怡自然看得出来，问她怎么了，是不是累着了。
　　林纾摇头说没有："只是出了一下神。"

　　林纾不知为何总是对杨世艾很是在意，终究还是没忍住给她打了一个电话，却没想到她之前的号码已经没有在用，她心里头存着这个疙瘩，干脆去了一趟医院，问了一下杨世艾是不是重新回来了。
　　杨世艾果然是回来了，只是却只是为了一个病人，回来一段时间而已，这边病人的手术已经完成，杨世艾马上就要重新回美国。
　　林纾想问杨世艾的联系方式，可却没有拿到，她也没办法，只能离开。
　　一不小心就撞到了人，林纾刚想道歉，便看到面前这个穿着白大褂的不是杨世艾还是谁？
　　大概是天无绝人之路，林纾直接抓住她的手，道："我有话要问你。"
　　杨世艾皱了眉头想要摆脱她的手："可是我没有话要和你说。"

"给我十五分钟。"林纾坚持说,"我从前不想和你说话的时候,你也并没有放过我,不是吗?"

杨世艾尽管不喜欢,还是跟着她来到了僻静处:"说吧,有什么事?"

"盛维庭没有死,对不对?"说完这句话之后,林纾便紧紧地盯着杨世艾的脸。

杨世艾看着林纾的眼睛,一副毫无畏惧的模样:"没有死?那么大的火,怎么可能没有死?"

林纾依旧抓住了她脸上一闪即逝的堂皇:"你敢发誓吗?杨世艾,我记得你是信基督的,你敢对着耶稣发誓吗?"

身后有护士叫她:"杨医生,病人的情况有点反复,您快去看看!"

杨世艾仿佛是松了一口气,转身匆匆而去。

林纾看着杨世艾的身影逐渐远去,心里却有了底,没有再去找杨世艾,反而离开了医院。

林纾想来想去只有两种可能,如果不是真的失忆的话,那就是他故意装作不认识她。

林纾现在只知道盛维庭住在那家酒店,不知道他的名字房间号,只知道他或许和杨世艾有联系,但她不知道杨世艾的地址和联系方式……

林纾眼前骤然一亮,似是想到了什么,白日里又去了一趟酒店询问:"有没有一位叫作杨世艾的客人?"

等待前台搜索的时候,林纾心情紧张,胸前猛跳,终于等到前台抬起头来,对她说:"有的。"

林纾顿时舒出了一口气,问:"是不是有和她一起来的朋友?"

"有,是隔壁房间的一位先生,叫 Winter。"

仿佛是黑漆漆的夜空被劈开了一条缝,有亮光倾泻进来,她问到了房间号,直接上了楼。

她敲门,里面没有任何声响,她又敲了几下,依旧没有人,她便猜测他出去了,只是她也不知道他什么时候回来,干脆就在一旁等。

林纾站一会儿便觉得累,地上打扫得干净,她也不介意,直接坐在了门边。

这是高层的套房,价格贵,面积大,一层也没几个房间,也比较少人住,所以林纾倒是没有遇到人,她坐在门边给家里打了个电话,得知盛惟安没闹脾气,她也就放下心来,一心一意地等着。

可不知道是昨天太累的缘故,没坐一会就有睡意袭来,她强忍住,可最终还是靠在一边门上缓缓睡了过去。

她居然又梦到了盛维庭，梦到盛维庭就站在她面前，温柔地抚过她的头发眉眼和脸颊，而后他的身体靠近，似乎想要拥抱她……

这种温暖的感觉太久违，她下意识地睁开眼睛，然后便呆愣地发现，她面前真的有一个人，有着她熟悉的味道和体温，双手正握着她的肩膀。

她正好和他的眼神对上。

谁都没有先移开眼神，愣愣的，仿佛要看入她的心里。

他展开的眉骤然聚拢，而后起身，似是嫌弃地看她一眼，随后开门想要进去，动作行云流水，好在林纾动作也足够快，趁他还没关门，直接伸手放在门框："我有话想要说，给我一点时间。"

"我似乎并不认识你。"他淡淡地说，眼神移到她的手上，"劳驾把手拿开。"

"我不拿开，除非你让我进去！"

她难得试一下死缠烂打的办法，没想到居然真的成功了，Winter 没说什么，但放弃了关门，直接转身进了房间。

林纾松一口气，连忙开门进去，轻轻将门关住。

他去冰箱拿瓶矿泉水之后便坐在了沙发上，林纾站在不远处呆呆地看着。

他忽然轻哼一声，抬眼看她："什么话？"

林纾仓皇间应了一声，又走近了一点，仔细看他的脸，咬了咬牙，直接来到他面前猛地低下头去，吻住了他的唇。

她的动作太过迅速，他根本来不及躲闪就被她亲个正着。

她不过得逞了几秒，他便已经往后退了一退，还没等他说出什么话来，林纾已经不管不顾地又往前靠了过去，伸手搂住了他的脖子，再度吻了上去。

只不过是这样紧紧地贴着而已，林纾便感觉到了无比的满足，那种失而复得的兴趣填满了她的全部，她只想抱着他，感觉他……

眼中不知道什么时候竟有了泪，紧紧闭着依旧有泪水滑下来，润湿两人紧贴的唇瓣，味道分明咸涩，林纾却觉得甘甜无比。

她红着眼睛，离开他的唇，看着他的眼睛说："不管你要说什么，我都认定你是。"

她说得斩钉截铁，没有一丝一毫的犹疑，因为她相信自己的感觉，同样的，她也相信自己的心。

她竭力压抑着激动和紧张，静静地看他，等待他的反应。

他缓缓抬起手，手背抹上了他的唇，随后放下："你认定我是什么？"

她抿了抿唇："你是盛维庭。"

他伸出手来，一根手指戳在她的肩膀下，微微一推就让她退到了一边，他起身，说："我不知道你是谁，可我并不认为到别人的房间，并且强吻了主人是一件礼貌的事情，你觉得呢？"

刚刚是一时冲动，下意识做出来的行动，这会儿她便有些忐忑，不知道下一步该怎么办。

林纾咬着唇："因为我确定你就是盛……"

她的话还没说完，就看到他蓦地转过身来，微微弯腰，伸出手指点在她的唇上。

她的唇顿时合拢，能明显地感觉到他手指的温度……

他的手指很快就撤开，临去前却在她下巴上轻轻刮过，而后他直起身子，背对着他，冷哼一声："你确定？不好意思，我不是你口中的那个人，我还有事，请你离开。"

林纾唇边逐渐洋溢起一个灿烂的笑容，而后及时压制住，似是有些不悦的样子："的确是我认错了人，对不起，我先走了。"

她将手里的东西放入包里，而后起身，也没有多看他一眼，就直接开门走了出去，直到进了电梯，电梯门阖上之后才觉得浑身的力气都被抽走了，靠在一旁大口地喘着气。

她伸手掐了一下胳膊，一阵剧痛传来，她却欣喜异常，眼泪都快掉出来。

可她一直忍着，忍到坐进了车才敢重新打开包，将里面的东西拿出来看。

那是一个手机。

是他在弯腰看她时无意间落在她腿上的东西，是个最简单的手机，也就能用来打电话发短信，她一开始并不以为他是故意，只是他却摸了摸她的下巴。

盛维庭从前也最喜欢摸摸她的下巴……

她泪盈于睫，趴在方向盘上哽咽，之前那么久的痛苦如今都不算痛苦了，因为他回来了，不管他是因为什么不能回家，不能和她相认，可至少他回来了，至少他还活着。

活着便好，便有希望，比一切都值得庆幸。

她低头看向手中，盛维庭既然把这个莫名其妙的手机给她，那肯定有他的意图，他应该会主动联系她的，她只需要等待就好。

没有希望的等待比较好熬，有了希望的等待便难熬了一些。

半夜里哄了盛惟安睡，林纾独自一人躺在大床上，就算打滚都不会摔下去的大床显得格外空旷，她将手机放在枕头边上，仿佛这就是他。

她也不敢睡过去，怕睡得太熟听不见铃声或者振动。

只是自然反应太过强悍，她虽然强撑着，可依旧挡不住睡意，眼看着就要睡过去了，耳边忽然传来一阵嗡鸣。

她的睡意顿消，蓦地坐起来，忙伸手将手机拿了过来。

手机在振动，是一个未知的号码，可林纾知道那只可能是他。

她不敢犹豫一分一秒，忙接通了放在耳边，喂了一声才发现已经哽咽，她竟然忍不住泪。

那边的声音有些嘈杂，林纾紧紧地将手机贴在耳边，等着他的第一句话。

他终于开口，叫她："小树……"

林纾一直强忍着的泪水如开了闸的大水，唰唰往下掉，她咬着手竭力抑制着，好不容易才说出话来："是你吗？盛维庭？"

"嗯，是我。"他说。

"我就知道是你，我怎么会认错你呢。"

"是，你不会认错我。"他的声音里似乎有些笑意，"你居然那么冲动地亲上去？如果我不是怎么办？"

林纾脸红了红，低声说："因为我确定是你啊。"

盛维庭便没有话好说，过了一会儿长长地叹了一声。

"你不能回家吗？盛维庭，究竟是怎么回事？你为什么……"

林纾还没说完，盛维庭就已经打断了她的话，他的声音有些低，语速很快："小树，你听着，我没有那么多时间和你一一说清楚，你只要知道我没事，但暂时还不能回去。那个手机放在你那里，如果有可能我还会和你通话，但是你不要打过来，等着就好。"

林纾一一应着："那你，什么时候才能回家？"

"我不知道，但是快了，你等着我。"

"我会等着你，盛维庭，我会等着你回来的。"

盛维庭说了句乖，便匆忙道："我先挂了，有时间再找你。"

林纾应了一声好，连忙说了句我想你，他那边似乎已经要挂电话，却忽然又响起他的声音，他说："我也想你。"

终于挂断电话，林纾抱着手机难以抑制错综复杂的情绪。

心里头是高兴的，可又忍不住眼泪，可她不能哭出声音来，怕吵醒已经熟睡的盛惟安，她咬着唇，死死地压抑着哭声，到最后便流着眼泪笑起来。

一直期盼的事情终于成了真，大概真是上天怜悯，不让她下半辈子太过孤苦。

原本的睡意消得一干二净,她起来看了看盛惟安,见他好好地睡着便又躺回了床上,整整一夜都没能闭上眼睛。

盛维庭在收线之后便将手机放入口袋,按下冲水键,听到水声才理了理衣服出去。

没想到一出去就有个身影迎面上来,他微微蹙眉,问:"怎么了?"

"没什么。"她笑了下,似乎有些忐忑,"只是一个人有点害怕?"

"害怕?"他抬头看她,带着奇异的笑容,"你害怕什么?"

她低头咬唇,一直没有说话。

盛维庭没有理她,没想到她却又叫住他:"她看到你了对不对?"

盛维庭的步子顿了一下。

杨世艾大步走了上去,站在他面前,说:"她看到你,认出你了吧?她都来找过我了,可是Vic……Winter,你明明知道现在有多关键,你不可以……"

盛维庭看着她的眼睛:"我不可以什么?我想要怎么样都是我的自由,你不要以为曾经照顾过我一段时间就能对我的事情做出决定,等这件事情结束,我们就不会再有任何交集。"

"你……"杨世艾被气得胸口起伏,"我有要挟你吗?你用得着现在就说这样伤人心的话?"

"我们是合作伙伴,也仅此而已。她的事情你不要管,一点点都不要沾手,如果你敢碰,我一旦知道……你应该知道后果。"

杨世艾太不甘心,拉着他的衣角:"为什么?最危险的时候是我陪着你,你要做的事情也是我在帮你,她只会给你拖后腿,你到底喜欢她什么?我又有哪里比不上她?"

"没有人可以和她相比。"盛维庭的神色异常严肃,"你应该早就知道这一点。因为我喜欢她,所以她躲在我身后就好,杨世艾,你难道还不懂吗?如果你还要这样感情用事,赶紧回美国,你也知道,你并不是必不可少。"

杨世艾咬着唇,声音低下来:"我不会再说这样的话,但你至少让我帮你做完这次的事情。"

盛维庭没有再回她的话。

盛维庭没有再在酒吧逗留,毕竟他想做的事情已经做好,出去直接打车离开,甚至都没等还在里面的杨世艾。

坐在车里，看着逐渐退去的夜景，他不知道心里是什么滋味，是即将尘埃落定的喜悦，也是生怕出意外的担忧。

他依旧自信异常，几乎可以确定接下来的事情会十分顺利，但未知的事情总是充满变数，他担心会有他没有预料到的变数产生。

当年的爆炸的确是他故意，也想好了退路，一定的伤害自然会有，但一切都在他的预估当中，只是他没想到那个人居然也活了下来。

他花了许久才调理好了身体，他居然躲过层层的探查又找到了他。

之前的手术有了进展，一位病人在手术后依旧活了过来，可生命体征并不好，无法确定后续……

他深吸了一口气，不愿意再去想那些日子，只希望这次的事情能快点结束，而他也能尽快回到林纾的身边。

他自觉缔结婚姻，他成为她的丈夫，便应该一生一世护着她，让她欢喜无忧，而如今，自恃甚高的他其实也并没有做到，他让她受到了伤害。

每每想起，盛维庭便觉得头疼得厉害，伸手揉了揉太阳穴，长长地吸了一口气才算让自己镇定下来。

有着希望的日子总是过起来格外地快一些。

徐得宁要结婚了，请柬他亲自给林纾送过来，林纾并不想去。

徐祖尧身体不好，但还是不放心把祖盛交给徐得宁，相比起来，徐得静反而更加能让他放心，于是把徐得静叫回来和徐得宁分庭抗礼。

徐得宁需要强有力的后援，找了个同样有背景的岳家，他本来就甜言蜜语会说话，居然还真的把别人家的女儿给勾到了手。

徐得宁婚礼那天，她也一直都呆在家里，可没想到徐得宁会亲自打电话过来，林纾有些不悦："我自认和你不熟。"

"怎么不熟？"徐得宁话里还带着笑，"你难道不是我的大嫂？"

"我没有时间。"

"连知道盛维庭现在状况的时间都没有？"

林纾顿了顿："你什么意思？"

"难道不知道他还活着吗？"他说，"林纾，你确定你不过来？"

林纾咬唇，有些犹豫，忍不住发了个短信给盛维庭，只是收不到回应，她怕他出了什么事情，思来想去还是打算去一趟。

她赶往婚礼现场，一眼就看到了一身黑色西装的徐得宁正在门口同人说话。

徐得宁也看到了她，朝她走过来，笑笑："来了？"

"你想说什么？"

"你确定要在这里说？"徐得宁看了一下周围。

"你知道什么？"她对他有防备之心。

"你以为我会对你做什么？"徐得宁笑，"今天是我的婚礼，你觉得我会得罪我的岳父？"

林纾犹豫一会之后点点头，跟着他去了一个休息室。

林纾不让他关门："你可以说了。"

"你知不知道，盛维庭为什么不回家？"

林纾皱了皱眉头。

"他被人控制了，还自不量力地想翻牌，不过我想，大概这辈子都没机会了……"

"什么意思……"林纾还没说完，就看到门忽然被关住，脖子一疼，眼前便黑了下去，躺在地上的时候隐隐约约能看到这个房间里还有另外一个人存在。

徐得宁看了一眼躺在地上的林纾，随后抬头看向站在身前的那个男人，用熟练的英文说道："先在这里等一下，婚礼开始之后再把人带出去。我已经做成了我的事情，希望你们也要守信。"

那人点头："你放心。"

徐得宁应了声，又看了看林纾，她瘫倒在地上，没有意识，他忍不住蹲下身来，抚了抚她颊边的头发："这次就只能麻烦你了。"

他起身，毫不留恋地将林纾留在这里，带上了笑容，去准备他的婚礼。

林纾昏迷了许久，有些清醒的时候只觉得脖子后疼得不行，脑子逐渐转过来，还能记起一些昏迷前的事情来。

她知道是着了徐得宁的道，后悔没有再小心一点，睁开眼睛眼前也依旧漆黑一片，她便知道是被遮了眼睛，她又动了动，手脚都不能活动。

疼痛感逐渐淡去，她只能竖起耳朵去听周围的声音，感觉到身下晃动，还有汽车引擎的声音，她便知道自己在车上。

她便蜷缩起来，用膝盖去顶眼罩，许久之后才终于能看到一丝光亮，适应了下便知道她正躺在面包车最后一排的座位上。

林纾确定徐得宁不会在车上，唯一的可能就是他和别人达成某种协议，他在帮别人。

如果是这样的话，那她被带走难道是为了威胁盛维庭？

林纾心急，但她也知道越是心急越不能慌乱，这种情况下她根本逃不出去，只能随机应变。

闭着眼睛休息，林纾除了等待之外，不知道还能做些什么。

面包车终于缓缓停下来，林纾猛地清醒过来，却继续闭着眼睛。

他们直接将她扛起来带下车。

的确是郊外，这似乎是一个破旧的工厂厂区，因为太过破旧而没有人出没，她被扛着走进工厂。

是外国人，看来这件事情还真是和盛维庭有关系，有人转过头来，她正好和他对上视线。

转身走过来，重新将她的眼罩戴好，将她的双腿绑在了床尾的横栏上，她一动不能动。

脚步声渐远，林纾担心，盛维庭原本也定是处在弱势，如今她再被带走了……

不能动，看不见的时间过得格外慢，听力也变得格外敏锐，她隐约能听到远处似乎有惊叫声，她不知道那是错觉还是真实。

她忍不住睡过去，也就是在睡梦中才是最幸福的。

梦里盛维庭还在她的身边，温柔地在她耳边说话，亲吻她的额角，她幸福地弯起了唇角，却忽然觉得不对劲。

蓦地睁开眼睛便真的感觉到有人在身边，正在碰她的脸……

她轻叫一声，往旁边一躲，瑟瑟发抖。

"不要碰我！"她说，因为知道那些人都是外国人，她甚至是用英语说出口的。

那个人没有说话，而是在下一秒紧紧地拥住了她的身体，她吓得猛然伸手去推，可手才触碰到他的胸膛，动作就顿住。

不过电光石火之间，她整个人都靠在了他的怀里。

眼中一湿，眼泪盈满了眼眶，她咬牙不哭出声，将脸埋在他的怀里。

她知道这是盛维庭，所以她放心地倚靠在他的怀里。

"盛维庭……"她轻声叫，带着哽咽。

盛维庭松开她，替她摘下了眼罩，解开了反扣在身后的手腕上的绳索。

乍一摘下眼罩，光线太亮，她一时之间有些不适应，微微眯了眼睛，等适应过来之后便看到了盛维庭的脸。

她缓缓抬起了有些僵硬的手，覆在了他的脸颊上，慢慢地一点一点抚摸……

有眼泪掉下来,她捧着他的脸,不顾一切地抬起头吻了上去。

盛维庭微微一愣,随即便张开手臂将她紧紧拥住。

许久之后,两人才分开,林纾微微喘息着,泪眼朦胧地看着盛维庭,一句话都说不出来。

她其实有许多话要说,可不知道为什么,看到他之后忽然觉得什么话都无所谓了,只要这样看着他,就已经足够。

"林纾,对不起。"是盛维庭先说话,声音低沉。

林纾的眼中有泪,摇着头:"没有,是我对不起,我不该中了别人的圈套,是徐得宁,徐得宁和他们串通了……"

"我知道,你没事吗?"

"我没事。"林纾扯了扯唇角,尽量让自己看起来很好,"看到你就什么事情都没有了。"

"我也不能待很久。"盛维庭说,拭了拭她脸上的泪,又吻了下,"你听我说……"他的唇靠在她的脸侧耳边,低声地说话。

越过他的肩膀,林纾能看到守在铁门边的人,时不时地往里面看上一眼,林纾垂下眼睛,不和他们对视,等盛维庭说完,她才轻轻点头:"我会做好的。"

盛维庭还没来得及说话,就听到重物敲击铁门的有规律的声音:"我该走了,你一切小心。"

"我会的。"林纾说,见盛维庭起身,她却又忍不住抬手拉住了他的手,恋恋不舍地抬眼,眼中满是缱绻和不安,"盛维庭,你小心。"

盛维庭露出见到她之后的第一个笑容:"我会小心,你也是。"

盛维庭终于起身,转身往外走,只走了两步之后却又忽然回转,走到床边俯下身子,捧住林纾的脸吻了上去,不过是用力一吻,他便分开,凑在她的唇边低声说:"不会很久了。"

林纾点点头,看着他再度转身大步离开,早就憋回去的眼泪哗哗落下,怎么都止不住。

盛维庭的话还在耳边,她握紧了手心那个他偷偷给的药瓶,咬唇,车到山前必有路。

其实盛维庭并没有把握,至少他没有百分之一百的把握。

如果是林纾被抓来之前,他有百分之九十的把握的话,那么现在,他只有百分之五十的把握。

林纾就是那个变数，她被抓来在一定程度上让他的计划凝滞，可他早就已经想到过这个变数的存在，自从林纾认出他之后。

在离开林纾被关的小房间之后，盛维庭直接去了John所在的办公室。

John正坐在办公桌后，桌上是一个玻璃罐头，里面不知名的液体浸泡着一个完整的人脑！

他爱若珍宝地看着，居然没看到盛维庭进来。

John是和盛维庭他们一起回国的，有一段时间，这个废旧又巨大的工厂就是他选中的根据地，短短的一段时间他已经让人设置出了完整的手术室，时刻准备着让盛维庭进行手术。

他的病已经不能再拖下去了，最近的感觉越来越明显，他急需要手术，不然他会和他的父亲，他的儿子一样死去，可他依旧害怕死在手术台上。

盛维庭走进来，面无表情："那个病人已经确认恢复正常了，你什么时候进行手术？或者说，你还敢让我手术？"

他们回来的时候还带回来一个病人，病人是以杨世艾那边医院的名义带回来的，他的病例和John的一模一样，盛维庭在之前替他做了手术，原本也以为和以前的那些人一样没办法活着离开手术台。

可那个人活下来了，尽管生命体征有些浮动。在美国不安全，John的事情早就因为之前的大火而败露，怕重新被发现，他只能也来到J市，等待着那个病人恢复正常，那么，他就可以进行手术，他就能活下去了……

听到盛维庭的话，John终于抬起头来："你也会着急？怎么？心疼你的小情人了？"

"我很不开心，John，我相信你迟早会发现，这不是一个好的选择。"盛维庭冷着一张脸，说。

"那是因为我不信任你。"John起身，走到盛维庭面前，"你之前差点让我葬身火场，你认为我还能无所顾忌地将性命交在你手上？不过是交换条件而已，只要我能活过来，那么你和她就都能走，万一出意外，你和她就都得给我陪葬！"

"什么时候手术？我希望越快越好。"

"你准备好了就可以。"

"那就后天，你也准备一下，我需要的东西早就列了出来，记得补齐。"盛维庭说完就转身离开，不欲和John多说一句话。

John 叫住他："Victor，你是医生，而我是病人。"

盛维庭顿了一下步子，"如果可以，我会希望不要遇见你这样的病人。"说完，大步离开。

林纾依旧被关在那个狭小的房间里，盛维庭来过之后，她的眼罩摘下了，手脚的绳索被解开，她能自由地在房间里走动，门口一直有人守着，就是一开始的那个黑衣的、戴着口罩的高大外国男人。

盛维庭来过之后便没了消息，等待的日子有些难熬，林纾既担心家里的人，又担心盛维庭的安危。

房间里没有窗户，她根本不知道是白天还是黑夜，每一分每一秒都过得格外煎熬，总觉得已经过去了很久，但实际上只不过是两天而已。

好不容易终于等到有人进来，拿绳子将她捆住，抓着她离开了这个房间。

林纾不动声色却又仔细地看了看周围，到底是废旧工厂的内部，即使是已经整理装饰过，也依旧能看出原来的痕迹，毕竟他们才来没有多久。

她不敢多看，怕被人注意到，看了几眼便垂下了眼睛看着脚尖，她明白多看多错，多说多错的道理，还是老老实实比较好。

她被带到了一个手术室隔壁的小房间，就隔着透明的玻璃窗，她能看到手术室的情形，她由两个人守着，格外严密。

虽然没有人同她仔细说明，但是她大概能猜到始末。

她是人质，他们需要她在这里，保证盛维庭不敢在手术的时候乱来。

其实林纾觉得他们低估了盛维庭，盛维庭很有职业道德，只要是病人，在他面前便一视同仁，他不会用医术去害人，这是他的底线。

但是林纾不确定这次的手术会不会成功，如果不能成功的话……

没一会儿，便有人被推进手术室，林纾看不清楚他的脸，不过也知道他大概就是那个罪魁祸首。

盛维庭以及别的医生便也来了，杨世艾竟然也在，作为盛维庭的助手在他的身边。

林纾眉心微皱。

盛维庭在走近手术台之后便抬眼朝林纾这边看来，他已经换好了衣服戴着口罩，只露出他的眼睛。

他的眼睛和以前一样，深邃清冽，仿佛深深漩涡，一看便能深陷其中。

林纾怔怔地望着他的眼睛,这一刻,仿佛所有人都不存在,只有他和她。

她忽然笑了下,而他,戴着口罩,她也能看到他的眉眼微弯,他也在笑,她知道的。

林纾一直提着的心骤然落了下来,她相信盛维庭,相信一切都可以顺利解决。

这是林纾第一次亲眼看着盛维庭做手术,他格外认真,动作利落。

手术似乎很艰难,可那边如火如荼,时间也仿佛过得很快,林纾能看到手术室里的钟,两个小时很快就过去了,但是盛维庭的手术还没结束。

又过了不知道多久,林纾和盛维庭一样紧张得浑身冒汗,定睛看着盛维庭的动作,倏然间,她看到盛维庭微微点头,林纾忽然弯下了腰哼了起来。

那看着她的两个人面面相觑,不知如何是好。

林纾捂着肚子叫:"我肚子疼,能让我去厕所吗?"

那两人低声商量一下,最终还是带她出去了,没一会她便重新从卫生间出去,那两人见她不耍什么花招,也是放下心来,没想到一转眼,就见林纾忽然倒地,眼睛一闭没了任何知觉。

两人愣了愣,立马蹲下身去检查她的情况,却没想到没有感觉到呼吸和心跳……

他们没法做决定,干脆一人守着她,另一人离开不知道去了哪里。

很快那人便回来,两人将林纾扛起来,随意扔进一个房间后就离开了。

林纾在下一秒就睁开了眼睛,细听周围的声音,确定所有人都离开之后,才敢起身。

房门果然没锁,林纾很容易就走出去,难得见到有人在巡逻,她迅速往后一退躲在角落,等那人离开才敢走动。

林纾就这样一路来到了后面的角门,说是角门,其实可以说是一个狗洞,比她半身还要低的门洞,有些生锈,她好不容易才打开,蹲下身探身出去。

在门口附近的铁桶里,她找到了一个手机,拨通了号码。

盛维庭自然发现林纾被带出去了,他停下手里的动作,直接问等在一旁的外籍金发男人:"她去哪里了?"那人是 John 的心腹,也是 John 手术之后没有意识的这段时间里掌控大局的人。

金发男人如实说明,盛维庭这才继续下手,只是等到开始要最后缝合的时候,林纾依旧没有回来,他的动作再一次暂停,并且不愿意继续下去,要见到人才肯继续。

金发男人有些烦乱，正好这时有人过来在他身边附耳说明，他眉心顿敛，低声说了几句之后便和盛维庭说："等你完成手术就可以见到她。"

"不。"盛维庭说，"我要现在就见到她。最后缝合不需要我亲自进行。"

"不可以。"金发男人也半步不让，"这是 Boss 交代的，一切都要你亲自动手，不然她……"

盛维庭像是受到了威胁，继续将手术完成，而后不再停留："我要见到她！"

他自然是见不到任何人的，怒道："怎么可能凭空消失，我要一个房间一个房间地找！"

John 虽然成功结束了手术，但术后的情况还不明显，所以他们不敢拿盛维庭怎么样。

盛维庭找人的第一站就是 John 的办公室，进去之后就将门反锁，在里面乒乒乓乓地找起来。

外面一堆人冲不进去，只能等在门口。

盛维庭再度出来，继续一个一个房间地找，每个房间都是如此，不让那些人接近，他们也倒适应了。

还没找到林纾，留在病房看着 John 的杨世艾便跑过来叫他："Victor，出了些问题。"

盛维庭自然不愿意去，想要继续找林纾，可金发男人直接将刀逼近他的喉咙，他进退不得，只好和杨世艾以及众人一起回到了病房。

John 的情况有些反复，但并不严重，盛维庭一直等在身边，直到听到一阵声响，他便猛地扣住了 John 的手腕。

金发男人自然也听到了别处传来的奇怪声音，和旁人交代一声便带人出去看，等金发男人离开，盛维庭手中便不知何时已经多出了一个针筒，针筒里是透明的液体，并不知道是什么，而针筒的针头，对着的是昏迷的 John 的脖子。

盛维庭就这样和杨世艾推着 John 的病床走出病房，不远处的声响越来越大，盛维庭知道一切正在照着计划走，心也落定不少。

金发男人带着人跑回来，结果正好看到盛维庭拿了 John 当人质，他威胁盛维庭将人放开，盛维庭却没有地方可以受他的威胁，和他耗着。

有大声响逐渐靠近，盛维庭蓦然抬头，便见最前面的不是林纾还能是谁？而她身后跟着的正是一群武装充分的队伍。

金发男人面对着这种情况，哪里还能猜不出是盛维庭设计？

可就算能猜出还能怎么样？大势已去。

他企图抓了杨世艾当人质，可还没碰到人，盛维庭就将针头插进 John 的血管，他不敢再轻举妄动。

还没醒来的 John 和金发男人，以及那一群人都顺利地被带走了，盛维庭想要走向林纾，却被杨世艾拉住了衣袖，他问道："什么？"

杨世艾沉默了几秒钟，问："如果刚刚是我被他抓了，你会救我吗？"还没等他回话，她就说，"我知道不会的……"

"不，我会。"盛维庭看着杨世艾微亮的眼睛，说，"因为安歌。"

杨世艾惨然一笑："我明白了。"

她因为安歌走近了盛维庭，也因为安歌无法再走近一步。

成也安歌，败也安歌。

一切终究不能再强求。

林纾在盛维庭刚刚回过头的一瞬间就扑进了他的怀里，什么话都不说，只是抱着他。

盛维庭轻笑："你没事吗？"

"我没事。"她说，"我有没有做得很好？"

"嗯。"

"可是我很怕，刚刚我真的吓死了……"

"都过去了，林纾，我们现在可以回家了。"盛维庭看着她的眼睛，一字一顿地说。

"回家？"

"嗯，我们回家。"

是的，回家，回到那个只属于他们的家。

这世界上最美好的一个词，大概就是回家了……

林纾用力地点头，说："好，我们回家！"

番外二　关心则乱

　　林纾从小活在父亲的保护之下，连出国留学都争取了很久，那还是陆恒帮她说话才成的。说实话，出去了之后她才发现原来还是家里更好，可当初是她自己死活都要出去的，她也没和家里说苦，真的就这样撑了下去。

　　放假的时候她和朋友出去玩，没想到就出了意外。她忽然头疼晕倒，被朋友送进了约翰霍普金斯医院。

　　这天对于盛维庭来说是无比普通的一天，刚刚做完一个长时间的手术，尽管他精力充沛，也难免会有点累，正好接下来也没事，他便打算带着 Clever 出去散散步。

　　没想到还没出去就听到一阵尖叫哭闹，那是他熟悉的母语。

　　一个尖利的女声的哭喊着："你们快救救我朋友，她到底怎么了！"

　　蠢货，盛维庭想，在国外说什么中国话，那些外国人又听不懂。

　　他哼了一声就继续往外走。等带着 Clever 散步回来，还没能坐上一分钟，他就被叫走做手术，手术室外的居然就是那个刚刚喊着中国话的女人。

　　做手术前他不知道为什么先看了一眼那个得了烟雾病的病人，虽然脸色苍白但意外地长得不错，不过也就是长得不错而已，下一秒他就完全忘记了她的长相。

　　手术自然很成功，出去又遇到那个女人，竟然直接抓他的手臂，他下意识地甩开，用中文回她："不要动手动脚。"

　　她愣了一下："你是中国人？"

　　"不然？你朋友很好，手术很成功，还不需要你替她哭丧。"他刚说完，她手机就响起来，趁着她接电话他就想走，她没说两句就跑到他面前把手机送到他面前，小心翼翼问："你能把我朋友现在的情况在电话里说一下吗？"

　　盛维庭皱了皱眉头有点不乐意，但是他要是不答应的话那人大概会一直缠着他，他呼出一口气，用戴着手套的手把手机拿过来，用极快的语速说完，然后说："简单来说就是她没有生命危险。"

　　"你是替小树做手术的医生吗？谢谢你救活小树。"

　　这是盛维庭第一次听到陆恒的声音，也是第一次听到小树的名字，他永远不会想到，在几年之后，他会和这两个人扯上他想都不敢想的关系。

晚上轮到他巡视，来到那个中国女病人的病房，发现病房里居然没有别人，只有她一个人躺在病床上，此时依旧昏睡，要不是呼吸机的声音，他都快怀疑她只是一具尸体了。

她的生命体征一切正常，原本应该就这样离开的，他却仿佛着魔，在看到她手臂露在外面的时候居然微微矮身扯了下被子。

在那么做一瞬间，他顿住，被自己的行为完完全全地吓到。

活了这么多年，这么绅士的事情他还就真的没做过。

刚想缩回手，原本毫无动静的她忽然伸手抓住了他的手腕。也不知道她怎么会有那么大的力气，他一时竟挣脱不开。他抬眼去看她，她依旧闭着眼睛，只有嘴巴微微开合，不停低声说着两个字。

"阿恒……"她在叫。

盛维庭心里有些莫名地发堵，用力甩开她的手，转身离开。

没想到第二天这个莫名其妙的病人就转院了，盛维庭听到的时候嗤笑两声，居然看不起他的医院。

不过这件事情第二天就被他抛在了脑后，在重新遇见林纾的时候，他完全没能把她和当初的那个病人联系在一起。

还是有一天两人睡前聊天的时候，林纾忽然说起："盛维庭，你知道吗，我得过一种我想都没想过的病。"

"什么？"盛维庭伸手抚抚她的脑袋，随口问道。

"烟雾病，在那之前我从来没听说过。听后来帮我治疗的医生说，好在我手术完成得好，要是那个时候我就……大概就没办法遇到你了。"

"烟雾病？"盛维庭重复了一遍，不知为何心头一跳。

"是啊，那会儿我还在国外念书，放假的时候约了同学一起去玩，没想到就晕倒了，被送到了约翰霍普金斯医院……"

"等等。"盛维庭打断她的话，"什么医院？"

"什么？约翰霍普金斯医院啊。"林纾说着也意识到了什么，"啊对，你也曾经是那里的医生吧。"

盛维庭微微眯眼，再睁眼的时候已经露出了然的笑容，搂着她的手也更用力一点："是啊……你运气真好，遇到那么好的医生……"

我大概还是你当时的主治医生。

如果换做现在，我大概已经没办法替你做手术，因为关心则乱。

我多么庆幸，可以遇见你，爱上你。

番外三　三年

　　被一个混账的赌鬼父亲抚养长大，陆恒不认为自己内心还会有什么美好的感情可言。

　　被林凯收养是机缘巧合也是蓄谋已久，他那时不过是去碰瓷，没想到林凯会把他送进医院，甚至带回了家。

　　然后他就遇见了林纾。

　　那时候他觉得她是世界上最美好的女孩子，漂亮，活泼，就像是一个小公主，灿烂的笑脸能把一切冰冻全都融化。

　　可他同时也嫉妒而又痛恨着她，为什么同样是人，她能拥有这最好的一切，而他得到的却是世界上最可怕的？

　　两种不同的念头滋生出来，又不停地长大，他觉得自己都快要分裂。

　　和林纾在一起算是顺其自然，他真的喜欢她，可他知道林凯并没有那么喜欢他，林凯只不过是想培养一个后继者，但没想到他会和他最宝贝的女儿在一起。

　　作为一个男人，有权力的欲望是很自然的，尤其是在进入了偌大的林氏之后，他开始想要更多，也逐渐变得不像自己。

　　和云媛关系的开始不过是喝醉酒后的一晚而已，因为习惯于是就持续了下去，他那会儿竟然不觉得这有什么不对，反正他要娶的只有林纾，等结婚后再和云媛断了关系不也可以？

　　陆恒原本不想把林纾拖入自己的计划中，可思来想去这是最方便的一条路，他最终屈服，心想没关系，只要他再把她按回来就好。

　　只他真的没想到她会怀孕，怀上一个连父亲都不知道是谁的野种，他所有的耐心消失殆尽，决心把她留在医院里，带着惩罚她的意思。

　　后来的一切便就都离开了他的控制，明明云媛那么善解人意，可为什么，他就是忘不掉那个将他抛在脑后的林纾？

　　曾经的那些快乐在她离开之后越发折磨他，夜里每每总能梦见。

　　有那么一个夜里，他蓦然惊醒，睁开眼睛却发现云媛坐在一边，静静地看着他。

　　那个时候他已经和林纾离婚，而林纾身边也有了盛维庭，他们正联合起来对付他。

云嫒的眼神很瘆人,他瞥了一眼就转过头:"睡吧。"
"你忘不了她?"
"说什么呢,快睡。"
一向温柔体贴的云嫒第一次对他大声说话:"你根本就忘不了林纾!你还爱着她不是吗?你知道你总是叫着她的名字醒来吗?"
陆恒皱眉:"所以呢?你想干什么?"
云嫒没有说话,又躺了下去,背对着他。
他冷笑一声,也躺下,睁着眼睛睡不着,就像云嫒说的那样,他的确还爱着林纾,应该说他从来没有不爱她。
林纾原本应该是他的,应该在他的身边笑,可现在却连一个眼神都吝啬于给他,大概有些错过的东西是真的就那样错过了,他错过了他最爱那人的一生。
这是报应,是林纾眼中的理所应当。

陆恒原本以为云嫒会和以前一样继续在他身边温柔以待,这天晚上的事情只不过是她的发疯而已,但没想到第二天云嫒的身影便消失得无影无踪,连带着他们的孩子陆宛语。
他当她是出去散心,却没想到她会把他的一些证据资料送给林纾。
被带走协助调查的时候他才反应过来,原本想要否认,可不知为何那一瞬间居然觉得放下或许也是一种解脱,他供认不讳,最终被判了三年。
他的三年,换她的三年。

云嫒来看过他一次,说的话冷清又愤怒,只是走的时候却流了眼泪,她不想让他看到,他还是看到了。
他想,他这辈子大概就是用来辜负的,辜负一个又一个的女人,而现在,终于到了他偿还的时候了。

后　记

　　在改这篇文的时候我回到了家乡的小镇，这是一个不那么有名的古镇，安静又从容，而写这篇后记的时候，是一个温暖的冬日下午，外面阳光灿烂，而我坐在咖啡馆里，敲下一个又一个的字。
　　我从来没有写过这样一个男人。
　　他毒舌，冷情，有洁癖，明明有那么多追求者，却对所有追求的女人都没有感觉。
　　我想，这样的男人要是一旦坠入情网，那大概就会是一生一世。
　　所以就有了盛维庭，这个有那么多的缺点，但只要一个优点就足够让他迷倒万千女人的男人。
　　他是一个医生，他能治愈很多人的病痛，他也能治愈别人的心灵，而那个别人只能是林纾。
　　现实生活中，很多人并不是医生，却依旧能治愈他人的心灵，那是因为爱，爱可以治愈一切。
　　我想写的就是这样一个故事，爱能治愈所有的伤痛。
　　我们都曾遇到伤害，都曾止步不前，叮我们依旧有爱人的能力，爱一个人，被一个人爱都能让我们变得更加幸福。
　　希望看到这本书的人都能拥有你们想要的幸福。